LA GRANDE ENCYCLOPÉDIE DES HISTOIRES DRÔLES

*Jean Peigné fut adjoint au directeur des programmes d'*Europe 1
de 1959 à 1969, puis directeur de la promotion des disques Vogue
de 1970 à 1972, avant d'entrer à Week-End Publications *comme
directeur de la promotion en 1972. Il fut nommé directeur de la
promotion de* Télé Star *en 1979 ; depuis 1980, il est directeur du
marketing de la Compagnie Luxembourgeoise de Télédiffusion
C.L.T.*

Qui invente les histoires drôles ? Le mystère n'a jamais été éclairci.
On ne sait pas pourquoi non plus, à l'école, au lycée, chez les
scouts, au régiment, au bureau, au bistrot du coin, à la cantine, au
club du troisième âge (quelle que soit la communauté, il y en a
un), c'est toujours le même qui sait les histoires, toutes les histoires. Comme si elles étaient attirées vers lui comme vers l'aimant
la limaille de fer. Par quel magnétisme ? Elles convergent de tous
les horizons. À la vitesse grand V. Elles s'agglutinent autour de
lui. Elles se multiplient. C'est lui toujours qui sait, le premier, la
dernière.
Jean Peigné est de ces élus.
Vous débarquez de la Terre de Feu, d'une des Kouriles, des fins
fonds de la taïga sibérienne avec l'histoire nouvelle qu'on raconte
là-bas. Vous la rapportez avec d'infinies précautions de secret.
D'Orly, vous vous précipitez chez Peigné – directement – sans
perdre une minute, dans l'espoir de la lui apprendre. Vous vous
plantez. Il la connaît déjà.
Sacha Guitry, dans son *Petit Manuel pour ceux qui ne racontent
pas bien les histoires et qui les écoutent mal*, conseille à celui à
qui on raconte une histoire de ne pas gâcher son plaisir en essayant
de se rappeler une autre histoire qu'il racontera à son tour à son
raconteur quand il aura terminé. Avec Peigné ce serait une attitude
stupide. L'histoire que vous retrouveriez dans votre mémoire, vous
en aurez à peine donné les prémisses qu'il vous en dira la chute.
Il la connaît aussi.
Vous voulez que je vous dise. Ce Jean Peigné, il est écœurant !

Raymond CASTANS

GW00690059

LA GRANDE ENCYCLOPÉDIE
DES HISTOIRES DRÔLES

JEAN PEIGNÉ

La grande encyclopédie des histoires drôles

PRÉFACE DE RAYMOND CASTANS

ÉDITIONS DE FALLOIS

PRÉFACE

Qui invente les histoires drôles ? Le mystère n'a jamais été éclairci. On ne sait pas pourquoi non plus, à l'école, au lycée, chez les scouts, au régiment, au bureau, au bistrot du coin, à la cantine, au club du troisième âge (quelle que soit la communauté, il y en a un) c'est toujours le même qui sait les histoires, toutes les histoires. Comme si elles étaient attirées vers lui comme vers l'aimant, la limaille de fer. Par quel magnétisme ? Elles convergent de tous les horizons. À la vitesse grand V. Elles s'agglutinent autour de lui. Elles se multiplient. C'est lui toujours qui sait, le premier, la dernière.

Jean Peigné est de ces élus.

Espérer raconter à Jean Peigné une histoire qu'il ne connaîtrait pas, tous ceux qui le connaissent — à Europe 1, dans le show-biz, à *Télé Star* ou dans les arcanes du P.A.F. — y ont renoncé depuis longtemps. La chose tient de l'exploit irréalisable, de la gageure onirique, du pari stupide. Un bonze perdu dans les neiges du Tibet invente une histoire pour faire rire les copains (on ne rigole pas beaucoup dans les bonzeries). Un esquimau du Cercle polaire dans son igloo en imagine une pour que la nuit polaire — six mois — paraisse moins longue à sa famille. Un aborigène d'Australie en raconte une dans son jargon que seuls deux ou trois linguistes au monde arrivent à décrypter. Le lendemain, celle du bonze, celle de l'esquimau, celle de l'aborigène (miracle !), Peigné les connaît.

Vous débarquez de la Terre de Feu, d'une des Kouriles,

des fins fonds de la taïga sibérienne avec l'histoire nouvelle qu'on raconte là-bas. Vous la rapportez avec d'infinies précautions de secret. D'Orly, vous vous précipitez chez Peigné — directement — sans perdre une minute, dans l'espoir de la lui apprendre. Vous vous plantez. Il la connaît déjà.

Sacha Guitry, dans son *Petit Manuel pour ceux qui ne racontent pas bien les histoires et qui les écoutent mal*, conseille à celui à qui on raconte une histoire de ne pas gâcher son plaisir en essayant de se rappeler une autre histoire qu'il racontera à son tour à son raconteur quand il aura terminé. Avec Peigné ce serait une attitude stupide. L'histoire que vous retrouveriez dans votre mémoire, vous en aurez à peine donné les prémisses qu'il vous en dira la chute. Il la connaît aussi.

Vous voulez que je vous dise. Ce Jean Peigné, il est écœurant !

Raymond CASTANS
Générargues, le 6 mars 1992.

1

Fin août 1939, un homme apporte ses chaussures à resse-meler chez le cordonnier. Trois jours plus tard, la guerre est déclarée. Mobilisé, il part au front, et il est fait prisonnier. Libéré par les Russes en 45, il se bat avec un officier, ce qui lui vaut dix ans de goulag. Échangé par les Américains, il se retrouve aux États-Unis et s'y installe.

Et voilà que quarante ans après, il revient en France en touriste. Bien entendu, cet homme va revoir sa rue. Elle a beaucoup changé, sauf la cordonnerie qui est toujours là. Alors, par curiosité, il entre et demande au vieil homme derrière sa machine :

— Il y a longtemps que vous êtes installé ici ?

— Oh, mon pauvre monsieur, depuis l'avant-guerre !

— Alors c'est à vous que j'avais confié mes chaussures à réparer ! C'était fin août 1939. Trois jours plus tard j'étais mobilisé…

Il lui raconte toute son histoire. Et il ajoute :

— Au fait, vous les avez peut-être encore mes chaus-sures ? Ce serait drôle…

— Attendez, je vais voir…, fait le vieux.

Il soulève sa trappe et descend au sous-sol. D'en bas il crie :

— Elles sont comment, vos chaussures ?

— Jaunes !

— Avec des bouts carrés et des lacets marron ?

— Oui !

— Elles seront prêtes jeudi…

2

Marié depuis plusieurs années, un couple n'arrive pas à avoir d'enfant. Alors, en désespoir de cause, le mari se décide à aller demander conseil au voisin du dessus qui, lui, en a sept.

— Pas de problème, dit le voisin. Si vous faites exactement ce que je vous dis, tout va s'arranger. Vous allez d'abord acheter une savonnette de bonne qualité, un flacon de parfum et un balai. Ce soir, vous faites prendre un bain à votre femme, vous la savonnez bien partout, vous la rincez, et après l'avoir séchée vous la parfumez.

— Et le balai, ça sert à quoi ?

— Quand vous aurez fait tout ça, vous tapez au plafond, et je descends tout de suite…

3

Agenouillé dans une église, un Noir s'adresse à Dieu :

— Seigneur, pourquoi m'as-tu fait la peau noire ?

Et Dieu lui répond :

— Pour te protéger des ardeurs du soleil africain…

— Pourquoi m'as-tu donné des bras et des jambes immenses ?

— Pour que tu puisses grimper aux arbres ou courir plus vite si un animal te poursuit dans la brousse…

— Pourquoi m'as-tu mis des cheveux crépus ?

— Pour qu'ils ne s'accrochent pas aux branches ou dans les lianes…

— Alors pourquoi, Seigneur, m'as-tu fait naître dans le Val-d'Oise ?

4

Un homme demande à une prostituée :

— C'est combien ?

— Deux cents la passe, mille francs la nuit.

— D'accord pour la nuit !

Et il lui donne mille francs. Deux jours après, il revient la voir, et repaie mille francs. Trois jours plus tard, nouvelle nuit avec elle, toujours au même tarif. Au petit matin, elle lui dit :

— Eh bien, à la prochaine…

— Ah non, là je rentre chez moi à Quimper.

— Tu es de Quimper ? Moi aussi ! Tu habites où ?

— Rue Sainte-Catherine…

— Ma mère aussi ! Tu la connais peut-être ? Mme Le Guennec…

— Je la connais très bien ! Elle m'a même dit : « Vous allez à Paris ? Ça ne vous ennuierait pas de remettre trois mille francs à ma fille ? »

5

Un type complètement ivre sort vers quatre heures du matin d'une boîte de nuit et regagne péniblement le parking aidé par un ami. Il ouvre la portière de sa voiture, s'affale sur le siège et soudain pousse un hurlement :

— Ah, les salauds ! Ils m'ont tout piqué, les loubards ! Regarde : plus de radio stéréo, plus d'allume-cigares, plus de tableau de bord, plus de volant ! Ils ont même emmené le levier de vitesses !

— Calme-toi, fait son copain. T'es assis à l'arrière…

6

Un client s'attable dans un restaurant. Après avoir lu la carte, il demande au maître d'hôtel :

— Le poulet de Bresse, c'est un véritable Bresse ?

— Absolument, monsieur.

— Alors, je n'hésite pas.

— Vous préférez l'aile ou la cuisse ?

— Écoutez, j'aime tellement le poulet de Bresse que je ne prendrai rien d'autre, mais j'en prendrai un entier.

Un peu plus tard, le serveur lui apporte son poulet. Alors

le client met l'index dans le croupion de l'animal, puis suce son doigt. Et il dit au garçon :

— Il y a une erreur. Ça n'a jamais été un poulet de Bresse ! C'est un poulet des Charentes.

— Je vais voir en cuisine, monsieur, fait l'autre.

Deux minutes après il revient :

— Effectivement, il y a eu une petite confusion. Veuillez nous excuser, le chef va vous faire rôtir un poulet de Bresse…

Une demi-heure après, il pose la volaille sur la table. Le client enfonce son doigt dans le croupion, le suce consciencieusement et s'écrie :

— Vous vous moquez du monde ! Celui-là, c'est un poulet des Pyrénées !

— Je vais voir, balbutie le garçon affolé.

Et il revient en confirmant qu'on s'est encore trompé, que le chef s'excuse et qu'il vient de mettre à la broche un véritable Bresse.

Lorsque ce troisième volatile arrive, le client met à nouveau son doigt dans le croupion, le suce, et s'exclame épanoui :

— Ah, enfin ! Voilà un vrai poulet de Bresse !

Au dessert, le patron, toque sur la tête, vient à sa table et lui dit :

— Permettez-moi de vous offrir un alcool pour me faire pardonner ces erreurs bien involontaires. Car vous aviez raison, monsieur. Le premier poulet était bien des Charentes, le deuxième des Pyrénées, et le troisième de Bresse. Alors, si ça ne vous dérange pas, j'aimerais vous demander un service…

Il baisse son pantalon.

— Je suis de l'Assistance publique. Vous ne pourriez pas me dire d'où je viens ?

7

— Moi, dit un type à un de ses copains, je n'ai jamais fait l'amour avec ma femme avant notre mariage. Et toi ?

— Attends que je réfléchisse, fait l'autre. Tu peux me rappeler son nom de jeune fille ?

8

Un Allemand vient visiter Paris. Et il demande à un de ses amis français :

— Toi qui es ein «dragueur», dis-moi comment faire pour séduire une jolie mademoiselle française ?

— Écoute, Helmut, fait l'autre, c'est simple. Tu vas au bar de ton hôtel à l'heure de l'apéritif. Il y a toujours des filles seules. Tu en repères une, tu lui offres un verre, tu l'invites à dîner. Ensuite tu lui proposes de boire le champagne dans ta suite. Alors là, après avoir débouché la bouteille, tu lui ôtes ses escarpins, tu verses du champagne dedans, et vous trinquez. Ensuite, déboutonne sa robe, dégrafe son soutien-gorge, fais couler du champagne entre ses seins et lape-le à petits coups de langue...

— Ach ! Kolossale séduction ! Che peux le faire avec de la bière ?

9

Quelle est la danse préférée des bœufs ?
Le slow. Parce qu'ils dansent joug contre joug.

10

Le directeur d'un grand magasin se promène à travers les rayons quand il entend un vendeur dire à une jeune femme :

— Je n'en ai plus depuis quinze jours ! Je n'en ai plus du tout, et je n'en aurai plus !

Le directeur le fusille du regard et lui dit sèchement :

— Vous passerez tout à l'heure à mon bureau...

Puis il se tourne vers la jeune femme :

— Je vous prie de nous excuser, madame. Bien entendu, nous sommes là pour satisfaire notre clientèle. Je vous garantis que nous allons en avoir d'autres dès cette semaine, et je les ferai livrer gracieusement chez vous. Puis-je vous demander vos nom et adresse ?

Abasourdie, la jeune femme les donne et s'en va. Alors le directeur se tourne vers le vendeur et lui demande d'un ton sévère :

— Que désirait cette dame ?

— C'est ma petite amie, monsieur le directeur. Elle voulait savoir si j'avais toujours des morpions…

11

Un routier aux biceps impressionnants dit à un de ses amis :

— C'est fou ce que les gens peuvent être agressifs et méchants ! Hier soir, dans un bistrot, il y a un type qui m'a traité de pédé…

— J'espère que tu lui as collé ton poing dans la gueule…

— Penses-tu ! Il s'est sauvé comme un lapin…

— Et tu ne lui as pas couru derrière ?

— Si tu crois que c'est facile avec ma jupe étroite !

12

Un type pas bien épais entre dans un bar et commande un milk-shake. Dès que le barman l'a servi, il boit une gorgée puis sort de la petite poche de sa veste une souris qui boit à son tour dans le verre. Après quoi il la remet dans sa poche.

Le barman, un costaud aux épaules de déménageur, intervient, furieux.

— Non mais, ça va pas ! C'est dégoûtant ce que vous faites ! C'est pour les clients, les verres ! Vous allez vider les lieux et ne plus jamais remettre les pieds ici !

— Dites donc, fait le gringalet, prenez-le sur un autre ton, sinon je vous colle ma main sur la figure !

À ce moment-là, la souris sort sa tête de la poche et lance au barman :

— Et moi, votre chat, je lui pète la gueule !

Sur le vol Paris-Tokyo, un passager se retrouve assis à côté d'une jeune femme superbe. Après l'avoir lorgnée du coin de l'œil pendant une heure, il finit par se lancer et entame la conversation :

— Vous allez au Japon pour affaires ?

— En un sens, si l'on veut. Je vais tester les mâles japonais. Pour tout vous dire j'aime les hommes, j'adore l'amour, et comme je dispose d'une certaine fortune personnelle, je passe mon temps à parcourir le monde pour établir le hit-parade des meilleurs amants…

— C'est intéressant…, fait l'autre tout émoustillé. Et on peut connaître votre classement actuel ?

— Eh bien, je place *ex aequo* en tête deux peuples dont les qualités amoureuses sont d'ailleurs complémentaires. Les Indiens d'Amérique, absolument inépuisables, et les Israéliens, terriblement sensuels…

— Passionnant ! dit l'homme. Mais au fait, je manque à tous mes devoirs…

Il se lève et s'incline :

— Je me présente : Jéronimo Lévy…

Dans tous les ateliers de l'usine Fiat, à Turin, il y a l'écriteau suivant : *Les ouvriers et employés désirant assister aux obsèques d'un parent sont priés de prévenir la veille du match.*

Deux laveurs de carreaux belges viennent de passer la journée à nettoyer, de haut en bas, les quinze étages de vitres du siège d'une grande société de Bruxelles. Le chauffeur du camion, qui manœuvre l'immense bras télescopique, redescend doucement leur nacelle et dès qu'ils ont mis pied à terre, il démarre.

Alors nos deux laveurs contemplent leur travail. Soudain l'un d'eux s'écrie :

— Catastrophe ! On a oublié le grand bureau du dernier étage ! En plus, c'est celui du P.-D.G., sais-tu ? Et le camion élévateur qui est parti !

— J'ai une idée, une fois, fait son collègue. On va monter sur la terrasse, je te tiendrai par tes bretelles, et tu seras à la bonne hauteur pour faire les carreaux du grand patron !

Ils grimpent sur le toit, l'un enjambe la balustrade, l'autre le retient par ses bretelles. Elles se tendent, et il arrive effectivement au niveau des fenêtres en question. L'homme commence à nettoyer, suspendu dans le vide à plus de cinquante mètres du sol, quand tout à coup, il se met à rire comme un fou.

— Qu'est-ce que t'as à rigoler comme ça ? demande son copain.

— Excuse-moi, mais je suis en train de penser que si mes bretelles lâchent, tu vas les prendre en pleine gueule !

16

À Cannes, en pleine saison, un couple de touristes cherche désespérément une chambre. Dans un grand hôtel de la Croisette, le chef de la réception leur dit :

— Si vous voulez, il me reste la suite nuptiale.

— Je ne suis pas sûr que ça convienne, répond l'homme. Nous sommes un vieux ménage marié depuis plus de trente ans…

— Où est le problème ? fait le réceptionniste. Si je vous proposais la salle de bal, vous danseriez toute la nuit ?

17

Quelle différence y a-t-il entre un curé et un sapin de Noël ?
Aucune. Ils ont tous les deux des boules qui ne servent qu'à la décoration.

18

Un jeune juif qui travaille à l'étranger téléphone à sa mère :

— Maman, j'ai une nouvelle à t'annoncer : je me marie !

— Comme je suis contente, mon fils ! Quand ça ?

— Aujourd'hui, maman.

— Ah bon... Enfin, ça ne fait rien. De toute manière, c'était trop loin pour que je vienne.

— Il faut que tu le saches : elle n'est pas juive...

— Que veux-tu ! L'important c'est que tu sois heureux !

— Elle est arabe...

— L'important, je te le répète, c'est ton bonheur !

— Et elle est enceinte...

— Très bien ! J'avais tellement envie d'être grand-mère !

— Elle est enceinte, mais pas de moi...

— Écoute, ce qui compte, c'est d'avoir un enfant pour égayer la maison. Si vous voulez venir habiter ici, pas de problème, vous prendrez ma chambre...

— Et toi, maman, où iras-tu ?

— Ne t'inquiète pas pour moi, mon fils. Je raccroche et je meurs !

19

Un gamin est en train de faire pipi contre les volets d'une maison. Le propriétaire ouvre sa fenêtre et crie :

— Oh, petit ! Tu vas arrêter ? Ça te plairait si je pissais contre tes volets ?

— Oh, oui, m'sieur ! Tout le quartier serait en admiration : j'habite au douzième !

20

Sur un chantier, au cœur de l'Afrique, deux Noirs à la recherche d'argent profitent de la pause du déjeuner pour s'introduire dans le bureau de l'ingénieur.

Ils fouillent partout et, dans un des tiroirs, l'un d'eux trouve deux bâtons de dynamite :

— T'as vu les cigares qu'il s'offre le patron ? On va les fumer, mon vieux…

Ils en mettent chacun un entre leurs dents, allument la mèche, et bien entendu, quelques secondes plus tard, la dynamite leur explose à la figure.

Le visage déchiqueté, le premier dit à son copain :

— Ils sont pas mauvais ces cigares, mais ils emportent la gueule…

21

Exercice de marche forcée pour les jeunes recrues. Au bout d'une quinzaine de kilomètres, l'adjudant ordonne une halte :

— J'imagine que vous êtes en nage, les petits gars. Alors un peu d'hygiène, bordel ! Vous allez me faire le plaisir de changer de slip ! À mon commandement, chacun prendra le slip de celui qui est devant lui !

22

Un jeune cuisinier se présente dans un grand restaurant. Il donne comme références Lasserre, Maxim's et La Tour d'Argent.

Le patron appelle les chefs de ces trois excellentes maisons pour connaître leur opinion. Le premier lui dit qu'il a dû se séparer du jeune homme tellement il était sale. Le deuxième lui dit qu'il a lui aussi dû s'en séparer tellement il était grossier. Quant au troisième, il lui signale qu'il s'agit d'un homosexuel invétéré qu'il a été obligé de licencier parce qu'il draguait non seulement le personnel, mais aussi les clients.

Le patron revient vers le candidat et lui dit :

— Bon, je t'engage. Mais je te préviens : si je trouve un cheveu ou une trace de doigt dans un plat, si j'entends une seule grossièreté, je te flanque à la porte ! Maintenant, passe une veste, et avant de te mettre au boulot, viens me faire un petit baiser…

23

Un mari rentre chez lui à l'improviste et trouve sa femme au lit avec un homme. Alors il se met à hurler, à tempêter, et au bout de deux minutes elle lui dit :

— Au lieu de gueuler comme ça, tu ferais mieux de regarder comment on fait…

24

Un jeune ménage vient d'acheter chez un oiseleur un couple de perroquets. Mais ils sont totalement incapables de distinguer le mâle de la femelle. Soudain le mari dit :

— J'ai une idée ! On va les surveiller, et quand nous verrons l'un des deux monter sur l'autre, on saura que c'est le mâle ! Il suffira de lui couper les plumes sur le dessus de la tête pour le reconnaître ensuite !

Ils guettent les perroquets, et lorsqu'enfin l'un monte sur l'autre, l'homme le saisit et, d'un coup de ciseaux, lui coupe la touffe de plumes sur le sommet du crâne.

Quelques jours plus tard, les propriétaires des oiseaux donnent un dîner. Et, bien entendu, les invités viennent admirer les deux perroquets. Parmi eux, un homme atteint d'une calvitie prononcée. Alors le perroquet au crâne déplumé lui lance :

— Toi aussi, t'as sauté ton frère ?

25

Pourquoi le bromure n'est-il pas en vente libre ?
Parce que c'est un produit de contrebande.

26

Un clochard dit à un autre :

— Demain c'est mon anniversaire ! Ça me ferait plaisir que tu viennes le fêter avec moi…

— D'accord! T'occupe de rien, j'amènerai ce qu'il faut.

Et le lendemain soir, sur le coup de huit heures, il arrive dans la cabane de son copain avec dans chaque main un carton de douze bouteilles de vin rouge, et sous le bras une demi-baguette.

L'autre écarquille les yeux et dit :

— T'es fou! On mangera jamais tout ce pain!

27

Une jeune et jolie professeur d'anglais reçoit dans sa classe la visite d'un inspecteur d'académie. Il lui demande de faire còmme s'il n'était pas là, et va s'installer au fond de la classe.

L'enseignante commence son cours, consacré ce jour-là au vocabulaire sur les animaux, puis au bout d'un moment elle se lève pour inscrire un exemple au tableau, faisant admirer au passage une charmante mini-jupe particulièrement moulante.

Elle prend la craie, écrit : *Pussy is a cat and Snoopy is a dog*, et demande :

— Qui peut me donner la traduction?

Toto lève la main :

— Ça veut dire : « Quel beau petit cul! »

— Toto, fait la jeune femme outrée, tu prends la porte immédiatement et tu seras collé samedi!

Toto ramasse ses affaires, se lève, et en passant à côté de l'inspecteur d'académie, il lui lance :

— Quand on sait pas, on souffle pas!

28

Dans un bureau de tabac, une jeune fille achète un paquet de cigarettes et sort un billet de cinq cents francs. La caissière l'examine et dit :

— Ce billet est faux, mademoiselle.

— Le salaud! s'écrie la fille. Mais alors, c'était un viol!

Le téléphone sonne dans une villa. La bonne espagnole décroche et au bout du fil une voix masculine lui dit :

— C'est Monsieur à l'appareil. Passez-moi Madame…

— Ye ne peux pas, Señor. La Madame elle est dans le lit.

— Eh bien, allez la chercher !

— Ye ne peux pas ! Elle est dans le lit avec un monsieur…

— Quoi ? Alors, écoutez-moi bien, Conchita. Vous allez prendre dans le tiroir de droite de mon bureau le revolver qui s'y trouve. Vous allez foncer dans la chambre et vous les tuerez tous les deux !

— No, Señor, ye ne peux pas !

— Si vous ne le faites pas immédiatement, vous êtes chassée !

— Señor, ye vous en supplie…

— C'est un ordre !

La bonne, en pleurant, va chercher le revolver. Quelques instants plus tard, trois coups de feu retentissent. Et trente secondes après, pleurant de plus belle, elle reprend l'appareil :

— Señor, ils sont morts tous les deux ! Ye suis oune criminelle !

— Mais pourquoi y a-t-il eu trois coups de feu ?

— La Señora, ye l'ai tuée du premier coup. Mais le monsieur, ye l'ai raté. Alors il a bondi du lit et il a sauté par la fenêtre. Mais moi, ye couru aussi à la fenêtre, ye tiré la troisième balle sur lui au moment où il touchait l'eau de la piscine, et l'eau elle est devenue toute rouge…

— Quoi ? La piscine ? Quelle piscine ? Je ne suis pas au 16 34 42 23 ?

Pourquoi peut-on mettre sur un tissu : « pure laine vierge » ?

Parce que les brebis courent plus vite que les bergers.

31

Six heures du soir dans le métro. L'heure de pointe. Dans un wagon plein à craquer, une femme debout s'écrie :

— C'est bientôt fini, espèce de dégoûtant ! Vous n'avez pas honte !

— Oh, Oh ! Calmez-vous, ma petite dame, répond l'homme en bleu de travail qui est serré près d'elle. Y a maldonne ! Je suis ouvrier chez Renault et je viens de toucher ma paie. Les billets sont dans mon portefeuille et l'appoint, on me l'a fait avec un rouleau de pièces qui est dans la poche de mon pantalon. Faudrait pas confondre !

La jeune femme se tait. Mais cinq minutes plus tard, elle dit au type :

— Écoutez, Monsieur... vous n'allez tout de même pas me dire que Renault vous a augmenté entre deux stations ?

32

Le patron du service d'ophtalmologie d'un grand hôpital prend sa retraite. Lors de son pot d'adieu, ses collègues, collaborateurs et amis lui offrent un grand tableau moderne représentant un œil immense.

Alors l'ophtalmo murmure tout bas :

— Heureusement que je ne suis pas gynécologue...

33

Un passant est abordé dans la rue par une jeune femme très belle, élégante et distinguée.

— Monsieur, je vous prie de m'excuser de vous adresser la parole sans que nous ayons été présentés, mais si par hasard vous disposiez d'une heure et, pardonnez ce détail, de deux billets à l'effigie de Molière, nous pourrions passer chez moi des moments tout à fait délicieux...

Subjugué, l'homme, qui n'a jamais été accosté avec une telle classe, suit la jeune femme. Ils arrivent dans un appartement d'un goût et d'un raffinement exceptionnels.

— C'est superbe chez vous! s'extasie-t-il. Quel est le nom du décorateur?

— C'est moi, mais je n'ai aucun mérite : j'ai fait l'École du Louvre…

Tandis qu'elle lui prépare un scotch, il regarde les livres de la bibliothèque, parmi lesquels figurent de nombreux ouvrages de philosophie, dont *La Critique de la raison pure* et toute l'œuvre de Kant.

— Qui lit cela? demande-t-il médusé.

— Moi! Quand je préparais mon agrégation de philo, j'étais passionnée par les théories kantiennes…

Elle l'entraîne dans la chambre, et sur la table de nuit il aperçoit le *Traité de mécanique ondulatoire* du professeur Leprince-Ringuet.

— Ça aussi, c'est à vous?

— Bien sûr. Je suis en train de le relire. Quand j'ai passé mon agrégation de physique, j'ai soutenu une thèse sur la mécanique ondulatoire…

Sur ce, elle passe à un autre genre d'ondulations et se révèle une amoureuse exceptionnelle. Un peu plus tard, elle se lève, enfile un peignoir, va vers le piano, et attaque une valse de Chopin.

— Vous jouez admirablement…, dit l'homme.

— Oh, vous me flattez. Quand j'ai obtenu mon premier prix de Conservatoire, je jouais plutôt bien, mais depuis j'ai perdu beaucoup de doigté…

— Je ne voudrais pas être indiscret, fait l'autre, mais j'aimerais comprendre. Si j'ai bien saisi, vous êtes diplômée de l'École du Louvre, agrégée de philosophie, agrégée de physique, et premier prix de Conservatoire. Pardonnez ma question, mais… comment êtes-vous devenue une putain?

— Un coup de chance!

34

— Les émissions politiques à la télé comme « 7 sur 7 » ou « L'Heure de vérité », c'est bien mieux que la radio! Au lieu d'entendre des parasites, on les voit…

Deux amis d'enfance ont évolué de façon diamétralement opposée. Le premier, sérieux, appliqué, travailleur, est devenu cadre dans une grande société. Le second, rêveur, insouciant, fantaisiste, est devenu clochard. Chaque année ils se retrouvent à la fête des anciens de leur école, et régulièrement le cadre demande à son copain :

— Alors, qu'est-ce que tu fais ?

— Rien. Je bois…

— Tu crois que c'est une vie d'habiter sous un pont et de boire du vin rouge toute la journée ? Mets-toi au travail ! Regarde-moi, je suis habillé convenablement, j'ai une voiture que j'espère changer bientôt, un appartement que je paie à crédit…

Et chaque année, le même dialogue recommence :

— Qu'est-ce que tu fais ?

— Rien. Je bois…

Et voilà qu'au bout de quinze ans, à la réunion des anciens, arrive une grosse Mercedes conduite par un chauffeur. Et qui en descend ? Le clochard, méconnaissable, magnifique, vêtu comme un lord. Bouche bée, son copain s'exclame :

— Bravo ! Tu t'es mis au travail !

— Non, fait l'autre. J'ai rapporté les bouteilles consignées…

Qu'appelle-t-on un costume Saddam Hussein ?
Un costume qui se taille en vingt-quatre heures.

Deux jeunes bonnes sœurs font du stop. Une prostituée, au volant d'un superbe coupé grand sport, s'arrête et les prend à son bord. Au bout de quelques minutes l'une des sœurs dit :

— Elle est belle votre voiture, madame. Ça a dû vous coûter cher ?

— Un week-end avec un Japonais…

— Et votre manteau de fourrure, il est joli aussi, fait la seconde sœur. C'est du quoi ?

— Du chinchilla. Ça m'a coûté trois nuits avec un homme d'affaires américain…

— Oh ! Je n'avais pas vu votre collier en diamants. Ce sont des vrais ?

— Bien sûr ! C'est un émir avec qui j'avais passé la semaine qui me l'a offert…

Alors les deux petites sœurs se regardent et la première dit :

— Eh ben ! Il nous a bien eues, monsieur le curé, avec ses porte-clés…

38

À Bruxelles, une jeune femme a été agressée dans son parking et violée. La police arrête un suspect et procède au test classique d'identification : on place l'individu au milieu de neuf policiers en civil, et on fait venir la victime.

Les dix hommes sont alignés contre un mur. La dame passe devant eux, et les dévisage longuement un par un. Et quand elle arrive au suspect, il tend le doigt en s'écriant :

— C'est elle !

39

Un samedi, un homme a une crise d'hémorroïdes. Mais c'est le week-end, et le médecin est absent jusqu'au lundi. Un de ses copains lui dit :

— En attendant, je vais te donner un vieux remède pour atténuer la douleur : toutes les quatre heures, tu te mets un cataplasme au marc de café. Tu verras, c'est très efficace.

Et pendant tout le week-end, l'autre, toutes les quatre heures, glisse à l'endroit en question un cataplasme au marc de café.

Le lundi matin, il va chez le médecin, qui, après l'avoir fait déshabiller, lui demande d'appuyer ses bras sur la table en tendant son postérieur bien haut.

Puis il se met à l'examiner. Au bout de cinq minutes, le patient, un peu inquiet, se retourne :

— Vous voyez quelque chose, docteur ?

— Je vois une rencontre avec une femme blonde, une rentrée d'argent inattendue, un changement important dans votre travail…

40

— C'est combien ? demande un petit bonhomme à une prostituée.

— Cent francs dans la voiture, cinq cents francs à l'hôtel.

Le petit bonhomme sort cinq cents francs en disant :

— C'est d'accord ! Cinq fois dans la voiture…

41

Un ours, un dauphin et un crocodile discutent de leurs prochaines vacances.

— Moi, dit l'ours, j'ai un manteau de fourrure, ma femme a un manteau de fourrure, mes enfants ont un manteau de fourrure, on va dans l'Alaska.

— Moi, dit le dauphin, j'ai des nageoires, ma femme a des nageoires, les petits ont des nageoires, on fait une croisière.

— Moi, fait le crocodile, j'ai une grande gueule, ma femme a une grande gueule, mes gosses ont une grande gueule, alors on va en France…

42

Au ciel, depuis des siècles et des siècles, on a perdu la trace de saint Joseph. On l'a cherché partout, on a fouillé tous les coins du paradis, rien. Et voilà qu'un jour l'ange qui s'occupe du purgatoire dit à saint Pierre :

— Vous savez, j'ai un drôle de client chez moi. Il est amnésique. Tout ce dont il se souvient, c'est qu'il était charpentier, qu'il a fait un enfant, un garçon, sans être vraiment le père, et que cet enfant serait devenu célèbre dans le monde entier…

« Dieu soit loué ! se dit saint Pierre, on l'a retrouvé ! »

Il va chercher le vieillard, le ramène dare-dare au paradis, et fonce prévenir Jésus. Le Christ accourt, très ému, se précipite vers l'homme et s'exclame :

— Papa !

Alors le vieux, bouleversé, ouvre grands les bras en s'écriant :

— Pinocchio !

43

Un gentleman britannique déjeune dans son club londonien. Mais il ne s'est pas aperçu que sa braguette est largement ouverte. Au bout de quelques minutes, le maître d'hôtel, impassible, s'approche de sa table et y dépose en s'inclinant un petit plateau d'argent sur lequel est posée une feuille de papier pliée en quatre.

Le gentleman la déplie et lit : « Sorry de vous déranger, sir, mais je me permets de vous signaler que votre braguette est ouverte. Post-Scriptum : I love you… »

44

Un homme rentre chez lui fou de joie et annonce à sa femme :

— Je viens de gagner trois milliards au Loto ! J'ai le chèque ! Alors, quoi que tu sois en train de faire, tu arrêtes tout et tu vas vite préparer ta valise !

— Donne-moi quand même des précisions… Je prends mes affaires d'hiver ou mes affaires d'été ?

— Les deux ! Tu te tires !

45

Un couple avec un petit enfant rentre d'un repas de noces aussi copieux qu'arrosé. La voiture qui zigzague quelque peu sur la route est arrêtée par les gendarmes. Ils font souffler le conducteur dans le ballon, lequel devient immédiatement vert.

— Écoutez, dit l'homme, ce n'est pas possible, votre appareil est déréglé. À midi, j'ai bu en tout et pour tout deux verres de vin. Faites souffler ma femme, elle ne boit que de l'eau. On va bien voir…

L'épouse souffle à son tour, et le ballon verdit illico presto.

— Ah! vous voyez…, fait le conducteur.

Mais les gendarmes restent de marbre. Alors il leur dit :

— Si vous ne me croyez pas, faites souffler le gosse…

Et le petit garçon de trois ans souffle dans le ballon qui devient tout vert.

— Vous aviez raison, dit le brigadier, veuillez nous excuser, notre engin est déréglé…

Les gendarmes s'en vont. Alors le conducteur se tourne vers sa femme et lui dit :

— Tu vois, chérie, j'ai bien fait avant de partir de faire boire trois pastis au gamin…

46

Dans un car de ramassage scolaire en Alabama, c'est quotidiennement, pendant tout le trajet, l'affrontement entre enfants blancs et noirs. Un jour, le chauffeur pique un coup de sang, arrête son véhicule en pleine campagne, et fait descendre tout le monde.

— J'en ai par-dessus la tête! hurle-t-il. Ras le bol de vos bagarres stupides pour des histoires de couleur de peau! Désormais c'est terminé : il n'y a plus de blancs, il n'y a plus de noirs. Vous êtes tous des bleus! C'est bien compris? Tous des bleus! Et maintenant, remontez dans le car. Les bleu foncé à l'arrière, les bleu clair devant…

47

Pour leurs noces d'or, un vieux couple retourne dans l'hôtel où ils avaient passé leur nuit de noces. Et ils réussissent à obtenir la même chambre.

— Tu te souviens, dit l'homme d'une voix émue, il y a cinquante ans, jour pour jour, nous étions ici. On avait commandé un dîner dans la chambre et puis on s'était mis tout nus...

— Si on faisait pareil ? murmure son épouse, les larmes aux yeux.

Alors ils commandent deux potages et se déshabillent. Et voilà que peu après, tandis qu'ils mangent en silence, la vieille dame dit :

— Je ne sais pas si c'est l'émotion ou les souvenirs que me rappelle cette chambre, mais je me sens toute chaude. J'ai les pointes des seins brûlantes...

— Pas étonnant, fait le mari. Elles trempent dans ta soupe !

48

Comment dit-on au pluriel : Il y a un Arabe au portail ?
Il y a des melons aux portaux.

49

À Moscou, une ménagère entre dans une boucherie :

— Je voudrais quatre belles tranches dans le filet...

— Nous n'avons pas de filet, dit le boucher.

— Alors, donnez-moi du faux-filet, de l'entrecôte ou du rumsteak...

— On n'en a pas non plus !

— De l'onglet ou de la bavette...

— Non plus !

— Peut-être de la macreuse, de l'aloyau ou du bourguignon ?

— Non plus !

— Bon. Eh bien, donnez-moi des côtelettes d'agneau, sinon une épaule ou un gigot...

— Pas d'agneau !

— Dans ce cas, je prendrai des côtes de veau, ou alors du quasi ou de la noix...

— Pas de veau non plus !

La ménagère moscovite repart. Alors le boucher se tourne vers la caissière et dit d'un ton profondément admiratif :

— Oh là là ! quelle mémoire !

50

Un type complètement saoul entre dans une église, se dirige en titubant vers le confessionnal et y pénètre.

Une minute plus tard, le curé ouvre le judas et lui demande :

— Puis je vous aider, mon fils ?

— C'est pas de refus ! Y a du papier de votre côté ?

51

Au Rwanda, sur la terrasse d'une superbe demeure coloniale, trois ladies prennent le thé. Soudain un gorille sort de la forêt vierge, prend une des Anglaises sous le bras et disparaît sous les arbres.

Alors sans cesser de tourner son sucre dans sa tasse, l'une des deux ladies restantes dit à l'autre :

— Je me demande vraiment ce qu'il lui trouve…

52

Rentrée scolaire à Montfermeil. L'institutrice fait l'appel.

— Ben Larbi ?

— Présent !

— Ben Youssef ?

— Présent !

— Ben Ali ?

— Présent !

— Ben Mahmoud ?

— Présent !

— Ben Oït ?

Pas de réponse.

— Ben Oït ?

Alors un petit garçon blond dit timidement :

— Je m'appelle Benoît, madame.

53

Un type dit à un copain :

— Il y a trois ans, je vais en vacances en Grèce, ma femme tombe enceinte. Il y a deux ans je vais en vacances en Tunisie, ma femme tombe enceinte. L'année dernière je vais aux Baléares, elle tombe encore enceinte ! Alors, ça suffit ! Cette année, je ne sais pas où j'irai, mais je l'emmène avec moi !

54

En rentrant des champs, un paysan croise sur le chemin qui mène au village un homme très élégant qui le salue en disant :

— Eh bien, mon brave Mathieu, tu me reconnais pas ?

L'autre se frotte les yeux :

— Mais cré nom ! C'est le Françoué… Ben, dis donc, mon gars, t'as l'air d'un monsieur…

— S'il te plaît, ne me dis plus « Françoué ». Désormais on m'appelle François. Je suis parti comme tu le sais à la ville, et j'ai fait fortune, ce qui me permet d'avoir une vie de rêve. J'ai une maison magnifique. Le matin au réveil, je monte sur la terrasse. Puis je prends mon petit déjeuner, j'appelle mon agent de change pour donner mes instructions pour la Bourse, je prends mon bain, je vais me promener. À l'heure de l'apéritif, je monte sur la terrasse. Ensuite déjeuner, quelquefois petite sieste sur la terrasse, coup de téléphone à mon agent de change pour savoir comment était la Bourse. Le soir, apéritif sur la terrasse, ensuite dîner, et puis s'il fait chaud, avec un beau ciel étoilé, je reste longuement sur la terrasse avant d'aller dormir. Tu vois que j'ai une vie plutôt agréable…

— Ben ça oui !… fait le paysan.

À peine rentré chez lui, il dit à sa femme :

— Marie! Tu devineras jamais qui je viens de rencontrer? Le Françoué!

— Et qu'est-ce qu'il devient, ce feignant de Françoué?

— Ce feignant, comme tu dis, c'est devenu quelqu'un. D'abord, c'est plus Françoué, c'est François. Et sa femme, c'est plus la Thérèse, c'est la Terrasse…

55

Pourquoi le communisme n'a-t-il jamais réussi a percer en Corse?
À cause des outils sur le drapeau.

56

Un couple fait refaire les peintures de son appartement. Le soir, en rentrant du bureau, le mari, croyant que c'est sec, met la main sur une porte et laisse des traces de doigts.

Le lendemain, quand le peintre arrive, la femme lui dit:

— Venez dans la chambre, je vais vous montrer l'endroit où mon mari a mis la main hier soir…

Et l'autre répond:

— Sans vouloir vous vexer, madame, je préférerais un verre de vin…

57

Deux magasins viennent de s'ouvrir côte à côte à Bruxelles. L'un tenu par un Wallon, l'autre par un Flamand.

Sur la vitrine du premier, il est écrit: *Ici on parle français.*
Et sur celle du second: *Ici on ne parle pas, on travaille.*

58

Un petit garçon corse écrit sa lettre de Noël:

«Cher petit Jésus, cette année j'ai été très très sage et je serais vraiment heureux si tu acceptais de m'offrir un vélo pour Noël…»

Réflexion faite, il trouve que sa lettre n'est pas assez directe, et il recommence :

« Cher Jésus, puisque j'ai été sage toute l'année, je veux un vélo pour Noël… »

Mais il n'est pas encore satisfait. Soudain, apercevant sur la cheminée la statue de la Sainte Vierge, il s'en empare, la fourre au fond d'un placard qu'il ferme à double tour, puis après avoir mis la clé dans sa poche, il écrit :

« Jésus, si tu tiens à revoir ta mère… »

59

Un Français passe ses vacances en Grèce. Dans un village du Péloponnèse, un habitant l'invite à prendre un verre chez lui :

— Vous connaissez le raki ?

— Non, fait le touriste.

— Vous allez voir, c'est délicieux. Mais quand on fait connaissance, la tradition veut qu'on boive « cul sec », comme vous dites chez vous…

Après avoir trinqué, le Français vide son verre d'un trait. Cinq secondes plus tard, il voit les murs bouger, le sol se dérobe sous lui, et il s'étale par terre.

Quand il reprend ses esprits, il lance au Grec :

— Dites-donc, c'est drôlement fort votre raki !

— Pas du tout, répond l'autre, c'est très doux. Mais je vous signale qu'on vient d'avoir un tremblement de terre…

60

Cinq juifs ont successivement marqué l'histoire de l'humanité en décrétant la règle universelle qui régit le monde.

D'abord Moïse : « Tout est loi. »

Puis Jésus : « Tout est amour. »

Puis Marx : « Tout est argent. »

Puis Freud : « Tout est sexe. »

Et enfin Einstein : « Tout est relatif… »

Une petite souris aimerait bien sortir de son trou, mais elle se méfie terriblement du chat. Comme elle a l'ouïe fine, elle écoute attentivement et perçoit effectivement un bruit léger de pattes sur le parquet de la pièce. Et puis elle entend des aboiements.

«Ouf! se dit-elle, ce n'est que le chien. La voie est libre…»

Et elle sort.

À ce moment-là, le chat la chope entre ses griffes et lui dit :

— Tu vois que ça sert d'apprendre une langue étrangère…

62

Le Paris-New York a quitté Roissy depuis une dizaine de minutes lorsque les passagers entendent dans les haut-parleurs une voix chaleureuse qui dit :

— Mesdames, Messieurs, bonjour. C'est le commandant Martin qui vous parle. Le vol auquel vous participez est historique. En effet, pour la première fois, un avion de ligne est entièrement piloté par ordinateur. Nous avons décollé sans aucune intervention humaine, nous resterons pendant toute la durée du vol en pilotage automatique, et c'est l'ordinateur qui procédera seul aux manœuvres d'atterrissage. Mais n'ayez absolument aucune inquiétude : s'il y avait le moindre problème, dans la seconde qui suit, je prendrais les commandes… je prendrais les commandes… je prendrais les commandes… je prendrais les commandes… je prendrais…

63

Deux mouches vertes sont posées sur une grosse bouse de vache. Soudain l'une des deux laisse échapper un pet.

— Je t'en prie, dit l'autre. Pas à table !

François Mitterrand convoque un jour Jack Lang.

— Mon cher Jack, lui dit-il, il est temps à mon âge de songer à ma sépulture. Vous qui débordez d'idées, que me suggérez-vous ?

— Le Panthéon, monsieur le président.

— C'est un peu banal. Il y a déjà tellement de monde…

— Alors Latche. Avec un mausolée qui deviendrait un lieu de pèlerinage…

— Non. Ça donnerait l'impression de copier Colombey…

— J'ai trouvé ! s'exclame Jack Lang. La seule sépulture digne de vous, c'est le tombeau du Christ !

— Bravo ! Vous partez dès aujourd'hui pour Jérusalem, et vous essaierez de me négocier ça avec le gouvernement israélien.

Quarante-huit heures plus tard, Jack Lang est de retour, et annonce avec un sourire triomphal :

— C'est d'accord, monsieur le président : vous aurez le tombeau du Christ. Moyennant le versement par la France de dix millions de dollars…

— Quoi ? Dix millions de dollars ? s'écrie Mitterrand. C'est cher pour trois jours !

65

Un pied-noir un peu « m'as-tu-vu » va à Deauville au volant de sa B.M.W. décapotable. Il roule, le bras gauche négligemment posé sur la portière quand, dans un passage étroit de la route, il croise un énorme camion qui lui emporte le bras.

Et il hurle :

— La purée de ma mère ! Ma Rolex !

66

Un jeune coq vient d'arriver dans la basse-cour. Alors le vieux coq, un peu déplumé, va le trouver et lui dit :

— Écoute, on pourrait s'entendre plutôt que de se disputer les poules. Il y en a une centaine ici. On en prend cinquante chacun…

— Pas question ! fait l'autre. Je les veux toutes. Toi, tu es fini, tu es tout juste bon pour la casserole !

— Ne t'énerve pas, fait le vieux coq. Je te propose de régler ça à la loyale : une course jusqu'au grillage du fond. Compte tenu de mon âge, tu me donnes un mètre d'avance. Si je gagne, on partage les poules. Si tu gagnes, je m'en vais tout de suite.

Sûr de gagner, l'autre accepte. Et le vieux coq s'élance avec le jeune à sa poursuite. Ils sont à mi-parcours quand un coup de fusil part, étendant raide mort le jeune coq.

Et le paysan, en remettant son arme sur l'épaule, fulmine :

— Cré bon sang de bonsoir ! C'est-y pas malheureux ! C'est le huitième coq que j'achète depuis le début du mois, et à chaque fois je tombe sur un pédé !

67

Quelle différence y a-t-il entre un amant et un mari ?
C'est le jour et la nuit !

68

Dans un hôpital, le chirurgien entre dans la salle d'opération où son patient a déjà été amené, préparé et anesthésié. Et il tombe sur un interne en train de lui scier consciencieusement les deux jambes.

— Mais vous êtes fou ! s'écrie le chirurgien. Je viens opérer cet homme de l'appendicite…

— Ah ? fait l'interne étonné. Ce n'est pas ici la salle de dissection ?

69

À la suite d'une panne de moteur, un petit avion de tourisme s'est posé en catastrophe sur un plateau désertique. Pas de victimes, mais le temps passe et les secours n'arrivent toujours pas. Le cinquième jour, alors que les rescapés sont affamés, l'un d'entre eux dit :

— Je ne suis pas tout jeune, je n'ai pas de famille, je n'attends plus rien de la vie… Je vais me tuer, cela vous procurera de la nourriture…

Et il sort un revolver. Un prêtre, qui fait partie du petit groupe, intervient :

— Ne faites pas ça, mon fils ! Dieu vous a donné la vie, lui seul peut vous la retirer. Je vous en supplie, ne faites pas ça…

— Vous ne me ferez pas changer d'avis, mon père, répond l'homme en posant le revolver sur sa tempe.

Alors le prêtre s'écrie :

— Non, non ! Pas là ! La cervelle, c'est ce que je préfère !

70

Sur une plage africaine, un Noir et son petit garçon sont au bord de l'eau. Le gosse demande à son père :

— Papa… je peux jouer avec ton zizi ?

— Oui, mais ne t'éloigne pas trop…

71

Un couple de nouveaux riches fait une croisière. Ils sont en train de se préparer dans leur cabine pour rejoindre la grande salle à manger. La femme, après s'être longuement coiffée et maquillée, demande à son époux, qui a déjà enfilé son smoking :

— Chéri, quelle robe préfères-tu ? Celle en soie rouge ou celle en mousseline bleue ?

— Peut-être celle en mousseline bleue…

— Qu'est-ce qui ira le mieux avec ? Mon collier de perles et mes boucles d'oreilles en or ou ma parure de diamants ?

— Ta parure de diamants…

— Et je mets mes escarpins argentés ou les dorés ?

— Comme tu veux. Mais dépêche-toi, on va être en retard pour le petit déjeuner…

72

Accompagné d'un guide chamoniard, un alpiniste irlandais fait l'ascension du Mont Blanc.

Brusquement, ils sont bloqués par une terrible tempête. Au bout de plusieurs heures, ils voient enfin arriver un saint-bernard avec son tonneau d'alcool autour du cou.

— Regardez, s'écrie le guide, voilà le meilleur ami de l'homme !

— Et vous avez vu l'énorme chien qui l'apporte ? fait l'Irlandais.

73

Un incendie ravage un immeuble de Bruxelles. Bloquée au troisième étage, une femme tient un bébé dans ses bras.

— Lancez le petit ! crient les pompiers qui ont tendu une toile.

— Non, je ne saurais pas ! hurle la femme. C'est mon enfant, j'ai peur que vous le manquiez ! Je veux le goal de l'équipe de football de Belgique !

— Mais, madame, s'écrie le capitaine, le temps qu'il arrive, il sera trop tard…

— Je sais où il habite, dit un pompier. C'est tout à côté…

On court chez lui. Miracle, il est là. En un clin d'œil il enfile son maillot, son short, ses chaussures, met sa casquette et il arrive trois minutes plus tard devant l'immeuble en feu où la malheureuse est toujours coincée.

— Vous me reconnaissez, madame ? Je suis le goal de

l'équipe de Belgique. C'est moi qui ai arrêté le penalty dimanche contre l'Allemagne ! Vous pouvez lancer le petit !

— Vous allez l'attraper ?

— Aucun problème, madame, comme à l'entraînement…

Alors elle lance le bébé, le goal se détend, le cueille du bout des doigts, le serre dans ses bras, et le pose délicatement au sol.

Après quoi, il prend cinq mètres d'élan et dégage.

74

Deux amoureux se promènent dans la campagne. Ils arrivent devant un champ fraîchement moissonné, parsemé de meules de foin, et le garçon entraîne sa compagne à l'abri de l'une d'entre elles. Dix minutes plus tard, alors qu'ils sont en train de faire l'amour, un officier surgit dans le champ en criant :

— Rassemblement ! L'exercice de camouflage est terminé !

Et toutes les meules de foin s'en vont.

75

Un vieux dragueur a réussi à ramener chez lui une adolescente. Assis tout contre elle sur le divan, il dit :

— Qu'est-ce que j'attrape là ?

Et la gamine chantonne :

— Les cheveux… les cheveux…

— Et là ?

— Le menton… le menton…

— Et là ? Les tétons… les tétons…

— Et là ?

— Le nombril… le nombril…

— Et là, qu'est-ce que j'attrape ?

— La vérole… la vérole…

Deux golfeurs se rencontrent. Le premier dit :

— Tu sais la nouvelle ? Durand a tué sa femme avec son revolver…

Et l'autre demande :

— En combien de coups ?

Un poseur de moquette regarnit entièrement les deux cents mètres carrés de l'immense salon d'une riche comtesse. Après deux journées de travail harassantes, il vient de planter le dernier clou, contemple avec satisfaction son œuvre, et décide de s'offrir une petite cigarette. Mais il a beau fouiller toutes ses poches, il ne trouve plus ses Gauloises. Et voilà qu'au beau milieu de la pièce, il aperçoit une magnifique bosse dans la moquette de haute laine.

« Catastrophe ! se dit-il. Mon paquet est là-dessous ! Je vais quand même pas tout redéfaire… »

Alors il prend son marteau et tape à coups redoublés sur la bosse jusqu'à ce qu'elle ait entièrement disparu. Trente secondes plus tard, la comtesse arrive :

— Tenez, mon brave, je vous rapporte votre paquet de cigarettes que vous aviez laissé sur la table de la cuisine… Au fait, vous n'auriez pas vu mon yorkshire ?

Sur le Vieux-Port, une poissonnière marseillaise crie à une de ses collègues :

— Oh, Ginette ! J'ai une grande nouvelle à t'annoncer, peuchère ! Écoute ça, ma belle : je marie ma fille !

— Oh là… putain !

— Non, pas celle-là. L'autre…

79

Le chef du personnel d'une grande entreprise de travaux publics essaie de convaincre un technicien de signer un contrat de trois ans sur un chantier africain.

— N'allez pas croire que c'est le bagne, lui dit-il. La semaine, les gars travaillent dur, mais le week-end ils rigolent bien. Le vendredi soir, ils vont tous dans un boui-boui qui est à une trentaine de kilomètres, et ils se prennent des cuites fabuleuses !

— Je ne bois pas, fait l'autre.

— Le samedi ils vont voir les filles. Des Noires superbes…

— Les filles, ça ne m'intéresse pas…

— Ah ! Vous êtes homosexuel ?

— Non, pas du tout.

— Alors, le dimanche ne vous intéressera pas non plus…

80

Dans une basse-cour une poule dit d'un ton condescendant à une autre :

— Mes œufs sont beaucoup plus gros que les tiens ! Ils se vendent trois francs au marché, alors que les tiens ne valent que deux francs cinquante…

Et l'autre répond :

— Tu ne crois tout de même pas que je vais me casser le cul pour cinquante centimes !

81

Partant en vacances, une jeune fille demande à un de ses amis d'avoir la gentillesse de lui garder son chat pendant son absence, et de passer de temps en temps chez sa vieille grand-mère pour voir si elle n'a besoin de rien.

Trois semaines plus tard, elle est de retour et se précipite chez son copain qui lui lance :

— Tu t'es dérangée pour rien ! Ton chat, il est crevé !

Alors elle éclate en sanglots, et au bout d'un long moment, elle dit en ravalant ses larmes :

— Tu aurais pu me l'annoncer avec plus de ménagement! Tu sais combien j'étais attachée à lui… Tu aurais pu me dire par exemple : «Ton chat était en train de jouer avec sa balle sur le balcon du sixième. Et puis elle lui a échappé, elle est tombée dans la rue, il a bondi pour la rattraper, et malheureusement tu devines que…» Voilà, si tu étais délicat, comment tu aurais dû m'apprendre la nouvelle! Et ma grand-mère comment ça va?

— Ta grand-mère? Eh bien, elle était en train de jouer avec sa balle sur le balcon du sixième, et puis elle lui a échappé…

82

Pourquoi y a-t-il une forte recrudescence des naissances chez les catholiques belges?

Parce que le pape a dit qu'il fallait mettre les préservatifs à l'index.

83

La guerre vient d'éclater entre la Chine et l'U.R.S.S. Forts d'un armement beaucoup plus moderne et sophistiqué, les Soviétiques font un million de prisonniers la première semaine. Au bout de quinze jours, ils en ont quatre millions. Au bout d'un mois, quinze millions. Deux mois plus tard, ils en sont à cinquante millions.

C'est alors que Pékin envoie à Moscou le message suivant : «Faut-il continuer ou acceptez-vous de capituler tout de suite?»

84

Lord et Lady Mac Intosh sont en vacances aux Bermudes. Au cours d'une promenade à bord de leur yacht, l'épouse tombe à la mer et disparaît.

Lord Mac Intosh, une fois les recherches abandonnées,

rentre en Écosse. Six mois plus tard, il reçoit le télégramme suivant :

« Avons retrouvé le corps de Lady Mac Intosh couvert de crustacés. Attendons instructions. »

Et il répond :

« Vendez les crustacés et réappâtez. »

85

Au salon du prêt-à-porter, deux fabricants discutent.

— Mon fils, dit le premier, c'est une catastrophe ! Il arrive en fin d'après-midi, il va directement à la cabine des mannequins, il les pelote, il en drague un, il prend deux ou trois mille francs dans la caisse, et je ne le revois plus avant le lendemain midi…

— Le mien, dit l'autre, c'est encore pire ! Il arrive en fin d'après-midi, il va directement à la cabine des mannequins, il les pelote, il en drague un, il prend deux ou trois mille francs dans la caisse, et je ne le revois plus avant le lendemain midi…

— C'est pas pire, fait l'autre, c'est exactement pareil !

— Pas du tout ! Tu oublies que moi, je suis dans le prêt-à-porter pour hommes…

86

Au moment où il survole le sud de l'Italie, un appareil d'Alitalia se retrouve avec deux moteurs en feu et les gouvernes de profondeur bloquées.

Alors l'hôtesse s'avance dans l'allée centrale, prend le micro, et dit aux passagers d'une voix suave :

— Mesdames, messieurs, connaissez-vous l'expression « Voir Naples et mourir » ?

Répondant à une annonce qui propose une saillie gratuite par un caniche pur race avec pedigree officiel à trois générations, une jeune femme prend rendez-vous pour sa petite chienne et arrive chez le propriétaire du mâle.

Mais le chien ne semble pas intéressé par sa compagne et ne pense qu'à jouer à la balle. Au bout d'une vingtaine de minutes, son maître dit à la jeune femme :

— Madame, je crois que si nous voulons arriver à quelque chose, je vais avoir besoin de votre collaboration…

Il l'amène vers le canapé et dit au chien :

— Regarde bien ! C'est la dernière fois que je te montre !

Un Noir décide d'attaquer une banque. Il entre dans l'établissement, va droit sur le caissier, et lui lance :

— Je veux des g'os billets !

Alors l'autre se lève, quitte son guichet, et revient vingt secondes plus tard avec une cuvette.

Une femme qui vient de perdre son mari dit en sanglotant aux croque-morts :

— Il aurait tellement voulu être enterré en smoking ! Lui qui n'en a jamais possédé, c'était son rêve. Mais nous sommes trop pauvres pour en acheter un…

Émus, les employés des pompes funèbres décident de faire quelque chose. Et le lendemain, quand on sort son époux de la morgue, la femme le découvre vêtu d'un magnifique smoking.

— Ah, mon Dieu ! Vous n'imaginez pas comme ça me touche. Combien je vous dois, messieurs ?

— Rien du tout ! Le hasard a fait qu'on avait un client qui

était mort d'une crise cardiaque en sortant d'un gala en tenue de soirée…

— Mais ça a dû vous donner beaucoup de travail…

— Pensez-vous ! On a juste changé les têtes !

90

Une dame porte une jupe tellement étroite qu'elle n'arrive pas à grimper dans l'autobus. Alors, discrètement, elle passe la main derrière son dos et déboutonne un bouton. Mais elle ne peut toujours pas monter. Elle en déboutonne un deuxième, sans plus de succès, puis un troisième…

À ce moment-là, le monsieur qui est derrière elle lui met les deux mains sur la croupe et la soulève. La dame se retourne, furieuse :

— Dites donc, monsieur, quand vous aurez fini de me mettre la main aux fesses !

— Et vous, madame, quand vous aurez fini de déboutonner ma braguette !

91

Un jeune soldat croise dans la cour de la caserne le colonel, et ne le salue pas.

L'officier supérieur l'interpelle sèchement :

— Comment vous appelez-vous ?

— David Goldstein…

— Votre compagnie ?

— Lévy Goldstein et associés…

92

Une petite fille est en train de feuilleter l'album de famille. Tout à coup, elle demande à sa mère :

— Maman ! Qui c'est le beau brun en maillot de bain,

avec des pectoraux terribles, qui est à côté de toi sur la plage ?

— C'est ton papa quand je l'ai connu, répond la mère d'un ton mélancolique.

— Ah bon ! C'est mon papa ? Ben alors, qui c'est le gros type chauve qui vit à la maison ?

93

Le téléphone sonne dans une gendarmerie.

— Allô ? fait une voix d'homme. Je suis un automobiliste et, en traversant un village, je viens d'écraser deux poulets. Qu'est-ce que je dois faire ?

— Écoutez, dit le gendarme, ce n'est pas bien grave. Mettez-les seulement sur le bas-côté de la route pour que les autres voitures ne passent pas dessus…

— Bon, d'accord ! Et les motos, qu'est-ce que j'en fais ?

94

La compagnie aérienne Air Algérie va changer de nom. Elle s'appellera désormais Aero-bic.

95

En déplacement en Alsace, un cadre commercial qui vient de signer un contrat juteux décide de se payer un bon gueuleton. Il entre dans une auberge à l'allure sympathique, et après s'être offert un whisky 12 ans d'âge, il compose son menu : salade de langouste, foie gras, suprême de caneton, et comme dessert un kougloff. Le tout arrosé de pinot noir, avec un alcool de poire pour terminer.

Quand arrive l'addition, il lit : 32 francs. Alors il appelle le maître d'hôtel et lui dit :

— Vous êtes sûr qu'il n'y a pas une erreur ?

— Che vais vérifier, Monchieur… Un whisky 12 ans d'âge : 3 francs. Une salade de langouste : 5 francs. Un foie gras : 5 francs. Un caneton : 7 francs. Un kougloff : 2 francs. Une bouteille de pinot noir : 6 francs. Une vieille poire : 4 francs. Total… 32 francs, c'est bien ça.

— Mais c'est incroyable ! fait le client ébahi. Comment est-ce possible ?

— Che vais vous expliquer. Ici, che ne suis qu'un employé. Le patron, comme d'habitude, n'est pas là. Il baise ma femme. Moi che baise les prix. On va voir qui s'arrêtera le premier…

96

La tour de contrôle de Kennedy Airport appelle le 747 de la Sabena qui fait Bruxelles-New York et demande au commandant de bord :

— Pouvez-vous indiquer votre position ?

Et l'autre répond :

— Je suis assis à l'avant sur le siège de gauche…

97

Vêtue d'une robe vaporeuse et ultracourte, une jeune fille s'apprête à aller en surprise-partie. Sa mère la regarde et lui dit :

— Ma chérie, on voit toute ta poitrine à travers la mousseline. Tu n'as pas de soutien-gorge ?

À ce moment-là, la demoiselle se baisse pour ajuster ses escarpins.

— Mais tu n'as pas de culotte non plus ! s'écrie la mère.

— Maman ! fait la jeune fille d'un ton navré. Quand tu vas au concert, tu ne mets pas tes boules Quies…

98

En vacances sur la plage de l'Adriatique, un jeune Français a repéré une superbe créature. Et comme il est excellent nageur, il attend qu'elle se baigne pour lui faire admirer son crawl.

Dès que la jeune femme entre dans l'eau, il se précipite :

— Voulez-vous que nous nagions ensemble jusqu'à la bouée jaune, mademoiselle ? Vous pouvez aller jusque-là ?

— Je pense…

Ils partent, et le garçon se lance dans sa fameuse démonstration de crawl. Soudain, la fille s'y met aussi, le rattrape, le double comme une fusée, arrive à la bouée bien avant lui, fait demi-tour, et regagne la plage avec cinquante mètres d'avance.

Quand le type arrive, à bout de souffle, il lui lance :

— Vous ne m'aviez pas dit que vous êtes une championne ! Vous êtes peut-être même médaillée olympique ?

— Pas du tout, répond la fille. Je fais le tapin à Venise…

99

Deux copains discutent des femmes.

— À ton avis, dit le premier, avec lesquelles a-t-on le plus de chances de ne pas être cocu ? Les brunes ou les blondes ?

— Les grises, répond l'autre.

100

Une sage-femme est appelée en pleine nuit dans une ferme isolée de Lozère. Elle arrive une demi-heure plus tard au volant de sa deux-chevaux, et trouve la belle-fille du fermier sur le point d'accoucher. Elle demande qu'on prépare des bassines d'eau chaude et qu'on apporte des bougies pour voir plus clair, la ferme n'ayant pas l'électricité.

— Courage, madame, dit-elle à la jeune femme après l'avoir examinée à la lueur des bougies. Ce ne sera plus long, je vois sa tête…

Et un quart d'heure plus tard, elle brandit un garçon en disant à la nouvelle maman :

— Eh bien, à présent, vous devez vous sentir libérée…

— Ben, pas tellement…, répond l'autre.

— Ah ? Qu'on m'apporte d'autres bougies ! J'ai besoin de mieux voir…

Elle examine la jeune femme.

— Mais c'est vrai ! il y en a un autre ! Allez, madame, courage, poussez…

Et elle met au monde le second bébé.

— Maintenant, dit-elle, vous voilà enfin libérée.

— Ben, je me sens encore oppressée…

— Pas possible ? Qu'on me ramène des bougies ! Qu'on me ramène plein de bougies, j'ai besoin d'être mieux éclairée !

Et elle réexamine sa patiente.

— C'est incroyable ! Il y en a un troisième ! Allons, madame, encore un effort…

À ce moment-là, le pépé entre dans la pièce et se met à souffler une à une toutes les bougies.

— Vous êtes fou ! s'écrie la sage-femme. Qu'est-ce qui vous prend ?

— Mais, cré bon Dieu de bon sang de bonsoir ! hurle le vieux. Vous voyez pas que c'est la lumière qui les attire !

101

Un paquebot vient de heurter un iceberg et commence à sombrer. Après avoir regroupé tous les passagers sur le pont, le commandant prend son porte-voix et ordonne :

— Montez dans les canots de sauvetage ! Les femmes et les enfants d'abord, les hommes ensuite !

À ce moment-là, deux jeunes gens très efféminés qui se tiennent par la main s'écrient :

— Et nous alors ? On coule ?

102

Revenant d'un rendez-vous à l'extérieur, un P.-D.G. arrive au bureau et demande à sa secrétaire :

— Il y a eu des appels pour moi ?

— Un seul, monsieur.

— Qui ?

— Attendez… un certain Sanchez. Non… MacGregor !

Finalement je crois que c'était Werner... ou alors Rinaldi. Enfin je ne sais plus... Je n'ai pas compris le nom. On entendait mal parce qu'il appelait de très loin.

— D'où ?

— Du Brésil. Ou plutôt des États-Unis, à moins que ce ne soit de Hong-Kong ou peut-être de Suède. Mais ça pouvait aussi venir d'ailleurs...

— Et qu'a dit ce correspondant ?

— Ça, je m'en souviens, monsieur. Il a dit : « Si votre patron ne me rappelle pas dans l'heure qui suit, je fais mettre sa boîte en faillite et lui en prison ! »

103

Un homme va chez le médecin de famille.

— Docteur, dit-il, je suis très ennuyé. Figurez-vous que mon fils a attrapé la vérole avec je ne sais quelle traînée. Le temps que ça se déclare, il l'a passée à la bonne, qui me l'a repassée, et moi, bien entendu, je l'ai repassée à ma femme !

— Quel petit con ! s'écrie le docteur. À cause de lui, nous voilà tous contaminés !

104

À l'école maternelle, la maîtresse apprend aux petits enfants à faire pipi tout seuls. Et elle leur explique, en décomposant les opérations :

— Un, on ouvre le pantalon et on sort son petit oiseau. Deux, on décalotte. Trois, on fait pipi. Quatre, on recalotte. Cinq, on range son petit oiseau et on ferme le pantalon.

À la récréation, elle constate qu'un enfant est enfermé depuis cinq minutes dans les toilettes. Alors elle s'approche de la porte pour savoir ce qui se passe, et elle l'entend qui dit de plus en plus vite :

— Deux... quatre... deux... quatre... deux... quatre... deux... quatre...

105

Quel est l'homme le plus malchanceux du monde ?
Le cosmonaute Popov. Après avoir fait des centaines de fois le tour de la Terre, il s'est posé en Russie.

106

Deux pauvres fourmis sont employées au service du nettoiement de la ville. Un jour, alors qu'elles balaient le trottoir, une Rolls blanche s'arrête à leur hauteur. Le chauffeur ouvre la portière arrière, et une cigale en descend, couverte de bijoux.

— Mais je te reconnais, dit une des fourmis. Qu'cst-cc que tu deviens ?

— Ça marche très fort pour moi. Mon dernier disque est premier au hit-parade, je fais le Zénith le mois prochain et c'est déjà complet. Ensuite je pars en tournée en Amérique. À un de ces jours, les filles…

Et tandis qu'cllc s'éloigne, la première fourmi, tout en se remettant à balayer, dit à sa collègue :

— Ce La Fontaine, quel con !

107

Élève pilote dans l'Aéronavale, un jeune engagé vient en permission chez lui.

— Vous savez, explique-t-il au cours du dîner à sa famille bouche bée, c'est grisant de piloter un chasseur qui vole à deux mille kilomètres/heure ! Et ce sont des engins d'une maniabilité incroyable ! En fait, sur un porte-avions, le plus difficile, c'est de décoller…

Alors la vieille grand-mère assise au bout de la table lève le nez de son potage et demande d'une voix chevrotante :

— Dis-moi, mon petit, as-tu essayé avec de l'eau chaude ?

Grand mariage en Belgique. La cérémonie est magnifique, la réception superbe, après quoi les nouveaux époux s'éclipsent.

Le lendemain, sur le coup de midi, le jeune marié croise dans la rue sa bande de copains.

— Alors, s'écrient-ils en l'entourant, la nuit de noces ? Raconte…

— Ah non !… Je ne saurais pas…

— Allez ! dis-nous…

— Tout de même, c'est une chose intime ! Mais je peux vous dire que c'était formidable !

— Allez, raconte, une fois !

— Je peux vous dire qu'elle est absolument folle de moi. Tenez, je vais vous faire une confidence : si j'avais voulu, je la sautais…

109

Quelle différence y a-t-il entre une hermine et un ramoneur ?

Eh bien, l'hermine est un petit animal tout blanc avec une queue toute noire.

Et le ramoneur est un petit homme tout noir…

… avec une échelle sur le dos.

110

Au Salon de l'Auto, deux émirs arrivent au stand Rolls-Royce et commandent le nouveau modèle.

— Je la voudrais bleu nuit, dit le premier, pare-chocs recouverts d'argent, chaîne hi-fi, télé couleur, tapis de sol en vison, et puis un saphir au milieu du volant…

— Moi, fait le second, je la voudrais blanche, pare-chocs dorés à l'or fin, télé couleur, bar, etc., tapis de sol en chinchilla et, au milieu du volant, un simple diamant…

Le vendeur fait rapidement les devis.

— Cela fera deux millions cinq cent soixante-trois mille francs pour vous, Altesse, dit-il au premier, et deux millions sept cent quarante mille francs pour vous, Altesse, dit-il au deuxième.

Le premier émir sort son chéquier. Alors l'autre l'arrête d'un geste :

— Je t'en prie ! Tout à l'heure c'est toi qui as payé les cafés, ça c'est pour moi !

111

Dans une maison bourgeoise, le maître des lieux vient de mourir, et l'on prépare les obsèques. La bonne entre dans la chambre de la veuve éplorée et demande :

— Madame, je peux faire la toilette du mort ?

— Je vous en prie, Marie, un peu de tenue ! Vous pourriez dire « monsieur » et non pas « le mort »...

— Bien, madame.

Une demi-heure plus tard, on sonne. La bonne va ouvrir et vient annoncer à sa maîtresse :

— Madame... c'est les croque-monsieur...

112

La directrice d'un pensionnat de jeunes filles aussi huppé que collet monté téléphone au colonel commandant la caserne voisine :

— Bonjour, colonel. Mademoiselle de la Huchapain, directrice du Collège des Oiseaux, à l'appareil. La fin de l'année scolaire approche, et puisqu'il faut s'adapter à son temps, nous avons l'intention d'organiser une petite sauterie pour nos grandes. Mais il nous faudrait des cavaliers. Alors j'ai pensé que vous pourriez nous en envoyer, disons, une quarantaine. Je vous rappelle, colonel, que nos élèves appartiennent aux plus grandes familles. Je compte donc sur vous pour sélectionner des jeunes gens du meilleur monde. Surtout pas de juifs, colonel, pas de juifs...

L'officier donne son accord, et le jour dit un autocar militaire s'immobilise dans la cour du collège. Quarante Noirs en descendent.

— On vient pour les filles…

— Alors, où elles sont les gonzesses ?

Horrifiée, la directrice, au bord de l'évanouissement, s'écrie :

— Il y a certainement une erreur !

— Ça m'étonnerait, madame, répond un des Noirs. Le colonel Lévy ne se trompe jamais…

113

Les hommes classent les femmes en trois catégories : les putes, les salopes, et les emmerdeuses.

Les putes sont celles qui couchent avec tout le monde.

Les salopes sont celles qui couchent avec tout le monde sauf eux.

Les emmerdeuses sont celles qui couchent uniquement avec eux.

114

La « Jeanne d'Arc », le navire école de la marine française, vogue dans l'océan Indien. Le commandant demande à un élève officier de faire le point au sextant.

Quelques instants plus tard l'autre annonce le résultat. Alors le commandant fait mettre tous les élèves au garde à vous, les prie de se décoiffer, retire lui-même sa casquette, et dit :

— Messieurs, d'après les calculs de votre camarade, nous sommes actuellement dans la nef de la cathédrale de Strasbourg…

115

Un petit homme, à l'allure chétive et timide, pénètre dans une rue chaude. Une énorme prostituée l'attrape par la manche et lui dit :

— Tu viens avec moi, chéri ?

— Oui, madame.

Dès qu'ils sont dans la chambre, elle lui lance :

— Déshabille-toi en vitesse !

— Bien, madame.

L'imposante matrone se met nue elle aussi, s'allonge sur le lit et lui ordonne :

— Maintenant, monte sur moi !

— Oui, madame.

Cinq minutes plus tard, le petit homme fond en larmes.

— Pourquoi pleures-tu ?

— Madame, je voudrais descendre…

116

Un couple de touristes belges fait un safari au Kenya. Un matin, alors qu'ils se baignent dans un lac, la femme aperçoit un crocodile, la gueule ouverte, qui fonce droit sur eux. Alors elle donne un coup de coude à son mari en lui disant :

— Regarde, chéri, regarde ! Je ne savais pas qu'ils faisaient aussi des bateaux chez Lacoste…

117

Le ministre français de la Coopération fait une tournée en Afrique. Au cours d'une visite d'hôpital où il distribue un mot gentil à chacun, il arrive devant le lit d'un homme dont on lui dit qu'il est pratiquement guéri et qu'il va pouvoir repartir dès la semaine suivante travailler en France.

— Alors, fait le ministre, toi content ? Toi y en as plus bobo ! Toi y en as pouvoir retourner chez nous gagner des sous. Toi, faire quoi ?

— Je suis maître de conférences à la Sorbonne, monsieur le ministre.

La concierge d'un grand immeuble vient d'avoir un bébé.

— Toutes mes félicitations ! lui dit un locataire. Et qui est l'heureux papa ?

— Mon pauvre monsieur, si vous croyez que j'ai le temps de me retourner quand je fais mes escaliers !

Aux Jeux Olympiques, un sprinter français réussit, en battant son record personnel, à se qualifier d'extrême justesse pour la finale du 100 mètres avec le huitième et dernier temps.

Arrive le jour J, et il se retrouve devant quatre-vingt mille spectateurs et un milliard de téléspectateurs face à trois Noirs américains, deux Jamaiquains, un Canadien et un Cubain qui constituent l'élite du sprint mondial.

Mais au coup de pistolet, énorme surprise : le Français jaillit de ses starting-blocks, prend d'entrée un mètre aux autres, ne cesse d'augmenter son avance, et gagne en battant le record du monde.

C'est la sensation. Cameramen, photographes et reporters se précipitent. Les micros se tendent. Et on entend le petit Français qui dit entre ses dents :

— Si je tenais le connard qui a jeté son mégot dans mon short...

Dans un palace de la Côte d'Azur, une dame entre deux âges appelle la réception et chuchote d'une voix étouffée :

— Allô ? Ici le 712... Je ne peux pas parler trop fort, écoutez-moi... Il y a un type qui vient d'entrer par la fenêtre dans ma salle de bains. La porte est entrouverte, je le vois d'ici... C'est un grand Noir en tricot de corps, avec une tête de brute et des biceps énormes. Je répète : je suis au 712... Pourriez-vous monter une bouteille de champagne et deux coupes ?

121

Un juif demande à un de ses copains :

— David, tu as cent francs sur toi ?

Et l'autre s'écrie :

— Où ça ? Où ça ?

122

En vacances dans le Midi, un couple va assister à une représentation d'opéra au grand théâtre de verdure. À la fin de l'entracte, le mari veut aller aux toilettes et demande à une ouvreuse où elles se trouvent.

— Vous voyez le pin parasol ? Juste après, vous tournez à droite, vous faites cinquante mètres, et c'est tout de suite à gauche derrière la haie…

Quelques minutes plus tard, l'homme regagne sa place dans le noir et se penche vers sa femme :

— Il y a longtemps que le deuxième acte est commencé ?

— Tu devrais le savoir, répond-elle. Tu en faisais partie…

123

Dans un restaurant un homme dîne seul. À la table voisine, une jeune femme est seule également. Un moment donné, il se lève, se penche vers elle, et lui demande doucement :

— Vous permettez que je prenne la moutarde ?

— Mais c'est dégoûtant ce que vous me proposez là ! hurle la femme. Vous n'avez pas honte ?

Tout le restaurant se retourne. Et l'homme, rouge comme une pivoine, balbutie :

— Vous m'avez mal compris, madame. Je vous demande seulement la moutarde…

— Je n'ai jamais entendu une chose pareille ! braille-t-elle. Vous n'êtes qu'un vicieux !

Cramoisi, le malheureux regagne sa place sous les regards sévères de la salle entière.

Il en est au dessert quand la jeune femme, après avoir réglé son addition, se lève à son tour, s'approche de sa table et lui dit à voix basse :

— Monsieur, je vous prie de bien vouloir excuser mon comportement qui a dû vous paraître incompréhensible, et je vous dois des explications. En fait, je suis sociologue, et je prépare actuellement une thèse sur les réactions des individus face à une situation particulièrement embarrassante pour eux en public. J'ai donc pris la liberté de me livrer à ce petit test et j'espère que vous ne m'en voulez pas...

Alors l'homme se met à hurler :

— Quoi ? Deux mille francs plus l'hôtel ! Ça va pas la tête ?

124

Pourquoi les nains sont-ils interdits dans les camps de nudistes ?

Pour éviter qu'ils fourrent leur nez dans les affaires des autres.

125

La maîtresse d'école, très enrhumée, éternue régulièrement. Et chaque fois toute la classe s'écrie en chœur :

— À vos souhaits, madame !

Le troisième jour, elle dit à ses élèves :

— Mes enfants, je vous remercie de votre politesse, mais étant donné que j'éternue beaucoup, je vous demande désormais de cesser ces «À vos souhaits ! » pour ne pas perturber le cours.

Toto, qui est arrivé en retard, n'est pas au courant. Et quand la maîtresse éternue, il dit dans un silence total :

— Crève, grosse vache !

Deux amies bavardent :

— Mon fiancé, dit la première, est un véritable obsédé. Il ne pense qu'à me tripoter et à essayer de coucher avec moi…

— Le mien, fait l'autre, est d'une parfaite correction. Mais enfin, que veux-tu, ça vaut mieux que pas de fiancé du tout…

127

Sur une plage, un jeune Belge demande à un copain français qui collectionne les succès féminins comment il fait.

— C'est facile, mon pote, dit l'autre. Il faut draguer, établir le contact. Après ça va tout seul. Tiens, regarde-moi faire…

Il s'approche d'une fille qui est seule.

— Mademoiselle, donnez-moi un chiffre entre 1 et 9…

— 7, répond-elle.

— Bravo, mademoiselle, vous avez gagné ! Vous avez gagné un dîner avec moi ce soir. Où résidez-vous ? À l'*Hôtel des bains* ? Très bien, je passerai vous prendre vers huit heures.

Et tandis qu'ils s'éloignent, il dit à son copain :

— Tu as vu le coup ? Tu n'as qu'à faire pareil !…

Un peu plus tard, le jeune Belge aperçoit une jeune fille seule et l'aborde.

— Mademoiselle, pourriez-vous me donner un chiffre entre 1 et 9 ?

— 3, dit-elle.

— Mon Dieu, quel dommage ! Vous m'auriez dit 7, vous aviez gagné !

128

Le lendemain, le même jeune Belge demande à son copain le séducteur s'il n'a pas une autre astuce pour tomber les filles.

— Bien sûr que si, dit l'autre. Tiens, tu mets une grosse patate dans ton slip de bain et puis tu te promènes lentement sur la plage en bombant le torse…

Deux heures plus tard, le Belge revient exténué :

— J'ai fait six fois toute la plage aller et retour, ça ne marche pas !

— Évidemment ! s'exclame son copain en le regardant. La patate, c'est devant qu'il faut la mettre, pas derrière !

129

La secrétaire du P.-D.G. d'une très grosse société entre en larmes dans le bureau de son patron et lui dit :

— Monsieur le président, c'est épouvantable ! J'ai vu le docteur hier soir, et il m'a confirmé ce que je craignais : je suis enceinte de vous.

— Et que comptez-vous faire ? demande le P.-D.G.

— Il est trop tard pour pratiquer l'I.V.G., m'a dit le médecin. Lorsque mes parents apprendront ça, ils me chasseront. Quant à vous je sais que vous êtes marié... Je n'ai plus qu'une solution : me suicider !

Alors son patron se lève, vient vers elle, passe le bras autour de son épaule, et lui dit :

— Ma petite Christine, je savais que vous seriez fair-play...

130

Réunion au ministère de la Santé sur le financement de la Sécurité Sociale. Le ministre se penche à l'oreille du directeur de la Sécu et lui demande :

— Combien avez-vous de fonctionnaires qui travaillent dans votre organisme ?

— Un sur cinq, répond l'autre.

131

Un violoniste de l'Orchestre National est follement amoureux d'une jeune femme qui lui résiste depuis des mois. Et voilà qu'un jour elle lui dit :

— Vous avez gagné. C'est d'accord pour demain soir…

— Mais demain soir, je ne peux pas. Nous donnons un concert exceptionnel au Théâtre des Champs-Élysées sous la direction de Georges Solti.

— C'est demain soir ou jamais !

Alors le musicien n'hésite pas. Il va trouver son concierge et lui propose mille francs pour le remplacer.

— Mais c'est impossible, dit le concierge, je ne sais pas jouer de violon.

— Aucune importance, fait le musicien. Nous sommes soixante violons dans l'orchestre. Vous ferez les mêmes gestes que les autres, mais vous ne jouerez pas. Personne ne s'en apercevra.

Le concierge accepte. Et le lendemain soir il est en smoking sur la scène du Théâtre des Champs-Élysées parmi les soixante violons.

Georges Solti entre sous un tonnerre d'applaudissements. Puis le silence se fait, il lève sa baguette et d'un geste énergique, il lance les violons.

Rien. Aucun son ne sort.

Il y avait soixante concierges dans l'orchestre.

132

Quelle différence y a-t-il entre Paris et une vierge ?
Paris sera toujours Paris.

133

Un paysan va voir son médecin :

— Docteur, j'ai plus vingt ans, et le soir j'ai ben du mal à assurer avec la Marie. Par contre des fois, dans la journée, quand je suis aux champs, la vigueur revient. Mais le temps que je coure jusqu'à la ferme, je suis tout essoufflé, et plus rien !

— Dans ce cas, mon vieux, il faut que ce soit votre femme qui vienne jusqu'à vous ! Emmenez votre fusil aux champs, et quand vous sentirez monter le désir, tirez en l'air. Elle saura ce que ça veut dire et elle vous rejoindra…

Six mois plus tard, le médecin le revoit :

— Alors, ça a marché mon conseil ?

— Au début, très bien, docteur. Dès que j'avais comme qui dirait une érection, je tirais un coup de fusil, la Marie rappliquait dare-dare, et… crac ! je la culbutais ! Mais figurez-vous que depuis l'ouverture de la chasse, je ne l'ai plus revue !

134

Un petit garçon dit à sa mère :

— Maman ! J'ai mal aux yeux. Il faut que tu m'amènes chez le yeutiste…

— Non, mon chéri, je vais t'emmener chez l'oculiste…

— Mais maman, c'est pas là que j'ai mal !

135

Un matin, un homme en partant au travail croise un inconnu qui lui lance au passage :

— Cocu ! Cocu !

Le lendemain à la même heure, même manège.

— Cocu ! Cocu !

Et ça continue le surlendemain, le jour suivant, etc. Au bout d'une semaine, l'homme, excédé, demande un soir à sa femme :

— Chérie, tu ne me trompes pas ?

— Comment peux-tu imaginer une chose pareille ! Et, d'abord, pourquoi cette question ?

Alors il lui raconte le comportement de cet inconnu qu'il croise chaque matin en partant au bureau et qui l'invective.

Deux jours plus tard, en arrivant à sa hauteur, le type lui lance :

— Cocu ! Cocu ! Et rapporteur en plus…

Incendie en plein centre de Madrid. Au sixième étage d'un immeuble en flammes, un homme est bloqué sur une corniche. En bas, les pompiers déploient une grande toile rouge et lui crient :

— Sautez ! Dépêchez-vous, sautez !

Le type vise soigneusement et s'élance dans le vide. La foule des badauds crie : «Ole !» Alors les pompiers, d'un geste élégant, escamotent à la dernière seconde la toile rouge, et l'homme s'écrase sur le pavé.

À l'heure de pointe, un type entre dans un bar plein à craquer, s'installe sur un tabouret et lance au barman :

— Un double scotch ! Et comme je n'aime pas boire seul, un double scotch pour toute la salle, pour vous aussi, bien entendu…

L'homme à la veste blanche se précipite, sort les bouteilles, les glaçons, les verres, sert tout le monde, et l'assistance au complet porte un toast à ce généreux consommateur. Après quoi le barman pose devant lui l'addition.

— Cela fait 4 300 francs…

— Vous savez, dit l'autre, que ça fasse 4 300, 430 ou 43 francs, je m'en fous complètement. Je n'ai pas un sou.

— Monsieur est plein d'esprit, fait le barman.

— Pas du tout, répond l'autre en montrant son portefeuille vide, c'est la vérité.

Alors le barman, fou de colère, saute par-dessus le comptoir, saisit le type par le col, et lui cogne à plusieurs reprises la tête contre le zinc. Et quand l'autre s'écroule à terre, il le bourre de coups de pied à toute volée et lui assène des coups de tabouret d'une violence inouïe.

La police arrive, le SAMU aussi, et une ambulance emmène le bonhomme.

Un mois plus tard, la porte du bar s'ouvre et le type entre, couvert de pansements, appuyé sur des béquilles, un bras plâtré. Il va clopin-clopant jusqu'au comptoir et murmure :

— Barman, un double scotch ! Et comme je n'aime pas boire seul, un double scotch pour toute la salle ! Mais pour vous, rien, parce que quand vous avez bu, vous devenez méchant…

138

La marine belge a organisé une grande journée portes ouvertes. Et ses trois sous-marins ont coulé.

139

À l'issue d'un enterrement, l'ordonnateur des pompes funèbres, touché par le chagrin de la jeune veuve, la raccompagne chez elle avec le fourgon. Pour le remercier, elle l'invite à boire un rafraîchissement. Et comme, blottie sur son canapé, elle continue de sangloter, l'homme vient s'asseoir près d'elle et lui passe le bras autour de l'épaule pour la réconforter. Il le fait avec tant de conviction que bientôt le voilà dans le lit de la dame avec laquelle il passe une nuit extraordinaire.

À l'aube, notre croque-mort se lève, remet son costume sombre et se dirige vers la porte. Soudain, faisant demi-tour, il revient vers la jeune femme, allongée nue sur les draps froissés, et lui dit d'une belle voix grave :

— Voulez-vous la revoir une dernière fois ?

140

Un garçon qui a beaucoup fréquenté les prostituées se marie.

À l'issue d'une nuit de noces agitée où il n'a pas beaucoup dormi, il se lève, s'habille et, mal réveillé, il glisse machinalement un billet de cinq cents francs sous l'oreiller de sa jeune épouse.

Alors elle entrouvre un œil, voit le billet, et elle lui rend trois cents francs de monnaie.

Deux chiens sont assis au bord d'une route. Devant eux passe un couple en tandem. Alors un des chiens dit à l'autre :

— Nous, si on faisait ça, on nous flanquerait un seau d'eau…

142

Envoyé spécial du Vatican, un membre de la Curie romaine vient préparer le prochain voyage du pape aux États-Unis. Après New York et Washington, il se rend à Los Angeles. Arrivé à la cathédrale, il apprend que l'évêque se trouve à la plage de Santa Monica et qu'une limousine va le conduire auprès de lui.

Il débarque sur le sable et voit sur un transat un grand type bronzé, vêtu d'un maillot de bain violet avec une petite croix accrochée en sautoir.

— Hey, my friend ! fait l'autre. Je suis l'évêque de Los Angeles. Alors, Rome, toujours aussi terrific ?

À ce moment-là, une créature de rêve, portant un minuscule bikini, passe devant eux et dit :

— Hello, Bill ! je vais faire un peu de ski nautique. On se retrouve à six heures au Beach Bar, comme convenu.

— Qui est cette personne ? fait le prélat romain d'un ton pincé.

— Excuse me !… je ne vous ai pas présentés : c'est la supérieure du couvent des carmélites…

143

Un petit garçon demande à son père :

— Papa ! Ça veut dire quoi « vice » ?

— Eh bien, quelque chose d'anormal, de sale. Par exemple, un homme qui fait des choses dégoûtantes avec une dame, ou qui s'exhibe devant les petites filles, ou qui touche les petits garçons. Mais pourquoi tu me demandes ça ?

— Parce que je viens d'être nommé vice-président du club Mickey…

Une jeune femme vient d'accoucher de quadruplés. À sa mère venue la voir à la maternité, elle dit :

— C'est incroyable ! Tu te rends compte, le gynéco m'a dit que ça arrive une fois sur cent mille.

Mon Dicu ! dit sa mère. Ma pauvre petite, où trouvais-tu le temps de faire la cuisine et le ménage ?

Émeute à Watts, le quartier noir de Los Angeles. Des barricades sont dressées, des armes sortent de partout. À la surprise générale, les insurgés s'emparent de la ville et leur chef s'en nomme gouverneur.

Tout de suite il fait arrêter tous les Asiatiques, qui sont parqués dans des camps improvisés et battus à mort. Puis commence une rafle systématique des Blancs, que l'on emmène, dans des centaines d'autocars réquisitionnés, tout en haut des Montagnes Rocheuses pour les déposer, grelottants de froid, dans les neiges éternelles.

Vingt-quatre heures plus tard, Washington envoie la troupe, et les marines reprennent le contrôle de la ville. Dans les combats, le chef des insurgés est tué. Et pour tenter de comprendre son incroyable comportement, on fouille le bureau où il s'était installé, afin d'y retrouver des documents, des notes. Sur la table, il y a en tout et pour tout un vieux cahier d'écolier à feuilles quadrillées avec sur la couverture l'inscription suivante : *À mon fils, pour qu'il suive à la lettre ces indications.*

Le chef du F.B.I. l'ouvre. Et sur la première page, il y a, écrit :

« Séparer les blancs des jaunes. Battre les jaunes. Monter les blancs en neige... »

Une jeune femme dit à une amie :

— Crois-moi, ma chérie, il faut toujours avoir trois hommes dans sa vie. Un de vingt ans pour le choc, un de quarante ans pour le chic, un de soixante ans pour le chèque.

Dans un café, un client demande au garçon :

— Un sandwich jambon beurre ! La baguette pas trop cuite, mais quand même un peu dorée sur le dessus, et coupée en biais aux deux bouts. Pour le beurre, du beurre d'Echiré, étalé bien uniformément. Et du jambon au torchon, coupé en lamelles qui ne débordent pas du pain. Vous m'ajouterez une demi-cuiller à café de moutarde de Meaux, un cornichon de taille moyenne coupé en fines rondelles que vous répartirez sur toute la longueur, et deux petites feuilles de laitue, mais bien vertes…

— Entendu ! fait le garçon. Vous pouvez repasser ce soir pour le premier essayage ?

Une famille est à table quand on sonne à la porte. Le père se lève et va ouvrir. Deux hommes sont sur le palier.

— Pardon de vous déranger, dit l'un, nous sommes les chiffonniers d'Emmaüs. Vous n'auriez rien dont vous souhaiteriez vous débarrasser ?

— Mais si, justement.

Il se retourne et crie :

— Mémé ! Fais ta valise, on vient te chercher…

Sa maman demande à une petite fille de huit ans ce qui lui ferait plaisir pour Noël.

— Un paquet de Tampax, répond la fillette.

— Quoi ? s'écrie la mère. Tu as bien dit : un paquet de Tampax ? Mais pour quoi faire ?

— Parce qu'avec Tampax on peut nager, jouer au tennis, faire du cheval, danser…

150

Chez un marchand de voitures, un paysan contemple un véhicule exposé.

— Elle est belle, hein ? fait le vendeur. Une première main ! Une occase exceptionnelle, mon bon monsieur, comme neuve ! Et elle tape le 160…

— Ça veut dire quoi, taper le 160 ?

— Eh bien, par exemple, vous dînez chez vous tranquillement. Ensuite, avec votre femme, vous montez dans la bagnole, et à onze heures du soir, vous êtes à Paris. C'est pas beau ça ?

— Oh ! Cré nom ! Je vas l'acheter. Je reviendrai demain avec l'argent…

Le lendemain, pas de paysan. Ni le surlendemain, ni les jours suivants. Et voilà que trois semaines plus tard, le vendeur de voitures le rencontre dans la rue.

— Et alors, qu'est-ce qui se passe ? Vous deviez passer prendre la bagnole le lendemain, c'était convenu !

— Ben oui… Mais finalement, j'ai changé d'avis. Parce que, comme m'a dit la Marie : « Qu'est-ce qu'on irait foutre à onze heures du soir dans une ville où on connaît personne ? »

151

Comment appelle-t-on un homosexuel qui fait du bouche à bouche ?

Une tante à oxygène.

À l'école, l'institutrice vient d'expliquer longuement à ses élèves ce qu'est la poésie. Et elle leur dit :

— Pour être sûre que vous avez bien compris, je vais vous demander de me donner des exemples en faisant deux vers. Qui commence ?

Le premier de la classe lève aussitôt le doigt :

— J'ai vu passer des hirondelles.
Elles s'enfuyaient à tire-d'aile…

— Très bien, fait la maîtresse.

Un autre lui succède :

— Le contenu de mon cartable,
Je l'ai déposé sur la table…

— Parfait !

Toto, assis au fond de la classe, lève à son tour la main.

— Écoutez ça :
Hier, en pêchant la grenouille
J'avais de l'eau jusqu'aux genoux…

— Mais ça ne rime pas ! lui dit l'institutrice.

— C'est pas de ma faute, madame. Il n'y avait pas assez d'eau…

Depuis des années, un fou est enfermé dans un asile parce qu'il se prend pour un chien. Un jour il est convoqué chez le médecin chef qui lui annonce :

— J'ai une bonne nouvelle pour vous. Vous allez pouvoir sortir. Les résultats de vos derniers tests sont formels : vous n'êtes plus malade…

— Je le savais, répond l'autre. Touchez mon nez, il est tout froid…

Deux ouvriers discutent.

— Les patrons, dit le premier, c'est tous des salauds !

— Faut pas généraliser, répond son copain. Par exemple, t'en as qui le vendredi te disent : ce soir, venez donc prendre un verre chez moi, on bavardera. Et puis de fil en aiguille, ils te gardent pour dîner, ensuite ils te paient un verre dans une boîte, et pour finir ils t'emmènent en week-end dans leur maison de campagne.

— Et tu connais un patron comme ça, toi ? lui demande son copain.

— Moi, non. Mais ma sœur, oui…

Pendant la guerre à Berlin, un juif dit un soir à sa femme :

— Rachel, j'étouffe ici. Je vais aller faire un petit tour…

— Mais tu es fou ! Tu sais bien que nous n'avons pas le droit de sortir après le couvre-feu !

— Ne t'inquiète pas, je ferai attention aux patrouilles…

Il enfile son pauvre manteau sur lequel est cousue l'étoile jaune et sort. Mais le malheur veut qu'Hitler ait eu lui aussi l'idée de se promener dans la ville déserte, et au détour d'une rue ils se retrouvent nez à nez.

— Ach ! hurle le Führer, qu'est-ce que c'est ce juif qui est dehors après le couvre-feu ?

Apercevant alors une crotte de chien par terre, il sort son revolver, le pointe en direction du malheureux et crie :

— Tu vas te mettre à genoux, sale juif, et manger la crotte, sinon je te descends !

L'autre devine que le dictateur fou n'hésitera pas à le faire et s'exécute.

— Ah ! Ah ! Ah !… s'esclaffe Hitler en se tenant les côtes, le juif qui mange la merde du chien !

Il rit tellement que le revolver lui échappe et tombe par terre, juste devant l'homme accroupi, qui s'en saisit immédiatement, se relève et dit :

— Monsieur Hitler, vous voyez l'autre crotte de chien, la grosse là ? Vous allez la manger, sinon...

Et le Fuhrer, blême de peur, s'exécute à son tour. Dès qu'il a terminé, le juif prend ses jambes à son cou, jette au passage l'arme dans une bouche d'égout, arrive chez lui hors d'haleine, et dit à sa femme :

— Rachel... Rachel... tu ne vas pas me croire ! Devine avec qui j'ai dîné ce soir ?...

156

Sur une île déserte, deux naufragés, pour passer le temps, jouent au portrait.

— Écoute, dit le premier, je suis une star du cinéma. J'ai de longs cheveux blonds, de grands yeux bleus, une bouche pulpeuse. J'ai des seins superbes, et je n'ai pas besoin de soutien-gorge. J'ai une taille très fine, des hanches en amphores, des petites fesses rebondies et de longues cuisses fuselées. L'été, à Saint-Tropez, je suis entièrement bronzée et je ne porte qu'un minuscule string. Qui suis-je ?

— J'en sais rien, fait l'autre, et je m'en fous ! Allonge-toi immédiatement sur le sable...

157

Série d'attentats à Ajaccio. La population n'a pas pu dormir de la journée.

158

Dans une petite ville de province, une dame extrêmement pieuse va trouver le curé de sa paroisse et lui dit :

— Monsieur le curé, je suis très inquiète. Mon fils, qui comme vous le savez vient de terminer de brillantes études, a trouvé à Paris un stage rémunéré deux mille cinq cents francs par mois. Pensez-vous que dans cette ville, qui est celle de toutes les tentations, de tous les plaisirs, il continuera de mener une vie chrétienne ?

— Madame, répond le curé, soyez rassurée. Avec deux mille cinq cents francs par mois, que voulez-vous qu'il fasse d'autre ?

159

Une grosse pierre accrochée autour du cou, un homme s'apprête à sauter à l'eau quand une main lui touche l'épaule. Il se retourne et voit une vieille femme en noir, avec un nez crochu, qui lui dit :

— Pourquoi fais-tu ça ?

— Je suis criblé de dettes. Ce matin, mon patron m'a flanqué à la porte. Quand j'ai annoncé ça à ma femme en rentrant, elle a fait sa valise. Je veux mourir…

— Écoute-moi… Je suis une sorcière, et j'ai le pouvoir d'arranger tout ça. Fais trois vœux…

— Je voudrais que ma femme revienne, je voudrais retrouver du travail, je voudrais de l'argent…

— Si tu passes une nuit d'amour avec moi, tes trois vœux seront exaucés. Demain matin, quand tu rentreras chez toi, ta femme sera à la maison. Il y aura un message de ton patron qui annule ton licenciement. Enfin ton ticket de Loto gagnera le gros lot…

Surmontant sa répulsion, et ne pensant qu'à la réalisation de ses trois vœux, le malheureux passe la nuit avec la vieille femme.

Le lendemain, alors qu'il s'apprête à partir, elle lui demande :

— Quel âge as-tu ?

— Quarante ans…

— Et à quarante ans, tu crois encore aux sorcières ?

160

Désormais, les coureurs cyclistes belges mettent des bottes en caoutchouc.

Parce qu'on leur a dit que le Sida est transmis par les pédales.

Trois oisillons sont seuls dans leur nid, tandis que leur mère est partie chercher la becquée. Soudain l'un d'eux aperçoit un grand échassier au long bec qui se dirige droit sur le nid, et il dit aux deux autres :

— Attention, voilà le tapon !

Le bec grand ouvert, l'échassier se penche vers les trois petits oiseaux qui, blottis les uns contre les autres, tentent désespérément de prévenir leur mère en criant :

— Tapon ! Tapon !

Alors l'échassier leur dit :

— Héron… héron… petits, pas tapon !

Rentrant des champs, un paysan pénètre dans la cuisine de la ferme, et lance à celle qui est son épouse depuis plus de trente ans :

— Cré nom, Marie, quel beau jour de printemps ! Viens dans la chambre, j'ai à te causer…

— Ah bon, gars…

Et elle le suit. Une fois dans la chambre, il lui dit :

— Il fait ben chaud ! Retire donc ton tablier, et pendant que tu y es ta petite robe…

— Mais gars, c'est point l'heure de dormir !

— Marie, qui parle de dormir ? C'est le printemps ! Maintenant, retire ta combinaison et ton soutien-lolos !

— Oh ! Écoute, gars…, glousse la Marie en s'exécutant.

— C'est le printemps ou c'est pas le printemps ? Après le soutien-lolos, ôte-moi ta culotte et allonge-toi sur le lit !

— Oh, gars !… roucoule-t-elle. Oh ben ça alors, gars, pour une surprise c'est une surprise ! Après tant d'années…

Elle s'allonge, béate. Le paysan s'approche d'elle et murmure :

— La date d'aujourd'hui, ça ne te dit rien ?

— Non…

Alors il s'écrie :

— Poisson d'avril, la Marie !

En Alabama, un touriste qui vient de s'arrêter dans une station-service voit tout un attroupement.

— Qu'est-ce qui se passe? demande-t-il au pompiste.

— C'est un Noir qui s'est immolé par le feu. Il s'est arrosé d'essence, il a allumé son briquet et puis pft... il a flambé comme une torche. Alors on fait une collecte pour sa femme et ses enfants.

— Et vous avez recueilli combien?

— Pour l'instant, quatre-vingts litres...

Dans le cadre du tiers temps pédagogique, une enseignante emmène un groupe de très jeunes élèves voir des courses de chevaux.

À un moment donné, elle les conduit aux toilettes faire leurs petits besoins, mais les urinoirs étant faits pour des adultes, elle est obligée de porter les enfants un par un et de leur tenir leur petit zizi.

Arrivée au dernier, tout en lui tenant sa quéquette, elle dit :

— Tu es lourd, toi! Tu dois faire partie de la sixième!

— Non, madame. Je monte *Spartacus* dans la cinquième...

Le capitaine d'un navire corsaire de Louis XIV vient d'enrôler un mousse Le jeune garçon est très impressionné par cet énorme gaillard qui a un bandeau noir sur l'œil et un crochet à la place de la main droite.

— Tu regardes ma main, petit gars? rugit le vieux marin. Je l'ai perdue au large de La Rochelle, dans cette fameuse bataille contre l'Anglais! Alors on m'en a mis une en fer...

— Et votre œil, c'était dans la même bataille? demande le mousse admiratif.

— Non, mon gars, c'était trois semaines plus tard, au

large de Brest. Une saloperie de mouette m'a lâché une fiente en plein dans l'œil ! J'ai complètement oublié que j'avais un crochet, et j'ai voulu enlever la crotte avec mon doigt…

166

Derrière les barreaux de la grille d'un asile d'aliénés, un fou interpelle un homme qui passe dans la rue :
— Ho ! Monsieur ! Sans être indiscret… Vous êtes nombreux là-dedans ?

167

Un jeune homme de très bonne famille dit à son père :
— Papa, j'ai l'intention de me marier.
— Voilà une bonne nouvelle. Et avec qui ?
— Avec Gilbert.
— Quoi ?
— Oui, avec Gilbert, mon copain d'enfance.
— Mais tu es fou ! Tu es complètement fou ! Tu te rends compte de ce que tu dis ?
Entendant des éclats de voix, la mère arrive.
— Que se passe-t-il ?
— Il se passe que ton fils vient de m'annoncer qu'il veut épouser Gilbert !
— Mais enfin, mon chéri, s'écrie-t-elle, tu déraisonnes ! Tu sais bien qu'une telle union est impossible ! Gilbert est juif…

168

Qu'est-ce qu'un cocu ?
C'est un entier dont la moitié est couverte par un tiers.

Ayant fait une journée fructueuse, un représentant décide de s'offrir un gueuleton. Il entre dans une auberge à l'aspect sympathique qui, curieusement, a comme enseigne *Aux deux folles*, et commande le menu gastronomique.

Au dessert, le patron — un colosse aux épaules de déménageur — fait le tour des tables. Et le représentant lui dit :

— Monsieur, je vous félicite, je viens de faire un repas admirable. Mais il y a une chose qui m'intrigue. Pourquoi votre auberge s'appelle-t-elle *Aux deux folles* ?

— Ma foi, je n'en sais rien, fait l'autre avec une grosse voix. J'avoue que je ne me suis jamais posé la question. C'est ma femme qui a choisi ce nom et je n'ai jamais pensé à lui demander pourquoi. Attendez, je vais l'appeler...

Il se retourne vers la cuisine et crie :

— Gaston ! Tu peux venir une seconde ?...

Le lendemain de la nuit de noces, la jeune mariée se lève sans bruit, va dans la cuisine préparer le petit déjeuner, et l'apporte au lit à celui qui est désormais son époux.

Il boit une gorgée, repose la tasse et dit :

— Tu ne sais pas faire le café non plus ?

Dans un pub londonien, un vieil Anglais aux moustaches en croc et son fils s'installent au bar. Ils se font servir deux scotches et lèvent leur verre à la mémoire de la reine Victoria et de l'Empire des Indes perdu.

— Puis-je me joindre à votre toast ? demande l'homme assis à côté du fils. J'ai moi-même servi vingt-cinq ans dans l'armée des Indes...

— Qu'est-ce qu'il dit ? fait le vieil Anglais qui est un peu sourd.

— Il dit qu'il a longtemps vécu aux Indes ! lui crie son fils.

— J'appartenais au 11e Lanciers, ajoute l'homme, et j'étais en garnison à Jaïpur.

— Quelle coïncidence! C'est là que nous résidions…

— Qu'est-ce qu'il dit? questionne le père en tendant son cornet acoustique.

— Il dit qu'il était à Jaïpur! crie le fils.

Et se retournant vers l'autre, il lui demande :

— Si vous avez séjourné autant d'années à Jaïpur, vous avez certainement entendu parler de Lady Winterbury?

— Bien entendu! s'exclame l'autre. Qui à Jaïpur ne connaissait pas cette vieille pute de Lady Winterbury? Tous les officiers du régiment lui sont passés dessus!

— Qu'est-ce qu'il dit?

— Il dit qu'il a connu mère!

172

Dans une rue de Bruxelles, une femme croise une de ses amies avec un grand collier de suppositoires autour du cou.

— Mais dis-moi, ma chérie, qu'est-ce que tu fais avec ça?

— C'est à cause du docteur, répond l'autre. Il m'a dit de suspendre le traitement…

173

Après avoir perdu des sommes considérables au casino, un homme a juré à son épouse de ne plus jamais jouer. Et pour lui prouver sa détermination, il lui dit :

— Laisse-moi cent francs, uniquement cent francs. Je vais aller au casino, je ne jouerai pas, et je te les rapporterai ce soir.

Sa femme accepte l'expérience. Il arrive au casino, et va droit à la table de roulette.

«Je ne joue pas, se dit-il. Mais si j'avais joué, j'aurais mis mes cent francs sur le 17…»

La roulette tourne et le croupier annonce :

— Le 17… noir, impair et manque…

« J'aurais gagné 3 600 francs, calcule l'homme. J'aurais tout remis sur le 32. S'il sort, ça fait plus de douze briques… »

La roulette tourne et le croupier annonce :

— Le 32… rouge, pair et passe…

Alors l'homme jette ses cent francs sur la table en criant :

— Pour le personnel !

174

Un paysan français visite les Etats-Unis. Arrivé dans le Middle West, il fait la connaissance d'un fermier américain qui l'invite dans son ranch et lui dit :

— Moi, le matin à huit heures, je monte dans ma voiture, je pars, je file droit devant moi sans jamais tourner ni à droite ni à gauche, et à quatre heures de l'après-midi, je suis toujours sur mes terres ! Ça vous étonne, hein ?

— Non, fait le Français. Moi aussi, dans le temps, j'ai eu une saloperie de voiture comme ça…

175

Un homme vient d'être papa. Dans les couloirs de la maternité, il demande au médecin accoucheur :

— Docteur ! Je suis très amoureux de ma femme, et j'aimerais reprendre les rapports avec elle le plus vite possible. D'après vous, quand pourrons-nous faire l'amour ?

— Je ne sais pas, répond le médecin. Ça dépend si elle est en chambre individuelle ou en salle commune…

176

Le téléphone sonne dans un appartement. On décroche et au bout du fil un homme demande :

— Allô ? Monsieur Dupont ?

— Ah non, répond une voix enfantine, mon papa n'est pas là…

— Dans ce cas, passe-moi ta maman…

— Elle n'est pas là non plus, monsieur. Ils sont partis ensemble faire des courses. Je suis tout seul avec ma sœur.

— Alors, va chercher ta sœur…

— Bien, monsieur.

Trois minutes plus tard, le petit garçon reprend l'appareil :

— Excusez-moi de vous avoir fait attendre, monsieur, mais j'ai eu du mal à la sortir du berceau…

177

En plein milieu de la confession, le curé sort en courant du confessionnal, se précipite dans la sacristie et dit au bedeau :

— Marcel ! Tu sais ce que je viens d'apprendre ? Ta femme nous trompe !

178

Un couple d'homosexuels va passer le week-end à Rome. Le dimanche matin, ils se lèvent aux aurores pour arriver de bonne heure à la basilique Saint-Pierre, afin d'être dans les premiers rangs à la grand-messe pontificale. Et ils y sont.

Peu avant dix heures, le cortège fait son entrée.

— Oh ! souffle le premier à son ami, regarde le petit enfant de chœur, le rouquin, comme il est mignon ! Et le grand chanoine brun, tu ne trouves pas qu'il est bien foutu ?

— Et le cardinal là bas, fait l'autre, cette robe rouge avec ses cheveux argentés, c'est d'un chic ! Mais le mieux, c'est Sa Sainteté… Tu as vu la coupe de sa robe blanche ? Ça c'est de la haute couture !

À ce moment-là, s'avance un évêque qui balance lentement l'encensoir. Alors l'un des homosexuels donne un coup de coude à son petit ami en s'écriant :

— Oh là là ! Regarde l'autre folle en violet ! Elle a le feu à son sac, elle ne s'en est même pas aperçue !

Au Far-West, un cow-boy est allé à la ville chercher une épouse. Après l'avoir trouvée et être passé devant le pasteur, il la ramène à son ranch perdu dans les collines, en croupe sur son cheval.

La route est longue, difficile, et la pauvre bête doit porter deux personnes plus les provisions. Fatiguée, elle fait un faux pas sur un sentier montagneux.

— Un ! dit le cow-boy.

Un quart d'heure plus tard, le cheval fait un nouvel écart.

— Deux ! fait le cow-boy.

Quelques kilomètres plus loin, l'animal trébuche à nouveau.

— Trois ! dit le cow-boy qui sort son colt et abat le cheval.

— Mais c'est horrible ce que tu viens de faire ! s'insurge la jeune épouse. Si cette malheureuse bête trébuchait, c'est parce qu'elle portait une charge trop lourde pour elle ! Tu n'as donc pas de cœur ? En plus tu es stupide, nous allons maintenant être obligés de continuer à pied…

— Un ! dit le cow-boy.

Les hommes qui ont le front dégarni sont ceux qui pensent.

Les hommes qui ont le dessus du crâne dégarni sont ceux qui font bien l'amour.

Les hommes qui ont le front et le dessus du crâne dégarnis sont ceux qui pensent qu'ils font bien l'amour.

Un fabricant du Sentier fait venir son fils :

— Mon garçon, tu as voulu faire des études, et je ne t'en ai jamais empêché, bien au contraire. Tu as voulu faire Polytechnique, tu as fait Polytechnique. Tu as voulu faire l'E.N.A., tu as fait l'E.N.A. Tu as voulu faire un M.B.A. en

Amérique, tu as fait un M.B.A en Amérique. Maintenant, tu vas rentrer dans la vie active et il va falloir choisir ta voie. Alors je te pose la question : les jupes ou les pantalons ?

182

Un banquier anglais a invité un de ses proches collaborateurs, jeune cadre brillant et plein d'avenir à son club.

Assis dans son fauteuil et quelque peu intimidé, le garçon sort son étui à cigarettes et le tend à son patron.

— Vous fumez, sir ?

— Jeune homme, j'ai fumé une fois dans ma vie. Je n'ai jamais recommencé.

— Puis-je vous offrir un scotch, sir ?

— Jeune homme, j'ai bu de l'alcool une fois dans ma vie, je n'ai jamais recommencé.

— Voulez-vous que nous passions dans la salle de jeux, sir ?

— Jeune homme, j'ai joué une fois dans ma vie, je n'ai jamais recommencé. Si je vous ai fait venir ici, ce n'est pas pour cela, mais pour vous dire que je vous trouve très sympathique et que j'aimerais que vous veniez un soir à la maison. Je vous présenterai ma fille Pamela…

Et l'autre dit avec un grand sourire :

— Fille unique, je suppose ?

183

Un célèbre hypnotiseur passe en vedette à l'Olympia. En quelques minutes, il endort toute la salle, et à partir de là, il fait faire ce qu'il veut aux deux mille spectateurs. Il leur dit : « Dansez ! » et ils dansent ; « Riez ! » et ils rient ; « Pleurez ! » et ils pleurent. Soudain, il se prend les pieds dans le fil du micro, manque de s'étaler, et s'écrie : « Merde ! »

Il a fallu une semaine pour nettoyer la salle.

Lassé de s'entendre dire, chaque fois qu'il vient à Paris et qu'il ouvre la bouche : « Ah ! vous êtes belge… », un Bruxellois décide de prendre des cours de diction pour se débarrasser de son accent. Après trois mois de travail acharné et d'exercices, il y parvient enfin. Plus rien dans ses intonations ne trahit son origine.

Alors il se rend à Paris et le matin, en sortant de l'hôtel, il traverse la rue tout joyeux, pousse la porte de l'établissement en face, s'accoude au comptoir, et demande sans la moindre trace d'accent :

— Donnez-moi un grand crème et deux croissants !

— Vous êtes belge ? fait l'autre.

— Comment le savez-vous ?

— Parce qu'ici, répond l'employé, c'est une banque.

Profitant de l'absence de son mari en voyage d'affaires, une femme a fait venir son amant chez elle. Et voilà que vers minuit une clé tourne dans la serrure.

— Ciel, mon mari ! s'écrie-t-elle. Il ne devait rentrer que demain soir…

— Où est la porte de service ? demande l'amant en se rhabillant précipitamment.

— Il n'y en a pas, répond-elle affolée. Viens vite dans la chambre du gosse, je vais te cacher dans le placard à jouets…

Sitôt dit, sitôt fait. Il était temps, car quelques secondes plus tard, le mari rejoint son épouse, qui lui dit combien elle est heureuse qu'il ait pu rentrer plus tôt que prévu. Les lumières s'éteignent, la maison retombe dans le silence.

C'est alors que le petit garçon se lève, va vers son placard à jouets, et frappe à la porte en disant :

— Je voudrais mon nounours…

Pas de réponse…

— Je sais qu'il y a quelqu'un. Donne-moi mon nounours…

— Je ne peux pas ouvrir de l'intérieur…, murmure une voix étouffée.

— Moi, je peux pas dormir sans mon nounours ! Alors, donne-moi cinquante francs…

— Ça va pas, petit salaud !

— Bon, je vais chercher papa. Il ouvrira le placard et il me donnera mon nounours…

— Ne fais pas ça, petit salaud ! Attends…

Et un billet de cinquante francs glisse sous la porte. Une demi-heure plus tard, le gosse se relève.

— Je ne dors toujours pas…

— Je m'en fous, petit salaud !

— Très bien. Je vais chercher papa, et il va me donner mon nounours…

— Fais pas ça, petit salaud !

— Alors, je veux cent francs…

— Tiens, les voilà, petit salaud ! grommelle l'autre en glissant le billet sous la porte, mais c'est fini, je n'ai plus rien sur moi !

Le gamin se recouche et s'endort.

Le lendemain il part à l'école, le mari au bureau, et la femme libère l'amant. Mais voilà qu'en classe, l'après-midi, le petit garçon a un cours de morale. Sujet : le chantage. Il en sort livide, en se disant qu'il a fait quelque chose d'épouvantable, et va droit à l'église pour se confesser.

Agenouillé dans le confessionnal, il est plutôt mal à l'aise pour raconter son histoire et avouer sa faute. Alors il commence en disant :

— Figurez-vous, mon père, que je ne peux pas dormir sans mon nounours…

Et le curé lui dit :

— Tu ne vas pas recommencer, petit salaud ?

186

Deux secrétaires discutent.

— Il est plutôt beau gosse, le nouveau patron, dit la première. En plus il s'habille bien…

— Et vite…, fait l'autre.

187

Le téléphone sonne chez un cosmonaute russe. C'est un petit garçon qui répond.
— Ton papa est là ? demande une voix au bout du fil.
— Non, papa est parti faire trois tours de la Terre en Soyouz. Il rentrera dans deux heures…
— Et ta maman ?
— Maman est partie faire la queue pour les pommes de terre. Elle sera là demain en fin de matinée…

188

Une dame est avec sa fille au cinéma. La projection est commencée depuis quelques minutes lorsque la demoiselle se penche vers sa mère et lui murmure à l'oreille :
— Maman, il y a le type à côté de moi qui me tripote…
— Le salaud ! fait la mère. Change de place avec moi…
Elles échangent leurs fauteuils. Et un quart d'heure plus tard, la mère se tourne vers son voisin en lui disant :
— Allons, monsieur ! Vous n'allez quand même pas bouder pendant tout le film !

189

Une jeune femme se rend chez le médecin.
— Docteur, dit-elle, je viens vous consulter au sujet de ma poitrine. J'ai un vrai problème…
— Nous allons voir ça. Si vous voulez bien vous déshabiller, chère madame…
Elle ôte sa veste, son chemisier, et dégrafe le côté droit de son soutien-gorge.
— Ce sein m'a l'air en parfait état, fait le praticien. Je dirais même qu'il est superbe.
— C'est le gauche, docteur, qui ne va pas…
Elle finit d'ôter son soutien-gorge, et son second sein tombe avec un bruit flasque, pendouillant jusqu'au sol.
— Ça alors !… s'exclame le médecin. En vingt ans de

carrière, je n'ai jamais vu une chose pareille ! Mais qu'est-ce qui vous est arrivé ?

— C'est mon mari, docteur, il ne peut pas s'endormir sans tenir mon sein gauche dans sa main…

— Écoutez, madame, je reçois les confidences de beaucoup de mes patientes. Les maris d'un certain nombre d'entre elles ont la même habitude que le vôtre, et tout se passe très bien. Je vous avoue que moi-même j'ai cette petite manie, et je puis vous assurer que ma femme a les deux seins absolument identiques.

— Oui, mais vous, docteur, vous ne faites pas chambre à part ?

190

En pleine forêt équatoriale, un jeune Noir arrive à l'école du village avec un bébé dans les bras

— Pourquoi as-tu amené ton petit frère ? lui demande l'instituteur.

— C'est pas mon petit frère, monsieur. C'est mon quatre heures…

191

Deux religieuses passent devant un immeuble en construction et entendent les ouvriers jurer et blasphémer à qui mieux mieux.

— Mon Dieu ! s'écrie une des nonnes, il faut évangéliser ces malheureux. Je reviendrai demain en leur apportant un peu de nourriture pour établir le contact.

Le lendemain, vêtue d'un strict tailleur gris avec une discrète croix au revers, elle arrive sur le chantier, un panier à provisions à la main, et demande au premier ouvrier qu'elle rencontre :

— Connaissez-vous Jésus ?

— Oui, fait l'autre.

Il lève la tête vers l'échafaudage et crie :

— Jésus ! Y a ta gonzesse qui t'apporte ton casse-croûte !

Ça se passe en plein hiver, le P.-D.G. d'une entreprise convoque son chef du personnel et lui dit :

— Je veux savoir qui a écrit dans la cour de l'usine, en pissant dans la neige : « J'aime Caroline ». Vous allez vous débrouiller pour retrouver ce type et le foutre à la porte immédiatement !

— Monsieur le président, dit l'autre, je reconnais que c'est incorrect, mais ce n'est pas bien grave…

— Comment, pas bien grave ? Caroline est ma fille. Et j'ai reconnu son écriture !

Majestueux, sûr de lui, le lion se promène dans la savane. Il croise un chimpanzé.

— Qui est le roi des animaux ? lui demande-t-il.

— C'est toi, ô grand lion ! répond le singe en tremblant.

Il croise un zèbre.

— Qui est le roi des animaux ?

— C'est toi, ô noble lion !

Il croise une girafe.

— Qui est le roi des animaux ?

— C'est toi, ô illustre lion !

Il croise un éléphant.

— Qui est le roi des animaux ?

Sans répondre, l'éléphant le saisit avec sa trompe, le soulève de terre, le fait tournoyer quatre ou cinq fois en l'air, et le projette contre le tronc d'un baobab.

Étalé au pied de l'arbre, complètement groggy, le lion dit d'un ton geignard :

— On n'a plus le droit de se renseigner ?

Un homme rentre chez lui et trouve sa femme au lit avec un type.

— Espèce de salaud! hurle-t-il. Je vais vous casser la gueule! Je vais vous envoyer à l'hôpital!

— Calme-toi, Marcel! fait son épouse. Je te signale que la réfection de l'appartement, c'est lui qui l'a payée. Nos vacances en Grèce l'été dernier, c'est lui aussi. La nouvelle voiture, le tiers provisionnel, c'est encore lui…

— Bon! dit le mari, je vais faire un tour. Couvre-le bien, qu'il ne prenne pas froid…

Un Italien va en enfer. Quand il arrive, le diable lui dit:

— Ici, nous répartissons les gens par nationalité, car pour que la souffrance soit maximum, il faut avoir la même mentalité, le même mode de vie. Vous irez donc dans l'enfer italien, mais auparavant je vais vous faire visiter mon domaine.

Il ouvre la première porte, celle de l'enfer allemand, et l'Italien voit les damnés germaniques qui se tordent de douleur.

— Ma… qu'est-ce qu'on leur fait?

— Eh bien, chaque matin, mes diablotins amènent une grande marmite remplie de plomb. On le porte à ébullition, et ensuite, à l'aide d'un entonnoir, on verse le plomb liquide dans le postérieur des gens.

Le diable ouvre la porte de l'enfer américain, et on entend des hurlements épouvantables. L'Italien est blême.

— Là aussi, dit le diable, il y a le supplice du plomb bouillant. D'ailleurs, c'est partout pareil.

Et effectivement, dans les enfers anglais, chinois, russe, japonais, suédois, etc., c'est la même chose.

La visite terminée, on amène le nouveau venu à l'enfer italien, et la porte se referme. Il regarde alors autour de lui et aperçoit des gens juchés sur des tonneaux en train de boire, d'autres qui jouent de la mandoline, d'autres qui chantent des airs d'opéra, d'autres qui lutinent des filles.

Stupéfait, il interpelle un type qui tient une bouteille de chianti à la main :

— C'est bien l'enfer ici ?

— Si !

— Ma… vous n'avez pas le plomb liquide dans le derrière ?

— Que si ! Ils viennent tous les matins…

— Et ça ne vous fait rien ?

— Eh… Ici c'est l'Italie ! Alors oune matin il manque le plomb, oune matin il manque les allumettes, oune matin il manque l'entonnoir…

196

Désirant lancer un nouvel after-shave, un important fabricant de cosmétiques a fait faire un sondage auprès de la population masculine en posant la question suivante : « Que mettez-vous après vous être rasé ? »

Et 87 % des hommes interrogés ont répondu : « Ma chemise. »

197

Parti en voyage d'affaires, un homme rentre chez lui un jour plus tôt que prévu. Dans la chambre, il trouve sa femme couchée, tandis que dans le cendrier posé sur la table de nuit un gros cigare fume.

— D'où vient ce cigare ?

Terrorisée, l'épouse se tait.

— D'où vient ce cigare ? répète-t-il en haussant le ton.

Silence.

— Je veux savoir d'où vient ce cigare ! hurle-t-il.

Alors, venant de dessous le lit, une voix dit :

— De La Havane…

Un Belge a gagné à un concours un instrument de musique à choisir parmi tous ceux exposés chez Paul Beuscher.

Il y va et, après avoir longuement examiné tout ce qui se trouve dans le magasin, il dit au directeur :

— J'hésite entre le cornet à piston rouge et l'accordéon jaune… Et le directeur lui répond :

— L'extincteur, je peux encore vous le donner, mais si vous choisissez le radiateur, il faudra faire venir un plombier…

199

Que se passerait-il si les pays du Maghreb devenaient communistes ?

Au bout d'un an, il y aurait pénurie de sable au Sahara.

200

Dans un bar, entre un type aux larges épaules qui va s'asseoir sur un tabouret. Il commande un scotch, le boit d'un trait, puis il saisit un des barreaux du tabouret, l'arrache sans effort apparent, et crac ! il le casse en deux sur son genou. Puis il pose les deux morceaux sur le comptoir en regardant toute la salle.

Alors un autre type deux fois plus large se lève, s'approche du bar, commande un double scotch, et le boit d'un trait. Après quoi il prend les deux morceaux de barreau, et crac ! il les recasse en deux sur son genou. Ensuite il pose fièrement les quatre morceaux sur le comptoir.

Et voilà qu'un petit vieux tout fluet, avec un chapeau melon, un petit costume noir, des bottines à boutons, se lève à son tour, s'approche et dit :

— Barman, je voudrais un lait grenadine, s'il vous plaît.

Il le boit à petites gorgées, après quoi il se saisit des quatre morceaux de barreau, et crac !

… il se casse le genou.

Sur le coup de trois heures du matin, à la sortie d'une discothèque de la Côte d'Azur, un garçon entraîne une fille dans la pinède voisine.

— Écoute le bruit des cigales, dit-elle. Comme c'est romantique…

— C'est pas les cigales, fait le garçon, c'est les fermetures éclair !

Un joueur quitte le casino complètement ruiné. Il ne lui reste en tout et pour tout qu'un billet de cent francs pour payer son train et manger. Au moment où il va franchir la porte du grand hall, il entend une petite voix qui lui dit :

— Ne pars pas… Retourne dans la salle de jeux !

Stupéfait, il regarde autour de lui et ne voit personne. Et la petite voix se fait insistante :

— Crois-moi… Retourne…

Alors il revient dans la salle de jeux.

— Va à la caisse et change tes cent francs ! fait la petite voix.

— Mais c'est tout ce qui me reste…

— Ne discute pas, change-les !

L'homme s'exécute…

— Va à la table de roulette numéro deux…, fait la petite voix.

Et il s'y rend directement…

— Joue le 17…, lui murmure la petite voix.

Il met vingt francs sur le 17.

— Non, cent francs !

— Mais c'est tout ce que je possède…

— Mets-les !

L'homme place ses cent francs sur le 17.

Le croupier lance la roulette. La bille tourne pendant d'interminables secondes et, après pas mal d'hésitations, finit par tomber dans une case. Le croupier annonce :

— Le 32, rouge, pair et passe !
Et la petite voix dit :
— Merde alors !

203

Les bras chargés de layette, de couches, un couffin sous un bras, un pèse-bébé sous l'autre, un chauffe-biberon dans la main, un homme rentre chez lui et trouve sa femme au lit avec un type. Alors il laisse tomber tous ses paquets et dit d'une voix triste :

— Chérie, quand tu m'as annoncé que nous allions être trois, j'avais compris autre chose...

204

Dîner familial. Trois petits monstres de six ans, huit ans et dix ans, sont à table avec leurs parents.

— Mange ta soupe ! dit le père à l'aîné.

— J'en veux pas, elle est dégueulasse. Tu peux te la foutre où je pense...

Le père lui balance deux gifles magistrales.

— Pourquoi tu le frappes ? fait le cadet. S'il aime pas cette soupe, c'est son droit. Tu es tout le temps en train de l'emmerder...

Lui aussi reçoit une paire de gifles. Alors le petit de six ans lève les bras et se protège le visage.

— Pourquoi fais-tu ce geste ? lui demande le père. Si tu es poli et respectueux avec ton papa, je n'ai aucune raison de te gifler...

— Je sais, répond le gosse. Mais je me méfie : t'es tellement con...

— Contrairement à ce qu'affirment les médecins, dit un conférencier devant un auditoire attentif, une vie hygiénique et sans aucun excès ne fait pas vivre plus longtemps. J'ai connu le cas de deux frères jumeaux. Le premier fumait deux paquets de cigarettes par jour, il buvait quotidiennement une douzaine de scotches, et il passait ses nuits à faire la fête avec les filles. Il est mort à quatre-vingt-deux ans. Son frère n'a jamais fumé une seule cigarette de sa vie, jamais bu une goutte d'alcool, jamais fait l'amour. Il est mort à trois mois…

206

Bush et Gorbatchev discutent :
— J'ai un problème, dit Bush. J'ai cinquante conseillers militaires autour de moi. L'un d'entre eux est un espion, et je ne sais pas lequel…
— Moi aussi j'ai un problème, fait Gorbatchev. J'ai cinquante conseillers en économie autour de moi. L'un d'entre eux est compétent, et je ne sais pas lequel…

207

Un homme rencontre un de ses amis couvert de pansements :
— Qu'est-ce qui t'est arrivé ?
— Figure-toi que j'ai été renversé par une moto. Miracle, rien de cassé. Je me relève, et vlan ! une voiture me rentre dedans.
— Pas possible !
— Attends… Je reprends mes esprits, je réussis péniblement à me remettre sur mes jambes, le car de police me chope de plein fouet !
— Non ?
— Attends… Malgré ma douleur je me redresse, et la voiture des pompiers m'encadre !

— Mon Dieu !

— Attends… Je mobilise tout ce qui me restait d'énergie pour me mettre à l'abri, à ce moment-là un avion me percute.

— Un avion ? Mais comment as-tu pu t'en sortir ?

— Eh bien, heureusement, le forain a arrêté le manège…

208

Au cours d'une discussion entre amis, un homme se fait gentiment traiter de macho.

— Moi, macho ? Absolument pas ! Tenez, tous les matins, j'apporte le café au lit à ma femme. Elle n'a plus qu'à le moudre…

209

De passage dans une petite ville de province, un homme d'affaires s'aperçoit que sa montre ne marche plus. Or, compte tenu de ses nombreux rendez-vous, il a absolument besoin de connaître l'heure. Il se met donc à la recherche d'un horloger, et finit par trouver, au bout de la grand-rue, un magasin avec en vitrine tout un assortiment de montres et pendules.

Il entre et tend sa montre au vieil homme barbu, vêtu de noir, qui est derrière le comptoir en lui disant :

— Pourriez-vous voir ce qu'elle a, et si ce n'est pas trop grave, me la réparer tout de suite ?

— Impossible, monsieur, répond le vieil homme.

— Écoutez, j'en ai absolument besoin. Je vous paierai largement.

— Je suis désolé, je ne peux pas vous la réparer.

— Vous pourriez au moins l'ouvrir et me dire ce qu'elle a…

— Non, monsieur, je ne peux pas.

— Et pourquoi ? Vous êtes bien horloger ?

— Non, monsieur

— Vous êtes quoi, alors ?

— Je suis rabbin, monsieur. Ici c'est une officine de circoncision.

— Mais alors, dit l'autre interloqué, pourquoi mettez-vous des montres et des pendules dans la vitrine ?

Alors le vieux rabbin se penche vers lui en murmurant :
— Et vous voudriez mettre quoi, vous ?

210

C'est un boxeur qui va si souvent au tapis que le nom de son sponsor est inscrit sur les semelles de ses chaussures.

211

Une petite agence bancaire de la région marseillaise fait un chiffre d'affaires anormalement bas. Le siège parisien décide d'envoyer un inspecteur effectuer un contrôle.

Sans s'être fait annoncer, celui-ci débarque en pleine semaine sur le coup de trois heures de l'après-midi, entre dans la banque dont la porte est grande ouverte, et n'y trouve pas âme qui vive. Personne derrière les guichets. Entendant des bruits de voix qui viennent du bureau du fond, il entre-bâille la porte et voit le directeur en train de faire une belote avec ses trois employés.

Alors, pour leur donner une bonne leçon, il passe derrière le comptoir et déclenche le signal d'alarme. Aucune réaction : les quatre autres continuent à jouer tranquillement.

Et deux minutes plus tard, le garçon du café d'en face entre avec quatre pastis.

212

En rentrant chez elle, une femme entre deux âges est atta-quée par un voyou :
— Ton argent !
— Je n'en ai pas…, balbutie-t-elle.
— Ne me raconte pas de salades ! fait l'autre, qui se met à la fouiller et à la palper sous toutes les coutures.

— Vous voyez bien que je n'ai pas d'argent! Mais continuez comme ça, glousse la dame, et je vous fais un chèque…

213

Trois détenus, deux Français et un Belge, tentent en pleine nuit la belle. Ils réussissent à scier les barreaux de leur cellule, à descendre dans la cour en nouant leurs draps bout à bout, et ils atteignent l'endroit du mur d'enceinte où une corde les attend.

Le premier Français grimpe, mais arrivé en haut du mur, il fait tomber une pierre.

— Qui va là? crie le gardien.

Et le prisonnier miaule:

— Miaou!…

«Ce n'est que le chat», se dit le gardien.

Le second Français se hisse à son tour. Et lui aussi, en enjambant le faîte du mur, déclenche la chute d'une pierre.

— Qui va là?

Comme son copain, il fait:

— Miaou!…

Le gardien est rassuré. Enfin le Belge grimpe en dernier, et comme ses deux compagnons, une fois en haut, il fait tomber une pierre.

— Qui va là?

Et le Belge répond:

— C'est encore le chat!

214

Quelle différence y a-t-il entre la marine et un Arabe?
Aucune. La marine marchande et l'Arabe aussi.

Grande première spatiale : un cosmonaute s'est posé sur la planète Mars. À son retour sur terre, une meute de journalistes l'attend. Et la première question, c'est bien entendu :

— Y a-t-il de la vie sur Mars ?

— Oui, répond le cosmonaute, mais surtout le samedi soir. Les autres jours, c'est vraiment mort…

Deuxième question :

— À quoi ressemblent les martiennes ?

— À quelques détails près, aux terriennes.

— Qu'est-ce qui les différencie ?

— Essentiellement une chose : elles ont les seins dans le dos.

— Ça doit faire bizarre ? demande un journaliste.

— Un peu, répond le cosmonaute. Mais pour danser, c'est bien…

216

Un paysan fait les honneurs de son domaine à une jeune et jolie Parisienne vêtue d'une petite robe ultra-légère. Au fur et à mesure que la visite avance, le fermier est de plus en plus ému par les rondeurs de la demoiselle.

Lorsqu'ils arrivent au pré, ils voient le taureau en train de monter une vache.

— Cré nom ! soupire le paysan congestionné. Qu'est-ce que j'aimerais en faire autant ! Qu'est-ce que j'aimerais…

— Eh bien, allez-y…, murmure la jeune femme. N'hésitez pas, faites-le…

— Oh, c'est pas vrai ! Je rêve ! Vous voulez bien ?

— Bien sûr ! Qui vous en empêche ? C'est votre vache…

217

Deux satyres font la sortie de l'école. Et lorsqu'une ravissante petite fille de dix ans franchit le portail, le premier dit :

— Regarde celle-là ! Elle a dû être drôlement bien quand elle était jeune !

En vacances en Espagne, un touriste français est opéré d'urgence de l'appendicite. Quand sa femme est admise à aller le voir dans sa chambre, elle trouve son mari avec la tête bandée. Alors elle court voir l'infirmière :

— Que s'est-il passé ?

— Nada, señora. L'opération s'est très bien passée. Le chirurgien, il a été magnifico ! Il a ôté l'appendice, clac, du premier coup. Après il a refermé, recousu, et il a fait oune cicatrice toute petite. Alors les assistants, les anesthésistes, les infirmières, tout le monde a applaudi en criant « Olé ! ». Et on lui a donné la queue et les deux oreilles…

Catastrophe chez Dassault. Le prototype du nouveau chasseur révolutionnaire qui porte tous les espoirs de la firme s'est encore écrasé. Pour la troisième fois consécutive, le pilote d'essai n'a eu que le temps de faire fonctionner son siège éjectable. Et pour la troisième fois, la cause de l'accident est identique : rupture de l'aile, exactement au même endroit, près du fuselage. Les ingénieurs ont tout essayé pour y remédier, en vain. On envisage d'abandonner le projet quand un type en blouse grise, qui a demandé audience au patron, lui dit :

Je sais ce qu'il faut faire…

— Vraiment ?

— Oui. À l'endroit où l'aile se brise, vous allez percer tout le long des petits trous espacés d'un centimètre.

— C'est tout ?

— C'est tout.

« Au stade où nous en sommes, se dit le patron, qu'est-ce qu'on risque ? » Et il donne l'ordre de faire percer des petits trous dans l'aile du quatrième prototype, là où elle cède.

Nouveau vol d'essai. L'aile semble tenir. Le pilote s'enhardit, soumet son appareil à toutes sortes d'épreuves, dépasse les normes de sécurité : l'aile résiste. À peine l'avion s'est-il posé que le patron fonce à l'usine et dit à ses collaborateurs :

— Trouvez-moi ce type en blouse grise !

On le lui amène et il le prend dans ses bras :

— Vous avez sauvé la maison ! Vous êtes un génie de l'aviation ! Quelle fonction occupez-vous dans la société ?

— Je suis chargé de l'entretien des toilettes.

— Quoi ? Mais comment avez-vous fait pour trouver la solution ?

— Oh ! c'est simple : j'ai remarqué que le papier hygiénique ne se déchire jamais au pointillé...

220

Un vampire entre dans un café, sort de sa poche un Tampax usagé et demande au garçon :

— Est-ce que je pourrais avoir une tasse d'eau chaude ? C'est pour une petite infusion...

221

Le corps médical a décidé de tester la théorie d'un éminent psychiatre selon laquelle en confrontant en huis-clos deux malades mentaux qui se prennent pour le même personnage, on les amène tout naturellement à constater qu'ils ne peuvent être deux avec la même identité, et on obtient leur guérison.

On choisit donc, dans un asile, deux malades qui se prennent tous deux pour Napoléon, et on les enferme dans la même pièce avec de la nourriture et des boissons pour huit jours, sans aucune possibilité de contact avec l'extérieur.

Une semaine plus tard, devant tout ce que la psychiatrie compte de sommités, on ouvre la porte. Le premier pensionnaire sort, toise longuement les médecins, et leur lance :

— Eh bien ? On ne salue plus son empereur ?

Silence. Les secondes s'écoulent, et le deuxième pensionnaire n'apparaît toujours pas. Chacun retient son souffle. Alors le premier se retourne vers la porte et crie :

— Alors ? Tu viens, Joséphine ?

Deux Noirs font pipi du haut d'un pont dans une rivière.
— L'eau est froide, dit le premier.
— Oui, fait l'autre, et elle est profonde !

Il est une heure du matin. Sur une grande place parisienne où se croisent pas mal de lignes d'autobus, un type qui a visiblement bien arrosé la soirée s'approche en titubant d'un employé de la R.A.T.P. en train de fermer sa guérite.
— Excusez-moi de m'excuser…, bredouille-t-il. Pourriez-vous me dire s'il y a encore des 84 ?
— Non, monsieur, c'est terminé.
— Et des 92 ?
— Non plus.
— Et des 32 ?
— Non plus.
— Des 174 peut-être ?
— Non plus.
— Alors… quelle est la ligne qui marche encore ?
— Aucune, monsieur. Il n'y a aucun autobus avant cinq heures du matin.
L'homme repart en zigzaguant, rejoint son copain, écroulé sur un banc, dans le même état que lui. Et il lui dit :
— Viens ! On peut traverser…

Deux vieilles filles sont assises sur un banc. L'une tricote, l'autre lit le journal. Soudain elle relève la tête et dit à son amie :
— Tu te rends compte, Marie-Louise, ce que je suis en train de lire : au Mexique, deux femmes ont brûlé leur mari…
— C'est incroyable ! Quand je pense que nous, ici, on n'arrive pas en trouver, et là-bas on les brûle !

Dans le Grand Nord canadien, un colosse se présente pour un emploi de bûcheron.

— La Compagnie, lui dit le contremaître, veut des hommes forts, résistants, et débrouillards. Pour être engagé chez nous, il faut réussir trois épreuves : boire d'un trait un litre de whisky, faire l'amour avec une femme esquimau, et tuer un ours blanc en ramenant sa peau comme preuve.

— D'accord, fait le colosse.

Il attrape le litre de whisky et le vide jusqu'à la dernière goutte. Après quoi, il sort en titubant et disparaît dans la nuit.

Deux heures plus tard, il est de retour, les cheveux hirsutes, les vêtements en lambeaux, le visage et la poitrine labourés de griffes. Et il crie :

— Plus qu'une épreuve ! Alors, où elle est cette femme esquimau que je dois dépecer ?

En vacances dans le Midi de la France, un Belge discute avec un autochtone qui lui demande :

— Vous habitez où en Belgique ?

— À Bruxelles-xelles.

— Pourquoi vous dites Bruxelles-xelles ?

— Parce que je commence à connaître vos usages, une fois ! L'autre jour, en voiture, j'ai demandé à quelqu'un : «Où sommes-nous ici ?» Il m'a répondu : «À Tarascon… con ! »

Parcourant la Galilée, Jésus arrive un jour devant une foule surexcitée qui brandit des pierres. Et il apprend que ces gens s'apprêtent à lapider Marie-Madeleine, la pécheresse. Aussitôt il étend les bras et s'écrie :

— Arrêtez ! Arrêtez, tous !

Et instantanément, les mains qui tenaient les pierres s'immobilisent en l'air. Jésus parcourt lentement du regard l'assemblée fascinée et dit d'une voix forte :

— Que celui ou celle qui n'a jamais péché lui jette la première pierre !

Personne ne bouge. Personne sauf une femme en noir qui s'approche de Marie-Madeleine en brandissant un énorme pavé, et qui lui écrase la tête.

Alors Jésus se penche vers cette femme et lui dit à l'oreille :

— Maman ! Il y a des jours où tu me casses les pieds...

228

Dans un wagon de métro, à l'heure d'affluence, un voyageur laisse échapper un vent particulièrement sonore.

Trente secondes plus tard, sa voisine lui tape sur l'épaule en disant :

— Vous avez bien fait de le lâcher, monsieur. Il commençait à se gâter...

229

La prestigieuse troupe de l'Old Vic Theater de Londres, gardienne de la grande tradition shakespearienne, fait une tournée aux Etats-Unis. Triomphe à New York, à Philadelphie, à Boston, à Los Angeles. Et voilà qu'elle se rend, pour trois représentations, au cœur du Texas.

Le premier soir, devant deux mille cow-boys, elle joue *Othello*. Arrive la scène la plus dramatique, celle où Othello étrangle Desdémone. Et dans la salle un cow-boy crie :

— Tape-toi-la pendant qu'elle est encore chaude !

Scandale. Le rideau tombe, et le directeur de la troupe, fou furieux, dit au shérif venu présenter ses excuses :

— Nous plions bagage ! Il est inutile d'essayer de faire comprendre le génie de Shakespeare à ces gardiens de vaches !

— Je vous en prie, supplie le shérif, ne les privez pas des deux autres représentations prévues. Ils sont certes frustes, mais ils ont justement plus que d'autres besoin de culture. Je serai présent, et je vous promets qu'il n'y aura aucun incident.

Le directeur se laisse fléchir, et le lendemain soir, les deux mille cow-boys sont là, avec au premier rang le shérif, pour assister à une représentation de *Roméo et Juliette*. Au premier acte, tout se passe bien. Puis arrive la fameuse scène du balcon. Roméo, d'une belle voix grave, lance :

— Juliette... Qu'y a-t-il de plus grand, qu'y a-t-il de plus profond que notre amour ?

Alors le shérif se lève d'un bond, sort ses deux colts, et se tourne vers la salle en hurlant :

— Le premier qui dit « mon cul », je le bute !

230

Une charmante jeune femme arrive dans une station-service au volant d'une petite voiture complètement pliée.

— Vous pourriez m'arranger ça ? demande-t-elle au pompiste avec un grand sourire.

— Hélas non, ma petite dame. Ici on fait le lavage, pas le repassage...

231

À l'Opéra, un type est écroulé dans un fauteuil d'orchestre, les pieds sur le dossier de devant, les cheveux en bataille, le pantalon déchiré, la veste en lambeaux. Une ouvreuse s'approche de lui :

— Vous avez votre billet, monsieur ?

Il le lui tend. Elle l'examine et lui dit :

— Vous n'êtes pas à votre place. Vous avez un billet pour le deuxième balcon...

— Je le sais ! répond l'autre. Vous ne voyez pas que je suis tombé ?

Au cours d'une promenade en montagne, un touriste se perd dans le brouillard. Après avoir longuement erré, il aperçoit une cabane et frappe à la porte.

— Qui est là ? demande une petite voix.

— Je suis un promeneur égaré. Pourriez-vous m'indiquer le chemin pour redescendre dans la vallée ?

— Je ne sais pas et je ne peux pas vous ouvrir. Je suis un petit garçon.

— Alors, demande à ton papa…

— Papa, il est sorti quand maman est rentrée…

— Dans ce cas, appelle ta maman…

— Maman est sortie quand grand-père est rentré…

— Très bien. Dis à ton grand-père de venir…

— C'est pas possible, il est sorti quand mon grand frère est rentré.

— Bon. Appelle ton grand frère…

— Il est sorti quand je suis rentré…

— Mais ma parole, explose le touriste, vous n'êtes jamais en famille ?

— Si, à la maison, mais pas ici. Ici c'est les cabinets…

François Mitterrand est en week-end à Latche avec son épouse. Ils se promènent dans le parc lorsque le président bute sur une souche, trébuche et manque s'étaler.

— Mon Dieu ! s'exclame sa femme.

— Écoutez, Danièle, fait Mitterrand, quand nous sommes dans l'intimité, vous pouvez m'appeler François…

Un gros fabricant de vêtements du Sentier dit un jour à sa femme :

— Rachel, nous sommes partis de rien, toi et moi, il y a vingt-cinq ans. On a travaillé comme des bêtes, sans prendre un seul jour de vacances. Et aujourd'hui notre marque est mondialement connue. Alors, Rachel, il faut maintenant que nous sortions, que nous fréquentions les autres milliardaires. Ce week-end, c'est le Grand Prix de Deauville, ils y seront tous. Sors ta plus belle robe et tous tes bijoux, j'ai retenu une chambre au *Normandy*…

Le dimanche suivant, ils sont tous les deux au pesage de l'hippodrome. Et l'homme dit à son épouse :

— Tu vois, Rachel, le type avec le melon gris là, c'est Rothschild. Et la blonde en tailleur bleu, c'est sa maîtresse. L'autre là, avec les jumelles, c'est Lazard. Et la rousse en robe verte, c'est sa maîtresse. Celui-là, à droite, en costume bleu marine, c'est Bernheim. Et la brune en tailleur beige, c'est sa maîtresse. Et tu vois, juste à côté, la fille aux cheveux auburn avec la robe à fleurs ? C'est ma maîtresse…

Alors la malheureuse épouse devient toute blanche et éclate en sanglots. Quelques minutes plus tard, la crise passée, elle sort un mouchoir de son sac, se tamponne les yeux, regarde à nouveau toutes ces dames, et se tourne vers son mari en lui disant tendrement :

— Tu sais, chéri… C'est la nôtre la mieux.

235

Dans une grande piscine publique, le maître-nageur s'approche d'un baigneur et lui dit :

— Monsieur, je vous prie d'aller vous rhabiller et de ne plus jamais mettre les pieds ici !

— Et pourquoi donc ?

— Parce que vous avez fait pipi dans la piscine. Je vous ai vu…

— Et alors ? dit l'autre. Vous savez très bien que tout le monde le fait. Je ne suis pas le seul…

— Du haut du plongeoir, si.

En traversant un village, un automobiliste crève un pneu. Il s'arrête, sort sa roue de secours, et catastrophe ! s'aperçoit qu'il n'a pas de cric. Aucun garage en vue. Alors il s'adresse au fermier voisin qui lui dit :

— Moi non plus, je n'en ai point, mon pauvre monsieur ! Mais ne vous en faites pas. On va aller chercher le Camille. Il est tellement costaud que dans le pays on l'appelle « le cric ». Il va vous la soulever votre auto…

Cinq minutes plus tard arrive le Camille, une sorte d'hercule qui soulève la voiture comme si c'était un jouet en disant au conducteur :

— Prenez votre temps, y a pas de problème…

L'autre change sa roue, resserre les quatre boulons, et lorsque c'est terminé le nommé Camille repose délicatement le véhicule.

— Eh bien vous, fait l'automobiliste, vous êtes un phénomène !

— Bof ! On est tous comme ça dans la famille… Tenez, par exemple, moi on me surnomme « le cric », mais ma sœur elle est encore plus costaud que moi. Ça fait à peine deux ans qu'elle a quitté le pays pour aller à Paris, et là-bas aujourd'hui, tout le monde l'appelle « la grue » !

Dans une salle d'opération, une superbe jeune femme est étendue sur la table, complètement nue. Le chirurgien s'approche, et au moment où il se penche sur elle, elle ouvre les yeux et lui dit :

— Chéri, il va falloir trouver un autre endroit pour nous rencontrer. La Sécurité Sociale commence à tiquer…

En arrivant le matin au bureau, un cadre lance à son collègue :

— J'ai été patient, j'ai attendu, maintenant ça suffit ! J'ai rendez-vous à dix heures chez le patron, et là je vais lui dire : ou vous m'augmentez sérieusement, ou je m'en vais !

— Tu vas vraiment le lui dire comme ça ?

— Et comment !

Et à dix heures moins deux, il se lève. Dix minutes plus tard, il est de retour.

— Alors ? demande son collègue, tu as obtenu ce que tu voulais ?

— Ce n'est pas aussi simple que ça. Quand il y a deux points de vue opposés, il faut savoir négocier. Alors nous avons discuté, et finalement on a coupé la poire en deux : lui ne m'augmente pas, et moi je reste.

Trois naufragés sont sur un radeau.

— J'ai une idée, dit le premier. Pour passer le temps, si on faisait un golf miniature ? Je fournis la canne…

— D'accord, répond le deuxième. Moi je fournis les balles…

— Je refuse de jouer ! fait le troisième.

Parti en voyage d'affaires, un homme rentre chez lui deux jours plus tôt que prévu. Sa femme, qui est déjà au lit, l'accueille en s'exclamant

— Quelle surprise, chéri ! Comme je suis heureuse !…

À ce moment-là, le gosse entre en pleurant dans la chambre, visiblement terrorisé :

— Papa ! Il y a un ogre dans mon placard…

— Qu'est-ce que tu racontes ? fait la mère. Ne dis pas de bêtises et va dormir !

— Si, papa, insiste le gamin qui tremble comme une feuille, je te jure qu'il y a un ogre dans mon placard, et il va me manger !

Pour lui prouver qu'il a rêvé, le père accompagne son fils, ouvre la porte du placard, et y trouve son meilleur ami complètement nu.

— Toi, André ? s'écrie-t-il. Toi qui es comme mon frère, toi en qui j'avais toute confiance ! Comment as-tu pu faire ça ? Tu n'as pas honte ? Tu n'as pas honte de te cacher à poil dans le placard du petit pour lui faire peur ?

241

Sur l'autoroute Paris-Bruxelles, un couple de Belges roule en écoutant la radio. Soudain la musique s'interrompt et une voix annonce :

— Voici un message très important qui concerne tout particulièrement les automobilistes se trouvant actuellement sur l'autoroute du Nord. Il y a une voiture qui roule à contresens dans le sens province-Paris. Je répète : il y a une voiture qui roule à contresens dans le sens province-Paris...

L'automobiliste belge se tourne vers sa femme : — Tu entends ça, chérie ! Ils disent n'importe quoi à la radio ! Il y en a des centaines...

242

Un instituteur demande à ses élèves, pour le cours du lendemain sur l'électricité, d'apporter chacun un appareil électrique.

Le jour suivant ils arrivent avec des radios, des fers à repasser, des magnétophones, des sèche-cheveux, etc.

Et voilà que l'un d'entre eux entre en classe en poussant péniblement un gros caisson métallique monté sur roulettes.

— Qu'est-ce que c'est que ça ? demande l'instituteur.

— Un poumon d'acier, m'sieur.

— Ton père est au courant que tu trimbales un engin pareil ?

— Oui, m'sieur.

— Et il n'a rien dit ?

— Si, m'sieur. Il a fait : Pfffffffffffffffff…

243

Un homme qui a plusieurs femmes, c'est de la polygamie.
Un homme qui a deux femmes, c'est de la bigamie.
Un homme qui n'a qu'une femme, c'est de la monotonie.

244

Un jeune prêtre qui vient d'être ordonné se prépare à dire sa première messe dans l'église de sa ville natale, devant une assistance considérable et en présence de l'évêque du diocèse. Seul dans la sacristie, il est paralysé par le trac. Alors, pour se donner du courage, il ouvre l'armoire où est rangé le vin de messe, prend la bouteille, en boit une bonne gorgée, puis une seconde et même une troisième. Après avoir fini la bouteille et légèrement entamé la suivante, il se sent en pleine forme : toute son appréhension a disparu.

Sa messe, son prêche, se déroulent comme dans un rêve. Après quoi il regagne la sacristie pour recevoir les félicitations des uns et des autres. Dès que l'évêque arrive il se précipite vers lui.

— Puis-je respectueusement vous demander, Monseigneur, votre opinion sur mon sermon ?

— Très bien, mon enfant, très bien. À quelques petits détails près. Premièrement, à la fin on dit «Amen», pas «À la bonne vôtre». Deuxièmement, la Passion de Notre-Seigneur Jésus-Christ, ça se passait en Galilée, pas au Mexique. Troisièmement, il n'a pas été fusillé…

Deux femmes se rencontrent chez un commerçant.

— Bonjour, madame, fait la première, comment allez-vous? Et votre mari, qui avait tué deux convoyeurs de fonds et un agent de police, il a bon moral en prison?

— Plus que bon. Il sort la semaine prochaine! Figurez-vous qu'il a bénéficié d'une remise de peine exceptionnelle pour bonne conduite…

— Oh… Comme vous devez être fière de lui!

Pendant la guerre de 14, un Français installé dans sa tranchée se dit: «Moi, j'ai rien contre les Allemands, je ne les connais pas! Mais c'est la guerre, et si on ne tue pas un maximum de boches, on va rester là vingt ans! Alors il faut faire fonctionner ses méninges! J'ai remarqué qu'il y a plein d'Allemands qui s'appellent Frantz…»

Il s'installe à un poste de tir, pointe son fusil sur la tranchée d'en face, et crie:

— T'es là, Frantz?

— Ja! fait un Allemand en se levant.

Et le Français le descend.

Deux fois par jour, quotidiennement, il s'installe, pointe son fusil, et crie: «T'es là, Frantz?» À chaque fois un Allemand répond: «Ja!», se lève, et se fait déquiller. Au bout d'un certain temps, ça commence à faire beaucoup, et un colonel allemand, venu en inspection, dit:

— Nous sommes aussi intelligents que les françouzes, et nous allons utiliser leur ruse. Chez eux, le prénom le plus répandu est Marcel. Vous allez installer un tireur d'élite qui criera «Marcel!» et quand le françouze se montrera, il le tuera!

Quelques heures plus tard, le tireur allemand s'installe, pointe son fusil sur la tranchée française et crie:

— Marcel!

— Je suis là ! répond une voix gouailleuse du côté français. C'est toi, Frantz ?

— Ja ! fait l'Allemand en se levant.

Et il se fait descendre.

247

Un monsieur très comme il faut, costume trois-pièces et Légion d'honneur au revers, rentre chez lui, dans le seizième, à la nuit tombante. Alors qu'il traverse les jardins du Trocadéro, un jeune homme s'approche de lui et susurre :

— Tu veux que je te fasse une gâterie, chéri ? C'est cent francs !

Dix mètres plus loin, un autre le hèle :

— Viens chez moi, beau brun ! Pour cinq cents francs, je te prendrai comme une bête !

Le monsieur, qui est scandalisé, aperçoit un gardien de la paix et court vers lui.

— Monsieur l'agent, je vous signale que ces deux jeunes gens là-bas se livrent au racolage ! Ils m'ont fait des propositions honteuses...

Et l'agent s'écrie :

— Oh ! La vilaine rapporteuse !

248

Un Boeing survole la brousse.

— Qu'est-ce que c'est ? demande un petit anthropophage à son papa.

— Un avion.

— Et c'est quoi un avion ?

— C'est comme une langouste. Il n'y a que l'intérieur qui se mange...

Les deux mêmes, partis à la chasse, tombent sur une jeune et ravissante touriste, égarée dans la forêt équatoriale, vêtue d'un minuscule short et d'un simple soutien-gorge.

— On la bouffe maintenant, papa ? demande le gamin.

— Non, non et non ! On la ramène à la maison et on mangera ta mère !

À la cantine de Renault, un ouvrier demande à ses copains de table :

— Pasteur, vous savez qui c'est, les gars ?

— Non, font les autres.

— Eh ben, si vous alliez comme moi aux cours du soir, vous sauriez que c'est le type qui a inventé le vaccin contre la rage. Et Léonard de Vinci, ça vous dit quelque chose ?

— Non…

— Eh ben, si vous alliez aux cours du soir, vous sauriez que c'est le gus qui a peint La Joconde. Et Nelson ?

— Non plus…

— Eh ben, si vous alliez aux cours du soir, vous sauriez que c'est l'english qui a gagné la bataille de Trafalgar.

Alors un métallo l'interpelle du bout de la table.

— Et Duplantin, tu sais qui c'est ?

— Ah non !

— Eh ben, si t'allais pas aux cours du soir, tu saurais que c'est le mec qui saute ta femme pendant que tu y es…

Dans un petit village, une vieille femme sans famille, totalement seule, vient de mourir. Elle avait exprimé, par écrit, son désir d'être incinérée, et ses dernières volontés sont respectées. Après quoi, le fourgon, que personne ne suit, prend par un froid glacial le chemin du cimetière en empruntant une route verglacée.

Soudain le corbillard est pris sur une plaque de glace, et malgré toutes les tentatives du conducteur, les roues patinent sur place. Rien à faire. Alors il dit à son collègue :

— Passe-moi la vieille ! Je vais cendrer...

252

Un metteur en scène se retrouve dans le lit d'une comédienne qui a la réputation d'avoir la cuisse particulièrement légère. Au milieu de la nuit, il se lève et lui murmure à l'oreille :

— Je vais aux toilettes. Garde-moi ma place...

253

Dans un magasin de prêt-à-porter pour enfants, un petit garçon essaie un costume.

— Le tissu est de bonne qualité ? demande la mère.

— La meilleure, madame ! fait le vendeur. Ça ne bouge pas !

Le gosse, tout fier, demande à le garder sur lui, la dame paie et ils s'en vont. Trois minutes plus tard, alors qu'ils marchent dans la rue, un violent orage éclate. Les voilà trempés, et le costume se met à rétrécir à vue d'œil. Bientôt le pan de la veste arrive à la taille du petit garçon, les manches pratiquement aux coudes, et le bas du pantalon aux mollets.

La mère, folle furieuse, retourne à la boutique en tenant son gosse par la main. Et quand ils entrent, le vendeur s'écrie d'un ton extasié :

— Mon Dieu ! Comme il a grandi !

254

Une Française de la meilleure société débarque à Rome et téléphone aussitôt à son amie, une comtesse italienne très snob qui s'écrie :

— Carina ! Tu tombes merveilleusement bien ! Je donne

une petite réception demain soir, tout le monde sera là : Sophia…

— Quelle Sophia ?

— Sophia Loren, Carina ! Il y aura aussi Federico et Marcello…

— Je les connais ?

— Federico Fellini et Marcello Mastroianni, bien sûr ! Et puis, tu verra Deux, il m'a promis de venir…

— Deux ?

— Carina, c'est une question de respect… Je ne peux tout de même pas l'appeler Jean-Paul !

255

Victime d'un grave accident de voiture et atteint aux membres inférieurs, un homme a dû être amputé des deux jambes. Le lendemain, quand elle vient le voir à l'heure de la visite, sa femme le trouve avec la tête couverte de pansements. Sur la fiche médicale placée au bout de son lit il y a écrit : *fracture du crâne*.

— Je ne comprends pas, dit-elle abasourdie. Qu'est-ce qui t'est arrivé ?

— Eh bien, fait son mari, personne ne m'a prévenu. Alors ce matin, comme d'habitude, je me suis levé pour faire ma toilette…

256

Trois hommes arrivent en même temps à la porte du paradis.

— De quoi êtes-vous mort ? demande saint Pierre au premier.

— Je ne sais pas. Je passais dans la rue, et j'ai vu une superbe voiture rouge, toute neuve, garée. J'adore les belles voitures… Je me suis arrêté, je l'ai admirée sous tous les angles, et au moment où je posais la main sur la carrosserie pour la caresser comme un animal, le ciel m'est tombé sur la tête !

— Et vous ? dit saint Pierre au deuxième.

— Moi, je venais d'acheter une voiture neuve. Un coupé rouge de toute beauté. Je rentre chez moi après l'avoir garée en bas, je vais jusqu'à la fenêtre pour la montrer à ma femme, et qu'est-ce que je vois ? Un type qui rôdait autour ! Quand il a mis la main sur la portière, la rage m'a saisi ! Pas le temps de descendre mes six étages. Alors j'ai attrapé l'armoire et je l'ai balancée sur ce salaud ! Malheureusement, la boutonnière de ma veste s'est prise dans le bouton de la porte de l'armoire, et je suis parti avec.

— Et vous ? fait le portier au troisième.

— Moi, je n'y comprends rien. J'étais au lit avec ma maîtresse. Tout à coup la clé tourne dans la serrure : c'était le mari qui rentrait ! Alors je me suis caché dans l'armoire...

257

Dans un avion, un passager belge dit à son voisin :

— Franchement, monsieur, c'est extraordinaire ! Vues d'ici, les voitures sur la route, on dirait une colonne de fourmis, savez-vous !

— Il s'agit sûrement de fourmis, répond l'autre, parce qu'on n'a pas encore décollé...

258

Dans les urinoirs d'un aéroport, un homme se tourne vers son voisin et lui dit :

— Américain ?

— Yes...

— Juif ?

— Yes...

— Vous êtes du Colorado ?

— Aoh... Yes !

— Né à Denver ?

— Fantastic ! Comment vous savoir ?

— C'est facile. J'ai vécu à Denver dans le temps. Là-bas, il y avait un rabbin complètement miro qui coupait de travers. Et ça fait deux minutes que vous me pissez dessus...

Le propriétaire et P.-D.G. d'une très grosse société convoque un de ses collaborateurs.

— Vous avez fait jusqu'à présent, lui dit-il, un parcours exceptionnel au sein de notre groupe. Entré comme coursier, vous êtes devenu en trois mois chef de bureau, puis quatre mois après chef de service. Un an plus tard, vous étiez directeur commercial, et depuis dix-huit mois vous avez le titre de directeur général adjoint. Eh bien, j'ai le plaisir de vous annoncer qu'à compter de ce jour, vous êtes nommé directeur général. Par ailleurs, je proposerai dès la semaine prochaine votre entrée au conseil d'administration, et je ne vous cache pas que je songe à vous pour ma succession. Qu'en dites-vous ?

— Merci, papa !

260

Que font les hommes après l'amour ? Un récent sondage apporte des réponses précises à cette question :

1 % lisent
2 % boivent un verre,
4 % regardent la télé,
6 % fument une cigarette,
7 % s'endorment,
et 80 % rentrent chez eux.

261

Un chevalier part en croisade. Auparavant, il met une ceinture de chasteté à sa jeune épouse, puis il convoque l'écuyer de la dame en lui disant :

— Je te confie la clé de la ceinture de chasteté. Conserve-la en permanence sur toi et ne la donne à personne. Si dans trois ans, jour pour jour, je ne suis toujours pas de retour, c'est que j'aurai péri sous les murs de Jérusalem. Alors, et alors seulement, tu ouvriras la serrure.

Et il s'en va... Trois heures plus tard, sur la route, un cavalier le rejoint au grand galop dans un nuage de poussière. C'est l'écuyer, qui lui dit d'une voix haletante :

— Ah, monsieur le comte, c'est une chance que j'aie réussi à vous rattraper ! Vous ne m'avez pas donné la bonne clé...

262

— Dis-moi, Fernand, fait la Marie, dans deux semaines aujourd'hui c'est nos vingt-cinq ans de mariage ! Si on tuait le cochon ?

— Et pourquoi donc tu veux le tuer ? Il y est pour rien !

263

Malgré l'évolution politique, l'approvisionnement de Moscou en denrées alimentaires ne s'est pas amélioré. On manque de tout, et notamment de viande.

Le bruit ayant couru qu'une boucherie allait être livrée le lendemain matin, une queue immense se forme et les ménagères passent la nuit à grelotter, debout dans la neige.

Vers cinq heures du matin, le boucher entrouvre sa porte et crie :

— Pas de viande pour les juifs !

Un certain nombre de femmes quittent la queue et rentrent tristement chez elles.

Vers dix heures, la porte s'ouvre à nouveau et le boucher lance :

— Pas de viande pour les Lituaniens !

Et un autre groupe de ménagères s'en va.

Vers midi, il réapparaît pour dire :

— Pas de viande pour les Estoniens !

Enfin, vers deux heures de l'après-midi, il sort en annonçant :

— Inutile d'attendre. Il n'y a pas de viande du tout !

Alors une femme, rouge de colère, hurle :

— C'est une honte ! Pourquoi c'est toujours les juifs qui sont favorisés ?

Un homme se présente au guichet des Allocations familiales :

— Je viens d'arriver dans votre secteur, et je voudrais m'inscrire. Je suis père de dix-neuf enfants…

— Avec la même ? demande l'employée stupéfaite.

— Bien sûr, avec la même ! Mais naturellement, j'ai eu plusieurs femmes…

Vêtu d'un ensemble rose, les cheveux décolorés, les ongles peints, un jeune homme très efféminé passe devant un immeuble en construction. Et du haut en bas du chantier, les ouvriers crient :

— Hé, vous avez vu la tante ? Va donc, eh, pédale ! Petite fiotte !

Et le jeune homme, sans même se retourner, fait un geste méprisant de la main en disant :

— Pff… maçons ! maçons !

Le lendemain, il repasse et les quolibets pleuvent.

— Revoilà la tantouse ! Va te faire empaffer, eh, chochotte !

Et l'éphèbe se contente de répondre :

— Pff… maçons ! maçons !

Le troisième jour, alors qu'il arrive devant le chantier, une voix venue d'en haut s'écrie :

— Ooh… Le beau jeune homme !

Alors il s'arrête pile, lève la tête, et dit :

— Bonjour, monsieur l'architecte…

Un type entre chez le coiffeur pour se faire raser.

— Mon fils va s'occuper de vous tout de suite, dit le patron qui est en train de faire un brushing.

Le jeune homme l'installe, lui met une serviette, lui passe

le blaireau sur le visage, prend le rasoir, et d'entrée, il lui écorche la joue.

— Imbécile ! crie son père. Bon à rien ! Tu ne peux pas faire attention ? Monsieur, je suis absolument confus…

— Ce n'est rien…, dit le client gêné.

Deux minutes après, le fils fait un mouvement maladroit et lui taillade le menton.

— Abruti ! Tu n'as pas entendu ce que je t'ai dit ? hurle le patron en flanquant une gifle monumentale à son rejeton. Monsieur, mille excuses…

— Ce n'est pas grave…

Quelques instants plus tard, le jeune débutant fait un grand geste avec son rasoir, et coupe net l'oreille droite qui tombe par terre.

Alors le client lui souffle :

— Ton père n'a rien vu. Pousse-la en douce sous le fauteuil…

267

Comment les dactylos belges inaugurent-elles leur machine à écrire ?
En coupant le ruban.

268

Dans un magasin de chaussures, un client dit au vendeur :

— Je voudrais le modèle qui est là en vitrine. Pointure 40…

Le vendeur regarde ses pieds et lui dit :

— Monsieur, je crois que vous faites erreur. J'ai l'habitude, et je puis vous dire que vous faites du 42. C'est bien pour vous ?

— Oui, mais donnez-moi du 40 !

— Je vous assure qu'il vous faut du 42…

— Écoutez, jeune homme, n'insistez pas. J'ai un patron qui me traite comme un chien, un fils drogué, une fille enceinte sans que l'on sache de qui. Ma femme me trompe avec mon meilleur ami, ma mère est à l'hôpital, et mon banquier me harcèle. Mon seul bonheur dans la vie c'est, quand je rentre chez moi le soir, d'ôter mes chaussures…

269

Une femme dit à son mari :
— Est-ce que tu te remarierais si je mourais ?
— Je ne sais pas… Peut-être…
— Et tu lui donnerais mon manteau de fourrure ?
— Oui, pour l'aérer…
— Et ma petite voiture décapotable ?
— C'est possible… Pour la faire rouler…
— Et la guitare que tu m'as offerte pour notre anniversaire de mariage ?
— Ah non ! Je ne lui donnerai pas ta guitare ! C'est hors de question ! Elle est gauchère…

270

Le directeur d'un grand magasin circule parmi les rayons pour vérifier que chacun fait correctement son travail. Arrivé aux articles de pêche, il voit un vendeur qui dit à un client :
— Avec des hameçons comme ceux-ci, monsieur, prenez ce fil. Et là, je ne vous cache pas que vous risquez de ferrer de grosses pièces, alors il vous faut des gaules en rapport. Je vous conseille ce modèle, qui est ce que nous avons de mieux… Je vous en mets trois. Bien entendu, j'ajoute les moulinets, les mouches, une épuisette, un panier pour mettre le poisson, un autre pour le pique-nique, et un pliant. Ah, j'oubliais ! Il vous faut aussi des bottes en caoutchouc, une combinaison imperméable et un chapeau de paille. Mais, dites-donc, équipé comme vous allez l'être, ça serait dommage de rester tout le temps au bord. Venez voir nos barques, elles sont superbes. Tenez, prenez celle-ci, elle est très stable. Évidemment, ramer c'est un peu fastidieux, mais j'ai un excellent moteur de quarante chevaux qui vous évitera toute fatigue. Vous allez me dire : «Comment vais-je

transporter tout ça ? » Ne vous inquiétez pas. Nous avons la plate-forme remorque sur laquelle vous mettrez votre bateau et que vous accrocherez derrière votre voiture. Naturellement, nous vendons aussi le système d'attache. Eh bien, je crois que vous avez l'essentiel, nous allons pouvoir passer à la caisse…

Dès que le client est parti, le directeur se précipite vers son vendeur :

— Mes félicitations ! Vous êtes le meilleur vendeur que j'aie jamais vu au rayon des articles de pêche !

— Mais je ne fais pas partie de ce rayon, monsieur le directeur, je suis à l'hygiène-beauté. Cet homme était venu m'acheter des serviettes hygiéniques pour sa femme. Alors je lui ai dit : « Qu'est-ce que vous allez faire pendant trois jours ? Vous devriez essayer la pêche… »

271

Petite annonce parue dans un grand quotidien écossais : *Pâtisserie centre ville Glasgow recherche vendeuse diabétique.*

272

La directrice d'une agence matrimoniale vient de présenter une dame à un client. Discrètement il se penche à son oreille et murmure :

— Ce n'est pas du tout la description que vous m'aviez faite au téléphone ! Vous m'avez parlé d'une jeune femme ravissante, elle a du poil au menton et elle louche ! Vous m'avez affirmé qu'elle était fortunée, elle est habillée comme une pauvresse ! Vous m'avez aussi dit qu'elle avait une conversation brillante, elle n'a pas dit trois mots !

— Vous pouvez parler plus fort, fait la directrice. Elle est sourde…

À la cantine de l'entreprise, plusieurs employées discutent sur le fait de savoir si une femme, lorsqu'elle a un bébé, doit s'arrêter de travailler ou non.

— Moi, dit l'une, je pense qu'un petit enfant a besoin de la présence de sa mère. Alors, priorité au gosse…

— Pas d'accord! fait une autre. Dès qu'on peut reprendre le boulot, il faut le faire si on en a envie, ça ne pose aucun problème à l'enfant. Regardez l'exemple de la Vierge Marie…

— Mais t'es malade! La Vierge Marie n'a jamais travaillé! s'exclament les autres.

— Vous avez tort, les filles! C'est dans l'Évangile : elle a mis son fils à la crèche…

En Afrique du Sud, une Noire entre dans un temple protestant réservé aux Blancs. Le pasteur arrive en courant et lui dit :

— C'est interdit aux Noirs, ici !

— Mais monsieur le pasteur, je suis la nouvelle femme de ménage. Vous savez bien qu'ici ce sont les Noirs qui s'occupent du nettoyage, alors je viens le faire.

— Oh! On dit ça, et puis quand personne ne vous regarde, on fait une petite prière…

La police fait fermer un bordel. Et tout ce qu'il contenait — mobilier, tableaux, tapis, verrerie, etc. — est vendu aux enchères. Même le perroquet, qui était depuis de longues années la mascotte de l'établissement.

Arrive son tour. Le commissaire-priseur dit :

— Cent francs au fond pour ce superbe oiseau! Deux cents à gauche! Trois cents à ma droite! Trois cents une fois… Trois cents deux fois… Personne ne dit mieux ?

Alors le perroquet s'écrie :

— Pour cent francs de plus, je me fous à poil !

Un petit garçon et une petite fille vont trouver leur grand-mère.

— Mammy, demande le petit garçon, comment je suis né ?

— Eh bien, c'est la cigogne qui t'a apporté. Elle t'avait mis dans un joli linge blanc qu'elle avait noué autour de son bec, et elle t'a déposé tout doucement devant la porte…

— Et moi ? fait la petite fille.

— Toi, ma chérie, papa et maman t'ont trouvée dans le jardin dans une superbe rose qu'ils ont cueillie délicatement. Voilà, maintenant vous savez tout…

Les deux enfants repartent la main dans la main, et le petit garçon murmure à l'oreille de la petite fille :

— Qu'est-ce qu'on fait ? On lui dit à la vieille ou on la laisse mourir idiote ?

Un homme vient d'apprendre que son meilleur copain, victime d'un accident de la route, a été transporté à l'hôpital.

Il s'y précipite et, après avoir suivi les indications de la réceptionniste, se retrouve dans une chambre à deux lits dont les deux occupants ont la tête entièrement bandée.

— Lequel de vous deux est mon copain Marcel ? demande-t-il.

— C'est moi, fait d'une voix faible, celui de droite. Le monsieur à côté de moi, c'est l'automobiliste avec qui je me suis heurté de plein fouet. Tu sais, c'est un miracle que je sois vivant… Un choc frontal, on était tous les deux à 150…

— Oh là là ! Les voitures doivent être dans un état !

— Les voitures ? Elles n'ont rien, pas une égratignure…

— Mais comment est-ce possible ?

— Il y avait un brouillard à couper au couteau ! On conduisait tous les deux la tête penchée à la portière, et puis on s'est croisés…

Deux joueurs de poker acharnés déjeunent ensemble au restaurant.

— Qu'est-ce que tu as choisi ? demande le premier.

— Une paire de francforts…

— J'ai gagné. J'ai un carré d'agneau !

Après avoir pris la veille au soir une muflée mémorable en faisant la tournée des bistrots, un homme s'aperçoit à son réveil qu'il a oublié son imperméable dans l'un d'entre eux. Mais il est incapable de savoir lequel. La seule chose dont il se souvienne, c'est qu'il ne l'avait plus en sortant d'un établissement où il était allé aux toilettes, et que la cuvette était en cuivre.

Alors il refait un par un tous les cafés en demandant :

— C'est chez vous qu'il y a une cuvette en cuivre ?

Et à la quinzième fois qu'il pose la question, la patronne se retourne vers l'arrière-salle en criant :

— Marcel ! Amène-toi ! Il est revenu le type qui a chié dans ton cor de chasse !

À la gare de Bruxelles-Midi, un type n'arrête pas de mettre des pièces dans le distributeur de Coca-Cola. À ses pieds, il y a déjà plus de cinquante bouteilles, et il continue. Au bout de dix minutes, la dame qui attend derrière lui demande :

— Vous en avez encore pour longtemps ?

— Écoutez, fait l'autre, pour une fois que je gagne, je n'ai pas l'intention de lâcher la main !

Un Américain nommé John Smith prétend connaître tout le monde.

— Connaître tout le monde… c'est impossible ! fait un de ses copains. Tiens, je te parie mille dollars que je te prouve le contraire.

— Pari tenu !

Comme ils habitent Los Angeles, le copain emmène John Smith à Beverley Hills devant la somptueuse propriété, mieux gardée que Fort Knox, de Michael Jackson.

— Eh bien, vas-y, fais-toi annoncer…

L'autre se met devant l'interphone avec caméra de télévision et dit :

— C'est John Smith…

Immédiatement la grille s'ouvre, et tandis qu'ils traversent le parc, Michael Jackson vient au-devant d'eux en lançant :

— John ! Comme je suis content de te voir !

Un peu plus tard, le copain dit :

— Bon, le hasard fait que cette fois tu as eu de la chance… Mais tu doublerais la mise ?

— O.K. !

Et les voilà partis à Washington. Arrivés devant la Maison-Blanche, le copain fait :

— Maintenant, demande à voir le président…

John Smith donne sa carte au marine qui garde l'entrée, lequel la transmet à un deuxième marine qui disparaît à l'intérieur. Cinq minutes s'écoulent, et tout à coup George Bush apparaît, dévale les marches du perron, les bras grands ouverts, et s'écrie :

— John Smith ! My friend…

L'autre est abasourdi, mais il ne renonce pas.

— Si on décuple le pari, tu acceptes ?

— No problem !

— Alors, on va voir si tu connais le pape !

Et les voilà partis à Rome, où ils assistent à l'audience publique pontificale. Le pape fait son entrée et, dès qu'il aperçoit, parmi les fidèles, John Smith il s'exclame :

— John ! Viens t'asseoir à côté de moi…

Et il lui fait une petite place sur le trône pontifical.

— Je rêve…, dit son copain, c'est pas possible, je rêve !

Il se tourne vers la dame qui est à côté de lui et demande :

— Vous voyez ce que je vois, madame ? Ils sont bien deux sur le trône ?

— Oui, répond la dame, ils sont deux. Mais qui c'est le type en blanc à côté de John Smith ?

282

Un Corse dit à un ami :

— Tu vois, pour être heureux dans la vie, pas besoin de chercher midi à quatorze heures ! Il suffit d'avoir une bonne santé et un bon travail…

— Et tu es heureux ? demande l'autre.

— Totalement ! J'ai une bonne santé et ma femme a un bon travail…

283

Souffrant de douleurs dans le ventre, une jeune femme se rend chez un médecin, appuie sur la sonnette qui déclenche automatiquement l'ouverture de la porte et entre. Voyant que la salle d'attente est vide, elle pénètre directement dans le cabinet médical et dit à l'homme en blanc, tout en se déshabillant :

— Docteur, j'ai une douleur lancinante à l'intérieur du vagin. Regardez, est-ce que vous voyez quelque chose d'anormal ?

— À priori non, fait l'homme en blouse blanche, mais vous savez, je ne suis que le peintre…

284

Une religieuse anglaise débarque à Roissy. Elle demande à un chauffeur de taxi :

— Do you speak english ?

Et le chauffeur répond :

— Yes, sœur…

Après leur avoir fait un cours sur les oiseaux, l'institutrice interroge ses élèves :

— Quel est l'oiseau réputé pour son chant mélodieux ?

— Le colibri ! répond Toto.

— Faux ! C'est le rossignol. Et quel est celui que l'on appelle aussi l'oiseau mouche ?

— L'hirondelle ! s'écrie Toto pour se rattraper.

— Tu t'es encore trompé ! Cette fois c'était bien le colibri.

À ce moment la cloche sonne. Tous les enfants sortent sauf Toto qui se dirige vers la maîtresse, la main droite plongée dans la poche de son pantalon, et lui demande :

— Madame, qu'est-ce que je tiens en ce moment dans ma main droite, qui est blanc, long, dur avec le bout tout rouge ?

— Toto, tu es un petit dégoûtant ! fait l'institutrice scandalisée.

— Vous voyez, madame, tout le monde peut se tromper. C'est une allumette...

Dans une soirée, un jeune homme demande au copain qui l'a invité :

— Qui est-ce, cette horrible asperge en robe rouge qui a l'air d'un sac d'os ?

— C'est la fille Rothschild...

— Oh... Comme elle est fine et élancée !

Une société canadienne engage des bûcherons pour travailler dans les forêts du Grand Nord. Les candidats, tous taillés en hercules, avec des biceps impressionnants, passent chacun leur tour un test : on leur donne une hache, et ils doivent abattre un arbre en moins de cinq minutes. Arrive un petit bonhomme tout chétif, tout malingre.

— Mon pauvre gars, lui dit le contremaître, tu n'as rien à faire ici. Ce n'est pas un travail pour toi !

— Laissez-moi au moins essayer…, implore le petit bonhomme.

— Si ça t'amuse…

Alors le petit bonhomme prend la hache et Tac… Tac… Tac… Tac… Tac, en moins d'une minute il abat un arbre… Tac… Tac… Tac… Tac… il en coupe un deuxième, puis un troisième, un quatrième. Quand les cinq minutes sont écoulées, douze gros arbres gisent au sol.

— Extraordinaire ! fait le contremaître ébahi. Où travailliez-vous avant ?

— Au Sahara !

— Vous vous foutez de moi ! Il n'y a pas d'arbres au Sahara !

— Rectification, dit le petit bonhomme : il n'y en a plus…

288

À Moscou, une ménagère entre dans un magasin et dit :

— Je voudrais une entrecôte…

— Vous faites erreur, madame, répond le commerçant. Ici, c'est la boutique où il n'y a pas de légumes. Celle où il n'y a pas de viande, c'est en face…

289

Un type entre dans un café avec un gros chien jaune. Le berger allemand d'un client fonce sur lui en grondant et lui saute dessus. Alors le chien jaune le prend à la gorge, le déchiquette, et le dévore. Pendant ce temps le patron est allé chercher ses trois dobermans, qu'il lâche carrément sur le chien jaune, lequel les massacre tous les trois et les dévore l'un après l'autre.

— Je n'ai jamais vu un chien pareil, fait un consommateur qui n'en croit pas ses yeux. Qu'est-ce que c'est comme race ?

— Je ne sais pas. C'est un ami qui me l'a ramené d'Afrique. Il avait une grande queue et une grande crinière, alors j'ai fait couper tout ça…

290

Un Blanc demande à un Noir :

— Comment faites-vous, vous autres, pour avoir des sexes énormes qui font fantasmer les femmes ?

— Je vais te l'expliquer, mon vieux ! C'est très simple : dès notre naissance, nos parents nous attachent autour du zizi une ficelle avec une grosse pierre accrochée à l'autre bout. Alors, bien sûr, avec le poids, il y a une élongation permanente, tu comprends ?

— Ça m'intéresse ce que tu racontes. J'ai bien envie de tenter l'expérience…

Trois semaines plus tard, ils se revoient.

— Alors ? demande le Noir, tu as essayé ?

— Oui, fait le Blanc, et ça marche !

— Elle est plus longue ?

— Pas encore. Mais elle est déjà toute noire…

291

Dans un camp naturiste, passe une feuille morte portée par le vent.

— Tiens, dit une nudiste à sa copine, l'homme invisible…

292

Un monsieur prend un taxi avec un petit garçon. Sur le parcours, le véhicule emprunte une rue mal famée tout au long de laquelle des prostituées arpentent le trottoir.

— Qui c'est, les dames ? demande le gamin.

— Je ne sais pas, répond le père gêné. Je ne les connais pas…

— Ce sont des putains, dit le chauffeur.

— Qu'est-ce qu'elles font là, les putains ?

— Elles tapinent, dit le chauffeur.

— Ça veut dire qu'elles attendent leur mari…, ajoute précipitamment le père.

— Ah ! Elles ont un mari ?

— Elles en ont même plusieurs par jour, ricane le chauffeur.

— Alors, si elles ont beaucoup de maris, elles ont beaucoup d'enfants. Dis, papa, qu'est-ce qu'ils font quand ils sont grands, les enfants de putains ?

— Ils deviennent chauffeurs de taxi, mon chéri.

293

Comment appelle-t-on un juif qui fait du jogging ?
Un coupé sportif.

294

Deux amis vont boire un verre dans une discothèque. Mais, comme l'un d'eux est plutôt timide, l'autre drague une fille pour lui, la ramène à leur table, et après l'avoir bien chauffée, il s'éclipse en glissant à l'oreille de son copain d'emmener la demoiselle faire un tour au bois pour conclure. Le lendemain il vient aux nouvelles :

— Alors, ça a marché hier soir ?

— Pas terrible…

— Tu l'as emmenée au bois comme je t'ai dit ?

— Oui. J'ai arrêté la voiture dans une allée tranquille, j'ai pris la fille dans mes bras, ça démarrait bien. Et puis elle m'a dit qu'avec une nuit pareille elle avait envie de voir les étoiles et elle a voulu que j'ouvre le toit avant d'aller plus loin. Alors je l'ai fait. Mais quand j'ai eu fini, le jour était levé, elle dormait à moitié, et elle m'a demandé de la raccompagner parce qu'il fallait qu'elle aille à son travail.

— Mais qu'est-ce que tu as fabriqué ? Moi, mon toit, je l'ouvre en trente secondes !

— Oui, mais toi, tu as une décapotable…

À l'école, un fils de travailleur algérien est constamment l'objet de brimades de la part de certains de ses petits camarades. Alors, pour que cela cesse, son père le change d'établissement et change aussi son prénom.

— Maintenant, tu ne t'appelles plus Ahmed, tu t'appelles Maurice. Et tu ne dis à personne que tu es arabe. Compris ?

Un mois plus tard, le gosse rentre à la maison avec un carnet de notes catastrophique, et il reçoit une raclée mémorable. Le lendemain, il arrive en classe avec les deux yeux au beurre noir.

— Qu'est-ce qui t'est arrivé, Maurice ? lui demandent ses copains.

— M'en parlez pas ! Hier soir en rentrant chez moi, j'ai été agressé par un immigré…

Dans une institution religieuse pour jeunes filles, la mère supérieure bavarde avec les élèves de terminale qui viennent d'être reçues au bac et leur demande leurs projets.

— Moi, dit l'une, je veux faire ma médecine pour devenir pédiatre.

— Je vais faire mon droit pour devenir avocate, répond une deuxième.

— J'aimerais être professeur d'histoire, dit une troisième.

— Et vous, Marie-Françoise ? demande la religieuse.

— Moi, je veux devenir prostituée.

— Quoi ? s'écrie la mère supérieure horrifiée. Qu'est-ce que vous dites ?

— Je veux devenir prostituée !

— Ah bon ! fait la mère supérieure avec un soupir de soulagement. J'avais compris protestante…

Dans la salle d'attente d'une clinique d'accouchement de Bruxelles, deux futurs papas grillent nerveusement cigarette sur cigarette. Soudain la porte s'ouvre et une infirmière se dirige vers l'un d'eux.

— Mes félicitations ! Vous avez un beau petit garçon...

L'autre se lève d'un bond.

— Je suis désolé, mademoiselle, j'étais avant monsieur !

298

Au cours d'une croisière, une jeune et jolie passagère a tenu quotidiennement son journal de voyage. On peut y lire ceci :

Lundi. « Nous avons pris la mer ce matin. On m'a présenté le commandant. C'est un homme charmant. »

Mardi. « J'ai eu le privilège d'être invitée à dîner à la table du commandant. J'étais assise à sa droite et il s'est montré très galant envers moi. »

Mercredi. « Il m'a conviée à déjeuner en tête à tête dans sa cabine et il m'a fait des propositions. »

Jeudi. « Il se fait de plus en plus pressant. »

Vendredi. « Il menace de couler le paquebot si je ne lui cède pas. »

Samedi. « Je viens de sauver cinq cents personnes de la noyade. »

299

Une petite fille vient d'avoir un petit frère, et elle regarde sa maman qui est en train de le changer. Elle lui a ôté ses langes, il est tout nu sur la table, et elle lui saupoudre le corps de talc.

Alors la petite fille dit :

— Si tu veux, maman, pour t'aider, je peux allumer le four...

En plein hiver, sur un sentier de campagne, un jeune paysan voit un petit oiseau tombé du nid, transi de froid, qui va mourir. Alors il le ramasse délicatement et, apercevant une bouse de vache toute fumante, il le met dedans.

Au bout de quelques minutes, l'oisillon, réchauffé, recommence à gazouiller. Un renard qui passait par là l'entend, s'approche, voit le petit oiseau tout content au milieu de la bouse, et il le mange.

Cette histoire a trois moralités :

La première, c'est que les gens qui vous mettent dans la merde ne vous veulent pas forcément du mal.

La deuxième, c'est que les gens qui vous sortent de la merde ne vous veulent pas forcément du bien.

La troisième, c'est que quand on est dans la merde, faut pas le crier sur les toits.

Un type dit à un de ses copains :

— Si tu savais le rêve que j'ai fait cette nuit ! J'avais envie de moutarde, une folle envie de moutarde ! Alors dans mon rêve, je me suis levé, je suis allé ouvrir le frigo : plus de moutarde ! Je me suis habillé, je suis descendu, mais à deux heures du matin toutes les épiceries étaient fermées. Alors, comme je voulais absolument de la moutarde, j'ai pris la voiture et je suis parti à Dijon. C'est dingue, non ?

— Si tu savais le rêve que moi j'ai fait. Dans mon sommeil, j'entends sonner. Je me lève, j'ouvre la porte : Madonna ! Elle me dit : « Je suis venue entre deux concerts pour toi. Je te veux... » Alors nous sommes passés dans ma chambre, et je dois dire que ça a été somptueux. Ensuite je l'ai raccompagnée à la porte, je me suis recouché, et je me suis vite rendormi. Et voilà que j'entends encore sonner. Je me relève, j'ouvre la porte et qui je vois : Kim Bassinger ! « Je suis là pour toi, uniquement pour toi. Prends-moi... », qu'elle me fait. J'étais fatigué, mais elle était tellement sexy que je l'ai emmenée dans ma chambre, et crois-moi je ne l'ai pas regretté ! Mais alors après je n'ai même pas eu la force de la raccompagner, je me suis endormi comme une masse. Et voilà que dans mon subconscient, j'entends carillonner, carillonner… Je me réveille péniblement, je me traîne jusqu'à la porte, j'ouvre et je vois Ornella Mutti nue sous un manteau de fourrure. Elle me murmure : « J'ai envie de toi, j'ai follement envie de toi, tout de suite… » Alors là je lui ai dit : « Madame Mutti, je suis désolé, mais pas ce soir… » Et je l'ai laissée repartir.

Et son copain, les yeux hors de la tête, s'écrie :

— Mais enfin, si tu ne pouvais plus assurer, il fallait m'appeler !

— Je l'ai fait ! Ta mère m'a répondu que tu étais parti chercher de la moutarde de Dijon…

302

À Glasgow, un satyre téléphone quotidiennement aux femmes mariées, pendant que leurs époux sont au travail, pour leur débiter une litanie d'insanités.

Les maris sont d'autant plus furieux qu'il appelle en P.C.V.

303

Une journaliste veut obtenir le scoop de l'année en effectuant un reportage sur la vie intime de Fidel Castro. Mais s'introduire dans le palais présidentiel où ne pénètrent que les proches de Fidel et les militaires de sa garde personnelle n'est pas une mince affaire. Qu'importe ! Elle met un treillis kaki, des rangers, et cache ses cheveux sous un béret noir.

Seulement, arrivée sur place, elle s'aperçoit qu'elle a oublié un petit détail : tous les soldats de la garde présidentielle sont barbus, et ils franchissent le poste de garde en lançant : « Barbudo ! »

Alors la journaliste s'avance vers la grille d'entrée, et arrivée à la hauteur de la sentinelle, elle entrouvre son pantalon de treillis, écarte son slip, et murmure : « Services Secrets ! »

Deux bègues prétendent chacun s'exprimer mieux que l'autre.

— Je… Je…, dit le premier, je… te papa… je te parie que… que… je coco… que je cause mieux que toi au bubu… au bureau de tata… au bureau de tabac !

— Je… te… te…, fait l'autre, je te parie mimi… je te parie mille francs que… que… que… c'est moi !

Pendant une semaine ils s'entraînent chacun de leur côté, et le jour J, ils arrivent ensemble au bureau de tabac.

— S'il vous plaît, dit le premier, je voudrais un paquet de… Malborough.

Et il regarde son copain d'un air triomphant.

— S'il vous plaît, fait le second, je voudrais un paquet de Gitanes.

— Avec ou sans filtres ? demande la caissière.

— Sss… sss… sa… sa… Salope !

Au catéchisme, l'aumônier demande aux enfants :
— Que fait un bon chrétien à son réveil ?
Et un gosse répond :
— Il le remonte !

Passionnés de spiritisme, deux amis se promettent que si l'un d'eux disparaît, l'autre fera tout pour entrer en contact avec lui.

Un jour l'un meurt, et dès lors le second s'installe quotidiennement devant son guéridon pour tenter de prendre contact avec lui. Voilà qu'un soir il y parvient enfin.

— André, es-tu là ?
— Oui, je suis là.
— Alors, raconte-moi, comment ça se passe ?
— Eh bien, ici, il y a plein de représentantes du sexe

féminin, toutes à poil. Le matin au réveil je fais l'amour. Ensuite je grignote, puis je refais l'amour avec une autre. Après le repas, je recommence avec une troisième, et puis le soir avant de m'endormir, souvent je fais encore l'amour avec une quatrième.

— Oh là là !… s'écrie son copain, c'est génial le paradis !

— Je ne suis pas au paradis, fait l'autre. Je suis lapin dans une ferme de Lozère…

307

Vêtu d'une salopette rose et d'une chemise de soie parme, les doigts couverts de bagues, les ongles peints, les cheveux décolorés, un jeune homme entre dans un magasin d'alimentation et dit :

— Je voudrais une salade…

— Laitue ? demande l'épicier.

— Ça se voit, non ? Mais je ne supporte pas qu'on me tutoie !

308

Un groupe de cinquante hommes d'affaires belges fait un voyage d'études en Amérique centrale. En visitant une région très sauvage, ils aperçoivent un groupe de femmes d'une rare beauté qui s'enfuient en les voyant.

— Ce sont les descendantes d'une tribu inca, explique le guide. Elles ne laissent jamais les hommes les approcher, sauf quand elles ont envie d'eux. Alors elles rentrent dans leur grotte, mettent leurs mains en porte-voix, et lancent leur cri d'amour : «hou… hou… hou…». C'est le signal ! Les mâles les plus proches abandonnent tous leurs vêtements et se précipitent dans la grotte…

Deux jours plus tard, sur cinq colonnes à la une, le plus grand quotidien du pays titre : *Drame incompréhensible : 50 TOURISTES BELGES COMPLÈTEMENT NUS ÉCRASÉS DANS UN TUNNEL PAR L'EXPRESS DE 8 H 22.*

Un père emmène son petit garçon au Musée du Louvre. Dans la Salle des Antiquités égyptiennes, le gosse planté devant une momie demande :

— Pourquoi devant il y a une plaque avec écrit dessus : *3200 AV JC* ?

Et le père répond :

— C'est sûrement le numéro de la voiture qui l'a écrasé…

Alors que son gynécologue vient de lui annoncer qu'elle est enceinte, une jeune femme s'écrie :

— Docteur, c'est une catastrophe ! D'après les dates, le père n'est pas mon mari, mais mon amant, et il est noir ! Vous imaginez le scandale si je mets au monde un enfant noir ? Je préfère avorter…

— Il y a peut-être une autre solution, madame. Vous allez chaque matin prendre un bain de siège dans une eau tiède additionnée de trois cuillers à soupe d'Omo.

— Et vous pensez que j'aurai un enfant blanc ?

— J'en suis certain.

Effectivement, huit mois plus tard, la dame donne naissance à un superbe bébé à la peau laiteuse. Un an s'écoule et la femme se retrouve à nouveau chez son gynécologue :

— Docteur, je suis allée passer quelques jours avec mon amant noir, et j'ai oublié de prendre la pilule. Je crois que je suis à nouveau enceinte…

— Eh bien, madame, vous allez refaire le traitement qui vous a si bien réussi : bain de siège quotidien dans une eau additionnée de trois cuillers à soupe d'Omo…

Et elle accouche d'une petite fille à la peau parfaitement blanche.

Dix-huit mois passent, et la dame, décidément incorrigible, se retrouve à nouveau enceinte de son amant noir. « Inutile, se dit-elle, d'en parler au gynécologue, je connais la recette. » Et ponctuellement, chaque matin, elle prend un bain de siège dans une eau additionnée de trois cuillers à soupe d'Omo.

Huit mois plus tard, scandale : elle met au monde un adorable bébé noir.

— Je ne comprends pas, dit-elle au médecin, j'ai pourtant pris quotidiennement le bain de siège que vous m'aviez prescrit pour les deux autres…

— Madame, vous auriez dû m'en parler ! Vous avez commis une erreur. Omo lave deux fois plus blanc, pas trois !

311

Quelle différence y a-t-il entre une femme enceinte et une viande trop cuite ?

Il n'y en a pas. Dans les deux cas, on l'a retirée trop tard.

312

En pleine nuit, un homme se met à rêver tout haut :

— Oh, Charlotte… merveilleuse Charlotte ! Quelle joie, quel bonheur tu m'as donnés !…

Sa femme le secoue et le réveille :

— Je peux savoir qui est cette Charlotte qui t'a donné tant de joie ?

— Une jument, ma chérie. Une brave petite jument qui m'a fait toucher une cote à quarante contre un hier à Longchamp !

Le lendemain soir, quand il rentre de son travail, sa femme lui dit :

— Ta jument a téléphoné deux fois aujourd'hui…

313

Auditions dans un cirque. Un candidat se présente, grimpe tout en haut du chapiteau, s'avance sur la dernière plateforme, se lance dans le vide en faisant un magnifique saut de l'ange, effectue trente mètres de chute libre et tombe au sol tête la première. Après quoi il se relève et salue.

— Formidable! Extraordinaire! s'écrie le directeur bouche bée. Où est le truc?

— Il n'y en a pas.

— Mais vous avez du matériel?

— Non, aucun.

— Et ces deux grosses malles, qu'est-ce qu'il y a dedans?

— Six mille tubes d'aspirine…

314

Dans un cinéma, à l'entracte, un monsieur entre dans les toilettes et voit un petit garçon en train de pleurer à chaudes larmes.

— Qu'est-ce qui t'arrive, mon bonhomme?

— J'ai envie de faire pipi et c'est trop haut pour moi…

Alors, le monsieur le prend dans ses bras et le soulève à la bonne hauteur.

— Ma maman, dit le gosse entre deux hoquets, elle défait mon pantalon…

Le monsieur le déboutonne.

— Et elle me la tient…

Le monsieur la lui tient.

— Et puis, ma maman, pour que ça vienne, elle me chante une chanson…

Le monsieur se met à fredonner: «Au clair de la lune, mon ami Pierrot. Prête-moi ta plume…»

Alors le gosse hurle:

— Non! Non! Pas celle-là! Celle-là, c'est pour faire caca!

315

Un juif dit à son rejeton:

— Mon fils! Tu connais le chemin de la fortune? Non? Alors, écoute bien: tu prends à gauche, ensuite tu prends à droite, tu prends à gauche, tu prends à droite… enfin tu prends partout!

Un homme aux cheveux grisonnants arrive chez le médecin.

— Docteur, dit-il, j'ai un souci. Je sais bien que je n'ai plus la vigueur de mes vingt ans, mais ça m'ennuie beaucoup… Le premier, ça va, j'y arrive régulièrement et sans problèmes. Le deuxième, ce n'est plus du tout comme avant, il faut que je reprenne mon souffle et je mets un certain temps à y arriver. Quant au troisième, alors n'en parlons pas. J'ai besoin de récupérer longtemps avant de l'entamer, et j'ai un mal fou à y arriver.

— Quel âge avez-vous ? demande le médecin.

— Soixante-deux ans.

— Monsieur, à votre âge, il faut être raisonnable. Arrêtez-vous au premier, au maximum au second…

— Oui, mais docteur, j'habite au troisième sans ascenseur…

On enterre un ancien coureur cycliste. C'était un de ces obscurs du peloton, équipiers dévoués qui ne gagnent jamais rien et que l'on surnomme les « porteurs d'eau ».

Le corbillard arrive en haut d'une longue côte qui mène au cimetière. Alors dans le cortège un coureur dit à son voisin :

Ça doit lui faire plaisir. C'est la première fois qu'il passe en tête au sommet…

— Surtout après crevaison ! répond l'autre.

Un paysan dit à un touriste :

— Moi, monsieur, j'ai un cochon savant ! Il sait faire des additions, des soustractions, des multiplications…

— Vous me prenez pour un naïf ! C'est impossible !

— Venez voir, mon gars !

Ils vont à la porcherie.

— Combien font cinq et quatre ? demande le fermier en mettant une truffe sous le groin du cochon.

Aussitôt, l'animal renifle en faisant :

— Neuf… neuf… neuf…

— Et onze moins deux ? ajoute-t-il en repassant la truffe.

— Neuf… neuf… neuf…

— Et trois fois trois ?

— Neuf… neuf… neuf…

Le touriste ricane :

— Il ne compte pas, il grogne, tout simplement ! Tenez, essayez donc de lui demander combien font quatre fois deux…

— Si vous voulez ! combien font quatre fois deux ? dit le paysan en balançant un grand coup de pied dans les parties de l'animal.

Et le cochon se met à hurler :

— Huit ! huit ! huit ! huit !

319

Un Belge dit à un de ses amis :

— Ils se moquent vraiment du monde à Air France ! L'autre jour j'ai pris un de leurs avions et j'étais assis à côté d'une jeune dame avec son bébé. À un moment donné, l'hôtesse est venue et lui a dit : « Madame, votre bébé est tout mouillé, je vais vous le changer… » Quand elle l'a ramené, je n'ai rien voulu dire, mais j'ai tout de suite vu que c'était le même…

320

Dans un cinéma où l'on joue un suspense policier, un spectateur entre au moment où le film vient de commencer. Sa lampe-torche à la main, l'ouvreuse le guide, éclaire chaque marche pour qu'il ne trébuche pas, et l'amène jusqu'à un fauteuil libre.

— C'est trop près, vous n'auriez pas une autre place ?

Elle repart dans l'autre sens et le guide jusqu'à un nouveau siège.

— Là, c'est vraiment de côté. Il n'y a rien de plus central ?

Elle parcourt toute l'allée, repère enfin une place en plein milieu, et elle y conduit le type, qui lui donne royalement une pièce de dix centimes. Alors elle se penche et lui dit à l'oreille :

— C'est le juge l'assassin…

321

Un homme dit à son épouse :

— Chérie, tu sais ce que raconte le fils du concierge ? Ce petit con prétend avoir sauté toutes les femmes de l'immeuble sauf une !

Et elle lui répond :

— Ça ne m'étonnerait pas que ce soit la pimbêche du quatrième…

322

Un type entre dans une banque et dit à la dame derrière le comptoir :

— Je veux ouvrir un compte !

— Je vous demande un instant, monsieur, fait l'employée, je suis occupée…

— Écoute, tu fermes ta gueule, tu m'ouvres un compte immédiatement et tu fais pas chier !

Outrée, la pauvre femme va chercher le directeur.

— Monsieur le directeur, ce monsieur s'est adressé à moi d'une façon particulièrement grossière…

— Écoutez, dit l'autre, tout ce que je veux c'est ouvrir un compte. Je viens de gagner un milliard au Loto…

— Et cette salope vous emmerde ? fait le directeur.

À l'occasion du premier anniversaire de sa prise dc pouvoir, un chef d'État africain prononce un grand discours.

— Mes chers concitoyens, s'écrie-t-il, il y a un an le pays était au bord de l'abîme. Depuis nous avons fait un grand pas en avant…

Sur un bateau de croisière, un brave et riche touriste est abordé par trois hommes aux costumes voyants qui lui proposent une petite partie de poker. Bien entendu, le malheureux ne cesse de perdre. Et voilà qu'il touche un carré d'as ! Alors il joue tout l'argent qu'il a devant lui, rajoute avec l'accord de l'adversaire qui l'a suivi sa montre en or et abat son jeu en annonçant triomphalement :

— Carré d'as !

— Désolé, répond l'autre, mais j'ai gagné. J'ai le jackpot…

— Qu'est-ce que c'est que ça ? Le jackpot ça n'existe pas au poker !

— Sur ce bateau, si : c'est le roi de carreau, le valet de pique, le dix de cœur, le huit de trèfle et le sept de carreau ! Ça s'appelle le jackpot et ça bat tout, absolument tout…

Le malheureux touriste se recave, la partie reprend, et voilà, alors qu'il continue de perdre, qu'il se retrouve avec en main les cinq cartes du jackpot. Alors il relance, met son tapis, demande l'autorisation de rajouter un chèque, et annonce béat :

— Jackpot !

— Comment ? font les autres. Vous ne le saviez pas ? Dans une partie, le jackpot n'est valable qu'une fois…

À l'issue d'une de leurs nombreuses rencontres, Bush et Gorbatchev bavardent amicalement de l'histoire et de l'évolution des relations Est-Ouest.

— Je me demande, dit Gorbatchev, ce qui aurait été différent si Khrouchtchev avait été assassiné au lieu de Kennedy ?

Bush réfléchit longuement et dit :

— Je pense qu'Onassis n'aurait pas épousé Mme Khrouchtchev…

326

Atteint d'une maladie incurable, un homme apprend un jour de la bouche de son médecin l'inexorable vérité : il lui reste moins de vingt-quatre heures à vivre. Rentré chez lui, il l'annonce à sa femme et lui dit :

— Chérie, je voudrais que nous profitions pleinement de ces dernières heures ensemble. Je t'emmène dîner dans un très grand restaurant…

À leur retour, tout en prenant un verre devant la cheminée, ils évoquent leurs années de bonheur : leur rencontre, le voyage de noces, leurs souvenirs de vacances. Puis l'homme prend sa femme par la main, l'entraîne dans leur chambre et lui fait longuement l'amour.

Ensuite l'épouse se lève et va vers l'interrupteur.

— Qu'est-ce que tu fais ? demande le mari.

— J'éteins. Il est près de deux heures, il faut dormir.

— Chérie, c'est ma dernière nuit. Je voudrais que l'on continue de parler de toutes ces années passées ensemble, de nos meilleurs moments. Et puis après, je te referai un câlin.

— Tu en as de bonnes ! On voit bien que ce n'est pas toi qui te lèves demain matin !

327

Une mère juive, possessive comme elles le sont parfois, attend fébrilement le retour de son garçon qui doit rentrer le jour même de vacances. N'y tenant plus, elle appelle les renseignements S.N.C.F. :

— Allô ? À quelle heure il arrive mon fils ?

Un petit garçon a pris depuis quelque temps l'habitude, la nuit, d'appeler sa mère en criant :

— Maman ! J'ai envie de pisser !

Sa mère finit par lui dire :

— Écoute, mon chéri, maintenant tu grandis, il faut être bien élevé. Si tu as envie de faire pipi, dis par exemple : « Je voudrais chanter… » D'accord ?

Quelques jours plus tard, le gosse va pour le week-end chez sa grand-mère. Au milieu de la nuit il crie :

— Mémé ! Je voudrais chanter…

— Chut ! fait la mamie. Ton grand-père dort… Tu chanteras demain matin.

— Non, tout de suite ! J'ai envie de chanter maintenant !

— Bon ! Alors, viens près de moi. Tu vas chanter doucement dans mon oreille…

Dans un hôtel de la côte bretonne, un vacancier est parti aux aurores avec tout un attirail de pêche. Quand il rentre, sur le coup de deux heures, sa femme est encore au lit, l'œil brillant. Tout en retirant ses bottes de caoutchouc, il lui dit :

— Je suis allé à la pêche aux moules. Je suis moulu…

— À mon avis, tu aurais dû aller à la pêche aux coques…

Un jeune Français, un peu rouleur et qui se croit très malin, franchit la frontière belge sur son vélo, s'arrête à la première station-service, et demande d'un ton moqueur :

— Le plein en super !

Sans broncher, le pompiste prend son tuyau, retire la selle du vélo, et remplit le cadre d'essence. Après quoi il remet la selle en place. Un peu vexé le jeune cycliste dit :

— L'huile !

L'autre va chercher une burette et, sans un mot, il graisse le pédalier.

— Les pneus !

Le Belge prend une pompe à vélo et gonfle les deux boyaux.

— Ça fait septante francs belges, dit-il.

Le Français, de plus en plus vexé, paie et remonte sur son vélo. À ce moment-là, le pompiste se campe devant lui et lui balance une formidable gifle.

— Excusez-moi, monsieur, dit-il, votre portière était mal fermée…

331

Un Écossais entre chez un réparateur de vélos et lui tend un préservatif usagé.

— Il s'est troué. Pourriez-vous y mettre une rustine ?

— Je veux bien, fait l'autre. Mais franchement, surtout pour le prix que ça coûte, vous feriez mieux de le jeter et d'en prendre un neuf…

— Je ne peux pas, répond l'Écossais. C'est celui du club…

332

Une grosse dame arrive chez le médecin avec sa ravissante fille.

— Docteur, dit-elle, la gorge est très irritée et le thermomètre indique 38,7…

— Nous allons voir cela, fait le médecin. Déshabillez-vous, mademoiselle…

— Mais ce n'est pas d'elle dont je parle, fait la mère, c'est de moi…

— Pardon ! Alors, ouvrez la bouche et faites : Aaah…

Un vieux comédien qui a eu son heure de gloire, mais qui n'a plus d'engagements depuis longtemps, passe une audition au théâtre.

— J'aurais bien un rôle dans la pièce, fait le metteur en scène, mais il est tellement secondaire que j'ai honte de le proposer à un artiste comme vous…

— N'hésitez pas, dit l'autre le cœur battant, ça me permettra de me remettre dans le bain et de me roder pour de futurs grands succès…

— Je vous signale que vous n'avez qu'une seule réplique. Vous entrez et vous dites : « Et voilà ! »

— Bien sûr, c'est un peu bref, mais il suffit qu'on me remarque, et comme un succès en appelle un autre…

Le lendemain, première répétition. Le vieux comédien attend fébrilement en coulisses, et quand c'est à lui, il entre en scène en lançant :

— Et voili !

— Non ! fait le metteur en scène, apprenez votre texte, il n'est tout de même pas trop long !

Rentré chez lui, l'acteur redit « Et voilà ! » toute la soirée. Et le jour suivant, à la répétition, il entre sur le plateau en s'écriant :

— Et voili !

— Non, non et non ! C'est intolérable, fulmine le metteur en scène.

— Je vous prie de m'excuser…, bredouille le malheureux. Je vous promets que demain tout sera parfait…

Toute la soirée, une partie de la nuit, toute la matinée du lendemain, il redit : « Et voilà ! » mais l'après-midi, sur les planches, il s'exclame :

— Et voili !

— Écoutez, dit le metteur en scène, demain c'est l'ultime répétition avant la générale. Je vous laisse une dernière chance…

Le vieux comédien n'arrête pas de prononcer les deux mots de son rôle. Dans l'autobus, il tend son ticket en disant : « Et voilà ! » Il rentre chez lui : « Et voilà ! » Il se couche : « Et voilà ! » Il se lève le matin : « Et voilà ! »

Il arrive au théâtre en marmonnant : «Et voilà… et voilà… et voilà…» Et quand arrive l'instant fatidique, il fait son entrée, majestueux, et lance d'une voix de stentor :

— Et voili !

Alors le metteur en scène se lève d'un bond et hurle :

— Ça suffat !

334

Qu'est-ce qui est noir et qui a sa queue à deux mètres sous terre ?

Une veuve.

335

Deux copains ont fait la tournée des grands-ducs et sont ronds comme des queues de pelle. Le premier dit à l'autre :

— Viens, je t'emmène boire le dernier à la maison. Tu vas voir, j'ai un chouette appartement…

S'appuyant l'un sur l'autre, ils y arrivent tant bien que mal.

— Je vais te faire visiter…, bredouille le maître de maison, fais attention de ne pas tomber ! Ça, c'est le salon… Ça, c'est la salle à manger… Et là c'est ma chambre… Viens voir ma chambre ! La nana à poil qu'est dans le lit c'est ma femme… Et le type à côté, c'est moi !

336

Au soir de la bataille d'Austerlitz, Napoléon, suivi de ses maréchaux et de ses généraux, entre dans une auberge et s'écrie :

— Qu'on nous serve à boire ! J'ai vaincu !

— Sire, répond le tavernier, veuillez m'excuser, mais je n'ai que dix-neuf chaises…

Un Américain vient consulter un grand chirurgien parisien :
— Doctor… Je vouloir être castré…
— Vous dites ?
— Je vouloir vous castrer moi.
— Vous avez bien réfléchi ?
— Yes, doctor. Je connais la réputation de vous, je vouloir être castré par vous. Je paie le prix que vous voudrez…

Le chirurgien l'hospitalise et il procède à l'émasculation de son patient. Le lendemain, quand il entre dans sa chambre pour la visite, il lui dit :
— Vous m'avez surpris. C'est la première fois qu'on me demande ça. J'ai plutôt l'habitude d'avoir des patients qui veulent se faire circoncire…
— Circoncire ! s'écrie l'Américain. C'est le mot que je cherchais !

Une femme d'un certain âge se confesse :
— Mon père, je m'accuse d'avoir trompé mon mari…
— Quand ? fait le curé.
— Il y a trente ans…
— Mais vous vous êtes confessée depuis ?
— Bien sûr, mon père…
— Alors, il y a longtemps que le Bon Dieu vous a pardonné. C'est une histoire ancienne !
— Je sais, mon père. Mais ça me fait tellement plaisir d'en reparler à quelqu'un…

Des chasseurs britanniques font un safari en Afrique. Ayant tué un lion, ils posent fièrement devant la dépouille pour la photo souvenir.

Et voilà que dans leur dos surgit un hippopotame qui fonce droit sur le groupe. Seul le photographe, qui lui fait face, voit l'animal en train de charger, et il tente d'alerter ses amis. Mais comme il est bègue, il hurle :

— Hip… hip… hip…

— Hurrah ! crient les autres en chœur.

Et ils meurent.

340

Un petit garçon a un chien nommé Baba qu'il adore. Un jour, alors que son petit maître est en classe, Baba s'échappe, traverse la rue en courant, et se fait écraser.

Connaissant la passion qu'il avait pour ce chien, la maman se dit que son enfant risque de subir un choc terrible en apprenant la nouvelle, et elle décide d'aller le chercher à l'école pour la lui apprendre avec ménagement.

— Je sais, lui dit-elle sur le chemin du retour, que tu es un petit garçon courageux. Alors je te demande de me le prouver et de ne pas pleurer, de ne pas crier, parce que je vais t'annoncer une nouvelle très triste : Baba est mort.

— Ah bon ! dit le petit garçon. Comment ?

— Il s'est fait écraser tout à l'heure dans la rue.

— Ah bon !…

Et le petit garçon ne crie pas, ne pleure pas, en continuant de jouer sans dire un mot avec son yoyo. La maman, qui s'attendait au pire, est sidérée.

À peine arrivé à la maison, le gosse parcourt toutes les pièces en criant : «Baba ! Baba ! Baba !» Puis il revient vers sa mère en demandant :

— Où est Baba ?

— Mais il est mort, mon chéri.

Alors l'enfant fond en larmes et se met à pousser des hurlements…

— Qu'est-ce que ça veut dire ? fait la mère. Quand je te l'ai annoncé, tout à l'heure, tu n'as pas bronché, tu n'as même pas pleuré…

— J'avais mal compris, dit le petit garçon entre deux sanglots. Je croyais que c'était papa…

Un Belge décide d'emmener sa famille en voiture en Angleterre en prenant le ferry-boat à Calais. Il franchit la frontière franco-belge, et quelques kilomètres plus loin, sur le bord de la route, il voit un panneau indiquant : *Pas de Calais*.

Alors il fait demi-tour.

Un homme rencontre un de ses copains qui a le nez cassé et les deux yeux au beurre noir.

— Qu'est-ce qui t'est arrivé ?

— Ne m'en parle pas. Figure-toi que j'étais invité à un dîner. Et voilà qu'au dessert, le bouton qui fermait mon pantalon saute. Comme je n'avais pas de ceinture, tu vois le souci... Alors discrètement je demande à la maîtresse de maison où je pourrais trouver du fil et une aiguille en lui expliquant mon problème. Elle me dit qu'elle va m'arranger ça, m'emmène dans sa chambre, sort sa boîte à couture et me dit que ce n'est même pas la peine d'ôter mon pantalon. Elle recoud le bouton en deux minutes, fait un nœud, et elle se penche pour couper le fil avec ses dents... Manque de pot, c'est à ce moment-là que son mari est entré dans la chambre !

Tandis que sa maman est dans la salle de bains, une petite fille de six ans entre dans la chambre de ses parents, se glisse dans le lit à côté de son papa et lui dit :

— Parle-moi dans le creux de l'oreille...

Le père se penche vers elle et murmure :

— Bla-bla-bla-bla... bla-bla-bla-bla...

Alors la petite fille le repousse en disant :

— Chéri, pas ce soir, j'ai la migraine...

Une dame a acheté un kilo de poisson au marché. Elle le pose sur la table de la cuisine et redescend parce qu'elle a oublié de prendre des citrons. Quand elle revient cinq minutes plus tard, plus de poisson. Et sous la table, le chat se pourlèche les babines.

Alors la dame l'attrape par la peau du dos et lui dit :

— Tu as mangé le poisson, hein, sale chat ! Je le sais que c'est toi ! D'ailleurs je vais le prouver…

Et elle colle le chat sur la balance. L'aiguille indique un kilo. Alors la dame ébahie murmure :

— Ça alors ! Où est passé le chat ?

Deux anthropophages n'ont plus rien à manger. Et pas un touriste, pas un missionnaire en vue.

— J'ai une idée, dit le premier. On va commander un frigo chez Darty…

— Tu es fou ou quoi ? répond l'autre. On n'a rien à bouffer, et toi tu veux commander un frigo ?

— Fais marcher ta cervelle, mon vieux. Le frigo qu'on va commander, il va bien falloir deux types pour le livrer…

Aaron Stern, le grand banquier, assiste à une cérémonie religieuse à la synagogue. Soudain la porte s'ouvre avec fracas, et son secrétaire entre en courant, bousculant les fidèles pour arriver jusqu'à lui :

— Monsieur… Monsieur…, fait-il d'une voix haletante, le cours des actions « Royal Dutch » est en train de s'effondrer !

— Vous êtes viré, dit Stern d'un ton glacial. Primo, pour avoir quitté le bureau sans mon autorisation. Secundo, pour avoir troublé le service religieux. Tertio, parce qu'il y a cinq minutes, nous avons vendu toutes nos « Royal Dutch » au plus haut !

Ayant fait ses études à la ville, le fils d'un paysan supplie depuis un certain temps son père de remplacer la cabane en planches qui sert de W.C. au fond du jardin, près de la rivière, par des toilettes modernes à l'intérieur de la ferme. Mais le vieux ne veut rien entendre.

Alors un soir, le jeune homme décide d'en finir, va jusqu'à la cabane, et d'un grand coup de pied il la balance dans la rivière.

Le lendemain matin, le père entre dans la chambre de son fils :

— Dis-moi, mon gars, ça serait-y pas toi qu'aurais foutu les chiottes dans la rivière ?

— Non, papa…

— Attention, faute avouée, faute à moitié pardonnée. Souviens-toi, quand le fils à Mathieu a coupé la grosse branche du pommier, il l'a avoué et le Mathieu a pardonné. Alors je répète ma question : ça serait-y pas toi qu'aurais foutu les chiottes dans la rivière ?

— Oui, papa, c'est moi…

Alors le vieux l'empoigne, le sort du lit, et entreprend de lui flanquer une volée mémorable.

Et tandis que les coups pleuvent, le malheureux garçon supplie :

— Arrête, papa, arrête ! Tu m'avais dit, faute avouée faute pardonnée ! Tu avais même pris l'exemple du fils de Mathieu qui avait scié la branche du pommier…

— C'est pas du tout pareil ! crie le père en continuant de frapper. Parce que quand le fils à Mathieu a scié la grosse branche du pommier, le Mathieu il était pas dans le pommier !

Un type se présente au guichet de l'A.N.P.E :

— Je cherche du travail pour nourrir ma famille. J'ai quinze enfants…

Et l'employée lui demande :

— À part ça, qu'est-ce que vous savez faire d'autre ?

349

Un scorpion demande à une grenouille de le prendre sur son dos pour traverser la rivière.

— Pas question ! dit celle-ci. Tu en profiterais pour me piquer, et je sais que ta piqûre est mortelle…

— Réfléchis, dit le scorpion, je ne sais pas nager. Si je te piquais, je me noierais. Logique, non ?

— Logique, fait la grenouille qui accepte de l'emmener.

Mais arrivé au milieu de la rivière, le scorpion pique la grenouille. Et tandis que ses forces l'abandonnent, elle murmure :

— C'est stupide ! Nous allons mourir tous les deux… Pourquoi as-tu fait ça ?

Et le scorpion, en soupirant, répond :

— Que veux-tu… c'est ma nature !

350

Un mari rentre chez lui, les yeux hors de la tête et crie à sa femme :

— Salope ! Je sais tout…

— Ah bon ? fait-elle tranquillement. On va voir ça. Peux-tu me dire la date de naissance de Napoléon ?

351

Un curé de campagne invite à dîner le chanoine du diocèse. Alors il met les petits plats dans les grands, demande à sa bonne de se surpasser, et sort le service en argent qu'il a hérité de sa mère.

Le dîner se déroule très bien. Mais, une fois le chanoine parti, le curé s'aperçoit que la louche a disparu.

« Un homme d'Église de son rang ! Il ne m'a tout de même pas volé ma louche en argent ! » pense-t-il.

Mais les jours passent et il se dit qu'après tout il s'agit d'une pièce trop importante pour qu'on puisse l'emmener par inadvertance. Alors il se décide à écrire la lettre suivante :

«Monsieur le chanoine, je ne dis pas que vous avez emporté ma louche en argent, je ne dis pas que vous ne l'avez pas emportée, mais si jamais vous l'aviez emportée, soyez assez aimable pour me la rendre.»

Trois jours plus tard, il reçoit la réponse :

«Monsieur le curé, je ne dis pas que vous couchez avec votre bonne, je ne dis pas que vous ne couchez pas avec votre bonne. Mais si vous dormiez dans votre lit, vous y auriez déjà retrouvé la louche que j'ai glissée entre les draps…»

352

Inculpé dans une affaire de pots-de-vin et de fausses factures, un homme politique est représenté au tribunal par son avocat. Celui-ci obtient l'acquittement, et se précipite sur un téléphone pour annoncer la bonne nouvelle à son client.

— Monsieur le député, la vérité a triomphé !

Et l'autre répond :

— Faites appel !

353

Un Belge vient à Paris voir un ami français. L'autre va l'attendre à la gare du Nord avec sa Mercedes.

— Oh là là ! fait le Belge tandis qu'ils démarrent, tu en as une belle voiture ! Mais dis-moi, une fois, à quoi ça sert le cercle au bout du capot avec un triangle au milieu ?

— C'est le viseur.

— Comment ça, le viseur ?

— Pour les flics ! Quand tu en vois un, tu te mets dans l'axe du viseur, tu prends le flic dans le centre du cercle et tu le chopes de plein fouet…

— Pas possible !

— Mais si. Tiens, en voilà un au carrefour, là-bas. Regarde…

Le conducteur fait semblant de viser, accélère, et bien

entendu in extremis il s'écarte. À ce moment-là, il entend un choc sourd. Et son copain belge lui dit :

— Heureusement que j'ai ouvert la portière, sans ça tu le manquais !

354

Deux hommes discutent des progrès de la chirurgie esthétique.

— C'est miraculeux, dit le premier. Tenez, quand ma femme est rentrée dans une clinique spécialisée pour se faire opérer, c'était une petite vieille. Quand elle est ressortie, c'était un petit vieux…

355

Un avion de ligne a décollé depuis une dizaine de minutes. Le commandant de bord prend le micro, se présente, et fait son petit speech habituel en indiquant la durée du trajet, les villes survolées, la météo, pour terminer en souhaitant à tous un agréable voyage.

Mais il oublie de couper le micro, et trente secondes plus tard, tout l'avion l'entend dire :

— Maintenant, je me taperais bien un bon café et la petite hôtesse blonde par-dessus le marché…

Affolée, l'hôtesse en question se précipite vers la cabine de pilotage pour tourner l'interrupteur. Mais au moment où elle va y rentrer, un passager la retient par la manche et lui dit :

— Mademoiselle ! Vous oubliez le café…

356

Un brave soldat russe, qui n'est jamais sorti de son pays, est nommé dans le service de garde de l'ambassade de Russie à Paris. Le lendemain de son arrivée, il s'installe à la terrasse d'un café et commande une bière. Le garçon le sert, et constate après son départ que le sous-bock en carton a disparu. Le lendemain le soldat russe revient, reprend un demi, et à nouveau plus de sous-bock lorsqu'il s'en va. Et c'est comme ça cinq jours de suite. Alors le sixième jour, le garçon lui sert sa bière sans sous-bock. Et le Russe demande timidement :

— Pas de petit gâteau aujourd'hui ?

357

— Dis maman, demande un petit garçon, c'est vrai que je suis né dans un œuf ?

— Bien sûr que non, mon chéri ! Qu'est-ce qui a pu te faire croire une chose pareille ?

— Eh ben, tout à l'heure, quand je suis rentré de l'école, la concierge a dit à la voisine : « Tiens, voilà le fils de la poule du cinquième ! »

358

Deux amis déjeunent dans une auberge de campagne. Au dessert, l'un d'eux va aux toilettes, une cabane au fond du jardin. Au bout d'un quart d'heure il n'est toujours pas de retour et l'autre décide d'aller voir ce qui se passe.

Il trouve le siège démonté et son copain dans la fosse en train de fouiller à pleines mains.

— Qu'est-ce que tu fais ?

— J'ai fait tomber mon râtelier. Alors je le cherche.

— Beurk ! Je ne veux pas voir ça, ça me dégoûte…

Il part faire un tour, et se dit tout en marchant qu'après tout un râtelier coûte cher, et qu'une fois lavé à l'eau bouillante il sera comme avant…

Dix minutes plus tard, il revient à la cabane et voit son ami qui continue de chercher dans la fosse.

— Toujours pas de râtelier ?

— Si, fait l'autre, j'en ai trouvé deux, mais ils ne me vont pas…

Dans un pub écossais bondé, un homme grimpe sur une chaise et crie :

— Je vous demande quelques secondes d'attention ! Je viens de perdre mon portefeuille. Il est en cuir marron avec un billet de cent livres à l'intérieur. J'offre dix livres de récompense à la personne qui me le rapportera...

Et dans le fond de la salle, une voix lance :

— J'en offre quinze !

Une famille a une véritable passion pour les histoires drôles. Et comme depuis des années ce sont toujours les mêmes, ils ont décidé, pour gagner du temps, de les numéroter. Ainsi, quand l'un d'entre eux en raconte une, il ne dit plus que le numéro et chacun se souvient de l'histoire.

Pour le repas de communion du gamin, toute la famille est réunie. Au dessert, le cousin dit :

— 72...

Et toute la table hurle de rire.

— 38..., fait le tonton.

Les rires redoublent.

— 14...

C'est du délire.

Alors le communiant, qui ne comprend pas très bien de quoi il s'agit, mais qui veut faire comme tout le monde, se lève en criant :

— 52 !

Et son père lui retourne une paire de gifles en lui disant :

— Je t'apprendrai à raconter des cochonneries le jour de ta communion !

Un petit Noir rentre dans la case familiale où sa mère est en train de préparer le déjeuner.

— Mmmm…, dit-il, ça sent drôlement bon ! Qui est-ce ?

Trois écoliers discutent à la récréation.

— Moi, dit le premier, mon papa c'est l'homme le plus rapide de France. Il conduit le T.G.V. À deux heures il quitte Paris, à quatre heures et demie il est à Lyon !

— Non, fait le deuxième, le plus rapide c'est mon papa. Il pilote le Concorde. À deux heures il quitte Roissy, à quatre heures et demie il est à New York !

— Écoutez, les gars, lance le troisième, le plus rapide de tous, c'est mon papa à moi. Il est fonctionnaire dans un ministère et il finit à cinq heures. Eh bien, à quatre heures et demie, il est à la maison !

Un chauffeur de taxi charge une bonne sœur. En déboîtant un peu brusquement, il manque accrocher un de ses collègues qui lui crie :

— Regarde-moi cet abruti avec sa pouffiasse ! Tu peux pas faire gaffe ?

Alors l'autre hurle :

— Ma pouffiasse, elle t'emmerde et elle te pisse au cul !

Puis il se tourne vers sa passagère :

— N'est-ce pas, ma sœur ?

Un très médiocre cinéaste assiège depuis des mois tous les producteurs en tentant de leur vendre le synopsis de son prochain film. Et voilà qu'aux Champs-Élysées, il tombe par hasard sur l'un d'entre eux.

— Alors, lui demande-t-il, et mon scénario ?

— Delon l'a dévoré, mon cher ami…

— Non ? Ce n'est pas vrai ?

— Mais si. Je n'ai même pas eu le temps de le lire, il s'est jeté dessus !

— C'est incroyable…, fait le cinéaste aux anges.

À ce moment-là, le producteur se penche vers son labrador qui tire sur sa laisse et lui dit :

— Delon ! Couché !

365

Deux chasseurs belges ont tué un sanglier. Suant et soufflant, ils le ramènent péniblement vers leur véhicule en le tirant par la queue. Passe un autre chasseur qui leur dit :

— Ne le traînez pas par la queue, vous vous fatiguez inutilement, il est à rebrousse-poil ! Prenez-le par la tête, dans le sens du poil, c'est beaucoup plus facile…

Les deux Belges suivent son conseil et le traînent dans l'autre sens. Au bout de cinq minutes, le premier dit :

— Il a raison, le type. C'est beaucoup moins fatigant !

— Ouais, fait l'autre. Mais on s'éloigne de la voiture…

366

À l'oral du bac, un lycéen passe l'épreuve de sciences naturelles. L'examinateur a devant lui un certain nombre de planches en couleurs représentant des oiseaux. Il en prend une, cache avec sa main la tête et la plus grande partie du corps, ne laissant apparaître que la queue, puis demande :

— Quel est le nom de cet oiseau ?

— Euh… un moineau ?

— Non, un rouge-gorge ! Et celui-là ? interroge-t-il en ne montrant toujours que la queue.

— Euh… une pie ?

— Non, un corbeau !

Il recommence cinq ou six fois le manège et, bien entendu,

à chaque fois le malheureux candidat tombe à côté. À la fin l'examinateur lui dit d'un ton sec :

— Monsieur, vous êtes nul ! Je vous mets zéro. Comment vous appelez-vous ?

Alors le jeune homme ouvre sa braguette, sort son sexe et dit :

— Devinez…

367

Tout joyeux, un homme finit de se raser dans la salle de bains. Il crie à sa femme qui est dans la chambre :

— Tu sais, chérie, quand je suis rasé de près, j'ai vingt ans !

Et elle lui répond :

— Tu devrais te raser le soir…

368

Un jeune juif va trouver son père qui est très pieux, très pratiquant, et lui annonce :

— Papa, je me suis converti à la religion catholique. On me baptise dimanche prochain.

Pour cet homme, c'est un choc terrible. Rongé par le désespoir, il finit quelques mois plus tard par mourir de chagrin.

Il arrive au Paradis, et quelques jours après croise Dieu le Père.

— Vous êtes nouveau, dit Dieu, votre visage m'est inconnu. Vous n'avez pas l'air âgé… Qu'est-ce qui vous est arrivé ?

— Une chose terrible, Seigneur, pour moi qui suis juif. Mon fils s'est converti à la religion catholique.

Dieu se penche vers lui :

— Le mien aussi…

— Et qu'avez-vous fait, Seigneur ?

— Je n'ai pas hésité une seconde. J'ai fait un nouveau testament !

Un type rencontre un copain qu'il n'a vu depuis longtemps :

— Tu vas bien ? Ta femme aussi ?

— Je l'ai virée. Elle faisait mal le ménage, je trouvais toujours des moutons sous le lit…

— Et c'est pour ça que tu l'as virée ?

— Non, mais un soir, j'ai aussi trouvé le berger…

370

À Venise, un homme vient de mourir. Le représentant des pompes funèbres dit à sa veuve :

— Je vous suggère l'enterrement de première classe : cercueil d'acajou avec poignées en argent et gondoles capitonnées drapées de noir pour le défunt ainsi que pour le cortège.

— Combien ?

— Trois millions de lires…

— Pas question !

— Alors la deuxième classe : cercueil de chêne avec poignées plaquées, et les gondoles avec un simple crêpe noir. Un million de lires…

— C'est encore trop cher ! Je ne peux pas mettre plus de cent mille lires…

— Dans ce cas, madame, prenez la cinquième classe…

— C'est-à-dire ?

— Le mort sur une petite gondole, et le cortège suit à la nage…

371

Un lord anglais rentre de voyage. Tout en le débarrassant de son manteau, son valet de chambre lui dit :

— Nous n'attendions pas Monsieur avant demain. Madame va être surprise. Monsieur aussi, je crois… Enfin, je veux dire que Madame, Monsieur et Monsieur, vont tous être surpris…

Venant tout juste d'être diplômé, un jeune médecin ouvre son cabinet. Et le premier appel qu'il reçoit, c'est pour un accouchement. Il saute dans sa voiture, arrive au domicile de la future maman, mais ça se passe mal. Il faut utiliser les fers. Dans sa fébrilité, il écorche profondément la femme qui se met à saigner abondamment. Affolé, il essaie d'arrêter l'hémorragie, mais n'y parvient pas, et la malheureuse se vide de tout son sang. Pendant ce temps, il ne s'est pas aperçu que le cou du bébé s'était enroulé autour du cordon ombilical et qu'il s'est étouffé.

Le mari qui attend à l'extérieur et commence à trouver le temps long, ouvre la porte et demande :

— Tout se passe bien ?

— Non, fait le docteur, le bébé est mort et votre épouse aussi.

Alors le pauvre homme s'écroule, foudroyé par une crise cardiaque. Le jeune médecin rentre chez lui effondré et raconte tout à sa femme.

Deux jours plus tard, nouvel appel. Toujours pour un accouchement. Il saute dans sa voiture, et trois heures plus tard il est de retour. Sa femme, angoissée, lui demande :

— Comment ça s'est passé ?

— Mieux, beaucoup mieux ! Cette fois, j'ai sauvé le père…

Visitant le Sud des États-Unis, un Français fait de la voile dans le golfe du Mexique avec un ami américain. Soudain il voit passer un hors-bord piloté par un Blanc qui tire un Noir.

— Ça fait plaisir de voir que le racisme a disparu, dit-il à l'Américain. Regardez ce Blanc qui fait faire du ski nautique à un Noir…

— Il ne lui fait pas faire de ski nautique, répond l'autre. Il pêche le requin à la traîne…

Un homme extrêmement frileux meurt. Comme il a eu une vie exemplaire, il va directement au paradis. Mais au bout d'un certain temps, il dit à saint Pierre :

— Il fait froid ici. Il n'y a pas un endroit plus chaud ?

Alors on l'envoie au purgatoire. Peu après il revient :

— Il fait froid au purgatoire. Il n'y a rien de plus chaud ?

— Si, l'enfer, répond saint Pierre, mais c'est terrible.

— Ça ne fait rien, je vais essayer.

Trois mois passent, plus de nouvelles du type. Un peu inquiet pour lui, saint Pierre décide d'aller voir le diable et lui demande ce qu'est devenu son client.

— Il est là, fait le diable, en ouvrant l'entrée de l'enfer.

À travers les flammes, saint Pierre aperçoit tout au fond une silhouette recroquevillée. Et l'homme crie :

— La porte !

— Je viens d'acheter une Renault Espace, dit un Belge à un de ses amis. C'est une voiture étonnante, une fois ! Elle est vraiment très spacieuse, sais-tu ? et elle marche fort. Hier sur l'autoroute, on était à 160…

— Allez ! fait l'autre. Vous deviez quand même être serrés…

Un paysan chinois a un petit élevage de poulets. Un jour, les gardes rouges débarquent chez lui :

— Avec quoi vous les nourrissez vos poulets ?

— Avec du blé, rien que des grains de blé, dit fièrement le paysan.

— C'est une honte ! Alors que notre pays manque de farine !

Et le malheureux est condamné à une amende, plus huit jours de rééducation. Un mois après, les gardes rouges reviennent :

— Alors ? Vous leur donnez quoi, maintenant, à vos poulets ?

— Du riz, que des grains de riz…

— Mais c'est scandaleux ! Vous affamez la population !

Et il écope d'une amende doublée, plus quinze jours de rééducation.

Peu de temps après, nouveau contrôle.

— Désormais, je les nourris au maïs, s'écrie le paysan, uniquement au maïs !

— Sabotage ! La Chine a besoin de tout son maïs pour l'exportation !

Cette fois il a droit à une énorme amende et un mois de rééducation.

Six semaines plus tard, les gardes rouges sont de retour :

— Alors ? Vous les nourrissez avec quoi, à présent, vos poulets ?

— Rien.

— Comment, rien ?

— Absolument rien. Tous les matins, je leur donne un peu d'argent et ils achètent ce qu'ils veulent…

377

En Pologne, on vient d'autoriser l'interruption volontaire de grossesse.

Et depuis, dans les hôpitaux pratiquant l'I.V.G., la liste d'attente est de dix mois.

378

Un homme pénètre dans une rue chaude et demande à une superbe prostituée :

— C'est combien ?

— 500 francs.

— C'est trop cher…

— Exceptionnellement, 300 francs.

— C'est trop cher pour moi.

— Tu as l'air gentil, chéri, je vais te faire une fleur : 200…

164

— C'est même trop…

— Mais combien tu veux mettre ?

— 50 francs.

— Tu rigoles ? Allez, bon vent !

L'homme s'éloigne. Le lendemain, par hasard, il repasse dans la même rue accompagné de sa femme. Et la prostituée, qui est à la même place, lui lance :

— T'as vu, chéri, ce que t'as pour cinquante balles ?

379

Sur une plage de la Baltique, en plein mois de décembre, deux Finlandais sortent d'une villa et vont se baigner.

— Brrr…, dit le premier en entrant dans l'eau. Elle est fraîche…

— Tu as raison, fait l'autre. Aujourd'hui, on supporte son slip…

380

Un avion de chasse en vol d'entraînement appelle sa base sur la fréquence de détresse :

— Ici Charlie Papa Bravo. Mon réacteur est en feu. L'incendie a endommagé les gouvernes de profondeur, je ne les contrôle plus. Que dois-je faire ?

— Déclenchez le siège éjectable en appuyant sur le bouton rouge.

Quelques secondes s'écoulent.

— Ça ne fonctionne pas, dit le pilote d'une voix angoissée.

— Restez calme. Nous nous concertons et dans deux minutes nous vous donnons de nouvelles instructions.

Deux minutes plus tard, la tour de contrôle rappelle :

— Allô, Charlie Papa Bravo ? Comment nous recevez-vous ?

— Cinq sur cinq…

— Parfait. Alors écoutez attentivement et répétez après nous : « Notre Père qui êtes aux cieux… »

Un jeune éphèbe, tout mignon, arrive en tortillant les hanches au bureau de recrutement des parachutistes.

— Bonzour, monsieur l'officier, ze voudrais m'engager chez vous et avoir un joli béret rouge…

Le capitaine le toise et lui lance :

— Dis-moi, petit gars, tu serais capable de tuer un homme ?

— Oh, ze pense que oui ! Mais en plusieurs nuits…

Un fabricant du Sentier, qui a débuté sans un sou dans les années cinquante, n'a cessé de développer son affaire au prix d'un travail acharné, sans jamais prendre un seul jour de repos.

Un après-midi il dit à sa femme :

— Rachel, ça fait quarante ans que je rêve de prendre le métro. Comme aujourd'hui la journée est vraiment calme, tu crois que je pourrais essayer ?

— Va, Samuel, va ! Je reste là, ne t'inquiète pas…

Alors il sort, court vers la bouche de métro, s'y engouffre, et prend un ticket. Il monte dans une rame, change, descend au hasard à la station Chaussée-d'Antin, et se retrouve devant les Galeries Lafayette.

« Quel joli magasin ! se dit-il. Des milliers de personnes qui rentrent, des milliers de personnes qui sortent avec des paquets… »

Alors il y pénètre et demande à rencontrer le P.-D.G. On l'envoie au septième étage où une hôtesse lui demande son nom :

— Samuel Goldberg…

Prévenu, le P.-D.G. dit :

— J'en connais deux, dont un très important. Je préfère éviter tout impair. Faites entrer ce monsieur…

L'autre pénètre dans le bureau et dit :

— Bonjour, monsieur le président. Pardonnez-moi de vous déranger, mais en sortant du métro je suis tombé sur votre joli magasin. Des milliers de personnes qui rentrent, des milliers de personnes qui sortent avec des paquets, c'est magnifique ! Combien ?

— Combien quoi ? fait le P.-D.G.

— Les Galeries Lafayette ! C'est combien ?

— Mais, monsieur, répond l'autre estomaqué, les Galeries Lafayette ne sont pas à vendre !

— Tout est une question de prix, président. On trouve toujours un terrain d'entente… Alors combien ?

— Je ne suis que le P.-D.G. ! J'ai un conseil d'administration, et lui seul est habilité à prendre une telle décision…

— Vous avez, j'imagine, la confiance des membres du conseil. Si vous leur dites que l'offre est intéressante, ils vous suivront. Alors combien ?

— Écoutez, je ne sais pas… Si nous devions vendre les Galeries Lafayette, ce serait au minimum trois milliards. Nouveaux, bien entendu…

— Ah bon ! Monsieur le président, vous permettez que je téléphone à ma femme ?

— Je vous en prie…

Quelques secondes plus tard, il a son épouse au bout du fil.

— Allô, Rachel ? J'ai pris le métro, c'est formidable ! Je suis descendu devant un magasin magnifique qui s'appelle les Galeries Lafayette. Des milliers de personnes qui rentrent, des milliers de personnes qui sortent avec des paquets ! En ce moment je suis au septième étage, dans le bureau du président. Alors tu vas venir me rejoindre. Tu prendras le métro jusqu'à Chaussée-d'Antin. Mais avant de partir, va dans la chambre. Sous le lit, tu verras deux valises. Tu m'apportes la petite…

383

En Irak, il y a peu de temps encore, les femmes devaient marcher derrière leur mari. Aujourd'hui, grâce à Saddam Hussein, elles marchent devant.

À cause des mines.

Un homme va voir son meilleur copain :

— Dis donc, tu te souviens, quand nous sommes tombés en panne en pleine campagne l'année dernière, de la vieille dame si gentille qui nous a hébergés ?

— Oui, très bien.

— Eh bien, je viens de recevoir une lettre de son avocat. Tu ne te serais pas introduit en pleine nuit dans sa chambre pour la violer ?

— Euh… Tu sais, je ne me souviens plus très bien. J'avais beaucoup bu…

— Et tu ne lui aurais pas, en plus, donné mon nom à la place du tien ?

— C'est bien possible… Tu m'en veux ?

— Non, pas du tout. Elle vient de mourir en me laissant toute sa fortune…

À Bruxelles, ils ont voulu monter une équipe de water-polo. Et tous les chevaux se sont noyés.

Dans une discothèque du Texas, un touriste français voit dans les toilettes pour hommes une étrange machine qui comporte un orifice rond à environ un mètre du sol. Arrive un cow-boy qui ouvre sa braguette, se colle contre la machine et y met une pièce qui déclenche la mise en marche de l'appareil. Deux minutes plus tard, visiblement satisfait, le cow-boy referme sa braguette et s'en va.

« C'est incroyable, se dit le Français, ce que peuvent inventer ces Américains ! Il faut absolument que j'essaie ! »

Il ouvre sa braguette, introduit son sexe dans l'orifice, et glisse une pièce dans la machine qui se met en marche.

Dix secondes plus tard, il pousse un hurlement et se retrouve avec un bouton cousu sur la quéquette.

387

Le haut-parleur vient d'annoncer que le train va partir. Le chef de gare passe le long des wagons et ferme toutes les portières. Et voilà qu'il y en a une qui résiste. Alors il la reclaque à toute volée une fois, deux fois, trois fois. Et à la quatrième fois il crie :

— Alors ! Vous allez la retirer cette main, oui ou non ?

388

Sur le coup d'une heure du matin, un type au volant de sa grosse voiture traverse à plus de cent cinquante à l'heure une cité ouvrière. Soudain il heurte de plein fouet un Arabe qui sortait d'un café et traversait dans les clous.

Il s'arrête, descend, constate que le malheureux est mort. Alors il lui fouille les poches pour trouver ses papiers, sort un portefeuille bourré de billets de banque, et commence à les compter un par un en décidant de se les approprier.

Mais un voisin a prévenu Police-Secours. Quand le car arrive cinq minutes plus tard, l'autre est encore là en train de compter les billets et il se fait embarquer.

Moralité : on ne peut pas avoir le beur et l'argent du beur.

389

Rentrant chez lui à l'improviste, un mari trouve sa femme au lit avec un type.

— Qui est cet homme ? hurle-t-il.

— Mais au fait, c'est vrai…, dit la jeune femme en se tournant vers son compagnon. Comment vous appelez-vous ?

390

À moins d'un an des élections, le président des États-Unis constate avec effroi qu'on n'a envoyé dans l'espace que des cosmonautes de race blanche. Or il a absolument besoin des voix de la communauté noire pour être réélu. Alors on sélectionne immédiatement un Noir, on lui fait subir un entraînement accéléré, et il est désigné pour le prochain vol spatial.

À la veille du grand jour, ses supérieurs lui disent :

— Tous les médias seront là. Et pour que les projecteurs soient braqués uniquement sur vous, nous ferons monter votre coéquipier dans la capsule auparavant. Vous ferez sa connaissance là-haut… En ce qui concerne votre travail respectif, quand la lumière bleue s'allumera, ce sera pour lui, quand la lumière rouge s'allumera, ce sera pour vous.

Le lendemain le Noir affronte donc seul la meute des journalistes, les caméras, les micros, après quoi il s'engouffre dans l'ascenseur qui le conduit jusqu'à l'habitacle. Quand il y pénètre, il découvre avec stupeur que son équipier est un singe. Il songe à redescendre, mais réfléchit et se dit que le scandale ne servirait sans doute pas ses frères de couleur. Alors il s'assied, se sangle, et finalement la fusée décolle dans une gerbe de feu. Une minute plus tard, la lumière bleue s'allume, le singe appuie sur le bouton placé devant lui, une fiche tombe, il la lit, et commence à pianoter sur l'ordinateur. Deux minutes plus tard, la lumière bleue se rallume, nouvelle fiche, et le singe fait une correction de trajectoire. Pendant plus d'une heure, la lampe bleue ne cesse de s'allumer. Le singe filme avec la caméra, déploie les panneaux solaires, contrôle les instruments de bord, fait des calculs, utilise l'ordinateur, etc.

Enfin la lumière rouge s'allume ! Le Noir appuie fébrilement sur le bouton placé devant lui, une fiche tombe, et il lit : « Donnez une banane au singe. »

391

Un homme rencontre un ami qu'il n'a pas revu depuis un certain temps.

— Alors, lui demande-t-il. Toujours pas d'enfant ?

— Non, fait l'autre.

— Et ta femme non plus ?

Un jeune Corse, étudiant en médecine sur le continent, vient d'être reçu à ses examens de sixième année. Tout heureux, il téléphone chez lui, au village, et tombe sur son grand-père.
— Papy ! Je suis reçu !
— C'est très bien. Je suis content pour toi. Alors maintenant tu vas revenir faire le docteur ici ?
— Pas encore, papy. Je vais d'abord faire une spécialité.
— Et quelle spécialité, mon petit ?
— La médecine du travail.
— Ah ! Ils ont enfin reconnu que c'était une maladie…

393

Trois vieux bavardent.
— C'est incroyable, dit le premier. J'ai gardé une mémoire phénoménale, et mes souvenirs remontent à ma prime enfance. Je me souviens dans les moindres détails de la petite fête que mes parents ont organisée pour mes trois ans…
— Moi, c'est encore mieux, fait le deuxième. Je me rappelle les seins de ma mère quand elle me donnait la tétée…
— Je vous bats tous, intervient le troisième. Je me souviens comme si c'était hier de ce dimanche de printemps au bois de Chaville. J'étais parti avec mon père et je suis revenu avec ma mère…

394

Dans le métro, un adolescent, assis en face d'une personne âgée, mâche consciencieusement un chewing-gum.
Au bout de cinq minutes, la vieille dame se penche vers lui et dit :
— Parlez plus fort, jeune homme, je suis sourde.

Un type qui n'a pas beaucoup de succès avec les filles demande à un de ses copains, réputé grand tombeur, des conseils pour draguer.

— C'est facile, fait l'autre. Tu achètes un porte-clés Ferrari. Tu vas dans une boîte, tu t'installes au bar, et tu entames la conversation avec une nana en jouant négligemment avec ton porte-clés. Là, tu es sûr de l'emballer. Après, tu lui racontes que ta voiture est en révision, et que vous irez la chercher ensemble demain matin…

Une semaine plus tard il revoit son ami…

— Ça n'a pas marché du tout ton truc, fait l'autre. J'ai essayé trois soirs de suite, zéro.

— Tu as joué, comme je t'ai dit, avec le porte-clés Ferrari en montrant bien la marque ?

— Oui. Le bide total.

— Attends, fait son copain. Tu avais retiré tes pinces de vélo ?

— Non, pourquoi ?

Manif monstre à Bruxelles. Étudiants et forces de l'ordre sont face à face. Des milliers de jeunes scandent :

— C.R.S… S.S. ! C.R.S… S.S. !

Et de l'autre côté, les policiers casqués répondent :

— Étudiants… diants… diants ! Étudiants… diants… diants !

Au Kremlin, Gorbatchev se réveille un matin, va à son balcon, contemple le soleil levant et lui demande :

— Quel est le plus grand chef d'Etat du monde ?

— Mikhaïl Gorbatchev ! répond le soleil.

— Et quel est le plus grand pays du monde ?

— L'Union soviétique !

Gorbatchev passe une excellente journée. Et le soir, du balcon de son bureau, il admire le soleil couchant.

— Quel est le plus grand chef d'État du monde ?

— George Bush !

— Pardon ? J'ai mal entendu…

— Non, tu as parfaitement compris. Bush ! Et ne m'emmerde pas avec ton pays pourri, maintenant je suis passé à l'Ouest !

398

Un homme arrive à l'hôpital avec la jambe cassée.

— Ça vous est arrivé comment ? demande l'interne.

— En voulant éviter un enfant.

— Et vous avez perdu le contrôle de votre voiture ?

— Non. Je suis tombé du lit…

399

Un paysan, dont le tracteur est en panne, envoie son fils emprunter celui du fermier voisin.

— Cré nom ! fait l'autre, tu diras à ton père que mon tracteur je lui prête pas. Parce qu'il va me l'esquinter, et qu'après j'aurai huit jours de réparation, le temps de faire venir les pièces. Et moi, j'en ai besoin de ce tracteur. En plus, ton père, quand je lui demande un service, il peut jamais, alors je ne vois pas pourquoi je me décarcasserais à lui en rendre un. Et puis, tu lui diras aussi que mes fesses, c'est pas un garage !

— Que vos fesses ne sont pas un garage ? fait le gamin interloqué.

— Parfaitement ! Parce que je le connais ton père. Quand tu vas lui répéter ma réponse, il va se mettre à gueuler : « Son tracteur, il peut se le foutre au cul ! »

Un fabricant de prêt-à-porter vient de mourir. Sur sa tombe toute fraîche, on peut lire l'inscription suivante : *Ci-gît David Boukobza. Mais la vente continue 125 rue du Sentier.*

401

Après l'avoir draguée et serrée de près toute la soirée dans une discothèque, un garçon réussit à ramener une fille chez lui. N'y tenant plus il s'abat avec elle sur son lit, relève sa jupe et la prend sans s'encombrer de travaux d'approche. C'est alors qu'il sent nettement un craquement. Il se retire précipitamment et s'écrie :

— Tu ne m'avais pas dit que tu étais vierge…

— Je ne le suis plus depuis longtemps ! Mais tu es telle-ment pressé que tu ne m'as même pas ôté mon collant…

402

Pour faire des économies sur leurs frais de déplacement, deux représentants partagent la même chambre dans un petit hôtel de province. Le premier, qui est un farceur invétéré, décide de faire une blague à son collègue. Il descend prendre une canette de bière au bar, la ramène dans la chambre, et la vide en douce dans le pot de chambre rangé à l'intérieur de la table de nuit.

Le soir, après dîner, ils remontent, et juste avant de se cou-cher le petit rigolo demande à son copain :

— Tu peux me passer le pot de chambre qui doit être dans ta table de nuit ?

L'autre le sort en disant :

— Ils exagèrent vraiment dans cet hôtel ! Ils ne l'ont même pas vidé !

— Ce n'est pas grave. Je vais m'en charger…

Alors il prend le pot à deux mains, et en boit le contenu jusqu'à la dernière goutte.

— Mais c'est ignoble ! s'écrie le copain écœuré. Comment peux-tu faire une chose pareille ?

— J'aime ça. C'est très bon, très rafraîchissant…

Pendant cinq minutes, il fait marcher son collègue. Et puis il finit par lui avouer la blague.

— Oh ! fait l'autre. Si j'avais su ça, j'aurais pas pissé dedans…

403

Madame tricote. Monsieur lit son journal. Soudain il lève le nez et dit à sa femme :

— C'est incroyable ce qui se passe en Sicile ! À Palerme, un homme est abattu toutes les deux heures…

— Le pauvre ! s'écrie-t-elle.

404

Dans un saloon du Texas, un éphèbe particulièrement efféminé entre en tortillant des fesses, s'approche du bar et dit :

— Bonzour… bonzour… ze voudrais un lait fraise…

— Ici on sert les hommes, pas les pédés ! lui répond le barman. Allez ouste ! Dehors !

L'autre s'en va, et revient une heure plus tard méconnaissable, harnaché comme un vrai cow-boy : pantalon de cuir, grosse chemise à carreaux, bottes, ceinturon, et chapeau sur la tête. Il entre en roulant des épaules, les jambes un peu écartées, les mains à quelques centimètres de ses deux colts, et il dit au barman d'une voix bourrue :

— Un double whisky ! Et tu me laisseras la bouteille !

— Ici on ne sert pas les pédés ! répète calmement le barman. Tire-toi !

— Ça va pas, mon gars ? fait l'autre toujours avec sa grosse voix. Tu veux vraiment que je te transforme en passoire…

Et brusquement, retrouvant sa voix aiguë, il s'écrie :

— Oh ! zut de zut ! Z'ai gardé mon sac…

Un couple de Belges fait une croisière. Soudain le mari entre dans leur cabine et lance à sa femme :

— Germaine, dépêche-toi d'écrire les cartes postales ! Je viens d'entendre le commandant dire qu'on allait jeter l'encre...

Une vieille dame tente en vain depuis plusieurs minutes de traverser une avenue à grande circulation. Mais aucune voiture ne la laisse passer. Alors un jeune homme vient vers elle et lui dit :

— Madame, permettez-moi de vous aider. Donnez-moi le bras, je vais vous accompagner...

Et il la fait traverser en levant la main bien haut pour stopper les voitures. Dès qu'ils sont arrivés sur l'autre trottoir, la dame âgée dit :

— Jeune homme, permettez-moi de vous remercier infiniment. C'est tellement rare de nos jours de rencontrer un garçon aussi galant, aussi bien élevé...

— Madame, c'est normal ce que j'ai fait. Sinon ces cons-là, ils vous auraient écrasée comme une vieille merde !

Une jeune femme rentre d'un séjour de vacances au Sénégal. Une de ses amies lui demande :

— Quel genre de vie ont les Africains ?

— Le même que les Français, répond-elle. Mais noir et beaucoup plus gros...

Au bal de l'Opéra à Vienne — habit et robe longue de rigueur — un homme complexé par sa petite taille cherche des yeux une cavalière encore moins grande que lui. Après en avoir repéré une, il l'invite au moment où l'orchestre attaque *Le Beau Danube bleu*.

Au bout de deux minutes, il se dit : «Je croyais qu'elle avait une tête de moins que moi. En fait, il y a tout juste deux ou trois centimètres d'écart…»

Ils continuent de valser, et quelques instants plus tard il pense : «Ma parole, j'ai mal vu ! Elle a exactement la même taille que moi…»

Une minute après il la regarde à nouveau. «Mais c'est incroyable ! Elle est plus grande que moi !»

À ce moment-là, sa cavalière lui murmure à l'oreille :

— Ça ne vous ennuierait pas de valser dans l'autre sens ? J'ai ma jambe de bois qui se dévisse…

409

Une secrétaire dit à une autre :

— Tu as vu le savon que le patron m'a passé hier matin ? Après je me suis bien vengée ! Quand il est parti déjeuner, j'ai fouillé dans les tiroirs de son bureau et j'ai trouvé une boîte de préservatifs. Alors tu sais ce que j'ai fait ? Je les ai tous percés avec une épingle…

Et sa collègue s'évanouit.

410

Un paysan est allongé au soleil dans son pré, au milieu de son troupeau composé de quelques vaches et d'un superbe taureau. Passe un petit groupe d'estivants qui lui demandent :

— Auriez-vous l'heure, mon brave ?

Alors sans même se lever, l'homme attrape son bâton, écarte les attributs du taureau, et dit :

— Il est quatre heures dix…

Les autres sont époustouflés. Au retour de leur promenade, ils repassent au même endroit. Le paysan n'a pas bougé, et volontairement ils lui redemandent :

— Quelle heure est-il à présent, s'il vous plaît ?

L'homme reprend son bâton, écarte les attributs du taureau, et leur répond :

— Il est cinq heures vingt-trois…

— C'est prodigieux ! s'écrie un des touristes. Comment
faites-vous pour connaître l'heure exacte grâce à votre taureau ?

— Cré nom, c'est pourtant simple ! D'où je suis, si je lui
soulève les couilles, je vois l'horloge du clocher !

411

Une dame énorme, monstrueuse, mafflue, avec des
bajoues et un triple menton, arrive chez le médecin et lui dit :

— Docteur, j'ai très mal à la gorge…

— Nous allons examiner ça, répond le médecin. Ouvrez
la bouche et faites : Meuh…

412

Un vieillard monte dans un wagon où il n'y a plus une
seule place de libre. Juste devant lui, une mère de famille et
ses cinq enfants occupent six places, mais aucun des gosses
ne se lève.

Pour attirer l'attention, le vieux monsieur frappe à plusieurs reprises le sol avec sa canne, espérant que la dame va
demander à un des enfants de céder sa place. Mais elle se
contente de dire :

— Monsieur, vous pourriez mettre un caoutchouc au bout
de votre canne !

Et le vieux lui répond :

— Madame, si vous en aviez mis un au bout de celle de
votre mari, je serais assis !

413

Un jeune juif est engagé pour son premier emploi avec un
salaire de 7 000 francs.

Le premier mois, il rapporte ponctuellement 7 000 francs

à ses parents. Le deuxième mois, 6 975 francs. Le troisième mois, 6 950 francs. Alors sa mère s'écrie :

— David, je ne suis pas dupe. Dis-moi immédiatement le nom de cette femme…

414

Dans le désert sud-africain, deux autruches mâles aperçoivent au loin deux superbes autruches femelles, et se mettent à les courser.

Les deux femelles se sauvent, courant à perdre haleine, mais leurs poursuivants gagnent peu à peu du terrain.

— Il n'y a qu'une solution, dit l'une. Il faut nous cacher…

Alors elles s'arrêtent, enfoncent leur tête dans le sable, et ne bougent plus.

Quelques secondes plus tard, les deux mâles sont là, et stoppent net.

— Ça alors ! fait le premier. Où sont-elles passées ?

415

Un émir réunit ses cent vingt femmes et leur dit :

— Mesdames, j'ai une triste nouvelle à vous annoncer. Je vous quitte ! Je n'ai aucun reproche à vous faire, mais voilà : je suis tombé amoureux fou d'un autre harem…

416

Venus visiter Paris, deux touristes belges sortent de leur hôtel, Porte Maillot, et prennent l'autobus pour aller au Musée du Louvre.

Arrivé place de l'Étoile, le conducteur lance :

— Charles-de-Gaulle !

Un ouvrier en salopette descend. Le bus prend les Champs-Élysées, et à l'arrêt du Rond-Point, le conducteur crie :

— Franklin-Roosevelt !

Un étudiant se lève. Peu après, nouvelle halte à la hauteur du Grand Palais.

— Georges-Clemenceau ! fait le conducteur.

Un vieux monsieur quitte le bus. Alors le Belge se penche vers sa femme et lui dit :

— Chérie, on ne saura jamais où descendre ! On n'a pas donné notre nom au chauffeur...

417

Un milliardaire est à l'hôpital dans un état critique. Son neveu et unique héritier est à son chevet et lui dit :

— Mon oncle, que puis-je faire pour vous être agréable ?

L'autre, le visage congestionné, les yeux exorbités, émet un gargouillis incompréhensible.

— Mon oncle, répète le jeune homme en approchant son oreille des lèvres du malade, que puis-je faire pour atténuer vos souffrances ?

Et il entend le vieux murmurer :

— Retirer ton pied du tuyau d'oxygène...

418

Sur la porte d'un pub irlandais est affiché l'écriteau suivant : *Ici pas de télévision. Mais nous avons une bagarre tous les soirs.*

419

Depuis plusieurs mois, un comédien n'a aucun engagement, aucune proposition. Et voilà qu'un jour le téléphone sonne.

— Allô ? Le directeur des tournées Barret à l'appareil. Nous partons demain pour trois mois avec *Le Misanthrope*, et ma tête d'affiche vient de m'appeler pour me dire qu'il a une crise d'appendicite. Vous avez bien joué Alceste, il y a quelques années, dans une Maison de la culture ?

— Bien sûr que oui ! s'empresse de répondre l'autre. Je connais le rôle par cœur…

— C'est parfait. Alors, écoutez. Ou bien notre cher grand acteur doit se faire opérer, et vous le remplacez. Ou bien ce n'était qu'une fausse alerte, et on vous enverra un télégramme pour annuler. Si demain midi au plus tard, vous n'avez rien reçu, c'est que vous partez. Rendez-vous à deux heures en bas de nos bureaux…

Fou de joie, le comédien prépare sa valise et passe la moitié de la nuit à répéter son texte. Le lendemain matin, il attend dans l'angoisse, sursautant chaque fois qu'il entend l'ascenseur s'arrêter à l'étage, priant le ciel que ce ne soit pas le télégraphiste. À midi moins deux, il commence à respirer. Juste à ce moment-là, on sonne à la porte. Le cœur battant, il va ouvrir et se trouve face à un préposé des P.T.T. qui lui tend un télégramme. Livide, il l'ouvre d'une main tremblante et lit.

C'est alors que sa femme se précipite vers lui :

— Mauvaise nouvelle, mon chéri ?

— Non, non, fait-il tout joyeux, rassure-toi ! C'est seulement ta mère qui est morte…

420

À Strasbourg, une dame va chez le docteur. Il lui désigne la balance qui est au pied du divan et lui dit :

— Pour commencer, montez là-dessus que je vous pèse !

Alors l'Alsacienne se met nue et s'allonge sur le divan…

421

Un couple d'homosexuels roule sur une route nationale, quand à la suite d'un ralentissement brutal, un camion de vingt tonnes heurte l'arrière de leur voiture. Le charmant jeune homme qui était au volant descend, un formulaire de constat à la main, et s'approche de la cabine du vingt-tonnes.

— Oh, monsieur le routier ! Vous avez vu ce que vous avez fait à ma petite voiture ? Il va falloir faire un constat.

Sans même descendre de son siège, le chauffeur, aux biceps énormes, lui lance :

— Ton constat, mon pote, tu peux le plier en quatre et te le carrer dans l'oignon !

Le jeune homme retourne vers sa voiture, et son petit ami lui demande :

— Alors ? Ça se passe bien ?

— Très bien ! Je crois qu'on va s'arranger à l'amiable...

422

Au matin, dans son château, un lord anglais soucieux de sa forme fait des pompes au pied de son lit.

Son valet de chambre entre avec le breakfast, et le voit complètement nu se soulever, s'abaisser, se soulever, s'abaisser, se soulever, s'abaisser...

Alors il se penche vers lui et dit respectueusement :

— Sir... la jeune dame est partie depuis cinq minutes !

423

Depuis quelque temps, un homme, dès qu'il sort de chez lui, étouffe et a le visage qui se couvre de plaques rouges. Il consulte un médecin, qui diagnostique un ulcère, et on lui retire une partie de l'estomac. Mais ça ne s'améliore pas, bien au contraire. Un spécialiste affirme que c'est un problème respiratoire, et on lui fait l'ablation du poumon droit. Un autre diagnostique un cancer du foie, et on lui en greffe un autre. Hélas son état ne fait qu'empirer : dès qu'il sort le matin, il est cramoisi et il suffoque.

Finalement, un éminent professeur lui dit :

— Monsieur, je ne vous cacherai pas la vérité : c'est très grave. Il ne vous reste que quelques mois, quelques semaines peut-être à vivre...

Alors le malheureux veut profiter du peu de temps qui lui reste. Il vend tous ses biens, s'achète une voiture sport, et décide de s'offrir une somptueuse garde-robe. Après avoir commandé six costumes chez un grand tailleur, il entre dans une chemiserie de luxe, choisit une dizaine de cravates, et demande au vendeur de lui assortir douze chemises en soie dans tous les coloris, en 40 d'encolure.

— Je pense que vous faites plutôt du 42, dit le vendeur.

— Écoutez, je connais mon encolure ! Je fais du 40…

— Vous permettez que je vérifie ?

— C'est inutile ! J'ai toujours porté du 40, donnez-moi du 40 !

— Moi, je veux bien, monsieur. Mais je vous préviens : cinq minutes après avoir boutonné votre col de chemise, vous aurez la figure toute rouge et vous étoufferez !

424

Deux routiers belges arrivent, avec leur trente-cinq tonnes, à l'entrée d'un tunnel de montagne devant lequel est planté un grand panneau : HAUTEUR MAXIMUM : 4 MÈTRES.

— Dis-moi, fait le premier, le camion je crois bien qu'il fait quatre mètres dix…

— Je vais descendre voir, répond l'autre.

Une minute après il remonte dans la cabine :

— Tu peux y aller, il n'y a pas de flic !

425

Une semaine plus tard, les deux mêmes routiers se présentent à l'entrée du même tunnel.

— Cette fois, dit le premier, il faut faire marcher nos méninges. La semaine dernière on a cassé le camion…

— J'ai une idée géniale, une fois ! répond l'autre. Puisqu'il y a dix centimètres en trop, on va dégonfler les pneus…

— Imbécile ! s'écrie son collègue. C'est en haut qu'il y a dix centimètres de trop, pas en bas !

Dans un bal costumé, une superbe brune arrive complètement nue, avec seulement des gants noirs et des bottines
noires.

— En quoi êtes-vous déguisée ? lui demande le maître de
maison plus que surpris.

Et la brune répond avec un grand sourire :

— En cinq de pique…

À Madrid, un touriste français assiste à une corrida. Puis
le soir, il dîne près des arènes dans un restaurant réputé. Tandis qu'il examine la carte, on amène cérémonieusement à la
table voisine un plat dont le contenu, une fois la cloche d'argent soulevée, suscite l'admiration générale. Notre Français
y jette un œil et dit au maître d'hôtel :

— Ces rognons ont l'air superbes. Je vais me laisser tenter…

— Señor, fait l'autre, ye suis désolé, mais c'est impossible. Il s'agit d'un plat unico ! Ce ne sont pas des rognons,
mais les cojones…

— Qu'est-ce que c'est les cojones ?

— Señor, cet après-midi il y avait corrida. Les cojones, ce
sont les attributs virils du taureau. C'est un plat très fin et
très recherché, et la direction des arènes a la bonté de nous
en assurer l'exclusivité. Mais Señor, il y a une autre corrida
dans une semaine. Voulez-vous que nous vous réservions les
cojones ?

— Avec plaisir, répond le touriste.

Et une semaine plus tard, il se retrouve attablé dans le
même restaurant. Après la sangria et la gaspacho, petit ballet
des serveurs qui posent devant lui le plat en argent et soulè-
vent précautionneusement la cloche.

Le client se penche et voit deux ridicules petites boules
grillées.

— Qu'est-ce que c'est que ça ? Ce ne sont pas des cojones ! La semaine dernière ils étaient énormes…

— Si, si, Señor, répond le maître d'hôtel, ce sont des cojones ! Mais vous savez, à la corrida, ce n'est pas toujours le taureau qui est tué…

428

Quelle différence y a-t-il entre une femme bronzée et un poulet rôti ?
Il n'y en a pas. Dans les deux, c'est le blanc le meilleur.

429

On prévient une femme que son mari, qui travaillait sur un chantier d'autoroute, vient d'être transporté à l'hôpital après être passé sous un rouleau-compresseur.
Elle s'y rend immédiatement et demande à la réception :
— Mon mari, Albert Dubois, qui a été renversé par un rouleau-compresseur, serait chez vous…
— C'est exact, répond l'infirmière après avoir consulté son registre. Chambres 15, 16, 17 et 18.

430

Une mère juive vante à une amie les mille et une qualités de ses deux fils.
— Et quel âge ça leur fait à présent ? demande l'autre.
— Eh bien, le chirurgien a six ans et le banquier quatre ans…

431

À la cantine de Renault, trois militants de la C.G.T. discutent de leurs lectures.
— Moi, dit le premier, j'achète *L'Humanité*.
— Moi, fait le deuxième, je lis *L'Humanité*, plus *L'Humanité Dimanche* et *Révolution*.

— Moi, lance le troisième, je prends *Modes et Travaux*.

— Quoi ? s'écrient les deux autres. Tu achètes *Modes et Travaux* ?

— Oui. Parce que c'est plein de patrons ! Et tous les matins, je me torche avec !

432

Dans une boîte de Pigalle complètement déserte, les prostituées, alignées au bar, attendent le client. Alors une des filles se penche vers sa copine et lui dit :

— C'est vraiment mort ce soir. Si à minuit je ne suis pas au lit, je vais me coucher…

433

À la veille de sa mort, Brejnev fait venir Gorbatchev.

— Camarade, lui dit-il, il y aura peut-être entre toi et moi un ou deux intérims, mais c'est toi qui seras mon vrai successeur. Alors, voici trois enveloppes cachetées. Range-les précieusement. Chaque fois que tu auras un problème grave, mais vraiment grave, ouvres-en une, tu sauras ce qu'il faut faire…

Effectivement, trois ans plus tard, Gorbatchev accède au pouvoir. Bientôt, l'affaire d'Afghanistan devient de plus en plus épineuse. Gorbatchev se décide à ouvrir la première enveloppe et lit : « Mets-moi tout sur le dos. »

Plus tard, la Tchécoslovaquie, la Pologne, l'Allemagne de l'Est rejettent le communisme. Gorbatchev ouvre la deuxième enveloppe qui contient le message suivant : « Remets-moi tout sur le dos. »

Et voilà que la Lituanie, l'Estonie, la Lettonie, l'Ukraine, réclament leur indépendance. Alors il ouvre la troisième enveloppe. Et il lit : « Prépare trois enveloppes… »

434

À l'entrée de l'autoroute du Sud, une jolie fille fait du stop en tendant une pancarte marquée : CANNES. Un routier s'arrête et la prend à son bord. Au bout d'un quart d'heure il lui dit :

— C'est drôle ! C'est la troisième fois ce mois-ci que je fais le trajet Paris-Côte d'Azur avec une femme enceinte…

— Mais je ne suis pas enceinte ! dit la fille.

— On n'est pas encore à Cannes ! fait le routier.

435

Un paysan va pour la première fois chez le docteur.

— Déshabillez-vous, dit celui-ci.

L'homme ôte son pantalon. Il n'a rien en dessous.

— Vous ne portez pas de slip ? s'étonne le docteur.

— Un quoi ?

— Un slip ! C'est un sous-vêtement qu'on enfile avant le pantalon. Je vous conseille d'en acheter. C'est plus propre, plus chaud, et plus confortable…

En sortant de la consultation, le paysan va acheter des slips, et le lendemain matin, avant d'aller aux champs, il en met un.

Il est depuis une heure sur son tracteur lorsqu'il est pris d'une forte envie de grosse commission. Alors il stoppe l'engin, descend, et comme d'habitude, il baisse son pantalon, oubliant qu'il a aussi un slip, s'accroupit au-dessus du champ et se soulage. Après quoi, il regarde sous lui et ne voit rien.

— Cré nom, se dit-il, il avait raison le docteur. Avec le slip, c'est plus propre…

Il retourne tranquillement vers son tracteur :

— Et c'est vrai que c'est plus chaud…

Il remonte sur l'engin, s'assied sur le siège métallique :

— … et plus confortable !

Comment reconnaît-on un loubard belge ?
C'est celui qui dans une bagarre sort un rasoir électrique.

Un client entre chez un oiseleur :
— Je voudrais un perroquet…
— Mais certainement, fait le vendeur qui l'emmène vers une grande cage où se trouvent trois perroquets. Deux aux couleurs éclatantes, et un troisième à moitié déplumé, tout miteux.
— Combien vaut celui de droite ?
— Je vois que monsieur s'y connaît. Quarante mille francs.
— Pardon ?
— Quarante mille. Mais il est parfaitement bilingue français-anglais et il répond au téléphone.
— Et celui de gauche ?
— Soixante mille. Non seulement il est encore plus beau, mais il parle couramment le français, l'anglais, l'allemand, l'espagnol, il répond au téléphone, et il prend tous les messages.
— Finalement, dit le client, je crois que je vais me contenter de celui du milieu. Il fait combien ?
— Cent mille francs.
— Hein ? Cet affreux perroquet tout déplumé ? Mais qu'est-ce qu'il fait ?
— Rien. Absolument rien.
— Et il vaut cent mille francs ?
— Monsieur, il faut que vous le sachiez : les deux autres l'appellent patron…

L'institutrice demande à ses élèves, un par un, ce qu'ils veulent faire plus tard. Arrive le tour de Toto qui dit :
— Médecin ou laveur de carreaux…

— Ça n'a vraiment aucun rapport, remarque la maîtresse.

— Ah si, madame ! C'est les deux métiers où on voit des femmes à poil toute la journée…

439

Dans un saloon, deux cow-boys sont assis à une table. Soudain le premier dit à l'autre :

— Tu vois le type là-bas au bar ?

— Lequel ? Ils sont une douzaine.

— Celui qui boit du whisky.

— Ils boivent tous du whisky !

— Qui a une chemise à carreaux…

— Ils ont tous des chemises à carreaux !

— Attends !

Il sort ses deux colts et abat onze consommateurs. Un seul reste debout, hébété.

— Celui-là ! dit le cow-boy. Il a une tête qui ne me plaît pas…

440

Dans une étable de Bethléem, entre un bœuf et un âne, un nouveau-né est blotti dans la paille, et celle qui vient de le mettre au monde pleure à chaudes larmes. Alors son époux se penche vers elle et lui dit :

— Marie, pourquoi pleures-tu ? Regarde comme il est beau…

Et elle lui répond entre deux sanglots :

— C'est possible, Joseph ! Mais j'aurais tellement voulu avoir une fille !

441

En Alabama, un Blanc entre dans un bar et dit au barman noir :

— Sers-moi un whisky, sale nègre ! Et grouille-toi un peu, fainéant de négro !

— Monsieur, je suis un être humain. Ce n'est pas convenable de me parler comme ça…

— Et comment il faut que je te parle ?

— Si vous voulez bien changer de place avec moi, je vais vous montrer…

Le Blanc passe derrière le bar, le Noir joue le client et s'avance en disant :

— Bonjour, barman ! Pourrais-je avoir un whisky, s'il vous plaît ?

Et l'autre répond :

— Ici, on ne sert pas les nègres !

442

Une mère entre dans la chambre de son fils :

— François, lève-toi, c'est l'heure…

— Laisse-moi dormir, je suis fatigué !

— François, lève-toi. Tu vas être en retard au lycée !

— Je ne veux plus aller au lycée ! Tu entends, maman ? Je ne veux plus y aller !

— Mais François, tu ne peux pas faire ça ! Tu es le proviseur…

443

Après une brillante réussite dans le Sentier, les frères Goldstein décident d'attaquer le marché anglais et s'installent à Londres sous l'enseigne Goldstein and Goldstein. Mais les affaires ne démarrent pas, et un jour l'un des frères dit à l'autre :

— Je crois savoir pourquoi ça ne marche pas… Nous sommes victimes d'une réaction d'antisémitisme. La seule solution, c'est de changer notre nom de famille…

Ils vont au bureau d'état civil, et demandent à s'appeler Queensbury. Dès que le nouveau et très britannique patronyme leur est officiellement donné, ils s'empressent de modifier leur raison sociale qui devient Queensbury and Queensbury.

Le lendemain au téléphone, une voix dit :

— Je voudrais parler à Mister Queensbury.

— Lequel ? demande la standardiste. Mister Isaac Queensbury ou mister Moshe Queensbury ?

444

Un châtelain dit à son épouse :

— Ma chère, nos revenus, comme vous le savez, ne sont plus ce qu'ils étaient. Il va falloir songer à restreindre notre train de vie. Si vous appreniez à faire la cuisine, nous pourrions nous séparer de la cuisinière…

Et elle lui répond :

— Si vous appreniez à faire l'amour, nous pourrions nous séparer du chauffeur…

445

Guitare en bandoulière, chapeau noir sur la tête, un chanteur argentin marche dans la rue. Soudain un violent orage éclate alors qu'il passe devant une église, et il n'a que le temps de s'y réfugier. C'est l'heure de la grand-messe dominicale, elle est remplie de fidèles. Le chanteur, qui n'est jamais entré dans la maison de Dieu, ignore que les hommes doivent se découvrir, et garde son chapeau vissé sur sa tête. Alors une voix lui souffle :

— El sombrero…

Sans comprendre, il s'avance dans l'allée centrale, et d'autres voix murmurent :

— El sombrero…

Il avance toujours et la rumeur enfle :

— El sombrero… el sombrero…

Lorsqu'il arrive devant l'autel, le curé lui lance :

— El sombrero !

Alors le chanteur se retourne vers l'assistance, étend les bras et dit :

— Señoras y Señores, à la demande générale, ye vais vous interpréter mon grand succès : *El sombrero*…

— Qu'est-ce que tu vas demander cette année au Père Noël ? dit une maman à sa petite fille.

— Une boîte de pilules contraceptives.

— Quoi ? s'écrie la mère. Des pilules contraceptives ?

— Oui, maman. J'ai déjà sept poupées, ça suffit comme ça !

Un type demande à un de ses amis :

— Dis-moi, tu aimes les femmes qui ont les seins qui pendent ?

— Non…

— Celles qui sont pleines de cellulite ?

— Non plus !

— Celles qui ont des varices énormes ?

— Ah non !

— Celles qui sentent la transpiration et qui ont mauvaise haleine ?

— Pouah ! Quelle horreur !

— Alors pourquoi tu couches avec la mienne ?

Deux Belges visitent Londres pour la première fois. Ils montent dans un autobus rouge à impériale et s'installent au niveau inférieur. Quelques minutes plus tard, l'un d'eux dit :

— Je vais monter voir comment c'est au premier.

Il grimpe l'escalier en colimaçon, redescend quelques instants plus tard, et glisse à l'oreille de son copain :

— Dis donc, on a bien fait de se mettre en bas ! Là-haut, ils n'ont pas de chauffeur…

Un homme d'une trentaine d'années va consulter un médecin :
— Docteur, je me sens fatigué…
— Ah ! Vous avez bon appétit ?
— Oui, pas de problème…
— Vous buvez quoi ?
— Un petit peu de vin à table, mais modérément.
— Vous faites l'amour fréquemment ?
— Deux fois par mois.
— À votre âge, ce n'est pas beaucoup !
— Vous savez, docteur, c'est déjà pas mal pour un petit curé de campagne…

450

Pourquoi, en Russie, les enfants juifs sont-ils plus beaux que les autres ?
Parce qu'ils sont destinés à l'exportation.

451

Un gros industriel agonise. Assis à son chevet, son associé lui tient la main. Soudain le mourant lui fait signe d'approcher encore plus près et murmure d'une voix faible :
— Je veux libérer ma conscience avant de partir. Le trou dans la caisse il y a cinq ans, c'était moi. Le faux incendie il y a trois ans, c'était encore moi. Le cambriolage l'année dernière, c'était aussi moi. Et pour ne rien te cacher, l'amant de ta femme, eh bien c'était moi…
— Tu peux mourir en paix, dit l'autre. L'arsenic dans ton potage, c'est moi.

Un mari rentre chez lui plus tôt que prévu et trouve son épouse au lit avec un homme.

— Mais qu'est-ce que vous faites là ? hurle-t-il.

Et la femme dit à son amant :

— Tu vois… je t'avais dit qu'il était idiot !

453

Un homme passe dans la rue quand il tombe sur un de ses amis qu'il n'a pas vu depuis quinze ans. L'autre vient de descendre d'une Rolls conduite par un chauffeur en livrée et il est vêtu avec une élégance princière.

— Eh ben, dis donc ! fait le premier, ça a l'air de marcher pour toi… Qu'est-ce que tu fais dans la vie ?

— Je suis castreur aux Indes. Tu sais, là-bas, ils ont un terrible problème de surpopulation. Alors le gouvernement me paye mille roupies chaque fois que je castre un type. J'en fais cent par jour…

— Cent par jour ? Mais c'est impossible !

— Si. Je fais ça en série. Je leur demande de baisser le pantalon, je les fais asseoir sur une chaise percée, je prends une brique dans chaque main et… Clac !

— Mais ça doit être horriblement douloureux ?

— Non ! Il faut faire attention à ses doigts, c'est tout…

454

La maman de Ben Johnson, le sprinter déchu de son titre olympique pour dopage, rentre du jardin en tenant à grand-peine dans ses bras une énorme tomate d'un mètre de diamètre. Elle la pose sur la table de la cuisine avec un soupir de soulagement et se tourne vers son fils :

— Ben ! Tu m'as encore désobéi ! Tu as fait pipi dans le potager…

455

Un locataire décide de refaire son appartement. Il commence à prendre les mesures pour savoir combien de rouleaux de papier-peint acheter, mais il s'y perd. Et tout à coup, il se souvient que son voisin du dessus, qui a exactement le même appartement, a refait le sien trois mois plus tôt. Il monte le voir et lui demande :

— Combien de rouleaux de dix mètres avez-vous pris ?

— Trente-huit.

Alors il achète trente-huit rouleaux, et il colle son papier. Mais, quand l'appartement est terminé, il lui reste quatre rouleaux.

Il remonte chez son voisin et lui dit :

— Je ne comprends pas. J'ai tapissé tout l'appartement, et il me reste quatre rouleaux…

— Eh bien moi, c'est pareil !

456

Accroupi sur le trottoir, les yeux mi-clos, l'oreille collée contre le bitume, un homme écoute attentivement.

Un attroupement se forme. Un passant s'agenouille à son tour, pose sa joue sur le macadam et écoute longuement.

— Je n'entends rien…, dit-il en se relevant.

Et l'autre répond :

— Le plus bizarre, c'est que c'est comme ça depuis ce matin !

457

Dans un grand jeu télévisé, une candidate particulièrement brillante a franchi tous les obstacles et arrive à la dernière question.

— Attention, chère petite madame ! clame l'animateur. Vous jouez maintenant pour la super-cagnotte ! Si vous trouvez la bonne réponse à la question que je vais vous poser, elle est à vous ! Voici cette question : quelles furent les premières paroles d'Ève à Adam ?

— Oh là là ! Elle est dure…

— Bravo, madame ! Vous venez de gagner la super-cagnotte !

458

Dans la plupart des bus du monde, il y a, à l'avant, un écriteau qui porte la mention suivante : *Il est interdit de parler au chauffeur.*

À Munich, il n'y a rien, car nul n'a jamais parlé au chauffeur sans en avoir reçu l'ordre.

À Londres, il n'y a rien non plus, car il ne viendrait à l'idée de personne de parler au chauffeur sans avoir été présenté.

À Pékin, il est écrit : Si *vous parlez au chauffeur, sa conduite peut devenir déviationniste.*

À Tel-Aviv : *Qu'est-ce que ça vous rapporte de parler au chauffeur ?*

Enfin à Marseille : *Il est interdit de répondre au chauffeur.*

459

C'est une dame qui est très laide. Tellement laide que chaque fois qu'elle se sert de son vibromasseur, il tombe en panne.

Elle a voulu s'inscrire dans un club naturiste. Ils ne l'ont acceptée qu'à condition qu'elle se mette une feuille de vigne sur la figure.

460

Dans un groupe de touristes qui visitent le musée océanographique de Monaco, un Belge se trouve à côté d'un Chinois devant un aquarium géant. Soudain ce Chinois, qui regarde fixement un poisson, cligne de l'œil droit. Et le poisson cligne de l'œil droit. Le Chinois cligne de l'œil gauche.

Et le poisson cligne de l'œil gauche. Le Chinois fait une grimace avec la bouche. Et le poisson fait la même grimace.

— Ah çà, monsieur! fait le Belge, jamais, parole de Bruxellois, je n'ai vu une chose pareille! Dites-moi, une fois, comment est-ce possible?

— C'est très facile, honorable interlocuteur, répond le Chinois. Vous choisissez un poisson, vous le regardez droit dans les yeux, et vous concentrez les ondes de votre cerveau sur lui. Petit à petit, vous lui imposez votre intelligence. Alors il est sous votre domination et il fait ce que vous faites…

— Moi aussi je saurais?

— Certainement.

Alors le Belge, après avoir repéré un poisson, le regarde fixement dans les yeux, en concentrant sur lui, de toutes ses forces, les ondes de son cerveau.

Et au bout d'une minute, le Belge se met à frétiller.

461

Un homme court dans une rue de Lourdes, proche de la grotte, en hurlant :

— Je marche! C'est pas vrai, je marche!

Sur son passage, une bonne sœur tombe à genoux en s'écriant :

— Miracle! Miracle!

— Mais non, ma sœur, fait le type. On m'a piqué ma voiture!

462

Au début des années 80, un cosmonaute américain est à bord d'un engin en route vers Mars. Mais un ordinateur se dérègle, la fusée échappe au contrôle du Centre de Houston et quitte le système solaire.

Elle est considérée comme perdue dans l'espace, quand, deux mois plus tard, elle réapparaît et se pose en U.R.S.S.

Reçu en grande pompe, le cosmonaute, en parfaite santé,

explique à la meute des journalistes comment il a navigué dans le cosmos de galaxie en galaxie. Enfin seul avec Brejnev, il lui dit :

— J'ai vu Dieu. Je veux un million de dollars sur une banque suisse pour le prix de mon silence.

Brejnev réalise que, si l'autre parle, c'est la fin définitive du communisme, et il accepte. Le cosmonaute rentre aux États-Unis où il est accueilli comme un héros et invité à la Maison Blanche. Dès qu'il se retrouve dans le bureau ovale, en tête à tête avec le président, il lui dit :

— J'ai vu Dieu. Je veux un million de dollars sur une banque suisse pour me taire.

— Pourquoi vous taire ? s'écrie le président. Nous sommes une nation chrétienne, j'ai moi-même juré sur la Bible lors de mon investiture. Si vous avez vu Dieu, clamez-le !

— Oui, mais il y a un petit hic, monsieur le président : elle est noire…

463

Le dîner terminé, un lord anglais et son épouse sont assis dans le salon de leur manoir. Le duc sirote son brandy, tandis que la duchesse fait du crochet. Soudain, elle lève les yeux de son ouvrage.

— Dites-moi, Archibald, avons-nous des relations sexuelles ?

— Certainement, my dear.

— Ne croyez-vous pas que nous devrions les inviter ?

464

À l'hôpital, le médecin entre dans la chambre d'un accidenté de la route qui vient de reprendre connaissance.

— Mon vieux, lui dit-il, vous revenez de loin. Si vous saviez ce qui reste de la voiture ! Au fait, j'ai deux nouvelles pour vous : une bonne et une mauvaise. Par laquelle voulez-vous que je commence ?

— Par la mauvaise…, répond l'autre d'une voix faible.

— Eh bien le choc a été terrible, vous étiez écrasé par les tôles. Alors malheureusement, il a fallu vous amputer des deux jambes…

— Et la bonne ? murmure le malheureux.

— La bonne, c'est que le type de la chambre 232 est d'accord pour racheter vos chaussures.

465

Deux copines se racontent leur week-end.

— Samedi soir, dit l'une, je suis allée en boîte et je me suis fait draguer par un garçon superbe. Grand, brun, dans les vingt-cinq, trente ans. Il m'a ramenée chez lui dans sa décapotable, nous nous sommes retrouvés dans sa chambre, et au moment où je me glissais dans les draps, il m'a demandé mon âge. Quand je lui ai dit que j'avais treize ans, il a bondi du lit et il m'a flanquée à la porte !

— Que veux-tu, fait l'autre, tu es encore tombée sur un superstitieux !

466

Qu'est-ce qui est long et dur chez les Noirs ?
Les études secondaires.

467

Un homme arrive le lundi matin à son travail et dit à un collègue :

— Si tu savais l'histoire qui m'est arrivée hier, c'est incroyable ! Figure-toi qu'en voyant le beau temps, j'ai décidé d'aller aux courses. Avant la troisième, j'étais près du paddock, parce que j'aime bien voir les chevaux de près, et je m'aperçois que mon lacet de chaussure était défait. Je me baisse pour le renouer. À ce moment-là arrive un jockey avec une selle dans la main, il me la colle sur le dos et il monte dessus !

— Qu'est-ce que tu as fait ? demande l'autre éberlué.

— 3 francs 40 placé…

468

À Pékin, les grands hôtels sont aussi modernes que dans les pays occidentaux. Dans chaque chambre, il y a la télévision.

La seule différence, c'est que c'est elle qui vous regarde.

469

Un Écossais vient passer un mois sur la Côte d'Azur, invité dans la superbe villa d'un de ses amis français. Ce dernier l'héberge, le nourrit, paie quotidiennement son parasol et son matelas à la plage, l'invite dans les restaurants et les boîtes de nuit.

Le dernier jour, il le raccompagne à l'aéroport, et en attendant l'heure de l'embarquement, ils prennent un dernier verre. Au moment où le Français sort son portefeuille pour régler, l'Écossais l'arrête d'un geste :

— Ah non ! Depuis un mois, c'est toi qui as tout payé, absolument tout. Alors, pour le verre des adieux, pas question ! Je ne céderai pas ! On va le tirer à pile ou face…

470

Deux amis discutent.

— Alors, demande le premier, cet hiver tu envoies ta femme au Club, comme d'habitude ?

— Non, cette année, je suis un peu serré financièrement. Je la sauterai moi-même…

Un représentant en aspirateurs débarque chez une vieille dame qui habite une maison isolée au bout du village. Sans lui laisser placer un mot, il lui dit :

— Madame, je vais vous faire une démonstration de la merveille des merveilles, le nouvel aspirateur «Cyclone», celui qui aspire tout en quelques secondes ! Où est votre poubelle ? Dans la cuisine ? Je m'en doutais ! Permettez-moi de la prendre…

Il l'emporte dans le salon et en vide tout le contenu par terre.

— Ne vous inquiétez pas ! Car à présent, avec l'aspirateur «Cyclone», je vais faire disparaître totalement, jusqu'à la dernière parcelle, toutes ces ordures ! Je m'engage, chère madame, à manger devant vous tout ce qui resterait sur le sol !

— Attendez, monsieur, dit la vieille dame. Je vais vous chercher du sel et du poivre, parce que je n'ai pas l'électricité…

Un U.L.M. piloté par un Congolais s'est écrasé en Belgique. Et les gendarmes ont coupé la tête du pilote pour récupérer la boîte noire.

Au cours d'une tournée électorale, un ministre s'approche de trois vieillards à cheveux blancs.

— Vous avez l'air très vert, dit-il au premier. Quel âge avez-vous ?

— Soixante-quinze ans, monsieur le ministre. Mais attention, j'ai toujours mené une vie saine : beaucoup de sport, une alimentation raisonnable, un seul verre de vin à chaque repas, et une vie conjugale paisible.

— C'est très bien ! Et vous ? demande le ministre au deuxième.

— Moi, j'ai quatre-vingt-onze ans, et je me sens en pleine forme ! Depuis toujours j'ai la même règle de vie : régime strict, pas une goutte d'alcool, pas de tabac, pas de femmes et beaucoup de sommeil !

— Bravo ! Et vous ? dit-il au troisième, un homme très vieux d'apparence, tout voûté, tout ridé, avec une grande barbe blanche et appuyé sur deux cannes.

— Moi, fait l'autre d'une voix chevrotante, avec toutes les nuits que j'ai passées avec les filles, je n'ai pas dormi beaucoup… Côté bouffe, le régime connais pas ! Je me paie des gueuletons pratiquement tous les jours ! Avec de bonnes bouteilles et le petit alcool pour finir ! Je reconnais même que je suis bourré presque tous les soirs… Quant au tabac, je fume entre deux et trois paquets par jour, sans compter les cigares…

— Et quel âge avez-vous ?

— Vingt-huit ans !

474

Deux hommes qui ne se sont pas revus depuis plusieurs années se rencontrent dans la rue.

— Bonjour, monsieur Durand ! s'écrie le premier.

Et l'autre, qui n'arrive pas à retrouver le nom de son interlocuteur, bredouille :

— Bonjour, monsieur… monsieur…

— Convert.

— Excusez-moi, c'est la couleur que j'avais oubliée…

475

C'est un vieux couple juif. Un soir, le mari dit à son épouse :

— Tu te souviens, Sarah, quand on s'est connus dans le ghetto de Varsovie ? On avait cinq ans. Nos parents ont dû nous cacher à cause des pogroms…

— Oui, Moshe, je me souviens.

— À vingt ans on s'est mariés, et un peu plus tard les Allemands ont envahi la Pologne. On a juste eu le temps de nous enfuir en abandonnant tout et on s'est réfugiés en France. Tu t'en rappelles ?

— Oui, je m'en rappelle.

— Mais en France, en 1942, on a été arrêtés et déportés en Allemagne. Je ne sais pas comment on a survécu…

— Je ne sais pas…

— Quand les Américains nous ont libérés, on a voulu rejoindre la Terre promise, et on s'est embarqués à bord de l'*Exodus*. Ça a été terrible…

— Oh oui ! Terrible…

— Ensuite, on est retournés en Pologne, et là on s'est retrouvés sous le joug communiste sans pouvoir ressortir. Tu t'en souviens aussi ?

— Oui, je m'en souviens.

— Alors vois-tu, Sarah, je me pose une question.

— Laquelle, Moshe ?

— Je me demande si tu ne me portes pas la poisse…

476

Un type passe la frontière suisse, une grosse valise à la main.

— Ouvrez-la ! ordonne le douanier.

Et à l'intérieur, cachés sous des vêtements, il découvre vingt lingots d'or.

— Ça va vous coûter cher, je vous le dis…

— Je sais. J'ai risqué, j'ai perdu, dit l'homme en sortant de sa poche un paquet de cigarettes. Vous fumez ?

— Jamais !

— Je suppose que vous n'avez pas de feu ? Vous permettez que j'aille au tabac à côté chercher des allumettes ? Je vous laisse la valise…

— Je vous donne deux minutes, pas plus !

Bien entendu l'autre s'évanouit dans la nature. Trois mois plus tard, il repasse au même poste frontière, avec une valise encore plus grosse et, manque de chance, il tombe sur le même douanier suisse.

— Comme on se retrouve…, fait le gabelou. Ouvrez-moi ça…

Et il découvre trente lingots d'or. Alors le type sort un paquet de cigarettes et demande :

— Vous fumez ?

— Vous savez très bien que non, et vous savez très bien que je n'ai pas de feu. Vous ne m'aurez pas deux fois, mon gaillard ! Alors vous allez garder la valise, et c'est moi qui vais aller chercher des allumettes…

___

477

Nous sommes en l'an 2010. Aux U.S.A., les Noirs occupent tous les postes clés. Le président et le vice-président des États-Unis sont noirs, tout comme la plupart des membres du Sénat et du Congrès, et la totalité du gouvernement.

Au Waldorf-Astoria, se déroule le banquet annuel des présidents des cent plus grandes sociétés américaines, qui réunit cent Noirs. À l'issue du repas, deux d'entre eux vont aux toilettes. Et là, deux Blancs en salopette sont en train de laver par terre en chantant une mélopée qu'ils scandent au rythme du bruit de leur serpillière sur le carrelage.

Alors le président noir de la General Motors se penche vers le président noir de Coca-Cola et lui dit :

— Mon cher ami, on peut penser ce qu'on veut d'eux, mais ces Blancs, ils ont le rythme dans le sang !

___

478

Le propriétaire d'une grande écurie de courses rentre plus tôt que prévu dans son hôtel particulier et trouve sa jeune et ravissante épouse au lit avec son premier jockey.

Fou de rage, il lui lance :

— Vous êtes viré ! C'est la dernière fois que vous montez pour moi…

Un jeune homme prend la route sur sa grosse moto avec sa petite amie derrière lui. Mais comme il ne fait pas très chaud et qu'à grand vitesse l'air est glacial, il conseille à la demoiselle, pour se protéger du vent, de mettre son blouson de cuir à l'envers en remontant la fermeture Eclair, dans le dos, jusqu'en haut.

Le motard roule depuis un certain temps quand, en se retournant pour voir si tout va bien, il constate avec effroi que sa passagère n'est plus là. Affolé, il fait demi-tour, et après avoir parcouru une trentaine de kilomètres dans l'autre sens. il aperçoit un attroupement. Alors il stoppe sa machine, court vers le groupe, et au moment où il s'approche, il entend une voix qui dit :

— Vous lui tenez bien les épaules et les jambes ! Nous. on compte jusqu'à trois, et à trois, on lui remet la tête à l'endroit !

Comment reconnaît-on un avion portugais ?
Il a du poil sous les ailes.

Dans une grande parfumerie, un vendeur va trouver son patron :

— Monsieur, aidez-moi. La cliente noire là-bas, je n'arrive pas à comprendre ce qu'elle veut. Elle me demande de la poudre de hi…

— Mais, mon ami, il s'agit de poudre de riz ! Vous ne savez pas que la plupart des Noirs ne prononcent pas les « r » ?

L'autre repart. Deux minutes plus tard, la cliente, furieuse. se précipite sur le patron :

— Vot' employé c'est un cochon, un sale bonhomme ! Il a déboutonné son pantalon et il a sorti ses parties…

Le responsable du magasin fonce vers le rayon et lance à son vendeur :

— Vous êtes fou ?

— Mais, monsieur, après que je lui aie donné la poudre de riz, cette dame m'a dit : «Montrez-moi vos houppettes...»

482

Un groupe de touristes visite le tombeau de Napoléon aux Invalides.

— Mesdames, messieurs, leur explique le guide, c'est en 1840 que le prince de Joinville a ramené en France les cendres de l'Empereur...

Alors une Belge dit à son mari :

— Je ne savais pas qu'il avait péri dans un incendie...

483

Le concierge d'un palace apprend au nouveau groom les ficelles du métier. Il lui dit notamment :

— En toutes circonstances, il faut savoir faire preuve de tact avec la clientèle. Par exemple, si vous entrez dans une chambre à l'improviste, et que vous vous retrouvez face à une dame complètement nue qui sort de la salle de bains, vous vous retirez discrètement en disant : «Excusez-moi, monsieur...»

Le lendemain, on envoie le groom porter un whisky au 432. Il monte, ouvre la porte de la chambre avec son passe, entre en trombe, et voit sur le lit un homme et une femme en train de faire l'amour. Alors il demande :

— Le whisky... c'est pour lequel de ces messieurs ?

484

Dans une distillerie écossaise, un employé entre, affolé, dans le bureau du directeur et lui dit :

— Patron ! Mac Cormack est tombé dans la cuve à whisky !

— C'est affreux, dit le directeur. Il est mort ?

— Hélas oui ! Après être ressorti trois fois pour aller chercher des olives et des cacahuètes...

485

Un groupe de Parisiens visite une ferme. Or parmi eux se trouve un ventriloque. Et quand ils pénètrent dans l'étable sous la conduite du fermier, le ventriloque décide de lui faire une blague. On entend la vache qui dit :

— Cet ivrogne, chaque fois qu'il essaie de me traire, il me fait mal aux pis, parce qu'avec tout ce qu'il picole, il a les mains qui tremblent...

— Elle est folle ! fait le paysan qui devient tout rouge.

Il arrive à l'écurie, et c'est le cheval qui dit :

— Regardez-le, il a l'air gentil comme ça, mais quand il m'attelle à la charrette, il n'arrête pas de me fouetter. Un vrai sadique !

— Il est malade ce bourrin..., grommelle le fermier.

On passe à l'enclos des chèvres. À peine le groupe a-t-il franchi la barrière que le paysan dit précipitamment :

— Pour la vache et le cheval, même s'ils ont exagéré, je reconnais qu'il y a du vrai. Mais la Blanchette qu'est là-bas, croyez surtout pas ce qu'elle raconte : c'est rien qu'une menteuse !

486

À l'issue de ses examens de fin d'année, un étudiant envoie à ses parents, qui attendent impatiemment les résultats, le télégramme suivant : «Jury enthousiasmé. Stop. Demande nouvelle audition en septembre. »

Une superbe Noire va chez son médecin.

— Docteur, dit-elle, j'ai très mal à la gorge.

— Ce n'est rien, fait le praticien, nous allons enrayer ça. Déshabillez-vous…

— Docteur, c'est à la gorge que j'ai mal…

— J'ai bien compris, mais je vous demande de vous dévêtir.

La jeune femme s'exécute. Quand elle est complètement nue, le médecin lui dit :

— Voulez-vous m'accompagner dans le salon…

— Mais docteur…

— Voyons, vous me connaissez, vous avez confiance en moi… Venez…

Elle le suit. Arrivés dans la pièce, il lui lance :

— Mettez-vous à quatre pattes, là dans le coin !

— Mais enfin, docteur…

— N'ayez pas peur. Tenez, mettez-vous plutôt à l'autre extrémité, près de la fenêtre…

— Écoutez, docteur…

— Détendez-vous ! Voyons… Réflexion faite, mettez-vous au milieu du salon, restez à quatre pattes et ne bougez plus !

— Mais enfin, docteur, qu'est-ce que ça signifie ?

— Je vais vous expliquer. Ma femme et moi, nous venons d'acheter chez un antiquaire une table basse en ébène. Et on ne sait pas à quel endroit exact du salon la mettre…

Le pape réunit cardinaux et évêques en Concile, et leur dit :

— J'ai deux nouvelles de la plus haute importance à vous annoncer. Une bonne et une mauvaise. La bonne, c'est que Dieu m'a téléphoné…

Tout le Concile pousse des cris de joie et applaudit longuement. Quand le calme est revenu, le pape continue :

— La mauvaise, c'est qu'il appelait de La Mecque…

Un enfant corse revient de l'école avec un œil au beurre noir.

— Oh, petit ! fait son père, qui c'est celui qui t'a fait ça, que j'aille lui parler ?

— Papa, je sais pas son nom, il est pas dans ma classe. Mais je le reconnaîtrai facilement, j'ai son oreille dans ma poche…

Cinq hommes font un poker. Il est trois heures du matin, ils sont pratiquement en fin de partie, et ils se préparent à jouer un énorme pot. L'un d'eux ouvre à la hauteur du pot, celui qui le suit fait une très grosse relance, et les autres passent. L'ouvreur surrelance, et très vite les deux tapis se retrouvent au milieu de la table, formant une impressionnante montagne de jetons.

L'ouvreur retourne son jeu en annonçant d'un ton triomphant :

— Carré de rois !

— Carré d'as…, répond son adversaire en souriant.

Alors le perdant devient tout rouge, puis tout blanc, ouvre la bouche comme s'il manquait d'air, tombe de sa chaise, et reste inanimé au sol.

L'un des joueurs, qui est médecin, se précipite, l'ausculte, et au bout de deux longues minutes, il se relève en disant d'une voix grave :

— Il est mort…

Stupéfaction générale.

— Qu'est-ce qu'on fait ? demande un des participants.

— On retire les cinq et les six ! dit son voisin.

Quelles sont dans l'année les trois fêtes juives les plus importantes ?

Rosh Hashana (le Nouvel An juif), Yom Kippour, et le Salon du Prêt-à-porter.

Un type entre dans un bar et commande un scotch. Sitôt servi, il sort de sa poche droite un dé à coudre, le pose sur le comptoir et le remplit précautionneusement de whisky. Après quoi, il sort de sa poche gauche un minuscule petit bonhomme d'une quinzaine de centimètres de haut qu'il assied devant le dé.

— C'est stupéfiant ! fait le barman qui n'en croit pas ses yeux. Il est vivant ! Comment est-ce possible ?

— C'est une histoire à peine croyable ! Figurez-vous que mon ami et moi, nous sommes explorateurs. Au printemps dernier, nous étions au cœur de l'Afrique et nous remontions le Niger. Un soir, on arrive dans un village de brousse qui s'appelait… qui s'appelait…

« … Dis-moi, Maurice, comment s'appelait le village où tu as traité le sorcier de connard ? »

Dans la vitrine d'une boutique de lingerie, deux petites culottes, la petite Rosy et la petite Lejaby, sympathisent et deviennent amies. Mais elles sont l'une et l'autre vendues et la vie les sépare.

Quelques mois plus tard, dans une machine de laverie automatique, la petite Rosy regarde une culotte qui tourne en même temps qu'elle.

— Vous ne seriez pas la petite Lejaby, qui était en vitrine au *Chic de Paris* ?

— Mais si ! Et vous êtes la petite Rosy…

Elles se congratulent, s'embrassent, et commencent à papoter.

— Moi, dit la petite Rosy, j'ai une vie formidable. J'ai été achetée par une femme qui sort énormément. Cinéma, théâtre, opéra, ballets, concerts, ça n'arrête pas. Et comme elle s'habille très court, je vois parfaitement bien… Et vous ?

— Eh bien, dit la petite Lejaby, j'ai aussi été achetée par une femme qui sort pratiquement tous les soirs. Mais moi, je n'ai pas votre chance : elle ne m'emmène jamais…

Un couple belge part en vacances en France avec la voiture et la caravane. Alors qu'ils viennent de passer Saint-Quentin, le conducteur tend la carte routière à son épouse en lui demandant :

— Tu peux me dire ce qu'il y a après Saint-Quentin ?

— Pas besoin de carte, chéri ! C'est cinquante-deux…

Un Français moyen a depuis toujours eu envie de connaître l'Amérique. Après avoir patiemment économisé, sou par sou, il réalise enfin son rêve : au volant d'un motor-home de location, il sillonne les États-Unis en s'offrant les plus belles vacances de sa vie.

Un soir, il arrive au Texas, et pénètre dans un saloon rempli de cow-boys, comme dans les westerns. Et tandis qu'assis à sa table, il sirote tranquillement son whisky, voilà qu'un grand cow-boy, qui se trouve à une dizaine de mètres, lance un crachat qui s'écrase sur le mur, juste derrière lui, à cinq centimètres de son oreille gauche. Puis un deuxième à cinq centimètres de son oreille droite, et un troisième juste au-dessus de sa tête.

Après quoi le cow-boy vient vers lui et lui serre la main en disant :

— Johnny Smith, champion du monde de crachats !

Alors le petit Français se lève, lui crache en pleine figure, et dit :

— Dupont. Amateur…

C'est un homme qui a toujours été écrasé par les femmes. Quand il était jeune, il était doté d'une mère possessive qui l'a élevé dans ses jupons et maintenu sous son autorité jusqu'à ce qu'il se marie. Quant à sa femme, une sorte de mégère, c'est elle qui depuis le premier jour a porté la culotte dans le ménage, menant son malheureux mari à la baguette. Même au bureau, il a passé trente ans sous la coupe d'une directrice despotique et tyrannique.

Et voilà qu'il meurt. Toute la famille se retrouve chez le notaire. Celui-ci ouvre le testament et lit :

« Voici mes premières volontés… »

497

Émoustillées par la réputation qu'ont les nains d'avoir une virilité inversement proportionnelle à leur taille, deux amies se laissent draguer par deux petits nabots et passent la nuit à l'hôtel dans des chambres contiguës.

Le lendemain matin, quand elles se retrouvent, la première dit à l'autre :

— Ma chérie, la rumeur était fausse pour le mien. Minuscule, minable, et nul ! Par contre, le tien, j'ai l'impression que c'était une épée ! Toute la nuit je l'ai entendu faire : « Et hop ! Et hop ! Et hop ! » Tu n'as pas dû t'ennuyer…

— Tu parles ! Il a commencé par tomber du lit, et il a passé la nuit à essayer de remonter !

498

Un père dit à son petit garçon :

— Tu as dû remarquer, mon chéri, que le ventre de maman grossit. C'est parce que tu vas avoir une petite sœur. Le bébé est dans le ventre de maman, et c'est papa qui l'a fait. Parce que ça se passe comme ça dans toute la nature, qu'il s'agisse des humains, des oiseaux ou des insectes. Par exemple je vais t'expliquer comment font les abeilles…

Et il se lance dans un véritable cours sur la vie sexuelle des abeilles. Quand il a terminé, il demande :

— Tu as compris maintenant pourquoi le ventre de maman a grossi ?

— Ouais, fait le gosse. Elle s'est fait piquer par une saloperie de guêpe !

Un dragueur impénitent a ramené chez lui une jeune et jolie paysanne. Pour l'éblouir, il lui sort le grand jeu : caviar et Dom Pérignon.

La collation terminée, il lui demande, avant de passer aux choses sérieuses :

— Ça vous a plu ?

— Le mousseux était ben bon, répond la fille. Mais il vaut mieux que je vous le dise : votre confiture de mûres, elle sent le poisson…

Fatigué par une journée de travail particulièrement pénible, un homme qui regagne son domicile au volant de sa voiture se fait traiter de cocu par un autre automobiliste. Et ce mot le taraude pendant tout le trajet, au point qu'en arrivant chez lui il demande d'entrée à sa femme, hors de lui :

— Combien de fois m'as-tu trompé depuis qu'on est mariés ? Combien de fois ? Allez, réponds !

Elle le regarde abasourdie et lui lance :

— Tu ferais mieux d'aller prendre une douche bien froide…

Il sort de la pièce en claquant la porte, puis se dit qu'après tout une bonne douche le détendra.

Et un quart d'heure plus tard, il revient calmé en disant :

— Chérie, excuse-moi pour tout à l'heure, j'étais énervé. Pour me faire pardonner, veux-tu que nous allions au cinéma et au restaurant ?

Alors elle met le doigt sur sa bouche en murmurant :

— Chut ! Ne me trouble pas. Je compte…

Une candidate au mariage vient s'inscrire dans une agence matrimoniale. La directrice qui la reçoit commence à rédiger l'annonce :

— «Jeune femme, fine, élégante, distinguée, longs cheveux blonds…»

— Je pense que ce ne sera pas facile, dit timidement la candidate. Comme vous pouvez le constater, je suis borgne.

Sans répondre, la directrice continue d'écrire :

— «… de magnifiques yeux bleus, dont un en moins.»

502

C'est un bateau de corsaires où tout le monde est bègue. Soudain la vigie crie :

— Caca… pipi… capitaine ! Baba… bateau à baba… à bâbord !

— À vos po… à vos popo… à vos postes ! lance le capitaine.

Et les corsaires se précipitent sur les canons.

— Papa… papa… parés ? demande le quartier-maître. Fifi… fefe… Feu !

Et tous les canons font : Bou… bou… boubou… Boum !

503

Trente ans après, deux copains de régiment se rencontrent par hasard.

— Sacré Jeannot ! s'écrie le premier, tu n'as pas tellement changé ! Alors, qu'est-ce que tu deviens ? Tu es marié ? Tu as des enfants ?

— Oui, je suis marié et père de famille nombreuse. J'ai dix garçons.

— Sacré Jeannot ! Tu aurais dû en faire un de plus ! Tu aurais pu monter une équipe de football !

— Et toi ? dit l'autre qui n'apprécie que modérément cette fine plaisanterie.

— Moi aussi, je suis marié et père de famille nombreuse. J'ai dix-sept filles.

— Tu aurais dû en faire une de plus. Tu aurais pu monter un golf miniature…

Deux Belges rentrent des sports d'hiver et racontent à leurs amis :

— C'était formidable ! On avait un excellent moniteur qui ne nous quittait pas. Il s'appelait Camille. Un garçon charmant, mais qui présentait une étonnante particularité physique. Figurez-vous qu'il avait deux anus…

— Quoi ? s'écrient les amis.

— Ouais, ouais… deux anus ! Chaque fois qu'on arrivait quelque part avec lui, les gars du pays disaient : « Tiens, voilà le Camille avec ses deux trous du cul… »

Un éléphant est en train de boire dans un marigot, lorsqu'un ethnologue vient se mettre à côté de lui, sort son zizi et s'apprête à faire un petit pipi.

Alors l'éléphant le regarde et dit :

— Mon pauvre ! Tu dois crever de soif avec ça !

Un chirurgien, un ingénieur en organisation et un informaticien bavardent avec une prostituée.

— Moi qui fais le plus vieux métier du monde…, dit-elle.

Le chirurgien l'interrompt :

— Vous faites erreur, c'est moi. Pour qu'il y ait des femmes, il a fallu créer la première. Et comment Dieu a-t-il créé Ève ? En prélevant une côte d'Adam. C'est donc bien mon métier le plus ancien…

— Faux ! intervient l'ingénieur en organisation. Avant Adam et Ève, il a fallu créer le monde. Ce fut la Genèse, avec un plan étalé sur six jours. C'est incontestablement mon métier qui est le plus vieux. Car je vous rappelle qu'avant la Genèse, il n'y avait rien. C'était le chaos…

— Et à votre avis, dit l'informaticien, qui l'avait mis, le chaos ?

Un homosexuel dit à son petit ami :

— J'ai une idée ! On va jouer à cache-cache. Si tu me trouves, tu me sautes ! Si tu ne me trouves pas, je suis sous l'escalier…

508

Dans un petit village de pêcheurs situé au bord de la mer du Nord, une énorme baleine s'est échouée sur la grève. Alors la municipalité décide de la dépecer et de distribuer les morceaux à la population. Et chacun vient, avec des filets à provisions, chercher sa part. Arrive le tour d'une petite vieille qui dit :

— Vous savez, à mon âge, on n'a guère d'appétit. Donnez-moi une petit tranche, ce sera très bien. Mais, par contre, j'aimerais bien que vous gardiez la tête pour mon chat…

509

Dans un pays d'Afrique où règne la sous-alimentation, un Noir part en pirogue avec son fils pour pêcher, et va assez loin au large dans l'espoir de rencontrer un banc de poissons. Mais voilà que la pirogue heurte un récif et coule. Le pêcheur, qui ne sait pas nager, se noie. Le petit garçon réussit à s'accrocher à une planche et dérive pendant plusieurs jours sans boire, sans manger. Enfin, il aperçoit une terre. Aussitôt, abandonnant son bout de bois, il nage vers le salut. Et après avoir lutté pendant des heures et des heures, il arrive, épuisé, sur une plage où les enfants d'une colonie de vacances sont en train de pique-niquer. Alors il rassemble ses dernières forces et court vers eux. Au moment où il arrive, la monitrice demande :

— Qui n'a pas encore mangé ?

Et le petit Noir, affamé, lève la main en disant : — Moi, madame. Moi…

— Très bien, fait la monitrice. Tu peux aller te baigner…

Quelle différence y a-t-il entre le Titanic *et l'Opéra-Bastille ?*
Ils ont coulé tous les deux, mais sur le *Titanic* l'orchestre
jouait.

Alors qu'il passe à cent à l'heure devant un asile d'aliénés,
un automobiliste perd une roue. Il réussit à s'arrêter miracu-
leusement sans dommage, récupère sa roue, mais les quatre
boulons, qui ont giclé dans la nature, sont introuvables.

Dans l'incapacité de remonter sa roue, le conducteur reste
là, impuissant, les bras ballants. Au bout d'un certain temps,
un homme qui a suivi toute la scène d'une fenêtre de l'asile
lui crie :

— Vous n'avez qu'à retirer un boulon sur chacune des
trois autres roues, et vous repartirez avec trois boulons à
chaque roue ! En roulant doucement, vous pourrez atteindre
le prochain garage…

— Je n'y aurais jamais pensé, fait l'autre admiratif. Vous
faites quoi ici ?

— Je suis pensionnaire depuis dix ans.

— Hein ? Je ne vous crois pas !

— Si, je suis fou. Mais moi, je ne suis pas con…

Dans un grand magasin parisien, une cliente belge appelle
une vendeuse et dit :

— Je ne comprends pas, mademoiselle ! Tous les chapeaux que j'essaie sont beaucoup trop grands pour moi ! J'ai
pourtant un tour de tête normal !

Et la jeune fille lui répond gentiment :

— Les chapeaux, madame, c'est au deuxième étage. Ici,
c'est le rayon abat-jour…

Un Français, catholique fervent, se rend à Rome pour assister à une audience pontificale. Dans le taxi qui l'emmène à son hôtel, le chauffeur ne tarde pas à engager la conversation :

— Francese ?

— Si…

— Ah, la France ! L'amour, toujours l'amour… Signor, si vous voulez, yé connais una ragazza avec des seins cosi Sophia Loren…

— Non, merci, fait le pèlerin.

— Yé connais une autre, avec la croupe cosi Ornella Mutti…

— Non, merci !

— Vous préférez les jeunes garçons, signor ?

— Non, merci ! dit l'autre sèchement. Je suis venu à Rome uniquement pour rencontrer Sa Sainteté le Pape…

— Il Papa, signor ? Molto difficile ! Ma, yé vais essayer…

Une jeune comédienne qui vient de déjeuner avec un producteur de cinéma dit à sa copine :

— Ce type, c'est vraiment un dégueulasse ! Il m'a avoué qu'il avait sauté toutes les vedettes de ses films…

— Tu sais, fait l'autre, dans ce métier c'est courant…

— Oui, mais tu sais ce qu'il a produit ? *Les aventures de Rintintin*, *Lassie chien fidèle*, et *L'ours*…

Récemment embauché dans une entreprise, un jeune juif va trouver son patron.

— Monsieur le directeur général, dit-il, je suis au regret de vous donner ma démission. Je ne peux pas rester dans une société dont les employés sont antisémites.

— Qu'est-ce que vous me racontez ? Mes employés sont antisémites ?

— Tous. Je leur ai posé à chacun la même question, et tous m'ont fait une réponse identique qui prouve leur antisémitisme.

— Et quelle était cette question ?

— Je leur ai demandé comment ils réagiraient si un dictateur arrivait au pouvoir et exterminait les juifs et les coiffeurs.

— Pourquoi les coiffeurs ? interroge le directeur.

— Ah ! Vous aussi…

516

Deux copains discutent en prenant l'apéritif.

— Dis-moi, demande le premier, qu'est-ce que tu ferais si en rentrant chez toi tu trouvais un type dans ton lit en train de faire l'amour avec ta femme ?

— Pas de pitié ! Je lui casserais sa canne blanche !

517

Un quadriréacteur survole l'Atlantique. Soudain, dans les haut-parleurs, les passagers entendent une voix qui leur dit :

— Mesdames, messieurs, ici le commandant Smith. En regardant sur la gauche de l'appareil, vous pouvez voir les moteurs 1 et 2 en feu. En regardant sur la droite de l'appareil, vous verrez le moteur numéro 3 en feu, et le 4 en drapeau. Enfin, en vous penchant, vous apercevrez sur l'eau une tache orange. Il s'agit du dinghy pneumatique d'où je vous parle actuellement, et d'où je vous souhaite une bonne fin de voyage…

518

Un grand antiquaire parcourt la campagne pour dénicher au meilleur prix des meubles ou des objets anciens. Il arrive dans une ferme et voit un petit chat qui boit son lait dans une écuelle qu'il identifie immédiatement comme datant de l'époque romaine. Une pure merveille ! Cachant du mieux possible son enthousiasme, il dit au paysan :

— Ma femme a toujours eu envie d'avoir un chat. Si vous voulez vous débarrasser de celui-là, je vous l'achète...

— Pourquoi pas ? répond le fermier. Si vous me donnez mille francs, il est à vous.

— Marché conclu ! dit l'antiquaire.

Il sort deux billets de cinq cents francs, les donne et ajoute nonchalamment :

— Pour qu'il ne soit pas trop dépaysé, je vais emmener son bol...

— Ah non ! fait le fermier, le bol vous le laissez ici ! Depuis le début de l'année, il m'a déjà fait vendre quinze chats...

519

Sur la porte d'une mission évangélique, il y a un grand écriteau portant l'inscription suivante : *Si vous êtes fatigué du péché, entrez ici.*

Et en dessous, une main a écrit au rouge à lèvres : *Sinon, appelez le 47 36 62.*

520

Un jeune pied-noir dont la femme est enceinte de huit mois fait son service militaire. Il téléphone à son épouse et lui dit :

— Dès que tu auras accouché, envoie-moi un télégramme. Mais surtout ne le rédige pas en clair, sinon toute la compagnie serait au courant, et je me ruinerais à leur offrir à boire. Tu n'auras qu'à mettre : « Viens vite, j'ai préparé un couscous. » Je comprendrai...

Un mois plus tard il reçoit le télégramme suivant : « Viens vite, j'ai préparé trois couscous dont deux avec merguez. »

Assise à son bureau, sur l'estrade, l'institutrice fait la leçon de grammaire lorsqu'un élève commence à glousser doucement :

— Qu'est-ce qui te prend, François ?

— J'ai vu vos mollets, madame…

— Allez, file dans la cour. Tu reviendras à la prochaine heure, quand tu seras calmé.

Quelques minutes plus tard un deuxième élève glousse à son tour.

— On peut savoir ce qui t'arrive, Jeannot ?

— J'ai vu vos genoux, madame…

— Rentre immédiatement chez toi. Tu reviendras cet après-midi avec un mot de tes parents.

Et voilà qu'à son tour Toto est pris d'un véritable fou rire.

— Toto, ça suffit ! Qu'est-ce que ça signifie ?

Sans répondre, Toto se lève, se dirige vers la porte, et lance à la classe :

— Salut les potes ! Bonnes vacances !

Une jeune fille demande à sa meilleure amie qui vient de se marier :

— Alors ta nuit de noces, comment ça s'est passé ?

— L'un dans l'autre, plutôt bien…

Une jeune femme de la Jet-Society vient spécialement de Paris pour assister à Genève à une grande soirée. Arrivée à son hôtel, elle se coiffe, se maquille, passe sa robe du soir, met ses escarpins dorés, mais au moment où elle va sortir, elle coince son talon dans la rainure de la porte et… crac ! il se casse net. Affolée, elle appelle la réception, qui lui signale qu'il y a un cordonnier juste en face de l'hôtel. Alors elle se change, repasse un tailleur, enfile des mocassins, et fonce vers l'ascenseur, sa chaussure cassée à la main. Elle traverse le hall en courant, la rue comme une fusée, entre en coup de vent dans la cordonnerie, et la sonnerie de la porte fait : «Ding... Ding... Dong... »

— Pardonnez-moi, dit-elle précipitamment. J'arrive de Paris, on m'attend à une soirée, je viens de casser mon talon, voilà la chaussure, il faut me la réparer très très vite ! Votre prix sera le mien, halète-t-elle, pas de problème, mais j'en ai besoin dans vingt minutes. Non, pardon, quinze, enfin dix minutes ce serait parfait. C'est possible ?

Alors le cordonnier suisse lève la tête et dit d'une voix traînante :

— Entrez...

524

— Docteur, dit un homme à son médecin, je ne vois pas bien du tout...

— Allons, allons ! fait le médecin, je vous connais ! Vous êtes solide comme un chêne !

— Justement, docteur. C'est du côté du gland que ça va mal !

525

Gorbatchev se rend en visite officielle aux Etats-Unis. Le dernier jour, Bush l'invite dans son ranch personnel, et le Russe est stupéfait par le luxe de la propriété.

— Comment avez-vous pu vous payer ça ? demande-t-il.

— C'est simple, répond Bush. Vous voyez le grand pont, là-bas sur le fleuve ? Il a coûté deux millions de dollars au gouvernement américain. Mais le véritable prix de revient, c'était un million de dollars. Vous avez compris ?

Quelques mois plus tard, le président américain va à son tour à Moscou, et le dernier jour Gorbatchev l'invite dans sa datcha personnelle. Et là, Bush est époustouflé : meubles rares, tapis anciens, salles de bains en marbre, robinets en or, etc.

— Comment avez-vous fait pour vous offrir tout ça ? demande Bush.

— C'est très simple, répond Gorbatchev. Vous voyez le grand pont, là, sur le fleuve ?

Bush écarquille les yeux :

— Mais il n'y a pas de pont…

— Vous avez compris…

526

Un homme rencontre un de ses copains qui fait une tête d'enterrement.

— Tu as perdu quelqu'un ?

— Non, c'est même plutôt le contraire. Je vais être père…

— Et c'est pour ça que tu fais une gueule pareille ?

— Oui. Je ne sais pas comment l'annoncer à ma femme…

527

À la nuit tombée, deux gros matous qui partent en chasse croisent un petit chaton tout mignon.

— Tu viens avec nous ?

— Quoi faire ?

— Partouzer…

— Ah bon… Pourquoi pas ?

Et les voilà partis. Bientôt ils aperçoivent trois jolies chattes qui, dès qu'elles les voient, détalent. Alors commence la poursuite. On grimpe sur les toits, on saute d'un immeuble à l'autre, on descend des escaliers, on en monte, on franchit des clôtures, on regrimpe, on redescend…

Au bout d'un quart d'heure, le petit chaton, à bout de souffle, dit aux deux autres :

— Continuez sans moi ! Ça me suffit, j'arrête de partouzer…

528

Un Noir sud-africain se présente à la porte du paradis.

— Qu'as-tu fait, lui demande saint Pierre, pour mériter le droit d'entrer ici ?

— J'aimais une Blanche. Alors je n'ai pas hésité à braver tous les interdits et je l'ai épousée.

— Il y a longtemps ?

— Cinq minutes...

529

Dans un cocktail, un homme dit à une jeune femme qui se trouve à côté de lui au buffet :

— Madame, croyez-moi, et je suis sincère, avec le physique que vous avez, vous devriez faire du cinéma.

Et elle lui répond :

Monsieur, je vous signale que je m'appelle Nathalie Baye...

— C'est pas grave, vous n'aurez qu'à prendre un pseudonyme !

530

Dans un kibboutz israélien, trois nouveaux émigrés font connaissance.

— Moi, dit le premier, je viens d'un petit village roumain où, sur mille habitants, nous étions neuf cent cinquante juifs. Les autres étaient des policiers...

— Moi, fait le deuxième, j'arrive d'U.R.S.S. D'une petite ville d'Ukraine de cinq mille habitants dont près de quatre mille huit cents juifs. Tous les autres étaient des policiers...

— Moi, je suis américain, intervient le troisième, et c'est une autre dimension. J'habitais New York, une ville gigantesque qui compte dix millions d'habitants dont deux millions de juifs.

— Oh là là ! font les deux autres. Qu'est-ce que vous aviez comme policiers !

531

Lu dans *La Tribune de Genève* le fait divers suivant :
«Monsieur Alfred Kohler, l'homme d'affaires genevois bien connu, a été admis en urgence dans un hôpital psychiatrique. Il plaçait son argent en France.»

532

Aux États-Unis, l'équivalent de nos histoires dites belges est attribué à la communauté polonaise vivant en Amérique. En voici un exemple.

Un des plus grands laboratoires de recherches biologiques des U.S.A. fait paraître l'annonce suivante : «Dans le cadre d'une série d'expériences génétiques, 2 000 dollars pour faire l'amour avec guenon chimpanzé. Vigueur et excellente santé exigées.»

Un Polonais se présente.

— Je suis vigoureux, en excellente santé, et je suis d'accord. Il n'y a qu'un petit problème : pour les 2 000 dollars… est-ce que je pourrais payer en plusieurs fois ?

533

Un play-boy sur le retour, plutôt décati, dit à un copain :

— Mon vieux, le secret avec les femmes c'est de ne jamais leur céder ! Tiens, par exemple, avant-hier, il y en a une qui a tapé à ma porte pendant toute la nuit. Eh bien, elle a eu beau supplier que je lui ouvre, pleurer, tempêter, je ne l'ai pas laissée sortir…

534

Sur une petite route de campagne, un automobiliste, au volant d'une puissante voiture, aperçoit devant lui un paysan qui fait de grands signes. Il s'arrête, et l'autre accourt :

— Merci, mon bon monsieur. Vous pourriez pas m'emmener ? Ma bétaillère est tombée en panne…

— Si. Montez !

— Ah oui, mais c'est que j'ai une vache dans la bétaillère, je vas pas la laisser là…

— Je ne peux quand même pas la faire monter elle aussi…

— Pour sûr que non ! Mais si ça vous ennuie pas, j'ai une longe, on va l'attacher au pare-chocs arrière, elle suivra, vous inquiétez pas !

L'automobiliste accepte et repart en première avec la vache qui trottine derrière.

— Vous pouvez aller plus vite, fait le paysan, elle suivra…

Alors l'autre passe la seconde.

— N'ayez pas peur, je vous dis, allez-y !

Il enclenche la troisième, puis la quatrième. Bientôt l'aiguille du compteur dépasse cent. Le conducteur jette un coup d'œil sur le rétroviseur et dit d'un ton inquiet au paysan :

— Elle tire la langue, votre vache…

— Vers la droite ou vers la gauche ?

— Vers la gauche.

— Alors elle veut doubler !

535

Un Belge entre en courant dans un commissariat :

— On vient de me voler ma voiture ! On vient de me voler ma voiture ! Sous mes yeux !

— Vous avez vu le voleur ? demande le brigadier ;

— Non, mais j'ai relevé le numéro…

536

Un dimanche matin, dans la petite église toute blanche d'un village du Nicaragua, le padre monte en chaire et dit :

— Mes frères, avant toute chose, je voudrais faire une mise au point. Il ne se passe pas de semaine sans qu'un certain nombre d'entre vous ne viennent s'accuser en confession d'avoir massacré des soldats, égorgé des officiers, assassiné des généraux ou fait sauter la résidence du gouverneur. Alors, je vous le dis une bonne fois pour toutes : le confessionnal, c'est fait pour les péchés, pas pour la politique !

537

Une jeune femme beaucoup plus attirée par les mondanités que par les tâches ménagères dit à son mari :
— Chéri, cette année je voudrais passer mes vacances dans un endroit que je ne connais pas…
Et le mari répond :
— Pourquoi tu n'irais pas dans ta cuisine ?

538

Un petit garçon demande :
— Je voudrais faire pipi…
— Je vais t'emmener aux toilettes, dit sa mère…
— Non ! Je veux grand-mère !
— Elle se repose, mon chéri. Je vais t'aider…
— Non ! Je veux que ce soit grand-mère qui me la tienne !
— Mais pourquoi ?
— Parce que grand-mère, elle a la main qui tremble…

539

Le général de Gaulle s'est retiré à Colombey. Dans le salon, Tante Yvonne tricote tandis que le Général s'est installé devant la télévision pour suivre le match de football France-Allemagne. Les deux équipes font leur entrée sur le terrain, puis la fanfare de la garde républicaine attaque *La Marseillaise*.
Alors Tante Yvonne lève la tête de son ouvrage et dit avec tendresse :
— Charles… notre chanson…

Dans un superbe appartement de Madison Avenue, à New York, quatre fils de milliardaires font un poker. La nuit est déjà avancée, et il y a pas mal d'argent sur la table.

L'un des joueurs ouvre de 5 000 dollars. Le suivant relance de 10 000 dollars, les deux autres passent. L'ouvreur met 25 000 dollars, son adversaire 50 000.

— Plus 100 000, dit l'ouvreur.

— Pardonnez-moi, fait l'autre, j'ai pas mal perdu ces derniers temps, et j'ai promis à père de ne plus dépasser 100 000 dollars. Mais j'aimerais beaucoup jouer ce coup. Acceptez-vous que nous mettions nos jeux sous enveloppe, le temps d'aller réveiller père pour lui demander la permission de continuer ?

— Pas de problème…

On met les cartes sous enveloppe cachetée, et le jeune homme va dans la chambre paternelle.

— Qu'est-ce qui se passe ? fait le milliardaire en se secouant.

— Papa, je fais un poker avec mes amis. Bob vient de me relancer de 100 000 dollars, et je voudrais ta permission pour continuer…

— Qu'est-ce que tu as comme jeu ?

— As de cœur, roi de cœur, dame de cœur, valet de cœur, et dix de cœur…

— Quoi, un flush royal ? Passe-moi mon pantalon et ma chemise, j'arrive…

Un instant plus tard, il entre en trombe dans le salon.

— Bonjour, Bob ! Puisque c'est moi qui finance mon rejeton, vous permettez que je joue pour lui ? Merci. Passez-moi l'enveloppe…

Il l'ouvre, regarde les cinq cartes et dit :

— Vos 100 000 dollars plus un million de dollars…

Bob, qui a un carré de neufs, blêmit, se met à transpirer à grosses gouttes, et après avoir pesé le pour et le contre, il abandonne et jette son jeu.

La partie est finie, les perdants, lui en tête, paient, et chacun rentre chez soi.

À peine la porte est-elle refermée que le père saisit son fils par le revers et lui dit :

— Toi, imbécile, la prochaine fois que tu confonds la dame de cœur et la dame de carreau, je te colle une trempe !

541

Toute de noir vêtue, une femme corse revient des obsèques de son mari qui, conformément à ses dernières volontés, a été incinéré.

Elle rentre chez elle avec l'urne et verse les cendres dans un sablier en disant :

— Maintenant, travaille !

542

Un groupe de touristes visite le Museum. Arrivé devant le diplodocus, le guide leur dit :

— Mesdames et messieurs, l'animal préhistorique dont vous voyez ici le squelette reconstitué vivait il y quatre-vingts millions vingt-deux années.

— C'est fantastique ! fait un visiteur. Comment arrive-t-on à une telle précision ?

— C'est simple. Quand je suis entré dans la maison, mon prédécesseur m'a dit : « Le diplodocus, il a quatre-vingts millions d'années. » Et moi, ça fait vingt-deux ans que je suis guide ici...

543

Un Noir se promène dans New York avec un canard en laisse. Un Blanc qui le regarde passer lance :

— Vous n'êtes pas malade de vous balader en plein Manhattan avec ce singe au bout de votre laisse ?

— Ce n'est pas un singe, monsieur, fait le Noir, c'est un canard...

Et le Blanc lui dit :

— Ce n'est pas à vous que je parle...

Un homme vient de s'offrir la Ferrari de ses rêves. Il l'essaie doucement, en première, sur une petite route. Tellement doucement qu'un type qui fait du jogging le dépasse. Vexé, le conducteur enclenche la seconde et double le coureur à pied. Et voilà que, deux minutes plus tard, le jogger le redépasse en lui faisant un petit signe amical. Alors là, il enclenche la troisième, le compteur bondit à cent, et le type en survêtement disparaît rapidement dans le rétroviseur. Mais trois minutes après, il réapparaît, revient à la hauteur de la Ferrari, et la redouble tranquillement, toujours avec un petit geste amical. Écumant, l'automobiliste enclenche successivement la quatrième, la cinquième, et à 200 à l'heure il laisse sur place le jogger. Cinq minutes s'écoulent, et voilà que dans le rétroviseur un point grossit, grossit : c'est le jogger qui revient inexorablement, repasse devant la Ferrari, et finit par disparaître devant.

Le conducteur n'en revient pas. Soudain, à la sortie d'une courbe, il voit le jogger, complètement groggy, étalé au pied d'un platane. Il s'arrête et se précipite. Et l'autre murmure :

— Je crois que je n'ai rien, mais c'est un miracle ! En plein dans un virage, j'ai éclaté une basket à 250 à l'heure !

Une femme s'aperçoit qu'un homme, plutôt séduisant d'ailleurs, la suit. Alors elle marche droit sur lui et lui dit :

— Monsieur, je suis une honnête femme ! Vous n'allez tout de même pas me suivre jusque chez moi, 26 avenue des Marronniers, bâtiment B, cinquième étage, deuxième porte à droite en sortant de l'ascenseur ?

C'est un petit garçon qui est né sans bras et sans jambes. Et voilà qu'un samedi il dit à sa mère :

— Maman, ça ne t'ennuie pas de m'emmener demain

matin au stade ? Les copains m'ont invité à faire un match de rugby…

— Mon chéri, répond la mère, je serais tellement heureuse de t'y conduire ! Mais pour jouer au rugby, il faut courir, botter, faire des passes. Et tu sais bien que dans ton état, tu ne peux pas, mon petit…

— Mais maman, il n'y a pas de problème ! Ils m'ont dit que je ferai le ballon…

547

Une bonne sœur quête pour les œuvres du diocèse. Elle entre dans un bureau de tabac tenu par un Auvergnat.

— C'est pour l'évêché…, dit-elle.

— Ch'est au fond à droite, répond le patron.

548

Dans la brousse africaine, un petit singe très excité tente en vain, depuis des heures, de trouver une guenon à aimer. Tout à coup il aperçoit un gros lion assoupi.

« Tant pis ! se dit-il. Je n'en peux plus, je vais me faire le lion… »

Sitôt dit, sitôt fait. Le lion, qui sent quelque chose le chatouiller, ouvre un œil, se retourne, et aperçoit le ouistiti en train de s'activer.

— Mais je rêve ! Je suis en train de me faire sauter par un singe…

Alors il pousse un énorme rugissement, bondit sur ses pattes, et le petit singe terrorisé s'enfuit en courant avec le roi des animaux à ses trousses. Pour semer l'autre, il oblique brusquement à droite et prend un sentier qui s'enfonce dans la forêt. Cent mètres plus loin, il aperçoit par terre un vieux journal. Il le ramasse, l'ouvre, se cache derrière et ne bouge plus.

Quelques secondes plus tard, le lion arrive à fond de train. Il voit le journal ouvert dont ne dépassent que deux mains, freine sur ses quatre pattes et demande :

— Vous n'auriez pas vu passer un singe ?

— Le petit singe qui a sauté le lion? répond l'autre toujours dissimulé derrière les pages.

— Mon Dieu! s'écrie le lion. C'est déjà dans le journal?

549

Comment reconnaît-on une moto anglaise?
Elle a le guidon à droite.

550

Des gendarmes passent l'épreuve de français de l'examen pour devenir brigadiers. Un adjudant-chef leur énonce lentement le texte de la dictée:

— Les poules… étaient sorties du poulailler… dès qu'on avait ouvert la porte…

Et tous les gendarmes ont écrit: «Les poules étaient sorties du poulailler. Des cons avaient ouvert la porte.»

551

Le pape se rend en visite officielle aux États-Unis. Encadrée par vingt-quatre motards en grande tenue, sa limousine blanche remonte lentement la Cinquième Avenue au milieu d'une foule considérable. Parmi les spectateurs, deux petits tailleurs juifs new-yorkais. Et le premier dit à l'autre:

— Tu te rends compte, Moshe? Quelle belle affaire! Quand on pense que ces gens-là ont commencé dans une étable avec un bœuf et un âne…

552

Un journaliste sportif est chargé par son rédacteur en chef d'aller interviewer un footballeur amateur de quarante ans qui est le meilleur buteur de toute la division d'honneur.

— Il paraît que vous faites des exploits à chaque match,

que vous êtes la terreur des gardiens de but, dit le journaliste. Vous avez vraiment quarante ans ?

— Absolument ! Mais vous savez, la forme, dans la famille, c'est héréditaire. Tenez, mon père, qui a soixante-sept ans, il participe à des courses cyclistes tous les samedis. Je ne vous dis pas qu'il gagne, mais généralement il termine dans le peloton et parfois il dispute le sprint…

— C'est extraordinaire ! s'extasie le journaliste. Je veux absolument faire un reportage sur lui. Où puis-je le voir courir samedi ?

— Ah ! samedi, exceptionnellement, il ne court pas, parce que mon grand-père se marie.

— Quoi ? Votre grand-père se marie ? Mais quel âge a-t-il ?

— Cent un ans.

— Et à cent un ans, il veut se marier ?

— Il ne veut pas. Mais il doit !

553

Dans un régiment de parachutistes belges, un adjudant donne aux nouvelles recrues leur premier cours d'instruction :

— Quand l'avion a atteint une altitude suffisante, on ouvre la porte de la carlingue. Vous vous levez, et quand on vous crie « Go ! », vous sautez. Vous comptez jusqu'à cinq… À cinq, vous tirez sur la poignée, le parachute s'ouvre…

— Et s'il ne s'ouvre pas ? demande un appelé.

— Pas de problème. Vous allez au magasin, on vous le change…

554

Une jeune fille va chez le gynécologue.

— Vous êtes vierge, mademoiselle ? demande-t-il.

— Oui, docteur, répond-elle en rougissant.

Après l'avoir longuement examinée, le médecin lui dit :

— Vous êtes effectivement vierge, mais c'est extrêmement curieux, la membrane de votre hymen présente sept trous minuscules, gros comme des têtes d'épingle. En vingt ans de carrière je n'ai jamais vu une chose pareille. Vous avez une explication, mademoiselle... euh... Quel est votre nom, mademoiselle ?

— Blanche-Neige, docteur.

555

Un quotidien sort avec, à la une, ce titre : *La moitié de nos hommes politiques sont des escrocs.*

Protestations unanimes de tous les partis, coups de téléphone de l'Élysée et de Matignon au directeur du journal. Et le lendemain, toujours à la une, paraît le rectificatif suivant : *La moitié de nos hommes politiques ne sont pas des escrocs.*

556

Un gosse rentre du catéchisme.

— Alors, demande sa mère, de quoi monsieur le curé vous a-t-il parlé aujourd'hui ?

— De la traversée de la mer Rouge par les Hébreux...

— C'est très intéressant. Tu peux me la raconter ?

— Eh bien, figure-toi, maman, que les Hébreux étaient bloqués au bord de la mer Rouge avec toute l'armée égyptienne derrière eux. Alors Moïse a appelé par radio Jérusalem, qui a envoyé les Mirages bombarder les positions ennemies pour les clouer dans le désert pendant que des véhicules amphibies, appuyés par les commandos de marine, traversaient la mer, récupéraient tous les Hébreux et les ramenaient sains et saufs en Israël...

— Tu es sûr que monsieur le curé a raconté l'histoire comme ça ?

— Non, maman. Mais si je te la racontais comme il l'a fait, tu ne me croirais pas...

À la prison de Pékin, un étudiant chinois demande à un autre étudiant qui vient d'arriver dans sa cellule :
— Tu en as pris pour combien ?
— Dix ans.
— Et tu as fait quoi ?
— Rien.
— C'est impossible. Rien, c'est cinq ans…

558

Une jeune fille de la meilleure société, élevée très strictement, entame ses études de médecine. Aux examens de fin de première année, le professeur qui l'interroge lui demande :
— Quelle est la partie du corps de l'homme qui peut se dilater jusqu'à atteindre huit fois son volume initial si elle est excitée ?
La jeune fille devient toute rouge et balbutie :
— Monsieur, c'est la… Je préfère ne pas dire le mot, si vous le permettez.
— Eh bien, je vais le dire à votre place, réplique l'examinateur. C'est l'iris de l'œil. Permettez-moi d'ajouter, mademoiselle, qu'en ce qui concerne ce à quoi vous pensiez, vous allez au-devant de grandes désillusions…

559

Un Corse installé depuis un an sur le continent écrit à son frère :
« Viens, je t'attends. Ici il n'y a qu'à se baisser pour ramasser de l'argent… »
L'autre prend le bateau. À peine débarqué à Marseille, il aperçoit sur le quai un billet de cinq cents francs. Il va pour le ramasser, puis se ravise :
— Je viens à peine d'arriver. Je commencerai à travailler demain…

Assis sur un banc au soleil, trois vieux bavardent.

— Mes pauvres jambes me lâchent, dit le premier en sou-pirant. Moi qui aimais tant les promenades en forêt, c'est ter-miné. J'ai même de plus en plus de difficultés à monter mes escaliers…

— Moi qui aimais tant les bons petits repas, fait le deuxième les larmes aux yeux, je n'ai plus droit à rien. Pas une goutte d'alcool, même pas un petit verre de vin. Régime sans sel, viande bouillie et légumes à l'eau. C'est terrible…

— Moi, intervient le troisième, pour les jambes pas de problèmes. Je grimpe les marches quatre à quatre et tous les jours je fais une petite promenade de cinq kilomètres pour digérer. Parce que les régimes, je ne sais pas ce que c'est. Je bois bien, je mange ce que je veux, et tout passe. L'autre soir, après avoir pris mon petit marc, je dis à ma femme : «Viens donc au lit, Paulette, j'ai envie de toi…» Elle me répond : «Ah non, je t'en supplie… Ça fait déjà trois fois aujourd'hui ! »

Et le vieux, en pleurant, dit à ses copains :

— Moi, ce qui ne va plus, c'est la mémoire…

Dans une maternité, une jeune femme vient d'accoucher, et son mari est autorisé à entrer dans la chambre. Il se préci-pite vers le berceau et découvre que le bébé est noir.

Alors, avant qu'il ait dit un seul mot, sa femme se met à hurler :

— Maintenant, ose me dire que tu ne couches pas avec la Martiniquaise du cinquième !

Dans une fête foraine, un type passablement ivre s'appro-che d'un stand de tir en titubant, et fait un carton. Malgré son état, il met les cinq balles dans le mille.

— Bravo, monsieur ! dit la foraine. Vous avez gagné un lot !
Et elle lui remet une tortue vivante.

Un quart d'heure plus tard l'homme revient, encore plus
ivre, refait un carton, et remet les cinq balles dans le mille.

— Mes félicitations, vous avez encore gagné ! Cette fois
vous avez droit à un ours en peluche…

— Je ne saurais pas quoi en faire, bredouille l'autre. Et
puis j'ai encore un petit creux… Vous ne pourriez pas me
donner un sandwich comme tout à l'heure ?

563

Soirée de gala sur un navire de croisière anglais. L'animateur monte sur l'estrade, prend le micro et dit :

— Maintenant, nous allons faire un petit jeu ! Tous les
gentlemen s'alignent à ma droite, et toutes les ladies s'alignent à ma gauche. À présent, vous vous avancez les uns
vers les autres. Bien ! Les gentlemen ouvrent leur pantalon et
les ladies retirent leur petite culotte. Le jeu consiste pour les
gentlemen à mettre leur zizi dans la tirelire de la lady qui est
en face de lui… Le premier qui réussira gagne un baiser de
sa cavalière !

564

La savane est en feu. Fuyant l'incendie, les animaux galo-
pent vers le sud. Gentiment, un éléphant a pris une petite
souris sur son dos. Au bout de deux heures, elle lui dit :

— Allez, on change !

565

Un Allemand, un Français et un Russe discutent.

— Moi, dit l'Allemand, j'utilise ma Mercedes toute l'année. Aussi bien pour aller au bureau que pour nos vacances
à l'étranger.

— Moi, dit le Français, j'utilise les transports en commun

pour aller à l'usine. Et puis au mois d'août, on part à l'étranger avec la Peugeot et la caravane.

— Moi, dit le Russe, je prends mon vélo tous les matins pour me rendre au travail. Et quand je vais à l'étranger, l'Etat me prête un tank…

566

En visite à Paris, un émir est pris de violentes douleurs dans le ventre. Son médecin personnel diagnostique une crise d'appendicite.

Alors l'émir convoque son secrétaire et lui dit :

— Allez immédiatement m'acheter un hôpital…

567

Un type dit à un de ses copains :

— J'ai oublié mon portefeuille. Tu ne pourrais pas me prêter cent francs ?

— Si, bien sûr, fait l'autre qui les lui donne.

Deux jours après ils se revoient :

— Je te dois cent francs ?

— Oui.

— Excuse-moi, j'ai encore oublié mon portefeuille. Prête-moi quatre cents francs, comme ça je te devrai cinq cents tout rond.

Trois jours après ils se retrouvent :

— Je te dois cinq cents francs ?

— Oui.

— Rends-moi service, passe m'en cinq cents autres, je te devrai mille tout juste.

Quatre jours plus tard, nouvelle rencontre :

— Je te dois mille francs ?

— Oui.

— Si tu pouvais m'en passer quatre mille, je te rembourserai cinq mille, ça fera un compte rond…

Le surlendemain il demande :

— Je te dois cinq mille francs ?
Et l'autre répond :
— Non…

568

Un garçon de café fait son service militaire dans la marine. Un jour, alors qu'il est sur la passerelle du bateau, il voit un matelot qui nettoyait le pont se faire emporter par une énorme vague. Alors il se précipite vers le carré des officiers, et ouvre la porte à la volée en criant :
— Et un homme à la mer, un !

569

Passionnés de rugby, trois paysans du Sud-Ouest, le grand-père, le père, et le fils, montent à Paris pour assister à une rencontre du tournoi des Cinq Nations.

Le soir, après le match, les voilà partis dans les rues de la capitale jouer la troisième mi-temps, autrement dit faire la java. Le fils rentre le premier à l'hôtel vers deux heures du matin. Le père revient peu avant quatre heures, et le grand-père se pointe sur le coup de sept heures.

Un peu plus tard, alors qu'ils prennent leur petit déjeuner ensemble, le fils lance :
— Boudiou ! Quelle fougue ces Parisiennes !
— Quelle expérience ! dit le père.
— … Et surtout quelle patience ! ajoute le grand-père.

570

Passant par hasard place de Broukère, à Bruxelles, deux juifs se retrouvent pris dans une violente manifestation opposant Wallons et Flamands.

Le chef de la police prend son porte-voix et crie :
— Je vous demande de vous séparer ! Les Wallons vont

se regrouper à ma gauche, côté Hôtel de Ville. Les Flamands vont se regrouper à ma droite !

Alors un des juifs dit à l'autre :

— Et nous les Belges, on se met où ?

571

Une vieille chanteuse américaine, vraiment décatie, se présente à une audition pour mener une revue à Las Vegas.

Elle dit au directeur artistique qui la regarde abasourdi :

— Vous savez, j'ai beaucoup d'abattage et beaucoup de métier. J'ai fait des triomphes devant les soldats, quand je chantais pour l'armée…

Et l'autre lui demande :

— L'armée nordiste ou l'armée sudiste ?

572

Qu'est-ce qui pèse un gramme le soir et quatre cents kilos le matin ?

Une femme.

Parce que le soir, son mari lui murmure : « Tu viens te coucher, ma puce ? »

Et le matin, il lui lance : « Alors, tu te lèves, grosse vache ? »

573

Le 15 août, le curé d'un village monte en chaire et commence ainsi son sermon :

— Mes frères, en ce jour de l'Assomption, nous fêtons la Vierge Marie. Et je voudrais que vous réalisiez bien tout ce que représente la Vierge, à quel point elle est l'image même de la pureté. Pour vous aider à le comprendre, permettez-moi de prendre l'exemple de quelqu'un que vous connaissez tous. Celui de Jacotte, notre gentille rosière, que j'aperçois au deuxième rang, les yeux baissés comme toujours. À la maison, Jacotte seconde sa maman de manière exemplaire.

Dans le village, comme vous le savez, elle rend visite aux personnes âgées, elle apporte joie et réconfort aux malades, elle aide les jeunes mères à s'occuper des bébés. C'est elle qui fleurit l'église et, chaque matin, elle assiste à la messe et communie. Elle ne va pas au bal, ne regarde pas les garçons, et n'a jamais eu de mauvaises pensées. Eh bien, mes frères, sachez qu'à côté de la Sainte Vierge, Jacotte est une vraie salope !

574

Dans un cocktail, un homme se tourne vers son voisin et lui dit :

— Monsieur, je ne vous connais pas, mais il faut absolument que je vous raconte ce qui m'arrive, parce que c'est tellement cocasse… Figurez-vous que la blonde là-bas, en robe noire, c'est ma femme. Et la brune qui par hasard est juste à côté d'elle, c'est ma maîtresse…

— C'est drôle, fait l'autre. Moi c'est le contraire…

575

Au cœur de la brousse, trois Noirs discutent pour savoir quel est l'animal le plus redoutable.

— Moi, dit le premier, je peux vous dire que c'est le lion. Parce que le lion il est très méchant, il vous saute dessus et il vous bouffe. Croyez-moi, c'est le plus méchant des animaux.

— Pas d'accord ! fait le deuxième. Pour moi, l'animal qui est vraiment méchant, c'est le crocodile. Tu te baignes, il arrive au ras de l'eau sans faire de bruit. Tu le vois pas, tu l'entends pas. Et hop ! avec sa gueule il t'attrape la jambe, il t'emmène au fond de l'eau et il te mange. J'en suis sûr, le plus méchant de tous c'est le crocodile.

— Vous vous trompez tous les deux, réplique le troisième. L'animal le plus méchant au monde, je le connais. C'est le crocolion.

— Le crocolion, ça n'existe pas ! s'écrient en chœur les deux autres.

— Je vous le dis, il existe ! D'un côté il a une tête de lion, et de l'autre une tête de crocodile…

— C'est impossible ! Si ton crocolion était comme tu le prétends, il ne pourrait pas faire caca !

— Eh bien, justement : c'est ça qui le rend aussi méchant…

576

Un jeune éphèbe dit à son ami :

— Chéri, je t'ai parlé de cette femme qui n'arrête pas de me faire des avances pour me ramener, comme elle dit, dans le droit chemin ? Eh bien, j'ai fini par accepter un rendez-vous chez elle…

— Pas possible ! Et tu l'as baisée ?

— Oui, mon chou ! Je n'y suis pas allé…

577

Un homme rend visite à un de ses amis d'enfance qu'il n'a pas revu depuis de longues années, et qui est devenu un important fabricant de préservatifs.

Il le trouve dans sa somptueuse villa entouré de quinze enfants.

— Sur le plan personnel, lui dit-il, je te félicite d'avoir eu une telle progéniture. Par contre, pour la publicité de tes produits, c'est pas l'idéal…

— Mais ce ne sont pas mes enfants ! fait l'autre. Ce sont les réclamations…

578

Au volant d'un camion bringuebalant, un Noir traverse le désert du Ténéré. Soudain il aperçoit sur la piste un crapaud. Il freine à mort, réussit à s'arrêter avant d'écraser la pauvre bête, descend, la prend délicatement, et la pose en dehors de la piste.

Alors, soudain, le crapaud se transforme en un beau jeune homme.

— Je suis un génie, dit-il, qu'un confrère malfaisant avait ensorcelé. Tu m'as sauvé la vie et redonné mon apparence. Tu peux faire trois vœux, ils seront exaucés.

— N'importe quels vœux ? demande le Noir ébahi.

— N'importe lesquels.

— Eh bien, patron, la chose qui me ferait le plus plaisir, ce serait d'être blanc. Ensuite, comme j'ai toujours souffert de la soif, je voudrais de l'eau. Et enfin je voudrais des femmes. Je voudrais voir des culs de bonnes femmes du matin au soir ! C'est possible tout ça, patron ?

— Pas de problème, répond le génie. Je vais te satisfaire immédiatement.

Et le Noir se retrouve bidet à l'hôtel George-V.

579

Un soir, au paradis terrestre, Adam rentre de promenade à une heure avancée de la nuit.

— Je suis sûre que tu as une maîtresse ! s'écrie Ève, furieuse.

— Ne dis pas de bêtises, chérie, répond Adam. Nous ne sommes que deux sur terre !

Alors Ève, sans dire un mot, commence à lui compter les côtes.

580

Un touriste visite Tel-Aviv, et on lui recommande d'aller voir le tombeau du Soldat inconnu. Il s'y rend et découvre un imposant monument de marbre sur lequel est gravée l'inscription suivante : *Ci-gît David Goldstein, mort à la guerre du Kippour le 18 octobre 1973.*

— Je vous prie de m'excuser, demande-t-il au gardien, c'est le tombeau du Soldat inconnu ?

— Bien sûr, répond l'autre.

— Mais je ne comprends pas. Il y a écrit : *Ci-gît David Goldstein, mort à la guerre du Kippour le 18 octobre 1973…*

— Attention, fait le gardien. Comme fourreur il était très connu, mais comme soldat, il était complètement inconnu !

581

Assis devant la télé, un chat suit la retransmission de la finale de Roland Garros. Au bout d'une heure, le chien de la maison lui dit :

— Je ne savais pas que tu étais passionné de tennis…

— Oh, pas spécialement ! Mais aujourd'hui j'ai mon oncle qui joue dans une raquette…

582

Un paysan va sur la tombe de sa femme morte le mois précédent.

— Ah, Marie ! pleurniche-t-il, tu n'imagines pas comme tu me manques ! Sans toi je ne suis plus rien, je n'ai goût à rien. Je m'occupe à peine des bêtes, j'ai perdu l'appétit, je ne vais même plus au bistrot ! Si seulement je pouvais te retrouver, si seulement tu pouvais revenir avec moi, je serais tellement heureux…

À ce moment-là un léger tremblement de terre remue le sol et soulève de quelques centimètres la dalle funéraire. Alors le paysan s'écrie :

— Marie ! Arrête tes conneries ! Je disais ça pour rire…

583

Sur une plage, une petite fille demande à sa mère :

— Maman ! Le monsieur qui te regarde là-bas, qu'est-ce qu'il a dans son maillot de bain ?

— C'est... c'est son porte-monnaie, répond la mère gênée.

— Oh! T'as vu, maman, comme c'est drôle? Plus il te regarde, plus il a de sous!

584

Au crépuscule de leur vie, un couple fait le point sur le long chemin parcouru, sans nuages, ensemble.

— À présent on peut tout se dire, fait la femme. Combien de fois m'as-tu trompée pendant nos cinquante ans de vie commune?

— Seulement deux fois, ma douce, et sans lendemain. C'était l'année où je n'ai pas pu prendre de vacances et où tu es partie seule dans le Midi. La première fois, c'était avec une collègue de bureau qui m'avait invité à dîner chez elle. La deuxième, avec la manucure de mon coiffeur... Et toi, mon aimée?

— Deux fois aussi, et c'était également l'année où je suis partie seule en vacances sur la Côte d'Azur. La première fois, c'était avec le maître nageur. Il était tellement beau, tellement musclé, que j'ai perdu la tête. Et la deuxième fois, c'était avec le grand orchestre symphonique de Monte-Carlo...

585

Un type demande à une copine :

— Est-ce que tu connais la différence entre une casserole et un bidet?

— Non, fait la fille.

— Alors, sois gentille : ne m'invite jamais à dîner chez toi...

586

À Marseille, cinq mille chômeurs défilent sur la Canebière en scandant :

— On veut du travail! On veut du travail!

Un chef d'entreprise qui les regarde passer se dit : « Si chacun faisait un effort, on arriverait à donner à ces gens-là la possibilité de s'en sortir. Nous sommes tous concernés ! Je n'ai besoin de personne actuellement, mais je vais en engager un. »

Il s'approche d'un manifestant choisi au hasard et lui dit :

— Suivez-moi, j'ai du travail pour vous…

Et l'autre répond, avec un bel accent corse :

— On est cinq mille à défiler ! Pourquoi c'est à moi que vous vous en prenez ?

587

Deux ingénieurs français qui travaillent en Côte-d'Ivoire déjeunent ensemble au restaurant.

— J'en profite, dit le premier, parce que depuis trois semaines ma femme est au régime. Un régime uniquement à base de bananes et de noix de coco…

— Et elle a maigri ?

— Pas tellement. Mais si tu voyais comment elle grimpe aux arbres !

588

Un client entre dans un de ces bars aux sièges de cuir profonds et aux lumières tamisées où, dans un coin, un pianiste sans âge joue inlassablement les succès d'hier et d'aujourd'hui.

Il s'installe sur un tabouret et commande un scotch. Le barman le sert, puis s'éloigne. À ce moment-là, surgit un petit ouistiti qui grimpe sur le comptoir, trempe ses parties dans le whisky, et se sauve en courant.

Sidéré, le client appelle le barman, et lui explique l'incident. L'autre lui affirme qu'il n'y a, à sa connaissance, aucun singe dans l'établissement, change le verre sans broncher, et repart prendre une commande dans la salle. Aussitôt le ouistiti réapparaît, grimpe sur le bar, trempe ses parties dans le verre, et se sauve.

Le client rappelle le barman et lui raconte ce qui vient à nouveau de se produire, en jurant qu'il n'a pas la berlue et qu'il était à jeun en entrant.

— Je veux bien vous croire, dit le barman, mais je vous assure que je n'ai jamais vu de singe ici depuis que j'y travaille. Il est vrai que cela ne fait pas très longtemps. Vous devriez peut-être interroger le pianiste, il est là depuis quinze ans…

Alors le client va vers la petite estrade et demande au musicien :

— Vous connaissez le petit singe qui trempe ses couilles dans le whisky ?

— Certainement, répond le pianiste. Fredonnez-moi les premières notes, la mélodie va me revenir…

589

On a offert à un aveugle une râpe à fromage. Après avoir longuement passé ses doigts dessus, il fond en larmes en disant :

— Je n'ai jamais lu une histoire aussi triste…

590

À la frontière suisse, un homme passe tous les matins sur un vélo avec deux sacoches. Au bout d'un certain temps, le douanier, intrigué par ce manège, fouille les sacoches et n'y trouve qu'un casse-croûte. Et ça dure pendant des mois, des années. On démonte la selle du vélo, on dégonfle les pneus, on sonde le cadre, on passe le casse-croûte aux rayons X : rien, absolument rien. Et tous les matins, sourire aux lèvres, l'autre passe.

Au bout de longues années, après l'avoir contrôlé quotidiennement, le douanier lui dit :

— Vous ne me verrez plus. Je prends ma retraite ce soir. Mais pour que j'aie l'âme en paix, dites-moi la vérité : vous faisiez un trafic ?

— Bien entendu, dit l'autre.
— Et vous passiez quoi ?
— Des vélos…

591

Remariée avec un veuf, une femme fait venir son jeune beau-fils dans sa chambre.

— Enlève ma robe ! lui ordonne-t-elle.

L'adolescent s'exécute.

— À présent, enlève ma combinaison… mes bas… mon porte-jarretelles… mon soutien-gorge… mon slip… Maintenant je te le dis : que ce soit la dernière fois que je te voie mettre mes affaires !

592

Au moment de faire partir le train, le chef de gare s'aperçoit qu'il a perdu la roulette de son sifflet et qu'aucun son ne peut en sortir.

Alors il rentre en trombe dans la gare, monte chez lui au premier, se précipite dans la cuisine et dit à sa femme :

— Donne-moi vite un pois sec, sinon le train ne pourra jamais partir !

Sans chercher à comprendre elle s'exécute. Le chef de gare glisse le pois dans son sifflet, redescend quatre à quatre, souffle de toutes ses forces, et… la moitié du train s'en va.

Elle lui avait donné un pois cassé.

593

Un Parisien dit à un Bruxellois :

— Vous savez pourquoi les femmes belges ont le bout des seins carré ?

— Non…

— Parce que leurs maris aiment sucer des frites ! fait le Parisien hilare.

L'autre lui réplique :

— Vous savez pourquoi les Françaises ont le bout des seins énorme ?

— Non…

— Parce que les Français ont une grande gueule !

594

Le jour de la rentrée scolaire, l'institutrice interroge un par un ses nouveaux élèves afin d'établir une fiche sur chacun d'eux. Arrive le tour d'un petit Noir :

— Quelle est ta nationalité ?

— Je ne sais pas…

— Ta maman est d'où ?

— Elle est martiniquaise.

— Et ton papa ?

— Il est parti niquer…

595

Vol inaugural du nouveau supersonique géant, capable, annonce-t-on, de faire Paris-Tokyo en moins de trois heures avec huit cents personnes à bord. Les invités ont été triés sur le volet.

Arrivé en bout de piste, le commandant de bord prend le micro :

— Mesdames, messieurs, bienvenue à bord. Nous allons décoller dans quelques instants, et après un vol à une altitude de croisière de quarante mille mètres, nous atteindrons Tokyo dans environ deux heures cinquante. D'ici là vous pourrez déguster les spécialités des plus grands chefs dans l'un de nos trois restaurants gastronomiques, boire un verre à la discothèque, visiter nos boutiques hors taxes, vous baigner dans la piscine chauffée, faire un golf miniature, ou une partie de tennis sur l'un des deux courts à votre disposition. Et maintenant veuillez vérifier que vos ceintures sont bien attachées, car je vais essayer de faire décoller cette grosse saloperie de merde d'avion !

Un couple fête ses noces d'or : cinquante ans de mariage !
Et quand ils se couchent, la vieille dame, un peu grisée de
champagne, se blottit dans les bras de son mari et commence
à le caresser tendrement. Quelques instants plus tard, il murmure à son oreille :

— Chérie, passe-moi mon dentier qui est sur la table de
nuit. J'ai envie de te mordre...

Un homme accablé de problèmes s'apprête à se pendre. Il
a accroché une corde à une branche d'arbre, est monté sur un
tabouret, a déjà passé sa tête dans le nœud coulant, et va sauter lorsqu'un brave curé qui passait par là lui crie :

— Arrêtez, arrêtez ! Ne faites pas ça, mon fils ! Songez
que Dieu nous a donné la vie ! Quels que soient vos soucis et
vos peines, vous trouverez force et réconfort dans les Saintes
Écritures. Tenez, je vous donne ma Bible, ouvrez-la à n'importe quelle page, et suivez les sages conseils qu'elle vous
donne...

Le curé s'éloigne. L'homme prend la Bible, l'ouvre au
hasard et lit :

« Repens-toi... »

Au banquet annuel des anciens combattants, un petit vieux
dit à son voisin de table :

— Dis donc, Marcel, tu te souviens, dans les tranchées,
du bromure qu'ils nous mettaient dans le pinard ?

— Oui, fait l'autre.

— Eh bien, ça y est. Ça commence à faire de l'effet...

Un gros fabricant du Sentier fait visiter son somptueux appartement à un ami et lui montre ce dont il est particulièrement fier, la superbe collection de tableaux qu'il s'est constituée. L'autre voit un Renoir dont la signature est effacée et remplacée par le mot SARAH. Puis un Modigliani dont la signature a disparu et a également été remplacée par SARAH. Même chose pour un Van Gogh, un Degas et un Picasso. Tous sont signés SARAH.

— Ça veut dire quoi cette signature ? demande l'ami. C'est l'auteur des copies ?

— Tu es fou ! Ce sont des vrais ! Mais tu comprends, avec l'incertitude qu'il y a en ce moment dans les affaires, j'ai tout mis au nom de ma femme...

Dans un bordel de Genève, une des pensionnaires monte avec un client. Un quart d'heure plus tard, on entend la fille qui hurle :

— Non... non ! Je ne veux pas ! Je fais tout, mais ça, je refuse ! Tu entends ? Je ne veux pas !

Inquiète, la sous-maîtresse grimpe l'escalier quatre à quatre et demande à travers la porte :

— Qu'est-ce qu'il veut te faire, ce salaud ?

— Il veut me payer en argent français...

Un petit garçon visite avec son père un élevage de visons.

— Dis, papa, demande-t-il, comment font les mamans visons pour avoir un petit vison ?

— Elles font comme les mamans pour avoir un grand vison...

Afin de pouvoir financer l'entretien et la réparation de son château, un lord anglais l'a ouvert au public.

Il est en train de guider un groupe de touristes, quand il remarque que l'un d'entre eux lui ressemble à un point étonnant. La visite terminée, il le prend à part :

— Excuse-me, sir… Aurions-nous un lien de parenté quelconque ?

— Pas officiellement, fait l'autre. Mais pour tout vous dire, je suis né ici, et effectivement…

— Ah ! Je comprends… Feu mon père, le duc, avait le sang chaud… Je présume que votre mère était femme de chambre au château ?

— Non. C'est mon père qui était palefrenier…

Comment un canard aveugle fait-il l'amour ?
Avec une cane blanche.

Ayant des doutes sur la fidélité de sa femme, un homme charge un détective privé de la suivre. Le lendemain, ce dernier fait son rapport :

— Une heure après votre départ au bureau, votre femme est allée faire ses courses. Elle est rentrée à 11 heures 25 du marché. Puis à 14 heures, elle est ressortie, très élégante. Elle a pris un taxi que j'ai suivi, et qui l'a déposée devant un hôtel. Un homme l'attendait sur le trottoir, ils sont entrés ensemble, je me suis glissé dans le hall et j'ai noté qu'on leur donnait la clé du 410. Je suis ressorti, et comme par chance de l'autre côté de la rue il y avait un immeuble en ravalement, j'ai grimpé en haut de l'échafaudage pour avoir une vue plongeante sur le 410. Ils sont entrés, le type s'est mis nu, votre femme aussi…

— Et après?

— Après ils ont tiré les doubles rideaux, alors je n'ai plus rien vu.

— Ah! fait le mari. Le doute, toujours le doute…

605

Sur une galère, le chef d'équipage dit un matin aux forçats :

— Arrêtez de ramer! Vous allez vous reposer toute la matinée. Et à midi on va vous servir un repas exceptionnel! Avec double ration de viande, légumes et fruits à volonté, et du vin! Cet après-midi, le capitaine veut faire du ski nautique…

606

Une tribu d'anthropophages s'est emparée d'un missionnaire et s'apprête à le manger. On l'a mis dans la grande marmite, et tous sont assis en cercle en attendant que le festin soit servi.

Le cuisinier soulève le couvercle, prend sa grosse louche en bois, en assène de grands coups sur la tête du missionnaire, et remet le couvercle en place. Dix minutes après, même manège avec une volée de coups de louche sur la tête du malheureux missionnaire. Cinq minutes après il remet ça. Alors le chef de la tribu se lève et dit au cuistot :

— Écoute, on va le manger, laisse-le mourir en paix. Arrête de taper dessus!

— Mais chef, s'écrie le cuisinier hors de lui, c'est que ce salaud il me bouffe tout mon riz!

607

Une femme qui avait la réputation d'avoir collectionné les amants vient de mourir. Avant que l'on ne referme le cercueil, parents et amis viennent lui rendre un dernier hommage. Arrive le tour d'un homme qui dit :

— Enfin réunies !
— Qui ça ? demande le mari.
— Ses jambes...

608

Un couple très âgé se présente devant le juge des concilia-tions.

— Nous voulons divorcer.
— Quel âge avez-vous, monsieur ? demande le magistrat.
— Quatre-vingt-seize ans...
— Et vous, madame ?
— Quatre-vingt-quatorze ans...
— Depuis combien de temps êtes-vous mariés ?
— Soixante-dix ans, monsieur le juge.
— Et il vous a fallu soixante-dix ans pour vous rendre compte que vous ne pouviez plus vivre ensemble ?
— Non, mais on a voulu attendre que les enfants soient morts...

609

Un chirurgien entre en salle d'opération où le patient est déjà allongé, et où l'attend son équipe au grand complet.

Tout en enfilant ses gants de caoutchouc, il s'approche de son assistant et lui dit :

— Appuyez moins fort avec le bistouri, mon petit Pierre. C'est la quatrième table d'opération qu'on remplace cette semaine !

610

Un Belge débarque pour la première fois de sa vie à New York. Il entre dans un snack et demande au barman :

— Qu'est-ce que vous auriez à manger, mon ami ?
— No compris, fait l'autre.
— Miam-miam...

— Yes ! Hot-dog…

Le Belge sort son lexique et lit : «*Dog* : chien» et «*Hot* : chaud».

«Tiens, se dit-il, je ne savais pas qu'en Amérique ils mangent des chiens chauds… Mais enfin, quand on arrive dans un pays nouveau, il faut tout essayer ! »

Trois minutes après, on lui apporte son hot-dog. Le Belge ouvre le pain, découvre la saucisse au milieu, et lance au serveur :

— Qu'est-ce que c'est que ça, une fois ? Vous n'allez pas me dire que dans le chien, il n'y a pas un morceau plus appétissant que cette obscénité !

611

À la maison de retraite, un pensionnaire demande à un de ses copains :

— Qu'est-ce que tu préfères, Maurice ? Noël ou faire l'amour ?

— Noël, répond l'autre. Parce que c'est plus souvent…

612

À l'aube, dans une prison américaine, on ouvre la porte de la cellule d'un condamné à mort. Face à lui il aperçoit le directeur de la prison, le juge, le pasteur et son avocat.

— Soyez courageux, dit le directeur. Votre recours en grâce a été rejeté par le gouverneur…

— Quoi ? hurle le prisonnier. Il a fait ça cet enfoiré ? Ce minable, ce taré, cette ordure !

— Arrêtez, lui souffle son avocat. Vous aggravez votre cas…

Deux turfistes discutent.

— Dis-moi, demande le premier, comment fais-tu pour toucher aussi souvent le tiercé ? T'as une combine ? T'es de mèche avec un entraîneur ?

— Comme tu es mon ami, je vais te donner le tuyau, dit l'autre. Tu es croyant ?

— Oui… Enfin, comme tout le monde.

— Alors dimanche matin, tu vas aller à la messe. Tu vas prier très fort, et au moment de la communion, tu demanderas à Dieu de te souffler la bonne combinaison. Crois-moi, ça marche…

Le lundi suivant, dès qu'il l'aperçoit, son copain lui dit :

— Ah, je te retiens ! Hier, pour le tiercé de Longchamp, je suis allé à la messe comme tu me l'as dit, j'ai prié, et à la communion, Dieu m'a soufflé le 7, le 15 et le 3. Le 7 a fini cinquième, le 15 douzième, et le 3 dernier !

— Je ne comprends pas…, fait l'autre. À quelle église es-tu allé ?

— À Saint-Philippe-du-Roule…

— Imbécile ! Saint-Philippe-du-Roule, c'est pour le trot attelé !

— C'est incroyable ! dit une jeune femme à une de ses amies. Chaque fois que j'éternue, j'ai envie de faire l'amour !

— Et tu prends quoi pour ça ? lui demande sa copine.

— Du poivre gris…

Profondément endormie, une femme fait un rêve. Elle est poursuivie, dans une rue totalement déserte, par un immense Noir au torse luisant, vêtu d'un simple short en jean. Elle a beau courir à perdre haleine, il la rattrape, la saisit d'une main ferme, l'entraîne dans un terrain vague, et la plaque au sol.

D'une voix tremblante elle lui demande :

— Qu'est-ce que vous allez me faire ?

Alors le Noir se penche vers elle et lui dit :

— Je ne sais pas. Ce n'est pas moi qui rêve…

616

À Jérusalem, face au Mur des Lamentations, deux juifs français qui ne se connaissent pas pleurent et gémissent à qui mieux mieux. Au bout de dix minutes, le premier ravale ses sanglots et dit à l'autre :

— Vous aussi, vous êtes dans le prêt-à-porter ?

617

Entré pour boire un verre, un consommateur voit dans la salle d'un café trois hommes et un chien attablés, en train de jouer au poker. Intrigué, il s'approche et constate que le chien aboie deux fois pour demander deux cartes, pousse les jetons avec sa patte pour relancer, ou se couche pour faire savoir qu'il ne suit pas.

Époustouflé, il demande :

— À qui est ce chien ?

— À moi, répond un des joueurs.

— C'est fantastique ce qu'il fait ! Il est prodigieux !

— Pensez-vous, dit l'autre, il est nul ! Chaque fois qu'il a du jeu, il remue la queue !

618

Un P.-D.G. appelle par l'interphone sa secrétaire pour lui dicter une lettre. Elle entre dans le bureau, avec un rouleau de Tampax coincé sur l'oreille droite.

— Qu'est-ce que vous avez sur votre oreille ? lui demande son patron.

Elle y porte la main, ramène le Tampax, devient toute rouge et s'écrie :

— Mon Dieu ! Où ai-je mis mon stylo ?

619

Un type rencontre un ami qu'il n'a pas vu depuis plusieurs années.

— Comme je suis content de te retrouver ! C'est formidable, tu n'as pas changé…

Il se tourne vers l'épouse.

— Vous par contre, chère madame, vous avez changé de couleur de cheveux, et ça vous va très bien…

Alors son copain lui glisse à l'oreille :

— Arrête tes conneries ! C'est moi qui ai changé de femme…

620

Un jeune homme se confesse :

— Mon père, je m'accuse d'avoir commis le péché de chair avec une femme mariée.

— C'est très grave, mon fils ! Qui est cette pécheresse ?

— Elle est du pays, mon père, mais je ne vous dirai pas son nom.

— C'est la pharmacienne ?

— …

— La jeune femme du notaire ?

— …

— La belle-fille du charcutier ?

— …

— La fille de François, qui s'est mariée le mois dernier ?

— …

— Puisque vous ne voulez pas me répondre, vous me direz cinq dizaines de chapelet !

Le garçon ressort et révèle sa pénitence au copain qui l'attend.

— Oh là là ! fait l'autre, je te plains !

— Moi, je suis ravi ! Maintenant, j'ai quatre bonnes adresses…

621

Un ministre africain prend l'avion pour venir assister à une conférence internationale à Paris. Une heure avant l'atterrissage, l'hôtesse distribue les fiches de débarquement aux passagers étrangers en leur demandant de les remplir.

Le ministre sort son stylo et commence à répondre au questionnaire avec application. Il écrit :

NOM : Duagabodo.

PRÉNOM : Omar.

SEXE : Énorme…

622

Dans un cinéma de Bruxelles, deux amis suivent un western. À un moment, un cow-boy, poursuivi par des Indiens, s'approche d'un canyon.

— Je te parie mille francs, dit l'un des deux Belges, qu'il va quitter la piste pour rentrer dans le canyon, et qu'il va se faire descendre par un Indien embusqué en haut.

— Pari tenu !

Effectivement, le cavalier entre dans le canyon et se fait tuer par un Indien caché dans les rochers. À la sortie du cinéma, le perdant sort son portefeuille.

— Je t'en prie, dit son copain, laisse tomber, j'avais déjà vu le film…

— Moi aussi, répond l'autre, mais jamais je n'aurais pensé que ce cow-boy ferait deux fois la même connerie !

Soldes dans un grand magasin parisien.

On se bouscule à tous les rayons dans une cohue indescriptible. Et voilà qu'une jeune femme vêtue d'une veste de tailleur et d'un slip rose entre en courant au bureau des objets trouvés :

— S'il vous plaît, on ne vous aurait pas rapporté une jupe avec deux enfants accrochés après ?

624

À Lourdes, un aveugle plonge dans la piscine. Alors un grand bouillonnement se produit et il ressort en criant :

— Je vois ! Je vois !

Un muet lui succède. Un grand bouillonnement se produit, et il ressort en criant :

— Je parle ! Je parle !

Saisi par l'euphorie générale, un paralytique se précipite dans la piscine avec sa petite voiture. Alors un grand bouillonnement se produit…

Et il ressort avec des pneus neufs.

625

Un routier passe la frontière au volant de son vingt-tonnes. Le douanier lui demande :

— Qu'est-ce que vous transportez ?

— Quinze mille douzaines d'huîtres.

— Ouvrez-les…

626

Une petite fille demande à sa grand-mère :

— Mamie, qu'est-ce que c'est un amant ?

— Eh bien, un amant, c'est un monsieur qui n'est pas le

mari d'une dame, qui vient chez elle quand celui-ci n'est pas là, et qui...

À ce moment elle se frappe le front et s'écrie :

— Oh, mon Dieu !

Elle fouille dans un tiroir, sort une clé, court vers le placard, met la clé dans la serrure, et quand la porte s'ouvre, un squelette tombe par terre.

627

Une dame entre dans une boutique de lingerie de luxe, tandis que Monsieur l'attend dehors.

Cinq minutes plus tard elle ouvre la porte et dit :

— Chéri, j'ai besoin de toi ! J'ai trouvé un soutien-gorge superbe, mais il vaut plus de mille francs...

Alors le mari lui lance :

— Laisse tomber !

628

Dans un bar londonien, un homme s'installe sur un tabouret et commande deux cognacs. Le barman lui sert un double cognac, et le client dit :

— Barman, je n'ai pas demandé un double mais deux cognacs.

— Je vous prie de m'excuser, sir, ne voyant personne d'autre j'avais cru que vous étiez seul...

— Mais je suis seul ! Je vais vous expliquer : j'ai un frère jumeau, et nous ne nous sommes pratiquement jamais quittés. Or désormais ses obligations professionnelles l'appellent aux Indes. Alors nous nous sommes juré de trinquer ensemble, à distance, chaque jour à la même heure. Voilà pourquoi je commande deux cognacs séparés...

— Je comprends, dit le barman.

Et ponctuellement, le client vient chaque soir boire ses deux cognacs. Jusqu'au jour où il entre en disant :

— Barman ! un cognac !

— Mon Dieu ! fait le barman. Il est arrivé quelque chose à monsieur votre frère ?

— Rassurez-vous, il est en parfaite santé. C'est à moi que le médecin a interdit l'alcool…

629

Une jeune femme se présente à la clinique d'accouchement de la ville, et réserve une chambre pour le 15 mai. Une demi-heure plus tard, une autre vient réserver une chambre pour le 15 mai. Un quart d'heure plus tard, une troisième, toujours pour le 15 mai. Et ça continue, toutes pour le 15 mai. À la vingtième, la réceptionniste ne lui laisse pas annoncer la date.

— Pour le 15 mai, bien entendu ?

— Ah non, pour début juin. Moi, je n'étais pas à la surprise-partie…

630

Un chômeur rentre chez lui tout joyeux et dit à sa femme :

— Ça y est, chérie, j'ai trouvé un gagne-pain ! C'est sur une île du Pacifique, où il y a dix femmes pour un homme. Chaque fois que je ferai l'amour, on me donnera trois cents francs. Ça t'ennuie ?

— Non. Mais même sur une île, comment feras-tu pour vivre avec trois cents francs par mois ?

631

Dans un jardin public, une vieille dame se penche sur un landau et dit à la maman :

— Quelle jolie petite fille !

— Et ça ce n'est rien, répond la mère. Si vous voyiez sa photo !

Dans un bar, un homme, juché sur son tabouret, dit à son voisin :

— Monsieur, je n'ai pas le plaisir de vous connaître, mais je tiens à vous dire que je vous trouve extrêmement beau.

— Confidence pour confidence, je vous trouve très beau aussi...

— Vous êtes homosexuel ? demande le premier.

— Non, répond l'autre. Et vous ?

— Moi non plus.

Alors tous deux s'écrient en chœur :

— Quel dommage !

Daniel Barenboïm vient à Jérusalem diriger pour un concert exceptionnel l'Orchestre National d'Israël.

Il monte sur l'estrade, saisit sa baguette et dit :

— Messieurs... Une mesure pour rien !

Et tous les musiciens s'en vont.

La Rolls d'un milliardaire aussi snob que riche a été accidentée, sa Bentley est en panne, et son fils est parti sur la Côte avec la Jaguar. Il fait appeler un taxi, mais les taxis sont en grève. Alors il se décide à prendre le métro. Arrivé au guichet, il demande à l'employé :

— Dites-moi, mon brave, comment faisons-nous pour pénétrer ?

— Eh bien, monsieur, vous achetez un ticket et vous passez au tourniquet, là-bas.

L'autre passe sur le quai, attend, et lorsque la rame débouche du tunnel il se penche, claque des doigts, et lance :

— Hep ! métro !

Devant la vitrine d'un fourreur où sont exposés de superbes manteaux de vison, une jeune femme se blottit contre
son mari et lui dit tendrement :

— Chéri, j'ai très très froid…

— Tu sais bien que je ne peux rien te refuser, répond
l'époux. Viens, je vais t'acheter un cornet de marrons…

Un Belge raconte à un de ses amis :

— Si tu savais ce qui m'est arrivé l'autre jour ! Figure-toi
que je vais avec la voiture à Paris pour mes affaires. Je passe
la frontière, et je vois, sur le bord de l'autoroute, une fille
superbe qui faisait du stop. « Je vais à Cannes… », me dit-
elle. Je lui explique que moi je vais à Paris, mais que ça la
rapprochera, et elle monte. Elle s'assied en retroussant sa
jupe presque jusqu'à la culotte ! On part, et au bout d'un certain temps, machinalement, je pose ma main sur son genou.
À ce moment-là, elle se penche vers moi, et elle me dit à
l'oreille : « Tu peux aller plus loin… »

— Et alors ? fait l'autre.

— Alors, je suis allé jusqu'à Lyon !

*Comment appelle-t-on un nain avec une punaise dans le
derrière ?*

Un pin's.

Dans un train, une dame, avec un nourrisson dans les bras,
dégrafe en cours de parcours son corsage, sort un sein imposant, et s'apprête à donner la tétée.

Alors un petit garçon assis dans le compartiment demande à sa mère :

— Maman, qu'est-ce qu'elle fait la dame ?

— Elle nourrit son bébé, mon chéri.

Le petit garçon contemple bouche bée l'énorme sein, et dit :

— Il va manger tout ça sans pain ?

639

Dans des toilettes publiques, deux constipés sont dans des cabines voisines. Et depuis plusieurs minutes, à travers la cloison, on les entend pousser, pousser en vain. Soudain, dans la cabine du premier, retentit un : « Floc ! »

— Veinard ! soupire le second.

— Tu parles ! C'est ma montre…

640

Un Noir qui travaille chez Renault rentre chez lui en retard.

— Pardonne-moi, ma gazelle, dit-il à sa femme, de n'arriver que présentement, mais figure-toi qu'en sortant de l'usine, je suis rentré dans un bistrot pour boire une menthe à l'eau, et là il y avait une bande de types un peu bourrés. À un moment, il y en a un qui a dit : « Si on faisait un concours de quéquettes ? Cinquante francs de mise chacun, et celui qui a la plus longue ramasse tout ! »

— J'espère que tu n'as pas sorti la tienne ?

— Rassure-toi, ma beauté ! Juste un tout petit bout, uniquement pour rafler les mises…

641

Deux copains discutent de leurs prochaines vacances.

— Moi, dit le premier, je vais aux Indes avec le club « Voir et connaître ». Et toi ?

— Moi je vais à Naples avec le club « Voir et mourir ».

Dans le métro, un homme qui est visiblement en état d'ébriété, dit à une dame assise en face de lui :

— Ce que vous êtes moche, madame ! À ce point-là, c'est incroyable... J'en ai vu des mochetés dans ma vie, mais comme vous, jamais ! Vous êtes la plus moche des plus moches que j'aie rencontrées...

— Vous êtes ivre, mon ami ! fait la dame d'un ton pincé.

— Ça c'est vrai, je suis rond comme une bille ! Complètement bourré ! Mais, ajoute-t-il avec un sourire béat, moi, demain, ça ne se verra plus...

643

— J'ai eu une carrière exceptionnelle, confie à un journaliste une vedette d'Hollywood, mais je n'ai pas eu de chance en amour. À chaque fois que j'ai rencontré un homme avec lequel je m'entendais parfaitement sur le plan sexuel, ou bien il était marié, ou bien moi je l'étais...

644

Pendant la guerre, un Spitfire britannique est touché au-dessus de la Manche par la D.C.A. allemande, et le pilote n'a que le temps de sauter en parachute.

Tandis qu'il descend, il aperçoit en dessous de lui un petit point blanc qui grossit, qui grossit, et il constate avec stupéfaction qu'il s'agit d'un autre parachute qui monte. Quand le type accroché au bout passe à sa hauteur, il lui demande, éberlué :

— Qu'est-ce qui vous est arrivé ?

Et l'autre répond :

— Ils ont coulé mon sous-marin...

Un homme téléphone au service renseignements d'Air France et demande :

— Quelle est la durée de vol sur Paris-New York en Concorde, s'il vous plaît ?

L'employée, qui est déjà en ligne, lui dit :

— Une minute, monsieur…

— Merci, fait l'autre en raccrochant.

646

Jésus s'avance sur le lac de Tibériade et marche sur les eaux, suivi de tous ses apôtres. Tous sauf un : Thomas, qui clame :

— Je ne veux pas y aller ! Je ne sais pas nager, je vais me noyer !

— Je suis le fils de Dieu, Thomas, dit Jésus. Si tu crois en moi, suis-moi et tu marcheras sur l'eau…

Alors Thomas finit par s'avancer, mais tout de suite il a de l'eau jusqu'au menton et hurle :

— Au secours ! Au secours ! Sauvez-moi !

— Arrête de faire l'intéressant ! lui souffle l'apôtre Jean. Fais comme tout le monde : marche sur les pierres…

647

Une troupe de comédiens, plus mauvais les uns que les autres, est en train de massacrer une pièce.

Soudain, dans la salle, un médecin se lève et crie :

— Y a-t-il un acteur sur la scène ?

648

Lors de l'inauguration de la bibliothèque de l'université américaine qu'il a entièrement financée, un milliardaire s'adresse aux étudiants :

— Jeunes gens, je vais vous raconter comment j'ai débuté. À dix-sept ans, j'ai trouvé une pomme dans le caniveau. Je l'ai essuyée, lustrée pour qu'elle soit bien brillante, je l'ai vendue et avec l'argent j'ai acheté deux pommes. Je les ai lustrées, revendues, et j'ai acheté quatre pommes. Au bout de quinze jours j'avais un cageot. Six semaines plus tard, je pouvais m'acheter une petite voiture de quatre saisons. C'est à ce moment-là que mon grand-père est mort en me laissant cent millions de dollars…

649

Une grande bourgeoise dit à sa bonne :
— Je suis persuadée que mon mari a une liaison avec sa secrétaire. J'en suis sûre !
— Oh ! fait la soubrette, madame dit ça pour me rendre jalouse…

650

Dans une tribu africaine, en pleine brousse, une femme noire met au monde un bébé blanc. Alors le chef du village convoque le missionnaire et lui dit d'un ton menaçant :
— Tu sais ce qui vient d'arriver ? Or, tu es le seul Blanc à des centaines de kilomètres à la ronde. Qu'as-tu à répondre ?
— Que les voies du Seigneur sont impénétrables. En créant le monde, il l'a voulu plein de diversité. Voilà pourquoi, sans que nous puissions comprendre comment, il use parfois de sa toute-puissance pour rompre l'uniformité. Regarde par exemple le troupeau de chèvres là-bas : elles sont toutes blanches, sauf une qui est noire…
— Écoute, fait le chef, j'oublie l'histoire du bébé et toi, tu ne dis rien pour la chèvre…

Passionné de golf, un Anglais emmène pour la première fois son jeune fils sur les links et lui dit :

— Je vais t'expliquer les règles de ce noble sport. C'est très simple. Tu poses une boule de quatre centimètres de diamètre sur une autre boule de treize mille kilomètres de diamètre. Il s'agit alors, avec ton club, de frapper la petite sans toucher la grosse…

652

Les décédés du jour sont accueillis au paradis par saint Pierre :

— Que ceux et celles qui ont trompé leur conjoint, ne serait-ce qu'une fois, se mettent à ma droite. Que ceux et celles qui sont restés fidèles toute leur vie se mettent à ma gauche…

Tout le monde va à droite, sauf une vieille femme qui reste à gauche. Alors saint Pierre lui crie :

— Vous, la sourde, allez rejoindre les autres !

653

Deux Belges regardent passer un avion à basse altitude :

— C'est le roi Baudouin qui est dedans. Je reconnais son appareil…

— Tu te trompes sûrement, Alfred ! Si notre roi était dans cet avion, il serait escorté par des motards…

654

En se réveillant un matin, un homme constate qu'on est le 7 juillet, le 7.7, et qu'il est juste 7 heures. Dans son courrier, il trouve 7 lettres. En consultant son magazine de télévision, il constate que le film du soir, c'est *Les 7 mercenaires*. Le midi, au restaurant, on lui donne la table 7. L'après-midi, il se rend aux courses en taxi, et comme par hasard c'est une voiture de la compagnie G7.

Alors, devant cette accumulation de signes du destin, il attend la septième course, et met tout l'argent de son mois, soit sept mille francs, sur le 7.

Et le cheval finit septième.

655

Plusieurs familles de juifs russes viennent d'arriver dans un kibboutz israélien. Dans les toilettes, deux petits garçons font pipi côte à côte. Le premier regarde son voisin et dit avec étonnement :

— Ça alors ! T'es pas circoncis ?

— Non, fait l'autre. Papa sait pas si on reste…

656

Dans une grande surface d'outillage, un vendeur vante à un paysan les avantages d'une tronçonneuse et lui explique qu'avec un tel engin, abattre des arbres en série sera pour lui un jeu d'enfant. Conquis, l'autre en achète une.

Trois jours après, il revient au magasin.

— Dites donc, vous vous êtes foutu de moi avec votre machin ! J'ai mis une journée entière pour scier un malheureux arbre !

— Je ne comprends pas. Le moteur tourne normalement, quand vous appuyez sur le bouton rouge ?

— Quoi ? Quel bouton rouge ?

657

Le soir de leur nuit de noces, le marié dit à sa jeune épouse :

— Mon amour… dis-moi que je suis le premier…

— Bien sûr, mon chéri ! Mais qu'est-ce que vous avez donc tous à poser la même question ?

L'institutrice demande à ses élèves ce qu'ils voudraient faire quand ils seront grands. Et chacun de répondre : pilote… chirurgien… informaticien… policier… acteur…

Et voilà qu'un petit garçon, quand arrive son tour, dit :

— Moi, je voudrais avoir des poils partout…

— Pardon ? fait la maîtresse.

— Oui, des poils partout ! Sur les jambes, sur les bras, sur la poitrine, sur le dos…

— Mais pourquoi ?

— Parce que ma sœur, elle en a juste un tout petit peu en bas du ventre. Si vous saviez le fric qu'elle se fait !

Un borgne rentre le soir chez lui. Et en voulant ôter son œil de verre, il se trompe et retire l'autre.

— Zut ! s'écrie-t-il, les plombs ont sauté !

Deux homosexuels américains qui ne se sont pas vus depuis plusieurs mois se rencontrent dans un bar gay de San Francisco.

— Oh, bonjour, chéri, fait le premier, comment vas-tu ? Et ton petit ami, le grand blond tout musclé avec des beaux yeux bleus ?

— Il est parti…

— Pas possible ! Il t'a quitté pour qui ?

— Pour personne. Il s'est engagé dans les marines, et on l'a envoyé dans le Golfe. Il s'est battu pour la Tante Sam…

Dans un cinéma ultramoderne doté du plus grand écran du monde, un monsieur assis dans les tout premiers rangs demande à une dame qui est devant lui :

— Pardon, madame, pourriez-vous ôter votre chapeau ?

— Je ne peux pas, répond la dame, je suis dans le film...

662

Pour fêter ses noces d'or, un vieux couple décide de refaire le même voyage qu'il y a cinquante ans. Ils retournent à Venise par l'Orient-Express, descendent dans le même hôtel, et logent dans la même chambre.

À leur retour, le meilleur ami du mari lui demande :

— Alors ? Comment ça s'est passé ?

— Exactement comme pour notre voyage de noces. Sauf que cette fois, c'est moi qui suis parti pleurer dans la salle de bains...

663

Un ingénieur français est invité avec son épouse à Moscou, chez un collègue soviétique qu'il a connu sur un chantier international.

Ils sont reçus à bras ouverts par le Russe et sa femme, qui leur disent :

— Si vous avez besoin de quelque chose, surtout n'hésitez pas ! Nous vous montrerons comment on fait pour s'en passer...

664

En pleine campagne, à deux heures du matin, un automobiliste crève. Il arrête sa voiture sur le bas-côté, ouvre le coffre : pas de cric. Il cherche sous les banquettes : pas de cric.

«Aucun doute, j'ai oublié mon cric, se dit-il. Il ne me reste plus qu'à aller à pied au prochain village qui doit être à cinq ou six kilomètres, en espérant que je trouverai un garage. Enfin, tant pis, c'est de ma faute. Ce qui est bête, c'est que je vais être obligé de donner la pièce au garagiste qui va me prêter son cric…»

Et il marche.

«Qu'est-ce que je raconte? Il ne me connaît pas, il ne va pas me prêter son cric alors qu'il ignore si je vais le lui rapporter. Il va venir avec la dépanneuse. Et pendant qu'il y sera, il ramènera ma voiture à son garage pour changer la roue à la lumière…»

Et il marche, un peu énervé.

«Mais je suis naïf, moi! À deux heures du matin, ce type va sortir sa dépanneuse, venir chercher ma bagnole, la ramener, tout ça pour changer une roue? Non, il va trouver qu'il y a un petit bruit et m'expliquer qu'il faut remplacer les bougies et les vis platinées!»

Et il marche, en commençant à s'échauffer sérieusement.

«Pourquoi s'arrêterait-il là? Quand on est malhonnête, on va jusqu'au bout! Il va me changer les amortisseurs, l'embrayage et les freins! Ensuite, dans la foulée, le carburateur et les pistons! Et comme tout ça c'est des pièces détachées, ça me coûtera plus cher qu'un moteur neuf!»

Il arrive enfin au village, très excité, et voit une pancarte : *Garage Durand. Le seul de la région ouvert la nuit.*

«Ah, ça c'est le bouquet! Si c'est le seul ouvert, ce n'est pas pour des prunes! Faut que ça rapporte! Sous prétexte qu'il a commencé le travail de nuit, il va tout me facturer au double tarif!»

Congestionné, hors de lui, il ouvre à la volée la porte du garage et hurle :

— Votre cric! Vous pouvez vous le foutre au cul!

665

Une femme rentre chez elle tout essoufflée et dit à son mari :

— Chéri! Si tu savais ce qui vient de m'arriver dans le parking de l'immeuble! Je venais de garer la voiture, quand

un type avec un énorme couteau m'a sauté dessus en criant :
« Ou je te viole, ou je te bute ! »

— Mon Dieu ! s'écrie le mari. Et alors ?

— Alors, me voilà…

666

Le Genève-Lausanne entre en gare. À l'avant du convoi,
le chef de train crie avec un bel accent suisse :

— Ici Lausanne…

Et à l'arrière le contrôleur, avec le même accent chantant,
crie :

— Ici aussi…

667

Un petit garçon a eu un vélo pour Noël. Et devant la
famille attendrie, il l'essaie autour de la maison.

À l'issue du deuxième tour, il passe en lançant fièrement :

— Sans les mains !

Et toute la famille applaudit.

Au troisième, il crie joyeusement :

— Sans les pieds !

Et les exclamations admiratives fusent.

Au quatrième, il repasse, les genoux écorchés, le nez
tuméfié, en disant d'une voix chuintante :

— Sans les dents…

668

Un homme avait un rêve dans la vie. Et il n'arrêtait pas
d'en parler à ses amis :

— Ah, si je pouvais avoir un sexe qui traîne par terre !…
Si je pouvais avoir un sexe qui traîne par terre !

Alors, pour lui faire plaisir, on lui a coupé les deux
jambes…

Un enterrement passe dans la rue. Tout seul derrière le corbillard, un petit garçon pleure à chaudes larmes. Bouleversée par la détresse de cet enfant, une dame s'approche et se met à marcher avec lui.

— C'est ta maman qu'on porte en terre ?

— Non, madame, dit le gosse entre deux hoquets.

— Ton papa ?

— Non, madame…

— Ton frère ou ta sœur ?

— Non plus…

— Qui est-ce ?

— Je ne sais pas…

— Mais alors pourquoi pleures-tu, mon petit bonhomme ?

— Parce que ce salaud de cocher veut pas que je monte à côté de lui !

Dans un restaurant à terrasse, par un beau jour d'été, un client belge entre furieux à l'intérieur et apostrophe le patron :

— Dites-moi, chef, je déjeune dehors avec ma femme, et voilà qu'au beau milieu du repas, elle vient de recevoir en plein sur le front une grosse crotte de pigeon. Ça est dégoûtant, hein, une fois !

— Monsieur, balbutie le patron, je suis tout à fait confus. Je vais vous donner une serviette en papier pour l'essuyer…

— Mais, mon pauvre ami, c'est trop tard ! Il s'est envolé !

Une jeune et jolie ethnologue vit au cœur de la brousse africaine. Un jour, elle est en train de lire devant sa cabane, lorsque brusquement surgit un énorme orang-outang. Il la saisit par les cheveux, lui arrache tous ses vêtements et la viole.

Soudain on entend un bruit de branches cassées, des piéti-
nements, et un second orang-outang déboule dans la clairière
en poussant des grognements. Alors la jeune femme s'écrie :

— Ciel! Mon mari!

672

Un type entre chez un horloger et pose son caniche sur le
comptoir en disant :

— Je vous apporte mon chien.

— Pour quoi faire? dit l'horloger abasourdi.

— Pour que vous voyez ce qu'il a. Il s'arrête toutes les
cinq minutes…

673

Une dame particulièrement laide visite un musée.

— Ce tableau, demande-t-elle au guide, c'est bien un
Renoir?

— Non, madame, un Monet.

— Et celui-ci aussi?

— À une lettre près. Il s'agit d'un Manet…

— Là, je crois que j'aperçois un Utrillo…

— Non, un Toulouse-Lautrec.

— Ah, celui-là, aucun doute : c'est un Picasso!

— Non, madame. C'est un miroir…

674

Un homme va chez son coiffeur.

— Faites-moi une coupe de cheveux impeccable, lui dit-
il. Parce que demain, ma femme et moi, nous prenons
l'avion pour Rome et nous allons réaliser un rêve : assister à
l'audience pontificale…

— Vous feriez mieux de renoncer, fait le coiffeur, vous
vous embarquez dans une galère! D'abord à l'aéroport de
Rome, il n'y a jamais de taxis, vous allez attendre trois

heures ! Ensuite, dans les hôtels, le personnel est tout le temps en grève. Les restaurants sont hors de prix ! Quant à l'audience pontificale, alors là il y a un monde fou ! Si vous n'êtes pas une personnalité officielle, vous êtes au dernier rang et vous ne voyez même pas le pape…

Trois semaines plus tard, le client revient chez le coiffeur.

— Alors, et ce voyage à Rome ? fait l'autre avec un petit sourire.

— Merveilleux ! Un vol sans histoires. À l'arrivée il y avait une armée de taxis. Notre hôtel était adorable, avec un personnel d'une gentillesse et d'une efficacité incroyables. Nous avons trouvé des petites trattorias pas chères et délicieuses. Quant à l'audience pontificale, elle a été l'apothéose de notre séjour. Nous étions au premier rang, et le pape m'a même parlé…

— Non ?

— Si. Il est venu vers moi, il a posé paternellement sa main sur ma tête, et il m'a dit : « Mon fils, je ne voudrais pas vous vexer, mais quel est le jardinier qui vous a fait une coupe de cheveux pareille ? »

675

Après avoir examiné une femme d'un certain âge qui est à la dernière extrémité, le médecin prend à part l'époux et lui demande :

— Il y a longtemps qu'elle râle ?

— Depuis que nous sommes mariés…

676

Un paysan a tellement mal à la gorge qu'il se décide, pour la première fois de sa vie, à aller consulter le médecin. Ce dernier décèle une très forte angine et lui prescrit des suppositoires à prendre pendant une semaine.

Huit jours plus tard, le paysan revient, l'air furieux :

— Docteur, j'ai toujours aussi mal à la gorge. Votre foutu traitement, ça ne m'a rien fait du tout, cré nom ! Pourtant j'ai bien suivi votre ordonnance : toute la semaine j'ai pris deux suppositoires le matin, deux le soir, en les avalant avec un verre d'eau. Eh ben, voulez que je vous dise ? Je me les serais mis dans le cul, ç'aurait été pareil !

677

Il y a le feu dans un hôpital. Les pompiers de plusieurs casernes arrivent très rapidement sur les lieux, et avec l'aide du personnel de l'établissement ils réussissent à évacuer sans incident tous les malades. Soudain, une odeur de caramel se répand dans l'air. Alors l'infirmière chef se frappe le front et dit au capitaine des pompiers :
— Mon Dieu ! On a oublié la diabétique du 14…

678

Dans un restaurant un client commande un pigeon aux petits pois. On le lui apporte, mais il n'arrive pas à le découper. Il fait changer son couteau, sans plus de résultat. Soudain il s'aperçoit que le pigeon a une bague à la patte, avec un petit tube. En s'aidant de sa fourchette, il réussit à ouvrir le tube et trouve un papier roulé à l'intérieur. Il le déplie avec précaution et lit : « Attaquons demain à l'aube. *Signé* : Foch. »

679

Grossiste dans le Sentier, Isaac rencontre son ami Moshe.
— Tu as mauvaise mine, fait Moshe.
— J'ai des insomnies. Que veux-tu, la mode qui change sans arrêt, les impayés, les contrôles fiscaux, je n'en dors plus ! Il faut que j'aille chez le docteur…
— Ne gaspille pas ton argent, compte les moutons !
— Comment ça ?
— C'est une méthode infaillible. Tu imagines une haie et des moutons qui la sautent un par un. Tu comptes les moutons, et la répétition finit par t'endormir…

Huit jours plus tard, Moshe rencontre Isaac qui a encore plus mauvaise mine.

— Tu n'as pas essayé le truc des moutons comme je t'ai dit?

— Si. J'en ai compté six mille cinq cents. Alors je me suis dit qu'il ne fallait pas gâcher tout ça. Je les ai fait tondre, j'ai fait tisser une draperie pure laine magnifique, et j'ai fabriqué cinq mille pardessus. Maintenant, je me demande où je vais trouver de la doublure pas chère, et je n'en dors plus…

680

Dans une chambre d'hôtel, une prostituée est complètement épuisée. Son client, un vieux bonhomme à barbe blanche, lui a fait l'amour trois fois. Et voilà qu'il lui demande poliment :

— Je pourrais recommencer une quatrième?

— Encore! Mais c'est pas vrai! C'est plus de l'amour, c'est de la rage, monsieur Pasteur!

681

Deux copains se rencontrent.

— Comment ça va?

— Mal. Mon grand-père est décédé il y a trois semaines en me laissant dix millions. Huit jours plus tard, ma pauvre grand-mère est morte de chagrin. Elle m'a légué sa maison et cinq autres millions. La semaine dernière j'ai perdu ma tante, qui m'adorait. Elle m'a laissé toute sa fortune. Et cette semaine, mon vieux… rien!

682

Le directeur commercial d'une grande société convoque un de ses représentants :

— Dites-moi, Martin, qu'est-ce que ça signifie sur votre note de frais «On n'est pas de bois : 500 francs»?

— Ça signifie, monsieur le directeur, que j'ai passé trois semaines sur la route, loin de ma petite amie, et qu'étant un homme, il est arrivé un moment où j'ai éprouvé l'impérieux besoin de me soulager avec une prostituée.

— Vous n'imaginez pas qu'on va vous rembourser ?

— Mais si, monsieur le directeur. Pour moi, il s'agit de frais professionnels dus à mon déplacement.

— Il n'en est pas question !

— Alors dans ce cas, allez vous faire mettre !

— Martin, je monte de ce pas chez le président lui répéter vos propos intolérables !

— Le président, qu'il aille se faire cuire deux œufs !

Le directeur fonce chez le P.-D.G. et lui rapporte mot à mot ce que vient de dire son collaborateur.

— Faites-moi monter le dossier Martin, demande le P.-D.G. à sa secrétaire.

Quelques minutes plus tard il lit :

« Martin Pierre, 37 ans. Entré dans la société en 1985. Meilleur chiffre d'affaires de tous les représentants dès la première année. Meilleur chiffre d'affaires et meilleure progression chaque année depuis. »

Il referme le dossier et dit à son directeur :

— Je n'ai pas de conseils à vous donner, mais en ce qui me concerne, j'ai une petite faim et je vais aller me préparer deux œufs sur le plat…

683

François Mitterrand reçoit à l'Élysée un grand banquier.

— Tout le monde a peur de la conjoncture, dit le chef de l'État, mais c'est injustifié. Je vais vous faire une confidence : actuellement, si je n'étais pas le président, j'investirais en Bourse. N'ai-je pas raison ?

— Tout à fait raison ! Moi aussi j'investirais en Bourse si vous n'étiez pas le président…

684

Un homme dont les mains tremblent sans interruption va consulter un médecin. Après l'avoir examiné, celui-ci lui demande :

— Vous buvez quoi d'habitude ?

— Du vin, docteur.

— Quelle quantité quotidienne ?

— Bof… sept ou huit litres !

— Sept ou huit litres ? Mon pauvre ami, s'exclame le docteur, ne cherchez plus l'origine de vos tremblements. Vous buvez trop !

— Oh, vous savez, docteur, j'en renverse beaucoup…

685

Un petit cow-boy, tout menu, tout malingre, sort d'un saloon. Une minute plus tard, rouge de colère, il y revient en criant d'une voix aiguë :

— Quel est celui qui a peint mon cheval en vert ?

Alors un immense cow-boy à la carrure impressionnante se lève, pose les deux mains sur ses colts et dit :

— C'est moi ! T'as quelque chose à redire ?

— Non… Je voudrais seulement vous demander quand vous comptez passer la seconde couche…

686

Une lady dit à son époux :

— Darling, Jeremy va avoir seize ans. Il faut l'informer des mystères de la vie, c'est à vous de le faire. Mais c'est un enfant sensible. Alors parlez-lui des abeilles, des pigeons, des chevaux…

— Entendu, my dear.

Et le duc va voir son fils :

— Jeremy, vous vous souvenez de ce que nous avons fait à Londres la semaine dernière avec ces deux charmantes personnes ? Eh bien, votre mère vous fait dire que pour les abeilles, les pigeons et les chevaux, c'est pareil.

Une dame d'âge mûr, pleine de varices partout, est invitée à un bal costumé.

Elle cherche longtemps ce qu'elle va mettre, et puis elle finit pas se décider : elle y va toute nue, déguisée en carte routière.

À Bruxelles, un garçon et une fille sont éperdument amoureux l'un de l'autre.

Mais un jour, le jeune homme dit à la demoiselle :

— Tu sais comme je t'aime. Tu sais que je tiens à toi plus qu'à moi-même. Mais nous ne pourrons jamais nous marier ensemble.

— Pourquoi ? demande-t-elle les larmes aux yeux.

— Parce que chez nous, on se marie uniquement à l'intérieur de la famille.

— Mais enfin, il peut y avoir une exception !

— J'ai vérifié tout l'arbre généalogique, dit le jeune Belge, il n'y a jamais eu une seule exception : mon grand-père a épousé ma grand-mère, mon oncle a épousé ma tante, mon père a épousé ma mère…

Dans le métro, une jeune femme debout dit à un monsieur qui est assis :

— Pourriez-vous me céder votre place ? Je suis enceinte !

L'homme se lève en rougissant :

— Je vous prie de m'excuser, je n'avais pas vu… D'ailleurs, ça ne se voit pas tellement. Vous êtes enceinte depuis quand ?

— Une demi-heure, mais ça coupe les jambes !

Mohamed vend des merguez dans une petite camionnette garée quotidiennement à un endroit très passager, juste devant la banque Rothschild.

Un jour son ami Saïd lui dit :

— J'ai plus de sous pour finir le mois. Comme tes affaires marchent bien, j'ai pensé que tu pourrais peut-être me prêter cinq cents francs ?

— Ma parole, fait Mohamed, je voudrais tellement te rendre ce petit service, mon frère ! Mais je ne peux pas ! J'ai un accord avec Rothschild : je ne prête pas d'argent, et lui ne vend pas de merguez…

691

Un mari rentre chez lui et trouve sa femme au lit avec un Sénégalais.

— Eh bien ! lui dit-elle, depuis le temps que tu me soupçonnais d'infidélité, maintenant tu en as la preuve noir sur blanc !

692

Un paysan a embourbé son attelage et jure bien évidemment… comme un charretier ;

— Nom de Dieu de bordel de sacré nom de Dieu de chierie de nom de Dieu !

Passe à bicyclette le curé du village qui lui dit :

— Mon fils, cessez de blasphémer le nom du Seigneur ! Ça n'arrangera rien, bien au contraire. Demandez plutôt à Dieu, qui est infiniment bon, de vous aider à sortir de ce mauvais pas…

— Vous croyez ? fait le paysan perplexe.

Il se met à genoux, lève la tête vers le ciel et s'écrie :

— Seigneur, vous qui pouvez tout, je vous supplie de m'aider à me désembourber…

Soudain un grand bruit se produit, il y a une violente lumière, et la charrette sort toute seule du fossé.

Alors le curé s'écrie :

— Ah… Nom de Dieu de Nom de Dieu !

693

Dans un dîner en ville, la conversation vient sur le Brésil.

— Le Brésil, lance un convive, c'est un pays qui ne nous envoie que des footballeurs et des putes !

— Je vous signale, dit un autre invité d'un ton sec, que ma femme est brésilienne.

— Ah bon ? Et à quel poste joue-t-elle ?

694

Quelle est la devise des homosexuels masochistes ?
Frappez avant d'entrer.

695

Une vieille femme très pauvre aperçoit sur la route qui passe devant sa masure un crapaud qui tente de traverser. Se rendant compte qu'il va se faire écraser, elle se précipite, le ramasse délicatement et le dépose sur le bas-côté. Et voilà que le crapaud se transforme en fée, laquelle lui dit :

— En me sauvant la vie, tu as brisé le sort qu'on m'avait jeté. Tu as droit à trois vœux, je les exaucerai tous les trois.

— Madame la fée, regardez la bicoque où j'habite. J'aimerais tellement avoir une belle maison, avec tout le confort…

— Tu l'auras. Quel est ton second vœu ?

— Je voudrais redevenir jeune et belle.

— Tu le seras. Et le troisième ?

— Eh bien, je vis seule avec mon chat. Vous ne pourriez pas le changer en un séduisant jeune homme ?

— C'est d'accord.

La fée donne un coup de baguette magique, et la vieille se

retrouve dans une magnifique maison, luxueusement meublée. Elle se regarde dans une glace, et y voit une ravissante jeune femme. Et à la place du chat, il y a un garçon superbe dont elle tombe sur l'instant follement amoureuse. Elle s'avance vers lui, offerte. Alors le garçon lui dit :

— Tu ne regrettes pas de m'avoir fait couper le mois dernier ?

696

Après deux ans de croisade, un chevalier rentre au château et ôte enfin son armure.

— Oh, chéri ! s'exclame sa gente dame, comme tu es bronzé !

— Mais non, fait le chevalier. C'est la rouille…

697

Un antisémite dit à un de ses amis :

— Toutes les catastrophes, c'est la faute des juifs ! La Deuxième Guerre mondiale, l'invention de la bombe atomique, les conflits au Moyen-Orient, le krach de Wall Street, le naufrage du *Titanic*, c'est les juifs !

— Écoute, fait l'autre, je ne suis déjà pas d'accord avec toi, mais pour le *Titanic* tu charries vraiment ! Il a heurté un iceberg…

— Et alors ? Iceberg, c'est pas un nom juif peut-être ?

698

Un trou s'étant formé à la suite d'un effondrement de terrain, une entreprise de travaux publics est chargée de le faire disparaître.

Un camion-benne vient sur place, charge le trou et s'en va. Il roule depuis un certain temps, quand tout à coup le chauffeur constate dans son rétroviseur que sa benne est vide.

«Zut ! J'ai perdu le trou !» se dit-il. Alors il s'arrête, repart en marche arrière, et une minute plus tard, il tombe dans le trou.

699

Sur le chantier d'un immeuble en construction, un ouvrier tombe du sixième étage de l'échafaudage et s'écrase dans la rue.

Immédiatement un attroupement se forme. Quelques secondes plus tard, un agent rapplique, fend la foule, et crie :

— Qu'est-ce qui se passe ?

Alors l'ouvrier qui gît au sol entrouvre les yeux et murmure d'une voix faible :

— Je n'en sais rien. J'arrive…

700

De nombreuses plaintes affluent au commissariat concernant des vols de rubans de couronnes dans un cimetière. Perplexes, les policiers tendent une souricière et, effectivement, la nuit suivante, ils voient une ombre se glisser entre les tombes et arracher un à un les rubans. Ils bondissent et découvrent une toute jeune fille qui fond en larmes en leur expliquant entre deux sanglots :

— Je suis orpheline et ce sont mes grands-parents qui m'élèvent. Comme ils sont très pauvres, nous récupérons ces rubans de satin pour les coudre et en faire des sous-vêtements…

Sceptiques, les agents la raccompagnent chez elle. Mais les grands-parents confirment ce qu'elle dit et en apportent la preuve. La vieille dame déboutonne son chemisier et dévoile un soutien-gorge violet portant l'inscription : *À mes chers disparus*.

Le papy baisse son pantalon et exhibe un superbe caleçon, violet également, sur le devant duquel on peut lire : *Regrets éternels*.

Enfin la jeune fille soulève sa jupe et montre son slip violet orné de la phrase suivante : *Le personnel de la Régie Renault reconnaissant*.

701

Dans les rues de New York, il faut désormais trois policiers pour arrêter un seul dealer noir.

L'un embarque le Noir, et les deux autres son poste de radio.

702

Un couple se présente dans une école de langues :

— Nous voudrions apprendre le cambodgien avec la méthode accélérée…

— Écoutez, dit le directeur, pour l'anglais, l'espagnol, pas de problème. Mais le cambodgien c'est une langue très difficile, surtout pour des Européens. Pourquoi voulez-vous l'apprendre en accéléré ?

— Parce qu'on vient d'adopter un petit Cambodgien d'un an, dit le mari. Alors dans quelques mois, quand il va commencer à parler, on voudrait comprendre ce qu'il dira…

703

Le président George Bush invite à dîner à la Maison Blanche les ambassadeurs de France, de Grande-Bretagne, et de Russie. Au menu, comme plat principal, un superbe chili con carne.

Après le dîner, on passe au salon. Mais les haricots rouges faisant leur effet, l'épouse du président lâche un bruit aussi sonore que caractéristique. Aussitôt l'ambassadeur de France prouve qu'il est aussi celui de la galanterie et dit :

— Monsieur le président, je suis confus. Je vous prie d'accepter mes excuses…

Les conversations reprennent, et dix minutes plus tard madame Bush laisse échapper un nouveau bruit. Immédiatement, l'ambassadeur de Grande-Bretagne, en parfait gentleman qu'il est, dit :

— Sorry, mister president. Je vous prie de bien vouloir me pardonner…

Un quart d'heure s'est à peine écoulé que la pauvre

madame Bush ne peut retenir un troisième bruit, encore plus sonore que les deux précédents. Alors l'ambassadeur russe se lève d'un bond et quitte la pièce sans un mot.

Quelques minutes plus tard, il réapparaît, se dirige droit vers George Bush et lui dit en s'inclinant :

— Monsieur le président, mon gouvernement m'autorise à vous informer que la Russie prend à son compte le pet de madame la présidente...

704

À Deauville, un client entre dans un bar et dit :
— Je voudrais un gin...
Immédiatement, quinze pieds-noirs se lèvent en demandant :
— Quelle taille ?

705

Un automobiliste entre en coup de vent dans la cour d'une ferme et demande à la fermière :
— Avez-vous un cheval noir ici ?
— Non.
— Une vache noire ?
— Non.
— Un mouton noir ?
— Non.
— Un gros chien noir ?
— Non plus.
— Alors il n'y a pas de doute. J'ai écrasé le curé...

706

Comment reconnaît-on un Suisse pauvre d'un Suisse riche ?
Le Suisse pauvre conduit sa Mercedes lui-même.

707

Sur la table de la cuisine, un fils d'émigré fait un devoir de géographie. Soudain il lève la tête et demande :
— Papa... Où c'est le Portugal ?
— Attends, mon fils, laisse-moi réfléchir. Je sais que c'est pas bien loin, parce que dans mon atelier, chez Renault, il y a un Portugais, et tous les matins, il vient en mobylette...

708

Au lendemain d'une grande party qu'ils ont donnée dans leur somptueuse propriété de Beverly Hills, un couple d'acteurs d'Hollywood se réveille sur le coup de midi. Le mari demande à son épouse :
— Darling... Est-ce avec toi que j'ai fait l'amour cette nuit au bord de la piscine ?
Et sa femme répond :
— À quelle heure ?

709

Un chef de tribu africaine vient pour la première fois à Paris. À son retour, tout le monde l'entoure pour lui demander ce qui l'a le plus frappé.
— Ce sont les sorciers blancs, dit le chef. Ils sont beaucoup plus forts que les nôtres. On m'a emmené dans un grand temple qui s'appelle le Parc des Princes. Là, il y avait cinquante mille fidèles rassemblés autour d'une pelouse. Et puis sont arrivés onze officiants habillés en rouge et onze autres habillés en bleu. Et en dernier le grand sorcier blanc habillé tout en noir. Il s'est mis au milieu de la pelouse, il a donné un coup de sifflet, et alors...
— Et alors ? fait l'assistance subjuguée.
— Alors, vous n'allez pas me croire... À l'instant même, la pluie s'est mise à tomber !

Énorme scandale en Corse : on a découvert que des inconnus avaient dérobé le résultat des prochaines élections.

711

Poursuivis par les Égyptiens, les Hébreux sont bloqués au bord de la mer Rouge. Les lieutenants de Moïse, ses conseillers, tout son peuple, attendent sa décision. Et il dit :

— Je vais faire en sorte, avec la grâce de Jehovah, que les eaux de la mer Rouge s'ouvrent devant nous. Nous traverserons à pied sec, et les flots se refermeront derrière, noyant les Egyptiens qui tenteraient de nous suivre…

Alors son attachée de presse s'écrie :

— Momo, si tu réussis ça, je t'obtiens douze pages dans la Bible !

712

Figure bien connue à Marseille, le capitaine Ramotte, un ancien de la marine marchande, s'est lancé dans les affaires, ce qui l'amène à monter chaque semaine à Paris.

Un jour, alors qu'il s'apprête à partir, sa femme, une valise à la main, lui dit :

— Chéri ! Je t'ai fait une surprise… Je viens avec toi !

— J'aimerais tellement, répond le capitaine Ramotte qui n'en pense pas un mot, mais c'est impossible : les trains sont complets, et j'ai une chambre d'une personne…

— Je me suis occupée de tout ! J'ai pris mon billet et prévenu ton hôtel. Je serais tellement heureuse que nous passions une soirée parisienne ensemble…

Ils arrivent à Paris, s'installent à leur hôtel, et le soir, au moment où ils vont pour sortir, le concierge accourt :

— J'ai fait réserver votre table au Crazy Horse Saloon, capitaine Ramotte…

— Comment ? fait l'épouse. Tu vas voir les femmes nues quand tu montes à Paris ?

— Jamais, ma douce. C'est pour te faire plaisir que j'ai demandé au concierge de nous réserver un bon spectacle.

— Ah…

Dehors un taxi les attend :

— Au Crazy Horse, capitaine Ramotte ?

— Comment ce chauffeur le sait-il ? interroge la femme de plus en plus soupçonneuse.

— Parce que le portier lui a indiqué notre destination. C'est ça les grands hôtels !

À peine ont-ils pénétré dans le cabaret que le maître d'hôtel se précipite :

— Capitaine Ramotte, je vous ai réservé notre meilleure table…

— Ose me dire que tu n'es pas un habitué ? murmure la dame.

— J'ose, ma bien-aimée. Je ne viens jamais dans cet établissement ! C'est l'hôtel qui a demandé une très bonne table à notre nom…

Le spectacle commence. Une superbe fille entame un strip-tease éblouissant. Quand elle arrive à la dernière pièce de nylon, qu'elle fait glisser lentement le long de ses jambes, l'assistance retient son souffle. Elle fait tournoyer au-dessus de sa tête le triangle bordé de dentelle, et lance d'une voix coquine :

— Pour qui la petite culotte ?

Et toute la salle répond en chœur :

— Pour le capitaine Ramotte !

713

Dans un restaurant, un serveur apporte à un client une portion de bœuf bourguignon en tenant l'assiette de telle façon que son pouce trempe carrément dans la sauce.

Outré, le client lui dit :

— Mais enfin, garçon ! Vous avez vu où vous mettez votre pouce ?

— C'est exprès, monsieur. Le docteur m'a recommandé de tenir mon panaris au chaud…

Penché au-dessus du parapet d'un pont qui enjambe le fleuve, un homme répète :

— 37…, 37…, 37…

Intrigué par ce manège, un passant s'approche, se penche à son tour, scrute l'eau et dit :

— Je ne vois rien…

À ce moment-là, l'autre l'attrape par le fond de son pantalon et le balance par-dessus le parapet. Puis il reprend sa position en disant :

— 38…, 38…, 38…

Deux jeunes mariés sont en voyage de noces. Et le garçon, en serrant sa femme entre ses bras, lui dit extasié :

— Que c'est beau un premier amour ! Ce sont des moments de passion inoubliables !

— C'est vrai, répond-elle, inoubliables ! Mais tu sais, je t'aime bien toi aussi…

Après avoir conquis les villes françaises, la restauration chinoise s'attaque au monde rural. Un jour, le café d'une petite bourgade de Provence est vendu, et les villageois voient avec stupéfaction le toit de tuiles roses s'orner d'une sorte de chapeau de pagode, tandis que l'enseigne *Lou Pescadou* est remplacée par *Aux merveilles de Pékin* écrit au néon rouge. Bien entendu, les conversations vont bon train et l'on se murmure de bouche à oreille des choses épouvantables sur ce que ces gens-là mettent dans leur drôle de cuisine.

À quelques jours de l'ouverture, le restaurateur chinois se pointe à l'épicerie du village :

— Bonjour, monsieur l'épicier. Je voudrais douze boîtes de Canigou.

— Oh boudiou ! fait l'autre méfiant. Vous comptez en faire quoi de ce Canigou ?

— Le donner à mes chiens, bien sûr ! J'ai deux labradors.

— Alors, amenez-les-moi, môssieur ! Quand je les aurai vus, je donnerai les boîtes !

Un quart d'heure plus tard, le Chinois revient avec ses deux labradors, et l'épicier lui donne son Canigou. Le lendemain il se pointe à nouveau dans la boutique :

— Je voudrais douze boîtes de Ronron…

— Et vous comptez le mettre dans quoi ce Ronron ? demande l'épicier.

— Dans l'écuelle de mes chats, bien entendu. J'ai trois persans…

— Eux aussi, j'aimerais bien les voir de mes propres yeux. Quand vous me les aurez montrés, vous aurez les boîtes !

Un quart d'heure après, le Chinois revient avec ses trois persans et repart avec son Ronron.

Le lendemain, il arrive avec un petit récipient en porcelaine chinoise, soulève le couvercle et dit à l'épicier, en lui tendant une petite cuiller en argent :

— Goûtez-moi ça…

— Oh, je n'ose pas, fait l'autre. C'est trop gentil…

— Si, si, j'insiste. Goûtez !

Alors l'épicier goûte, et recrache immédiatement en s'écriant :

— Mais c'est de la merde !

— Exact, fait le Chinois. Je voudrais douze rouleaux de papier hygiénique…

717

Un homme qui souffre beaucoup se précipite chez le médecin le plus proche et dit en entrant dans le cabinet :

— Docteur, j'ai horriblement mal au testicule gauche. Je vous en prie, faites quelque chose !

— Vous avez mal lu la plaque qui est sur la porte d'entrée, répond son interlocuteur. Je suis docteur en droit.

— Ah bon ? Excusez-moi, fait le type, je ne savais pas qu'aujourd'hui on était spécialisé à ce point-là…

Deux fabricants de prêt-à-porter discutent :

— Les affaires, fait le premier, quelle catastrophe ! Non seulement c'est le marasme, mais en plus les pays du Sud-Est asiatique cassent les prix ! Je n'en dors plus ! Et toi ?

— Moi, je dors comme un bébé…

— Pas possible !

— Si. Je dors une heure, je pleure trois heures… Je dors une heure, je pleure trois heures…

Deux chasseurs belges rentrent d'un safari en Afrique.

— Ça s'est bien passé ? leur demande un ami.

— Magnifique ! fait le premier. On a fait un tableau de chasse exceptionnel. Surtout avec les panous…

— Qu'est-ce que c'est les panous ?

— Ce sont des animaux tout noirs avec des poils frisés sur le dessus de la tête. Ils marchent sur les pattes de derrière, et quand on les met en joue, ils agitent les pattes de devant en criant : « Pas nous ! Pas nous ! »

Dans la campagne anglaise, deux Rolls se retrouvent face à face au beau milieu d'un pont à une voie. Cinq minutes s'écoulent et aucune des deux ne recule. C'est alors que l'un des chauffeurs descend de son véhicule, s'approche lentement de celui qui est en face, ôte sa casquette et se penche vers son collègue :

— Excuse me. Auriez-vous l'obligeance de m'accompagner un instant jusqu'à ma voiture ?

— Bien volontiers, répond l'autre.

Et ils se dirigent vers la première Rolls dont le chauffeur ouvre cérémonieusement la portière arrière.

— J'ai le privilège de conduire, comme vous pouvez le

constater, la duchesse de Kent et sa fille. Auriez-vous l'amabilité de me céder le passage ?

— Accepteriez-vous à votre tour de m'accompagner un instant jusqu'à ma voiture ?

— Mais certainement.

Ils repartent dans l'autre sens et retournent à la seconde Rolls dont le chauffeur ouvre non moins cérémonieusement la portière arrière. Sur la banquette est assise, impassible, la reine Elisabeth d'Angleterre.

— Et ça, dit le chauffeur, c'est de la merde ?

721

L'archevêque de Munich rend visite à l'archevêque de Paris. Profitant du beau soleil, ils se promènent sur le parvis de Notre-Dame, lorsqu'ils croisent une fille ravissante vêtue d'une robe ultracourte et très ajustée.

— Schön ! s'exclame le prélat allemand.

— Et abstinence ! ajoute tristement le Français.

722

Dans la grand-rue d'un village, un touriste voit passer un enterrement. Seul un brave chien suit le corbillard. Ému par ce spectacle, l'homme dit au croque-mort :

— Comme il devait l'aimer, son maître…

— Ce n'était pas son maître !

— Alors, pourquoi ce chien suit-il le cercueil ?

— Bah… Il espère avoir un os…

723

Un enseignant confie à un de ses collègues :

— Je commence à avoir des doutes sur la fidélité de ma femme. Quand on s'est mariés, on habitait Brest. Deux ans plus tard, j'ai été muté à Strasbourg. Depuis six mois, je suis ici à Toulouse…

— Et alors ?

— Alors, on a toujours le même facteur !

724

Aimant beaucoup la Côte d'Azur, un couple de Belges décide d'y acquérir une résidence. Ils visitent une villa, élégante, spacieuse, bien agencée, pas trop chère. Mais elle est coincée entre l'autoroute d'un côté, et la voie du chemin de fer de l'autre.

— La maison est jolie, je ne dis pas, fait la dame, mais avec tous ces camions et ces trains qui passent, il y a un bruit infernal !

— Vous savez, réplique le représentant de l'agence, c'est gênant la première semaine, mais après on ne les entend même plus…

— Dans ce cas, plus de problème ! fait le mari. Chérie, la première semaine, on ira à l'hôtel !

725

Deux amies en vacances au Club Med, au Sénégal, se font leurs confidences.

— Figure-toi, dit l'une, qu'hier soir, en me promenant sur la plage après dîner, je suis tombée sur deux Noirs complètement nus avec des sexes énormes ! Je crois que je n'ai jamais couru aussi vite de ma vie !

— Et alors ? fait sa copine.

— Alors, je n'ai pas réussi à les rattraper…

726

Quelle différence y a-t-il entre un bonhomme de neige et une bonne femme de neige ?

Deux boules de neige.

Deux hommes très élégants — smoking et manteau de cachemire — sortent d'une soirée complètement ivres. Après une cinquantaine de mètres parcourus en titubant, l'un dit à l'autre :

— Avec tout ce que j'ai bu, j'ai une envie terrible de me soulager…

— Moi aussi.

Alors ils s'arrêtent et ouvrent leur pantalon. Au bout d'une minute, le premier dit :

— C'est curieux ! Moi je fais pipi, ça fait du bruit, et toi on n'entend rien. Pourquoi on n'entend rien ?

— C'est parce que je pisse sur ton manteau…

Dans un grand ensemble de banlieue, un prêtre interpelle un gamin qui joue sur le trottoir :

— Dis-moi, petit, sais-tu où je peux trouver la gardienne ?

— Bâtiment E, rez-de-chaussée à gauche, monsieur.

— Ne m'appelle pas « monsieur », mais « mon père ».

— Ben ça alors ! fait le gosse, c'est maman qui va être surprise. Elle disait qu'on ne te reverrait jamais…

Un jeune coopérant français a été nommé inspecteur d'académie en Afrique du Nord. Il arrive un jour dans une oasis perdue au cœur du Sahara, avec une petite école. Après s'être présenté à l'instituteur, qui l'informe que le cours prévu ce matin-là est le français, il choisit un élève au hasard et lui demande :

— Qu'est-ce que tu étudies en ce moment en français ?

— Eh ! madame de Sévigné…

— Et sais-tu ce qu'elle écrivait, madame de Sévigné ?

— Ouais, m'sieur ! Des lettres…

« Quelle joie, se dit le coopérant, de constater que la culture française pénètre aussi loin. »

— Sais-tu à qui elle écrivait ces lettres ?

— Ouais, m'sieur ! À sa fille, madame de Grignan…

« Quelle merveille, songe le coopérant, de voir ces enfants s'éveiller à notre littérature et l'aimer. »

— Et que disait-elle dans ces lettres ?

— Bof ! Des conneries…

730

Un célèbre danseur, également réputé pour son homosexualité, est reçu en audience privée par le pape. Après avoir embrassé l'anneau pontifical, il redresse la tête et s'écrie :

— Oh, très Saint-Père, quelle merveille ! Quelle jolie bague vous avez !

Alors le pape se penche à son oreille en murmurant :

— Et j'ai les boucles d'oreilles assorties…

731

Dans le massif du Mont-Blanc, deux alpinistes écossais sont pris dans la tempête et n'ont que le temps de s'abriter dans un refuge. Mais ils n'ont ni eau, ni vivres, et pendant cinq longs jours, les éléments déchaînés empêchent toute tentative de sauvetage.

Le sixième jour, profitant d'une accalmie, une cordée de guides réussit enfin, en prenant tous les risques, à atteindre la cabane. Le chef de cordée cogne à la porte.

— Qui est là ? demande un Écossais d'une voix faible.

— C'est le secours en montagne !

— On a déjà donné…

732

Dans un restaurant du Pirée, une touriste américaine entre deux âges, outrageusement maquillée, lance des regards langoureux à un beau marin grec assis deux tables plus loin.

— Celle-là, je crois que je vais me la faire…, dit le marin à son copain.

— Écoute, Œdipe, laisse tomber ! Elle pourrait être ta mère !

733

Le secrétaire d'État aux Personnes âgées visite un hospice de vieillards. Il s'approche d'un premier pensionnaire :

— Quel âge avez-vous, cher monsieur ?

— Soixante-quinze ans, monsieur le ministre.

— Vous vous plaisez ici ?

— Beaucoup, monsieur le ministre.

— Et quel est l'emploi du temps de vos journées ?

— Eh bien, le matin je me lève, je fais mon petit pipi, mon petit caca, et après je vaque à mes occupations…

— Très bien…, fait le secrétaire d'État un peu désarçonné, c'est très bien…

Il se tourne vers un deuxième pensionnaire :

— Et vous, quel âge avez-vous ?

— Soixante-dix-neuf ans, monsieur le ministre, et je me plais beaucoup ici !

— Alors, quel est votre emploi du temps ?

— Eh bien, le matin je me lève, je fais mon petit pipi, mon petit caca, et après je vaque à mes occupations…

— Intéressant…, fait le secrétaire d'État, de plus en plus mal à l'aise.

Il se dirige vers un troisième pensionnaire apparemment particulièrement âgé.

— Quel âge avez-vous ? lui crie-t-il dans l'oreille.

— Quatre-vingt onze ans, fait l'autre, et je suis bien content d'être là !

— Et comment se passent vos journées ?

— Eh ben, le matin je fais mon petit pipi, mon petit caca, et après je me lève…

À l'heure de sa mort, un homme demande à sa femme qui est à son chevet :

— Chérie, nous avons eu six enfants. Les cinq premiers sont bruns avec des yeux noirs. Le sixième est blond comme les blés avec des yeux bleus. Aujourd'hui tu peux me dire la vérité. Il n'est pas de moi, n'est-ce pas ?

— Si, tu es son vrai père, je te le jure. Ce sont les cinq autres qui ne sont pas de toi…

735

Le tunnel sous la Manche les reliant définitivement au continent, les Anglais ont enfin décidé de se plier aux usages internationaux et d'adopter la conduite à droite. Mais pour bien planifier l'opération, on va la mener en deux temps : le premier mois, la nouvelle réglementation ne sera applicable qu'aux camions.

736

Dans une paroisse du Québec, le curé fait le catéchisme et raconte à une trentaine de petits Canadiens la Passion du Christ :

— Après avoir mis Jésus en croix, ils lui ont cloué les mains. Ils lui ont cloué les pieds. Ils ont enfoncé la couronne d'épines sur sa tête. Oui, mes enfants, et les mains…

Tous les gosses reprennent en chœur :

— Et les mains !

— Et les pieds ! s'écrie le curé.

— Et les pieds ! répètent les enfants.

— Et la tête !

— Et la tête ! scandent les enfants, qui enchaînent :

— … Alouette, gentille alouette… alouette, je te plumerai !

Deux explorateurs se rencontrent.

— Qu'est-ce que tu deviens? fait le premier.

— Ça va très bien pour moi, répond l'autre. Je sillonne l'Afrique noire de long en large. Je fais des conférences dans tous les villages de brousse.

— Ah bon? Et tu leur parles de quoi?

— De la Salle Pleyel...

738

Un touriste français visite les États-Unis. Arrivé au Texas, il s'arrête dans un motel, et commande au restaurant une chef's salad et un hot-dog. Le serveur lui amène un énorme saladier rempli à ras bord, en lui disant avec un sourire :

— Au Texas, monsieur, tout est géant...

À peine le malheureux a-t-il réussi à ingurgiter la moitié de cette montagne de salade qu'il voit arriver avec effarement un hot-dog composé d'une baguette de pain coupée en deux, à l'intérieur de laquelle il y a une saucisse de près d'un mètre.

— Au Texas, lui redit le serveur, tout est géant...

À la fin du repas, le Français demande où sont les toilettes.

— Au fond du couloir, à droite, la troisième porte...

Il y va, se trompe de porte, et tombe dans la piscine. Alors il hurle :

— Ne tirez pas la chasse !

739

Un employé se pointe à onze heures au bureau, tout essoufflé. Manque de chance, son directeur l'aperçoit et le convoque :

— C'est maintenant que vous arrivez? Vous avez une explication à me donner?

— Patron, je vous prie de m'excuser, mais ma femme va avoir un bébé...

— Pardonnez-moi, je ne savais pas. C'est pour aujour-d'hui ?

— Non ! Dans neuf mois…

740

Mongo et Douala sont O.S. chez Renault. Et comme ils appartiennent à la même ethnie africaine, ils sont devenus amis. Un jour, Mongo dit à Douala :

— Écoute, mon vieux, c'est pas là qu'on fera fortune. En France, pour gagner de l'argent, faut vendre de la bouffe, pas travailler à la chaîne. Alors on va économiser, et quand on aura assez, on ouvre une épicerie. D'accord ?

— D'accord !

Et pendant des années, ils économisent sou par sou jus-qu'au jour où leur pécule leur permet d'acheter un petit pas de porte. Pendant tout l'été, ils aménagent le magasin, le repeignent, et mettent une belle enseigne : *Chez Mongo et Douala. Épicerie.*

La veille de la rentrée, quand tout est prêt, Mongo dit à Douala :

— Mon ami, il va falloir être impeccables avec la clientèle ! Alors on va répéter. Tu fais le client, je fais le marchand…

Douala sort et, deux secondes plus tard, rentre dans la boutique.

— Bonjour, monsieur le marchand.

— Bonjour, monsieur le client. Vous désirez ?

— Des pommes de terre.

— Combien ?

— Une tonne…

Mongo lève les bras au ciel.

— Imbécile ! On n'achète pas une tonne de pommes de terre dans une épicerie ! Une tonne, ça ne tiendrait même pas dans une voiture ! On prend des petites quantités… Allez, ressors…

L'autre recommence.

— Bonjour, monsieur le marchand.

— Bonjour, monsieur le client. Vous désirez ?

— Des pommes de terre.

— Combien?

— Un gramme…

— Pauvre crétin! soupire Mongo. Tu sais ce que c'est un gramme? Avec un gramme de pommes de terre, tu peux même pas faire une frite! Réfléchis un peu, la bonne quantité c'est entre les deux. Allez! On remet ça!

Douala ressort et entre à nouveau.

— Bonjour, monsieur le marchand.

— Bonjour, monsieur le client. Vous désirez?

— Des pommes de terre.

— Combien?

— Un kilo.

— Avec plaisir. Vous avez apporté les bouteilles vides?

741

Après de longs mois passés sur un chantier à l'étranger, un homme retrouve enfin son foyer.

Soudain, en pleine nuit, on frappe à la porte. L'épouse se réveille en sursaut et s'écrie:

— Ciel! Mon mari!

Immédiatement, le mari bondit du lit et court se cacher dans le placard.

742

Jésus revient sur terre pour voir comment les choses ont évolué depuis deux mille ans, et il se retrouve à Paris dans le quartier du Sentier. S'apercevant très vite que sa longue robe blanche ne correspond plus du tout à la mode actuelle, il entre chez un fabricant de prêt-à-porter et dit:

— Je suis Jésus, le fils de Dieu, et je suis redescendu sur terre. Je désirerais un vêtement comme celui que vous portez.

— Vous êtes Jésus? fait l'autre. Rebecca, viens vite, le Messie que nous attendons depuis si longtemps est là! Seigneur, je vais vous donner un costume dans notre plus beau tissu. L'atelier va vous faire les retouches immédiatement, et demain vous pourrez prendre trois autres costumes, bien entendu offerts eux aussi par la maison…

Le Christ se rend ensuite chez un chemisier et se présente :

— Voici six chemises en soie, Seigneur, et six en popeline parce que c'est moins chaud. Permettez-moi d'ajouter trois jolies cravates, et de vous dire que la maison Rosenthal est fière que vous portiez ses créations en se faisant une joie de vous les offrir…

Il va ensuite chez un chausseur.

— Le Messie parmi nous ! s'exclame le patron en tombant à genoux. Seigneur Jésus, choisissez tout ce qui vous plaît dans notre nouvelle collection, c'est bien entendu aux frais de Blumenfeld père et fils…

Jésus se rend enfin dans une petite mercerie. Comme chez les autres il se fait connaître, et il choisit trois paires de chaussettes. Le vieux juif, derrière son comptoir, fait un paquet et dit :

— Ça fait soixante-six francs…

— Pardon ?

— Trois paires en coton à vingt-deux francs, ça fait soixante-six francs.

— Vous savez qui je suis ?

— Oui, Jésus, le fils de Dieu revenu sur terre. Vous me l'avez dit. Mais vous me devez soixante-six francs !

— Comment osez-vous demander de l'argent au fils de Dieu ? s'emporte Jésus. Ah ! les marchands du Temple n'ont pas disparu ! Mais craignez la colère divine ! Craignez d'avoir à rendre des comptes le jour du Jugement Dernier ! Honte à vous !

Alors le vieux commerçant ouvre la porte de l'arrière-boutique et crie :

— Rachel ! Apporte le marteau et les clous, ça recommence !

743

Un mélomane emmène pour la première fois son petit garçon à l'Opéra. Le rideau se lève, et trois minutes après la gosse demande à voix haute :

— Papa ! Qui c'est le bonhomme qui remue tout le temps les bras ?

— C'est le chef d'orchestre…, chuchote le père.

— Et pourquoi il fait peur à la grosse dame, avec son bâton ?

— Mais non, dit tout bas le père, il ne lui fait pas peur. Il l'accompagne.

— Alors, pourquoi elle crie comme ça ?

744

Au restaurant du cœur, deux clochards sont assis côte à côte.

— Qu'est-ce que tu faisais, toi, avant ?

— J'étais impresario, mais j'ai fait faillite…

— Qui tu avais comme artistes ?

— Delon et Belmondo…

— Et tu as fait faillite avec Alain Delon et Jean-Paul Belmondo ?

— Non, les miens c'étaient Jean-Paul Delon et Alain Belmondo…

745

— Un petit garçon demande à sa mère :

— Maman, comment je suis né ?

— Euh… Eh bien, dans un chou ! Ton père et moi, nous t'avons trouvé dans un chou…

— Et ma sœur, comment elle est née ?

— Elle ? Dans… dans une rose ! Nous l'avons trouvée dans une magnifique rose…

Le soir, le petit garçon, entrant sans frapper dans la chambre de ses parents, les trouve en train de faire l'amour. Et il leur lance :

— Alors, les vieux, on jardine ?

La ville de Bruxelles est envahie par les rats. On a tout essayé, on a fait venir de nombreux spécialistes de la dératisation, aucun résultat : la situation ne cesse de s'aggraver. Un jour, le bourgmestre de la ville, qui est wallon et francophone, apprend qu'il y a au Canada un spécialiste qui obtient des résultats extraordinaires. On le contacte, et l'autre accepte de venir moyennant cinq cent mille dollars en cas de succès.

Il débarque à Bruxelles et demande au bourgmestre :

— Y a-t-il dans votre ville une grande place très centrale ?

— Bien sûr, fait l'autre, la place de Broukère.

— Allons-y !

Arrivé sur place, le Canadien sort de sa poche deux petites souris roses et les pose par terre. Et voilà que bientôt arrivent plusieurs dizaines de rats, puis des centaines, des milliers, des dizaines de milliers...

— Quel est le chemin pour aller à la mer ? demande le Canadien.

— Vous prenez l'autoroute d'Ostende, je vais vous montrer.

Et les voilà partis, avec les deux petites souris, suivies par des centaines de milliers de rats.

L'étrange cortège arrive à Ostende. Au moment où les deux souris roses entrent dans la mer, le Canadien les attrape et les remet prestement dans sa poche. Tous les rats, qui n'ont rien vu, s'avancent dans l'eau et se noient.

— Fantastique ! fait le bourgmestre wallon. Écoutez, je suis prêt à doubler la mise : un million de dollars si vous pouvez faire la même chose avec deux flamants roses...

Un multimilliardaire américain vient de mourir. À son enterrement, une femme pleure à chaudes larmes. Son voisin lui demande :

— Vous êtes de la famille, je suppose ?

— Non, répond-elle entre deux sanglots. C'est pour ça que je pleure...

Un homme retrouve un de ses amis assis dans un fauteuil roulant pour handicapé.

— Qu'est-ce qui t'est arrivé ?

— Un accident de voiture. Les médecins ont dit que je resterai paralysé à vie.

— Mon pauvre ! C'est épouvantable !

L'autre lui fait signe de se pencher et lui glisse à l'oreille :

— Ne le répète à personne, mais je n'ai rien. J'ai tout simulé pour toucher les cent briques de l'assurance, et ça a marché !

— Et tu vas jouer au paralytique toute ta vie pour cent briques ?

— Bien sûr que non ! La semaine prochaine, je pars en pèlerinage à Lourdes…

Un camion de trente-cinq tonnes portant l'inscription *Freins puissants* arrive à un carrefour au moment où le feu passe au rouge, et s'arrête dans un crissement de freins.

Surprise, la jeune femme qui était juste derrière, au volant de sa petite auto, lui rentre dedans.

Le routier descend de sa cabine, vient vers elle et lui dit :

— Alors, ma poule ? Comment tu fais pour t'arrêter quand je suis pas là ?

Un homme est reçu dans le somptueux bureau d'un jeune et riche P.-D.G.

— Vous connaissez le motif de ma visite, dit-il rouge de colère. Profitant de l'innocence de ma fille qui a tout juste dix-huit ans, et qui était secrétaire chez vous, vous l'avez séduite et mise enceinte ! Je peux savoir ce que vous comptez faire ?

— Monsieur, répond l'autre, je suis marié, j'ai deux jeunes enfants et il n'est pas question que je divorce. En revanche, je suis prêt à apporter une réparation matérielle. Je prends, bien entendu, à ma charge tous les frais d'accouchement et le trousseau complet du bébé. Dès sa naissance, je ferai mettre sur un compte bloqué une somme de trois millions qu'il touchera à sa majorité. J'achèterai à votre fille un appartement confortable, à son nom, et je lui verserai une pension mensuelle de trente mille francs, réajustable chaque année. Avez-vous des questions ?

— Oui, dit le père. Si elle fait une fausse couche, est-ce que vous lui donnerez une deuxième chance ?

CARRÉ BLANC

751

Un homme rentre chez lui après sa journée de travail et s'effondre dans un fauteuil.

— Chéri, lui dit sa femme, il y a le robinet de l'évier qui n'arrête pas de goutter. Tu pourrais me le réparer ?

— Écoute, j'arrive du bureau, je suis exténué, tu n'as qu'à appeler un spécialiste ! Je ne suis pas plombier !

Le lendemain soir, à son retour, elle lui demande :

— Chéri, la porte de la salle de bains ne ferme plus, le bois a dû jouer. Tu pourrais voir ça ?

— J'ai travaillé plus de dix heures aujourd'hui, j'ai envie de détente. Appelle un spécialiste ! Je ne suis pas menuisier !

Le surlendemain, dès qu'il arrive, son épouse lui dit :

— Chéri, la prise de courant du salon ne marche plus. Tu ne veux pas l'arranger ?

— J'ai eu une journée épouvantable, je n'ai même pas eu le temps de déjeuner, je suis affamé. Fais venir un spécialiste ! Je ne suis pas électricien !

Le jour suivant, quand il rentre, elle lui annonce :

— Chéri, tout est réparé. Le voisin du quatrième est venu, il a changé le joint du robinet, raboté la porte de la salle de bains et mis une prise de courant neuve.

— Et il t'a pris cher ?

— Rien du tout. Il m'a juste demandé de lui faire soit un gâteau, soit une pipe…

— Et il reste du gâteau ?

— Je ne suis pas pâtissière !

Ayant abrégé sa tournée, un représentant rentre chez lui à l'improviste et trouve sa femme en train de faire l'amour dans le lit conjugal avec un homme.

Fou de rage, il bondit sur le lit et flanque de toutes ses forces un énorme coup de pied aux fesses du type. Alors l'autre crie :

— Poussez pas ! Vous voyez bien que j'essaie de sortir…

Deux homosexuels partent en vacances au Zaïre. Quelques instants avant le décollage, le commandant de bord prend le micro :

— Mesdames, messieurs, ici le commandant Duval qui vous souhaite la bienvenue à bord de cet Airbus. Nous allons décoller dans quelques instants, la durée de ce vol sera de…, etc.

— Qu'est-ce qu'il dit ? demande le plus âgé des deux homosexuels qui est un peu dur d'oreille.

— Il dit qu'on va partir ! lui crie son petit ami.

Deux heures plus tard, le commandant reprend le micro :

— Nous survolons actuellement la Méditerranée. Notre altitude est de trente mille pieds. La température est de…, etc.

— Qu'est-ce qu'il dit ? demande le vieil homosexuel.

— Il dit qu'on est au-dessus de l'eau !

Trois heures plus tard, nouvelle intervention du commandant :

— Mesdames, messieurs, nous commençons notre descente vers Kinshasa, où nous atterrirons dans une vingtaine de minutes. J'espère que vous avez été satisfaits de votre voyage. Je vous souhaite un excellent séjour, en signalant toutefois à ceux d'entre vous qui ne connaissent pas le pays que soixante pour cent de la population a le Sida et quarante pour cent la tuberculose…

— Qu'est-ce qu'il dit ?

— Il dit qu'il faut baiser ceux qui toussent !

Vendanges en Alsace. Le vigneron qui surveille les opérations remarque parmi ses vendangeurs un Noir, ce qui est plutôt exceptionnel dans la région. Il lui demande :

— D'où êtes-vous ?

— Du Gabon, patron.

— Et le travail vous plaît ?

— Présentement beaucoup. Aujourd'hui on coupe la Riesling…

— On ne dit pas la Riesling, mais le Riesling.

— Bien, patron !

Le lendemain le vigneron repasse et retrouve le Noir.

— Alors, toujours content ?

— Toujours, patron. Aujourd'hui on coupe la Sylvaner…

— Pas la Sylvaner ! Le Sylvaner…

— Je m'en souviendrai, patron. Le…

Le surlendemain, le chef d'équipe apprend au vigneron que le Noir a obstinément refusé de quitter le dortoir. Alors l'autre s'y rend et trouve son Noir enfoui sous les couvertures.

— Qu'est-ce que vous faites là ? Allez immédiatement rejoindre les autres !

— Pas question, patron ! Je n'irai pas ! Vous savez ce qu'il a dit le chef ce matin ? Il a dit : « Aujourd'hui, on coupe le pine au Noir… »

Deux amies viennent d'arriver aux sports d'hiver. Dans le hall de leur hôtel, est affiché le tableau d'enneigement des stations : « Megève : 15 centimètres, molle. L'Alpe-d'Huez : 20 centimètres, souple. Méribel : 30 centimètres, dure. »

Alors une des filles s'approche du réceptionniste et lui demande :

— S'il vous plaît, pourriez-vous m'indiquer le numéro de chambre de monsieur Méribel ?

Dans un cirque, un homme entre sur la piste avec un cro-codile.

— Mesdames, messieurs, dit-il, vous allez assister à un numéro unique au monde. Comme vous pouvez le constater, ce crocodile est vivant et même particulièrement vivace. Eh bien, je vais mettre dans la gueule de cet animal redoutable ce que j'ai de plus précieux au monde...

Il déboutonne son pantalon, sort son sexe, et le place dans la gueule du crocodile dont il a ouvert à deux mains les mâchoires.

— Et maintenant, mesdames, messieurs, je lâche les mains !

Le public applaudit à tout rompre. Le dresseur se met à donner de grands coups sur la tête du saurien, et s'écrie :

— Même quand je lui tape sur la tête, le crocodile ne referme pas ses mâchoires !

Les applaudissements redoublent. Finalement le dresseur se recule, rajuste son pantalon, et lance au public :

— Y a-t-il quelqu'un dans l'assistance qui veut essayer ?

Alors une vieille dame se lève et dit :

— Moi, je veux bien. Mais soyez gentil, ne me tapez pas sur la tête...

Un petit garçon fait ses devoirs de français. Tout à coup il demande à son père :

— Papa... le mot chat, c'est bien un *t* que ça prend à la fin, pas un *s* ?

— Ça dépend du sens. S'il s'agit de l'animal qui fait «miaou», c'est effectivement un *t*. Mais s'il s'agit du trou d'une aiguille dans lequel on passe le fil à coudre, c'est un *s*.

— Et le chat des bonnes femmes, ça prend un *t* ou un *s* ?

— Ça dépend si tu le caresses ou si tu l'enfiles...

Au zoo, un couple s'arrête devant la cage du gorille, lequel est visiblement très intéressé par la dame.

— Tu as vu, chérie ? Tu as l'air de lui plaire…, dit le mari. Montre-lui tes seins, on va bien rigoler…

— Mais tu es fou ! minaude-t-elle.

— Il n'y a personne, fais-lui voir tes seins !

Alors la femme dégrafe son corsage, et le gorille se met à secouer les barreaux de sa cage comme un fou.

— Quel effet tu lui fais ! s'écrie le mari. Montre-lui tes fesses…

— Tu n'y penses pas…

— Je te répète que personne ne nous voit. Allez, montre-lui tes fesses…

La femme soulève sa jupe, et le gorille, haletant, se déchaîne. À ce moment-là, le mari déverrouille la porte de la cage, pousse d'une bourrade sa femme à l'intérieur, referme la grille, et lui lance :

— Maintenant, chérie, explique-lui que tu as la migraine…

Une jeune femme va chez un maroquinier acheter un petit sac pour le soir. Après avoir examiné différents modèles, elle en voit un qui lui plaît et demande le prix.

— Huit mille francs, répond le commerçant.

— Huit mille francs pour ce sac minuscule ! s'écrie-t-elle.

— Mais, madame, c'est une pièce unique. Il est en peau de zizi…

— Et alors ?

— Alors, c'est un sac exceptionnel ! Pour le soir, vous l'utilisez tel quel. Pour la journée, vous le frottez quelques instants avec la main, et vous avez un fourre-tout…

Dans le Paris-Vintimille, on a tiré le signal d'alarme. Le train stoppe en rase campagne, le contrôleur repère immédiatement sur son tableau électronique d'où vient l'appel, fonce au compartiment concerné, et y trouve un monsieur à cheveux blancs, Légion d'honneur à la boutonnière, ainsi qu'une vieille dame très digne.

— Qui a tiré le signal d'alarme ?

— C'est moi, dit la vieille dame, visiblement émue. Cet individu est un dégoûtant personnage, un voyou, un satyre ! Figurez-vous qu'une heure après le départ, il a pris ses lorgnons, et il a ouvert sa braguette. Alors il a sorti son pan de chemise, puis il a essuyé ses lorgnons avec. Après il a refermé sa braguette et il a rangé ses lorgnons…

— Monsieur, dit le contrôleur, c'est très mal élevé ce que vous avez fait, surtout devant une dame ! Vous auriez pu essuyer vos lorgnons avec une peau de chamois, ou votre mouchoir… Mais, ajoute-t-il en se tournant vers la vieille dame, je dois vous dire que l'express Paris-Vintimille a des horaires rigoureux, et que pour tirer le signal d'alarme, il faut un motif très grave. Or même si ce monsieur a été incorrect, ça ne suffisait pas pour arrêter le train, et malheureusement, madame, je vais être dans l'obligation de vous mettre une amende…

— Mais ce n'est pas tout, monsieur le contrôleur, ce n'est pas tout ! Un quart d'heure plus tard, il a repris ses lorgnons. Il a rouvert sa braguette, et il a sorti son sexe. Un sexe énorme, monsieur le contrôleur ! Il a posé ses lorgnons sur le bout et il a dit : « Alors, Popaul ? Tu ne vois rien pour toi dans le compartiment ? »

Un couple de nains se couche. Et quelques instants plus tard, le petit homme prend la femme dans ses bras en lui murmurant :

— Chérie… Si on faisait un trente-quatre et demi ?

Dans l'église du village, quatre jeunes filles vont à confesse. La première franchit le petit rideau et s'agenouille :

— Mon père, je m'accuse d'avoir, dans l'autocar où nous étions debout, effleuré de la main droite le sexe d'un homme...

— C'est très mal ! dit le curé. Pour vous purifier, vous irez tremper votre main droite dans le bénitier en récitant cinq Notre-Père et cinq Je-vous-salue-Marie.

La deuxième lui succède :

— Mon père, je m'accuse d'avoir, dans le train où nous étions serrés, effleuré de la main gauche le sexe d'un homme...

— Quelle honte ! s'exclame le curé. Vous irez tremper votre main gauche dans le bénitier tout en récitant cinq Notre-Père et cinq Je-vous-salue-Marie.

Alors la quatrième dit à la troisième :

— Ça ne t'ennuierait pas de me céder ton tour ? Je préférerais me rincer la bouche avant que tu prennes un bain de siège...

Il est plus de minuit. Les étoiles brillent dans le ciel, la température est particulièrement douce, et dans le fond d'un square désert à cette heure, une jeune fille est assise sur un banc tandis que son fiancé, agenouillé devant elle, a la tête enfouie dans ses jupes. Soudain elle murmure :

— Enlève tes lunettes ! La monture me fait mal...

Le garçon s'exécute et replonge dans la jupe. Deux minutes plus tard, la fille lui dit :

— Remets tes lunettes ! Tu es en train de lécher le banc...

À force de fréquenter des filles douteuses, un homme a attrapé toutes les maladies vénériennes possibles, et comme il ne s'est pas soigné, sa bistouquette est dans un triste état.

Il finit par se résoudre à enfin consulter un médecin qui lui dit :

— Monsieur, dans l'état où elle est, il faut la couper !

— Jamais ! J'y tiens trop…

Et il va voir un grand professeur, qui confirme :

— Il faut la couper !

— Non ! On a tellement de souvenirs ensemble…

Il consulte les plus éminents spécialistes anglais, allemands, italiens, suisses. Et tous répètent :

— Il faut la couper !

C'est alors qu'on lui recommande un médecin américain qui fait, paraît-il, des miracles. L'homme réunit toutes ses économies, traverse l'Atlantique et se rend à cette consultation de la dernière chance.

Le praticien l'examine longuement. À la fin, le malheureux demande d'une voix tremblante :

— Vous pensez qu'il faut la couper, docteur ?

— Absolument pas !

Fou de joie, l'autre dit :

— Vous en êtes certain ?

— Tout à fait certain. Montez sur une chaise, sautez, elle tombera toute seule !

765

Une dame entre dans un sex-shop et demande à voir les godemichés. Le vendeur lui sort toute la collection. Elle les regarde, les jauge, les soupèse, et dit finalement :

— Je crois que celui-là me conviendra…

— Ah non ! s'écrie le vendeur, pas question ! C'est mon thermos…

766

Un jeune homme se marie. Mais élevé sous la coupe d'une mère abusive, il ne connaît rien de l'amour, sa maman lui ayant toujours dit :

— Surtout, ne va pas voir les filles ! Elles ont des dents

pointues dans leur foufounette, et elles te mangeraient le zizi !

Le soir des noces, les nouveaux époux se retrouvent dans la chambre nuptiale. La jeune mariée se déshabille et se glisse nue sous les couvertures. Le garçon, blême, dit :

— Je vais un instant dans la salle de bains...

Une demi-heure plus tard, il n'en est toujours pas sorti. Alors la mariée se lève et va voir ce qui se passe. Elle le trouve blotti par terre, tremblant comme une feuille.

— Qu'est-ce qui t'arrive ? s'exclame-t-elle.

— J'ai peur...

— Peur de quoi ?

— Tu vas me manger mon zizi...

— Qu'est-ce que tu racontes ?

— Oui ! Je sais que les femmes ont des dents dans leur foufounette et qu'elles mangent le zizi des garçons ! Maman me l'a dit.

— Mais ce sont des histoires, mon chéri ! Il n'y a jamais eu de dents à cet endroit-là, vérifie toi-même. Approche, n'aie pas peur...

Il examine précautionneusement l'entrejambe de sa jeune épouse, palpe, écarte, et finit par redresser la tête en disant :

— C'est vrai, il n'y a pas de dents. Mais permets-moi de te le dire : tu as les gencives dans un état épouvantable !

767

Comment reconnaît-on un Belge dans une partouze ?
C'est celui qui fait l'amour avec sa femme.

768

Un homosexuel de province vient à Paris, bien décidé à faire la fête et surtout à se faire faire sa fête.

Il va à Pigalle et demande à un type au costume voyant appuyé à un réverbère :

— Pardon, beau jeune homme, pourriez-vous m'indiquer un endroit où je pourrais me faire baiser ?

— Ouais ! Vous voyez le petit immeuble là-bas au coin de la rue ? Vous montez au second et vous sonnez. On s'occupera de vous.

— Merci, monsieur…, minaude l'éphèbe qui court jusqu'à l'immeuble en question, monte au second et sonne.

Un judas s'ouvre :

— C'est pour quoi ?

— Je voudrais me faire baiser…

— Glissez cinq cents francs sous la porte.

L'autre sort un billet, le glisse et attend. Cinq minutes s'écoulent, puis dix. Rien ne bouge. Au bout d'un quart d'heure, il sonne à nouveau, et quand le judas se rouvre il redemande :

— Je voudrais me faire baiser…

— Encore ?

769

Un célèbre sexologue donne un cours devant une salle bien garnie. Il monte sur l'estrade et dit :

— Aujourd'hui, nous allons étudier les trente-deux positions de l'amour.

— Trente-trois ! lance une voix d'homme.

— J'ai bien dit trente-deux.

— Trente-trois ! répète l'autre.

— Silence ! La première des trente-deux positions…

— Trente-trois !

— … est la suivante : la femme s'allonge sur le dos et l'homme s'allonge sur elle…

— Ah ? fait le type. Alors, trente-quatre…

770

Un ami lui ayant dit que les prostituées turques étaient particulièrement larges, un touriste français venu visiter Istanbul décide de vérifier le bien-fondé de cette assertion.

Il se retrouve dans une chambre d'hôtel avec une hétaïre locale. Et alors qu'il vient d'introduire son doigt dans l'endroit le plus intime de la dame, sa chevalière en or glisse et tombe au fond. Pour la récupérer, il met deux doigts, trois, toute la main, sans résultat. Il plonge le bras jusqu'au coude, et ne rencontre que du vide. Il écarte les parois, se penche, et ne voit rien. Alors il décide de descendre à l'intérieur. Et là, il se trouve en face d'un type qui porte des bottes. Stupéfait, il lui demande :

— Qu'est-ce que vous faites là ?

Et l'autre répond :

— Je cherche mon cheval…

771

Grande vente de charité organisée au château par la comtesse de La Mouillardière. Toute la journée, on a vendu des billets pour la grande tombola qui sera le clou de la fête. Vient enfin le moment très attendu du tirage. Après les lots secondaires, on en arrive aux trois premiers, et chacun retient son souffle.

— Troisième prix ! lance au micro l'animateur en tirant un billet du sac. Le numéro 2548 gagne une Peugeot 205 décapotable !

Ravi, l'heureux gagnant se précipite.

— Deuxième prix ! Le numéro 1872…

— C'est moi ! crie un homme.

— Bravo, monsieur ! Vous gagnez un délicieux gâteau pour six personnes !

— Pardon ? Il doit y avoir une erreur…

— Vous n'avez pas le 1872 ?

— Si. Seulement le monsieur qui a gagné le troisième prix a une 205 décapotable, et moi qui ai le deuxième prix, j'ai un gâteau…

— Oui, mais il s'agit d'un gâteau que madame la comtesse a confectionné de ses propres mains…

— Je m'en fous complètement ! Votre comtesse, je l'enc… !

— Ça, monsieur, c'est impossible. C'est le premier prix…

À Moscou, des prostituées font la queue pour faire tamponner leur carte. Une vieille dame, son cabas à la main, s'approche :

— Qu'est-ce qu'on donne ?

Pour ne pas la choquer les filles lui répondent :

— Du sucre, madame. Mais là, vous arrivez trop tard...

Alors le lendemain, la vieille se lève à l'aube et se retrouve dans les premières de la file d'attente. Quand arrive son tour, le fonctionnaire n'en croit pas ses yeux :

— Ça alors ! À votre âge, vous n'avez pas encore arrêté ?

— Non. Mais je vais vous dire : je ne croque plus. Je suce seulement...

Arborant la parfaite panoplie du séducteur — costume en gabardine, cravate voyante et mocassins vernis — un habitué des bals du samedi soir drague les filles avec lesquelles il danse en devinant la couleur de leur culotte.

— Mademoiselle, comment vous appelez-vous ? Gisèle ? Eh bien, Gisèle, je peux vous dire que vous avez une culotte blanche....

La vérité, c'est que tout en dansant, il en voit le reflet dans ses souliers vernis. Mais Gisèle, bluffée, retourne à sa table en disant à ses copines :

— Il est terrible ce mec ! Il a deviné que j'avais une culotte blanche !

— C'est la couleur la plus courante, fait une fille, il a dit ça au hasard ! Moi j'en ai une rose à pois blancs, on va voir...

Elle danse avec lui, le garçon jette un coup d'œil sur ses vernis et annonce :

— Mademoiselle, vous avez une culotte rose à pois blancs...

Et la fille revient à la table époustouflée. Alors une troisième dit :

— Je vais le piéger. Je n'ai pas de culotte...

Elle s'arrange pour se faire inviter et lui demande au bout d'une minute :

— Vous pourriez me dire, comme à mes amies, la couleur de mon slip ?

L'autre regarde longuement ses vernis, se trouble, et finit par admettre :

— Je ne sais pas… Franchement, je ne vois pas…

La fille le fait marcher encore un moment, puis lui avoue en riant :

— Vous pouvez toujours chercher, je n'ai pas de culotte !

Le type pousse un soupir de soulagement.

— Vous m'avez fait peur ! J'ai cru que ma chaussure était fendue !

774

Un type est déprimé. Plus rien ne l'intéresse. Son meilleur copain lui dit :

— Va voir les filles…

— Bof ! Ça ne m'amuse même plus. C'est toujours pareil !

— Et la cul-de-jatte du bois de Boulogne, tu as déjà essayé ?

— Ah ! non…

— Vas-y, c'est inoubliable ! Tu la trouveras juste derrière la cascade.

L'autre s'y rend et voit la cul-de-jatte dans sa petite voiture, vêtue d'un short avec des bretelles croisées.

— Comment fait-on ? demande-t-il, un peu gêné.

— Eh bien, tu vois, mon short a une échancrure à l'entrejambe. Alors, tu m'accroches par les bretelles à cette branche d'arbre, là. Tu me balances, et chaque fois que je reviens vers toi, crac ! tu me pénètres…

L'homme l'accroche, la balance, et effectivement il passe des minutes extraordinaires qui se terminent en apothéose. Après quoi il dégage les bretelles de la branche, repose doucement la fille dans sa petite voiture et la paie. Alors elle se met à pleurer.

— Qu'est-ce qu'il y a ? Je t'ai fait mal ?

— Non… non…

— Je ne t'ai pas donné assez ?

— Si… si…

— Mais alors, pourquoi pleures-tu ?

— C'est l'émotion… Depuis cinq ans que je travaille ici, c'est la première fois qu'on me décroche !

775

Une vieille duchesse retrouve dans une soirée mondaine un de ses amants de jeunesse.

— Baron ! s'écrie-t-elle tout émue. Mon vieux complice !

— Confidence pour confidence, fait l'autre, mes couilles aussi…

776

Dans une ville de province, une grande bourgeoise reçoit quelques amies de la meilleure société pour le thé. C'est alors que son fils rentre de l'école.

— Ah ! s'écrie-t-elle, voilà mon petit Childéric ! Viens, mon trésor, dire bonjour à ces dames.

— Salut, les mémères ! fait Childéric.

Outrées, « ces dames » sursautent, et on entend les petites cuillers s'entrechoquer dans les tasses.

— Allons, dit la mère, un peu de respect… Mais dis-moi, il est bien tard. Qu'as-tu fait, mon chéri, en sortant de classe ?

— Ben, avec ma bande, on s'est castagnés avec les mecs de la bande à Riton. C'est tous des empaffés…

Le bruit des petites cuillers dans les tasses s'accentue.

— … et puis après, on est allés se balader sur le port. Oh ! on a vu un truc marrant : un bateau de putes qui va partir en Afrique !

Cette fois c'en est trop. Toutes les dames se lèvent et se dirigent vers la porte.

— Vous sauvez pas, les gonzesses, leur lance Childéric. Il part que demain !

Dans un bordel, une des filles dit à sa copine :

— Je suis dans un état ! Je viens de monter un Chinois qui m'a bouffé la chatte pendant vingt minutes ! J'ai besoin d'au moins une journée de repos !

— Écoute, fait l'autre, il n'y a pas de quoi en faire toute une histoire ! Dans notre métier c'est une pratique courante…

— Pas avec des baguettes !

Un touriste américain, visiblement très éméché, entre dans un bar à hôtesses de Pigalle et demande à la tenancière :

— Madame… Je vouloir… euh… faire amour, avec demoiselle virgin… euh… vierge ! O.K. ?

— Mon pauvre monsieur, fait la matrone, à deux kilomètres à la ronde, au-dessus de treize ans, c'est introuvable !

— Je paie dix mille dollars…

— Dix mille dollars ? Servez le champagne à monsieur ! Si vous voulez bien patienter quelques minutes, cher ami, le temps d'aller chercher la jeune fille…

Elle grimpe dans les étages et court à la chambre d'une de ses plus jeunes pensionnaires.

— Ma chérie, j'ai un client américain qui veut une pucelle. Il faut qu'il croie que tu es vierge…

— Mais madame, je ne le suis plus depuis trois ans !

— Écoute, on va lui faire une mise en scène, il est complètement bourré. Tu vas te mettre un morceau de cellophane que tu feras tenir avec de la colle. Quand il fera craquer la cellophane, tu pousseras un grand cri. Il n'y verra que du feu…

La petite fait ce que lui a dit sa patronne, et effectivement l'autre ne s'aperçoit de rien. Et, ravi, il paie ses dix mille dollars.

Trois mois plus tard aux États-Unis, lors d'un dîner auquel il participe, la conversation vient sur la publicité. Et tout le monde tombe d'accord pour constater que dans ce domaine les Américains sont les meilleurs du monde. Alors il intervient et dit :

— Pas d'accord ! Ce sont les Français ! Cet été, j'étais à Paris. J'ai fait l'amour avec une jeune fille vierge. Et le lendemain, sur le bout de mon zizi, il y avait écrit : *Confitures Vitrac*.

779

Dans une laverie automatique, deux femmes bavardent en attendant leur linge.

— Ma vie n'est pas drôle, dit la première. Mes nuits surtout. J'ai un mari qui depuis bientôt trois ans est impuissant à quatre-vingt-dix pour cent.

— Je vous comprends, madame, fait l'autre, je suis dans le même cas que vous. Mais moi, c'est encore pire ! Le mien est impuissant à cent cinquante pour cent...

— Mais madame, cent cinquante pour cent, ça n'existe pas !

— Si. La semaine dernière, il s'est brûlé la langue...

780

À Alger, un homme entre dans une pharmacie :

— Bonjour, m'sieur le pharmacien. J'voudrais savoir si ici y en a de la vaseline...

— À moi tu demandes si ici il y en a de la vaseline ? Ma parole, j'ai la meilleure d'Afrique du Nord ! Avec c'te vaseline, tu peux faire des frites, tu peux préparer la salade, tu peux graisser le vélo... Et pour l'amour, alors là c'est l'idéal !

— Quoi, pour l'amour ? demande le client.

— Tu sais pas ? Je vais t'expliquer, c'est facile. Le soir tu rentres dans la chambre avec la fatma, tu la fais déshabiller. Quand la fatma elle est toute nue, tu prends un bon paquet de vaseline dans le creux de la main et... pof !

— Quoi, pof ? fait l'autre.

— Pof ! Sur le bouton de la porte ! Comme ça les gosses, ils peuvent plus ouvrir...

781

Un berger allemand et un caniche nain sont côte à côte dans la salle d'attente d'un vétérinaire.

— Pourquoi es-tu là, toi ? demande le berger allemand.

— Parce que je suis un obsédé sexuel, répond le caniche nain. Chaque fois que je vois une jolie petite chienne, c'est plus fort que moi, je lui saute dessus. Alors dans le quartier, ça fait des histoires… Ma maîtresse m'a prévenu que si je continuais, on allait m'opérer. Et puis hier, en me promenant, j'ai aperçu une belle petite caniche toute blanche, je me suis échappé et je l'ai sautée. Il y a eu un scandale, et là, ma maîtresse m'emmène pour me les faire couper. Et toi, pourquoi tu es là ?

— Moi, c'est pareil, dit le berger allemand. Je suis un obsédé sexuel comme toi, je ne pense qu'à ça ! Figure-toi qu'hier, j'étais à la maison, je rentre dans la cuisine, et je vois ma maîtresse à quatre pattes en train de laver le carrelage. Je ne sais pas ce qui m'a pris, j'ai perdu la tête. Je me suis approché par-derrière, j'ai mis mes pattes de devant autour d'elle, et crac ! Je l'ai sautée…

— Alors toi aussi, on va te couper les couilles ? fait le caniche.

— Ah non ! Moi, c'est les griffes…

782

Dans un couvent, la mère supérieure annonce au réfectoire :

— Mes sœurs, j'ai une surprise pour vous. Cet après-midi nous allons faire une grande promenade à bicyclette. Car j'ai fait louer des vélos pour tout le monde.

Les nonnes battent des mains. Et une heure plus tard, elles pédalent dans la campagne en poussant des gloussements et des petits cris stridents qui, multipliés par cent voix, font un vacarme assourdissant.

Alors la mère supérieure fait arrêter sa petite troupe et lance :

— Mes sœurs, je vous demande de vous calmer et de cesser ces cris ! Sinon, je fais remettre les selles…

Dans le jardin d'une maison de retraite, deux vieux sont assis sur un banc. Tout à coup l'un se penche et murmure à l'oreille de son voisin :

— Maurice… Ta braguette est ouverte…

— Je sais, répond l'autre, c'est exprès ! Hier, Gustave a laissé son col de chemise ouvert. Eh bien, ce matin, il avait la nuque toute raide…

Dans une discothèque, un homme s'installe au bar, commande un scotch, et pose un épi de maïs devant lui. Peu après, il descend de son tabouret, prend son épi de maïs, et s'éloigne. Quelques minutes plus tard il est de retour et il repose son épi de maïs. Un quart d'heure s'écoule. Il se relève, reprend l'épi, disparaît dans la foule, revient dix minutes après, remet l'épi sur le bar. Et le manège dure toute la soirée.

Vers deux heures du matin, le barman se penche vers lui.

— Je n'ai pas l'habitude de me mêler de la vie des clients, mais j'aimerais comprendre. Vous faites quoi, au juste, avec cet épi de maïs ?

— Je vais vous expliquer. Moi, je viens ici uniquement pour draguer. Donc je m'installe sur mon tabouret, et j'attends les slows. Quand la série commence, je mets mon épi de maïs dans la poche droite de mon pantalon, et je fonce inviter une fille que j'ai repérée. Je l'enlace, et je la serre légèrement à droite. Alors elle sent mon épi de maïs, et elle se rabat immédiatement à gauche. Et moi, c'est à gauche que je l'attends…

À l'école, après la leçon de choses, l'institutrice interroge les élèves :

— Citez-moi des noms de choses qui ont des poils…

Alors les enfants lèvent le doigt et citent chacun son tour le chien, le chat, la brosse à habits, le vison, la peau de lapin, le blaireau, etc.

Et voici que Toto lève la main et dit :

— Les boules de billard !

— Mais non ! dit l'institutrice. C'est presque le symbole de l'inverse, les boules de billard. Ça n'a pas de poils…

— Je vous assure que si…, fait Toto.

Et il se tourne vers son voisin :

— Hé, Billard ! Montre tes boules à la maîtresse…

786

Un routier, en plein hiver, roule sur la nationale 7 à bord de son vingt-tonnes en chantonnant :

— Je m'appelle Léon, je vais à Lyon, j'ai un beau camion…

Soudain il aperçoit une bonne sœur qui fait du stop. Alors, ne serait-ce qu'à cause du froid, il s'arrête et la prend à bord. Et il se remet à chanter :

— Je m'appelle Léon, je vais à Lyon, j'ai un beau camion…

«… Tiens, elle est pas mal la bonne sœur», remarque-t-il en lui-même.

Un quart d'heure plus tard, tout en chantant *Je m'appelle Léon, je vais à Lyon, j'ai un beau camion*, il se dit, après avoir à nouveau reluqué la passagère : «Elle est drôlement mignonne, la frangine…»

Il continue de l'observer à la dérobée et s'échauffe de plus en plus. «Elle est superbe, cette nonne ! Elle est même bandante…»

N'y tenant plus, il stoppe son camion sur une aire de stationnement déserte et dit à sa voisine en ouvrant son pantalon :

— Ma sœur, ou vous me faites une gâterie, ou je vous largue en pleine nature. De toute manière vous n'êtes pas de force à résister…

Quand c'est terminé, il repart, mais il a honte de lui, honte d'avoir ainsi abusé d'une religieuse. Et il marmonne tristement :

— Je m'appelle Léon… Je vais à Lyon… J'ai un beau camion…

Alors la bonne sœur se met à chanter d'un ton joyeux :

— Je m'appelle Dédé ! Je suis pédé, je vais au bal masqué…

787

Deux amies se font leurs petites confidences :

— Dis-moi, demande la première, est-ce que tu fumes après l'amour ?

— Je ne sais pas, répond l'autre, je n'ai jamais pensé à regarder…

788

Dans la forêt, un lapin et un écureuil deviennent amis. Un soir l'écureuil invite le lapin à dîner. Apéritif, repas somptueux, grands vins à profusion, champagne, alcools. Sur le coup de deux heures du matin, le lapin, ivre-mort, se lamente :

— Mon terrier est de l'autre côté de la forêt ! Je ne réussirai jamais à rentrer chez moi, je ne peux pas mettre une patte devant l'autre…

— Ne t'inquiète pas, dit l'écureuil, je vais te ramener. Assieds-toi sur ma queue et agrippe-toi bien…

Et d'arbre en arbre, l'écureuil traverse toute la forêt pour finalement poser le lapin à l'entrée de son terrier.

Deux semaines plus tard, Jeannot-lapin rend l'invitation et met les petits plats dans les grands. Après les cocktails, les meilleurs crus accompagnent un menu de gala, avec champagne rosé au dessert et un armagnac hors d'âge pour finir. Et c'est au tour de l'écureuil, complètement ivre, de gémir.

— Je ne pourrai jamais rejoindre mon arbre…

— Ne t'inquiète pas, dit le lapin, je vais te ramener.

— Ne sois pas stupide ! répond l'écureuil d'une voix pâteuse. L'autre jour, je t'ai ramené chez toi parce que tu pouvais t'asseoir sur ma queue, mais là c'est impossible, tu comprends ?

— Je t'ai dit de ne pas t'inquiéter, répète le lapin. Attends-moi…

Il disparaît derrière un fourré et revient une minute plus tard au volant d'une superbe Cadillac décapotable, dans laquelle il fait monter l'écureuil. Et un quart d'heure plus tard il le dépose au pied de son arbre.

Moralité : quand on a une petite queue, il faut avoir une grosse voiture.

789

Une mère dit à sa fille :

— Ma chérie, si un garçon te dit qu'il est très attiré par toi, qu'il est fou de toi, qu'il a terriblement envie de toi, baisse les yeux… pour voir si c'est vrai.

790

L'abbé Martin, curé du même village depuis quarante ans, prend sa retraite. Un jeune prêtre, frais émoulu du séminaire, lui succède, et le samedi qui suit son entrée en fonction, il confesse ses nouvelles ouailles.

— Mon père, dit une petite fille, je m'accuse d'avoir volé trois bonbons chez l'épicière…

Le confesseur lui fait la morale et lui donne comme pénitence un Pater et deux Ave.

— Mon père, dit une autre, je m'accuse d'avoir commis le péché de gourmandise. J'ai mangé deux éclairs et deux choux à la crème.

— C'est surtout grave pour le foie, mon enfant. Vous me direz un Pater.

— Mon père, dit une jeune femme, je n'arrête pas de penser au pharmacien. Et hier, j'ai craqué. Dans son arrière-boutique, je lui ai fait une fellation.

— Une quoi ? bredouille le prêtre.

— Une fellation. Une pipe, si vous préférez.

Complètement désemparé, le jeune curé entrouvre la porte du confessionnal et fait signe à l'enfant de chœur d'approcher.

— Combien donnait l'abbé Martin pour une pipe ? lui demande-t-il à l'oreille.

— Cinquante francs, répond le gamin.

791

Dans un foyer de travailleurs émigrés, un Algérien va trouver le directeur :

— M'sieur le directeur, y en a mon voisin de chambre, un grand Noir très costaud qui s'appelle Omar, dès que moi ji suis couché, y vient dans mon lit et y me nique par-derrière.

— C'est libidineux ! fait l'autre d'un ton sévère.

— M'sieur le directeur, c'est pas li bi di nœud, c'est li nœud tout entier !

792

La mode est désormais aux préservatifs en couleur et décorés, ce qui oblige les pharmaciens à avoir en stock tous les modèles possibles et imaginables.

Dans une petite pharmacie, le malheureux préposé ne cesse d'aller chercher l'échelle et de grimper tout en haut pour prendre dans le dernier ou l'avant-dernier casier une boîte de préservatifs bleus avec des étoiles roses pour l'un, à damier jaune et noir pour l'autre, avec des spirales rouges et blanches pour le troisième, etc. Épuisé, il vient de servir cinq clients de suite quand un petit vieux en costume noir entre, soulève son chapeau melon et demande poliment :

— Je voudrais une boîte de préservatifs, s'il vous plaît.

— Rouges ? bleus ? violets ? verts ? jaunes ? Avec des étoiles ? des carrés ? des pois ? des fleurs ? s'écrie l'employé à bout de nerfs.

— Ça n'a aucune importance, dit le petit vieux. Du moment qu'ils sont baleinés...

Dans une boîte de nuit, un habitué, qui a pourtant un physique quelconque, repart chaque soir avec une fille différente. Et elles sont plus belles les unes que les autres.

Un client demande au barman :

— Dites-moi ! Comment fait-il, celui-là, pour les tomber toutes ?

— Je ne sais pas, monsieur, c'est un mystère pour moi. Tous les soirs c'est le même manège : il s'installe tout seul à une table et il n'en bouge plus. Il ne danse pas, il ne parle à aucune fille ! Il se contente de les regarder fixement en se léchant les sourcils…

Après plusieurs années de mariage, un couple n'arrive toujours pas à avoir d'enfant. La jeune femme se décide à consulter un gynécologue qui lui dit :

— Madame, c'est à cause de la touffe !

— Pardon, quelle touffe ?

— Eh bien, votre système pileux. Je n'ai jamais vu un buisson pareil ! Il est beaucoup trop dru, et c'est un handicap indiscutable pour de bonnes conditions de fécondation. Il faut raser tout ça…

Alors la dame achète un rasoir mécanique, rentre chez elle et s'épile totalement. Le soir, au moment de se coucher, elle se met nue, et dit à son mari en lui montrant son sexe épilé :

— Regarde, chéri…

Et l'autre, bouche bée, fait :

— Ça alors ! Je ne savais pas qu'il y avait un deuxième trou !

Du haut d'un balcon, deux petits garçons s'amusent à cracher sur les passants. Arrive un monsieur à cheveux blancs, très digne. Et voilà qu'un énorme crachat s'écrase sur le revers de son pardessus. Furieux, il lève la tête et crie :

— Bande de petits galopins ! On se permet…

— Mais non, monsieur, fait l'un des deux gosses. On spermait pas, on crachait…

796

Rentrant chez lui à l'improviste, un homme trouve sa femme au lit avec son meilleur ami.

— Comment une chose pareille est-elle possible ? dit-il en se prenant la tête entre les mains. Comment as-tu pu faire ça, toi la mère de mes enfants en qui j'avais une confiance absolue ? Toi qui me répétais toujours que j'étais et que je serais le seul homme de ta vie ? Et toi, mon meilleur ami, celui des bons et des mauvais jours, celui à qui je confiais tout, qui me disait que je pouvais compter sur lui ? Quant à toi, mon épouse, toi qui m'avais juré fidélité devant Dieu et devant les hommes, dire que tu prétendais qu'il ne te viendrait même pas à l'idée de jeter les yeux sur un autre homme ! Et cet homme, c'était toi, mon copain, que je considérais comme mon frère, à qui j'avais sauvé la vie quand on avait chaviré dans le bassin d'Arcachon, à qui j'avais prêté de l'argent pour monter son affaire, pour qui j'aurais…

« Dites donc ! Vous pourriez vous arrêter quand je parle ! »

797

Un prêtre qui traverse la rue Saint-Denis aperçoit une prostituée qui porte des cuissardes, un slip rouge, un porte-jarretelles noir, et un T-shirt sur lequel est inscrit en grosses lettres : JESUS.

— Honte à toi, pécheresse ! crie l'abbé scandalisé. Comment oses-tu blasphémer ainsi le nom du Seigneur ! Mais Dieu voit tout, et le jour du Jugement Dernier, crains qu'il ne punisse l'offense que tu lui fais !

Et tandis qu'il s'éloigne, rouge de colère, la fille reste

bouche bée. Alors sa voisine de trottoir, espagnole comme elle, lui dit :

— Tou vois, Carmen. Yé t'avais dit que ça s'écrivait pas comme ça JE SUCE…

798

Un paysan qui a bien réussi se promène avec sa femme dans son domaine. Soudain il lui dit :

— Tu te souviens, Marie ? Le gros chêne, là… C'est contre ce chêne que je t'ai embrassée pour la première fois. Dire que ça fait vingt ans… Je crois que j'va remettre ça, j'te trouve toute belle…

Et il l'embrasse. Un peu plus loin, ils s'approchent d'un pré clôturé.

— Tu te rappelles, Marie ? C'est contre c'te clôture que je t'ai prise la première fois. Cré nom, Marie, je sais pas si c'est l'arrivée du printemps ou toi qui m'émoustilles, mais j'ai envie de te sauter comme il y a vingt ans !

Sitôt dit, sitôt fait. Plus tard, en se rajustant le paysan dit :

— Marie, c'est pas pour te complimenter, mais je crois ben que t'es encore plus active qu'autrefois. Tu t'es trémoussée encore plus qu'il y a vingt ans !

— Faut dire, mon gars, qu'il y a vingt ans, la clôture, elle était point électrifiée…

799

Un chômeur est arrivé en fin de droits d'allocations, et il n'y a plus un sou à la maison. Alors sa femme lui dit :

— Mon chéri, je sais que tu as fait tout ce que tu pouvais pour trouver du travail, que chaque jour tu es allé te présenter partout, et je ne t'en veux pas. Mais il faut payer le loyer, donner à manger à nos enfants. Alors j'ai pris ma décision : je vais me prostituer.

— Jamais ! crie son mari.

— Mais moralement, je ne te tromperai pas ! Je le fais

uniquement pour acheter un peu de viande pour notre aîné, du lait pour le bébé…

Le mari, convaincu par ces arguments, accepte. Le soir, sa femme rentre et pose triomphalement sur la table 502 francs 50.

— Quel est le salaud qui t'a donné 2 francs 50 ?

Et elle répond :

— Tous…

800

Quand l'institutrice arrive le matin en classe, elle voit inscrit sur le tableau noir : *Toto a une grosse queue*.

— Qui a écrit cela ? demande-t-elle.

Pas de réponse.

— Pour la dernière fois, qui a écrit cela ?

Silence total. Trente visages fermés la regardent.

— Très bien. Puisque le coupable ne veut pas se dénoncer, Toto restera ce soir après la fin des cours.

Le soir, quand la cloche sonne, toute la classe quitte l'école sauf Toto. Mais ses copains, qui se sentent un peu responsables, l'attendent. Une heure passe, une heure et demie, deux heures. Il sort enfin et tous les autres l'entourent.

— Quelle punition elle t'a donnée ? T'es collé mercredi ?

Et Toto, d'un petit air condescendant, leur répond :

— Je vais vous dire, les gars. La pub, c'est efficace…

801

Dans le living-room de sa maison, une femme papote avec une amie. Soudain elle aperçoit, par la fenêtre, son époux qui rentre.

— Ah ! mon Dieu ! s'écrie-t-elle. Voilà mon mari qui arrive avec un bouquet de fleurs ! Je sais ce qui m'attend… Chaque fois qu'il revient avec des fleurs, je suis bonne pour écarter les cuisses !

— Pourquoi ? demande l'autre. Tu n'as pas de vase ?

Un bateau fait naufrage. Et sept rescapés, un homme et six femmes, qui ont réussi à embarquer sur un canot de sauvetage, se retrouvent sur une île déserte. Au début, les femmes se crêpent le chignon pour accaparer le seul mâle du groupe, et puis elles décident de s'organiser et d'avoir l'homme un jour chacune du lundi au samedi, en lui laissant le dimanche pour se reposer. Au début il est ravi, mais au bout de quelques semaines, il est épuisé et n'en peut plus. Et voilà qu'un jour, à l'horizon, ils aperçoivent un point blanc qui peu à peu grossit. Bientôt ils constatent qu'il s'agit d'un radeau, avec une voile de fortune, que le vent pousse vers eux. À bord, un naufragé. L'homme sur l'île est fou de joie de voir enfin arriver un compagnon. Le radeau s'échoue sur la grève, son occupant saute à terre, s'avance en tortillant des hanches et s'écrie :

— Bonzour, bonzour... Oh, la jolie petite plage ! Ze suis bien contente...

Et l'homme sur l'île soupire :

— Ça y est, mon dimanche est foutu !

Au moment où un couple est en train de faire tranquillement l'amour «à la papa», leur petite fille ouvre la porte de la chambre, les regarde, et dit d'un ton péremptoire :

— Je ne veux pas de petit frère !

Puis elle referme la porte, laissant son père et sa mère pantois. Trois jours plus tard, alors qu'ils se livrent aux mêmes ébats, la petite fille entre à nouveau en coup de vent et lance :

— Je ne veux ni de petit frère, ni de petite sœur !

Le samedi suivant les parents, histoire de varier les plaisirs, font l'amour en levrette, quand la petite fille, une fois de plus, rouvre la porte. Et elle s'écrie :

— Je ne veux pas de petit chien non plus !

Sur les Champs-Élysées, un dragueur aborde une ravissante fille et lui dit :

— Mademoiselle, je suis seul ce soir. Si vous êtes dans le même cas que moi, nous pourrions unir nos solitudes et passer la soirée ensemble. Que diriez-vous pour commencer d'un petit dîner au restaurant ?

— Très volontiers, répond-elle avec un grand sourire.

« C'est dans la poche », se dit le type, en l'emmenant dans un restaurant du quartier avec la ferme intention d'y rester le moins longtemps possible.

Ils s'installent et, après avoir longuement consulté la carte, la jeune femme commande une entrée, puis un poisson, puis une viande. Après quoi elle prend une salade, et fait ensuite venir le plateau de fromages dont elle choisit, après bien des hésitations, tout un assortiment.

L'homme, qui ne pense qu'à l'emmener chez lui le plus vite possible, bout d'impatience. Mais il n'est pas au bout de ses peines. Elle commande comme dessert un soufflé norvégien : vingt minutes d'attente ! Quand enfin elle termine la dernière bouchée, il lève précipitamment la main pour demander l'addition. C'est alors qu'elle lui dit :

— Je crois que j'ai encore une petite faim. Vous permettez que je prenne une charlotte au chocolat ?

L'autre, qui n'en peut plus, lui demande :

— Vous mangez toujours autant ?

— Oh non ! répond la jeune femme. Uniquement quand je suis indisposée…

Deux habituées des villages de neige partent aux sports d'hiver à bord du train spécial du Club Med. La première dit à son amie :

— Je vais faire un tour jusqu'au wagon de queue pour voir s'il y a de nouvelles têtes…

Et l'autre répond :

— Moi, je vais faire un tour jusqu'au wagon de tête…

Une troupe lyrique joue en tournée une opérette. Le premier soir, après le spectacle, on frappe à la porte de la loge de la charmante chanteuse qui joue le rôle de la duchesse.

— Qui est là ?

— Je suis le clarinettiste de l'orchestre municipal qui a eu l'honneur de vous accompagner ce soir. Je me suis permis, en gage d'admiration, de vous apporter quelques truffes au chocolat...

Et comme elle adore les truffes au chocolat, elle le fait entrer, le remercie chaleureusement, lui offre un verre, et de fil en aiguille ils terminent la nuit ensemble.

Le jour suivant dans une autre ville, toujours après le spectacle, on frappe à la porte de la loge de la duchesse.

— Qui est là ?

— Je suis le clarinettiste de l'orchestre. Je voudrais vous offrir des truffes au chocolat...

Elle le reçoit, lui offre un verre, et comme c'est une bonne fille, elle passe la nuit dans ses bras.

Pendant toute la tournée, chaque soir le clarinettiste de l'orchestre local se pointe dans la loge de la jeune artiste, une boîte de truffes au chocolat à la main. Et elle finit toujours par lui céder.

Le lendemain de la dernière représentation, alors qu'on remballe costumes, décors et matériel, la chanteuse, qui vient encore de passer des heures agitées avec le clarinettiste du coin, tombe par hasard sur les partitions de l'orchestre. Et sur celle de la clarinette, elle voit écrit à l'encre rouge : « Si tu veux baiser toute la nuit, apporte des truffes au chocolat à la duchesse. »

Un homme va être opéré de l'appendicite. Une jeune et jolie infirmière entre dans sa chambre pour lui raser les poils comme on le fait toujours dans ce cas. Après l'avoir savonné, elle lui soulève le zizi et commence son travail.

Et au bout de deux minutes, le type lui dit :

— Maintenant, mademoiselle, vous pouvez le lâcher. Il tient tout seul…

808

Une jeune femme revient de chez le médecin et annonce à son mari :

— Chéri ! Tu sais que le vieux docteur Dubois a vendu ? Qu'est-ce qu'il est beau son remplaçant ! Un grand brun avec des yeux bleus… Et galant en plus ! Quand je me suis déshabillée, il m'a dit que j'avais des jambes et des cuisses superbes. Ensuite, il m'a dit que des seins comme les miens, il n'en avait jamais vu d'aussi fermes. Et puis il m'a encore dit que j'avais une croupe magnifique…

Excédé, le mari lance d'un ton rageur :

— Pendant qu'il y était, il ne t'a pas dit que t'avais un beau con ?

— Ah non… Il ne m'a pas parlé de toi du tout !

809

Dans le sous-sol d'une grande brasserie, un homme entre en trombe dans les toilettes pour dames.

La préposée se précipite derrière lui en criant :

— Oh ! Monsieur… monsieur ! C'est pour les dames !

Alors le type se retourne, ouvre sa braguette, et sort son sexe en disant :

— Et ça c'est pour qui ?

810

Un industriel français a un déjeuner d'affaires avec des acheteurs africains. Les bons vins et l'alcool aidant, la conversation devient égrillarde, et à un moment donné, l'industriel demande à ses interlocuteurs :

— Comment se fait-il que vous autres Noirs, vous ayez une telle réputation auprès des femmes sur le plan sexuel ?

— Comme vous êtes sympathique, répond un des Africains, on va vous donner le secret. C'est tout simplement une question de technique : quand vous faites l'amour, vous pénétrez très lentement en faisant des huit avec vos hanches. Et presque à la fin, vous accélérez brusquement en donnant un grand coup de reins. Et vous recommencez : on pénètre très lentement en faisant des huit, on accélère brusquement en donnant un coup de reins. Et ainsi de suite... Ça les rend folles !

Le soir, dans le lit conjugal, l'industriel prend son épouse dans ses bras, la pénètre très lentement en faisant des huit, et donne un grand coup de reins pour l'accélération finale. Il recommence le mouvement encore et encore. Et au bout d'un moment, sa femme lui dit :

— C'est drôle, chéri... Ce soir, tu baises comme un Noir !

811

Puceau et totalement innocent, un garçon de vingt-cinq ans se marie. Le soir, dans la chambre nuptiale, sa jeune épouse se déshabille et s'allonge nue sur le lit. Stupéfait, il regarde son entrejambe et dit :

— Qu'est-ce que c'est que ça ?

— Chéri, c'est ma chatte...

Alors il s'approche, hume, renifle, et demande :

— Il y a longtemps qu'elle est morte ?

812

Deux homosexuels se retrouvent après les vacances.

— Où es-tu allé ? demande le premier.

— En Tunisie. C'était très bien. Il y avait plein de petits Arabes aux hanches étroites... Et toi ?

— En Israël. J'ai rencontré là-bas un garçon beau, mais beau tu ne peux pas savoir ! Seulement alors, d'une piété, tu n'imagines pas ! Il a fallu que je me fasse circoncire pour qu'il accepte de faire l'amour avec moi !

— Pas possible ! Fais voir, fais voir...

L'autre ouvre son pantalon. Et son ami s'exclame :

— Oh, chéri ! Comme elle a rajeuni !

813

Une jeune femme dit à un de ses amis :

— Je ne voudrais pas être indiscrète, mais je m'étonne de ne jamais vous voir en compagnie d'une fille, alors que vous êtes plutôt beau garçon. Vous n'aimez pas les femmes ?

— Au contraire, je les adore. Malheureusement, je ne peux pas avoir de rapports avec elles...

— Pardonnez-moi, je ne savais pas que vous aviez un problème d'impuissance...

— Non, c'est le contraire, je suis trop bien monté. Alors avec mon énorme engin, je les blesse, je les déchire...

— Ecoutez, je suis un peu blasée dans ce domaine, et vous m'intéressez sérieusement. On pourrait peut-être sortir ensemble ?

— Je vous aurai prévenue...

Ils commencent par aller au cinéma. Mais l'imagination de la jeune femme travaille. Profitant de l'obscurité, elle avance la main vers le pantalon de son voisin et défait quelques boutons pour vérifier la réalité de ses affirmations.

Et trente secondes plus tard, trois rangs derrière, une voix crie :

— Oh ! Assis, le chauve avec un col roulé !

814

Dans une école égyptienne, au temps des pharaons, les élèves font une dictée. Et tous, penchés sur leur papyrus, s'appliquent à tracer leurs hiéroglyphes. Soudain l'un d'eux lève le doigt :

— M'sieur ? Virilité, ça prend deux couilles ou une seule ?

Un couple arrive en trombe chez le médecin.

— Docteur, dit le mari affolé, nous prenions un bain de soleil dans le jardin, et une guêpe s'est introduite dans le vagin de ma femme !

— Elle y est encore, ajoute la dame, je la sens bouger…

— Il n'y a qu'une chose à faire, et très vite, dit le médecin. Monsieur, vous allez introduire votre sexe dans celui de votre épouse et écraser la guêpe…

— Jamais ! J'ai trop peur de me faire piquer !

— Dans ce cas, m'autorisez-vous à le faire moi-même ?

— Allez-y, docteur, répond l'homme.

Il va dans la salle d'attente, tandis que le médecin reste avec la jeune femme dans son cabinet. Au bout de dix minutes, le mari entrouvre la porte et voit le praticien en train de besogner son épouse sur le rebord du bureau. Il demande :

— Vous ne l'avez pas encore écrasée, docteur ?

— Je crois que si, fait l'autre. Mais pour plus de sûreté, je vais la noyer…

816

Chez le coiffeur, une petite fille ne tient pas en place. Pour qu'elle reste sage, le figaro lui offre un berlingot. Mais elle continue à s'agiter, à tourner la tête dans tous les sens, à sortir constamment le bonbon de sa bouche.

Excédé, le coiffeur lui dit :

— Arrête ! Sinon tu vas avoir plein de poils sur ton berlingot…

Et la petite répond :

— À six ans, ça m'étonnerait !

817

Au cinéma, un couple s'installe. Lui très âgé, elle jeune et ravissante. Les lumières s'éteignent et cinq minutes plus tard le voisin de gauche de la jeune femme commence à lui faire discrètement du pied, puis s'enhardit à poser les doigts sur son genou. Et bientôt, il se lance dans un grand numéro de mains baladeuses.

La dame assise derrière, qui voit cela, est outrée. Elle tape sur l'épaule du mari et lui dit :

— Monsieur, je vous signale que le type assis à côté de votre femme est en train de la peloter honteusement !

— Je sais, fait le vieux tristement, c'est comme ça chaque fois que je l'emmène au cinéma. Mais si je la laisse à la maison, on me la baise...

818

Dans les petites annonces de rencontres d'un grand magazine, un homme lit le texte suivant : *Jeune veuve, très jolie, mariée quatre fois, vierge, cherche compagnon.*

Intrigué, il répond et elle lui donne rendez-vous dans un grand café. Le jour J, il arrive dans l'établissement et voit à une table une jeune femme en noir effectivement ravissante.

— Vous êtes la personne de l'annonce, je suppose ?

— Oui, répond-elle.

— Et vous avez été mariée quatre fois ?

— Exact.

— Je ne voudrais pas paraître indiscret, mais comment est-il possible que vous soyez vierge ?

— Oh, c'est très simple... Mon premier mari était pianiste : tout avec les doigts ! Le deuxième était avocat : tout avec la langue. Le troisième était communiste : des promesses, toujours des promesses ! Le quatrième était socialiste : là, je l'ai eu dans le cul !

819

Trois copains discutent de leurs techniques amoureuses respectives.

— Moi, dit le premier, avec ma femme je commence par le haut. D'abord je lui caresse les cheveux longuement, puis je lui embrasse le front, le bout du nez, les lèvres, la gorge, le bout des seins, le nombril, et quand j'arrive au nid d'amour, elle n'en peut plus. Alors je la prends, et là, elle hurle !

— Moi, dit le deuxième, c'est le contraire, je pars du bas. Je lui caresse les doigts de pieds, je les embrasse un par un, après quoi mes lèvres remontent doucement aux chevilles, aux mollets, aux genoux, aux cuisses, et quand j'arrive à l'endroit stratégique, elle est surexcitée. Alors je la prends, et là, elle hurle !

— Moi, fait le troisième, droit au but ! Les travaux d'approche, les papouilles, c'est pas mon truc. Ma femme, je la prends tout de suite. Quand j'ai fini, je me lève, je m'essuie aux rideaux, et là, elle hurle !

820

Accompagnée de son époux, une jeune femme se rend chez le médecin. À l'issue de la consultation, ce dernier prend le mari à part :

— Cher monsieur, je vous annonce que votre femme est enceinte. Malheureusement, elle est atteinte au poumon…

— Oh ! fait l'autre, vous me flattez, docteur !

821

Un couple va consulter un sexologue :

— Docteur, nous sommes mariés depuis pas mal d'années, et notre désir s'est émoussé. Aujourd'hui nos rapports sexuels sont de plus en plus rares. Que faut-il faire ?

— L'ennemie, leur explique le médecin, c'est la routine. Cassez vos habitudes, faites l'amour ailleurs que dans votre lit, à n'importe quelle heure, quand vous en avez envie ! Suivez vos pulsions ! Et revenez me voir dans un mois.

Un mois plus tard, ils sont de retour.

— Alors ? demande le sexologue.

— Eh bien, fait le mari, nous vous avons écouté. Deux jours après être venus vous consulter, nous étions en train de dîner en tête à tête, et puis nos genoux se sont frôlés, nos regards se sont croisés… Alors je me suis levé, j'ai balayé d'un revers de main assiettes et verres, j'ai allongé ma femme sur la table, retroussé sa robe, et on a fait l'amour comme des bêtes !

— Bravo ! C'est formidable !

— Oui, peut-être, mais par contre nous ne pourrons plus jamais retourner dans ce restaurant-là…

822

Une jeune étudiante vit seule dans une chambre de bonne avec sa petite chatte qu'elle adore. Un jour elle constate que l'animal a la pelade. Alors elle envoie à son fiancé, qui est élève de l'école vétérinaire de Maisons-Alfort le télégramme suivant :

« Ma chatte perd tous ses poils. Que dois-je faire ? »

Et il lui répond :

« Ne te sers plus de ta mobylette. »

823

Sur une départementale, deux jeunes nonnes roulent dans une petite 4L à une vitesse excessive lorsqu'elles se font arrêter par les gendarmes.

— Mes sœurs, vous avez été contrôlées à 120 km/heure alors que la vitesse maximum autorisée est de 80…

— Pardonnez-nous, messieurs, dit la conductrice, mais nous venons d'acheter cette voiture pour la communauté et j'ai voulu profiter d'une ligne droite pour essayer la quatrième. Je suis désolée…

Quelques minutes plus tard, les représentants de la maréchaussée les laissent repartir sans verbaliser. Elles parcourent une trentaine de kilomètres et tombent sur un nouveau barrage de gendarmerie.

— Mes sœurs, vous rouliez à 120 à l'heure…

— Pardonnez-nous, redit la conductrice, nous venons d'acheter cette voiture pour la communauté et j'essayais la quatrième…

— Désolé, fait le brigadier, je vais être obligé de vous dresser un procès-verbal.

— Mais vos collègues qui nous ont contrôlées il y a un quart d'heure pour le même motif nous ont laissées repartir…

— Marcel, vérifie si c'est vrai…, lance le brigadier.

L'autre va vers le véhicule de service, décroche le radio-téléphone et demande :

— Allô, Albert ? C'est vous qui avez contrôlé deux bonnes sœurs à 120 à l'heure, il y a une quinzaine de minutes ?

— Exact.

— Et vous les avez laissées repartir sans verbaliser ?

— Oui, mais après qu'elles nous aient fait une gâterie ! Surtout, les gars, avant de les laisser filer, demandez-leur…

Alors le gendarme revient, glisse un mot à l'oreille du brigadier, et tous deux s'approchent de la 4L en ouvrant leur braguette et sortent leur sexe.

— Ça va aller pour cette fois, mais avant il y a une petite formalité à accomplir…

— Mais, monsieur le gendarme, dit une des sœurs, vos collègues nous l'ont déjà fait passer l'alcootest…

824

En vacances dans le même hôtel, deux couples sympathisent. Un soir, après avoir bu quelques verres, ils décident d'un commun accord d'aller plus loin et d'expérimenter l'échangisme.

Le lendemain, au réveil, un des deux hommes dit à l'autre :

— Je me demande si nos femmes ont éprouvé autant de plaisir que nous ?

825

Sans petit ami depuis de longues semaines, une jeune femme se rend pour la première fois de sa vie dans un sex-shop.

— Madame, lui dit le vendeur, je vous conseille de prendre un vibromasseur…

— Qu'est-ce que c'est ?

— Eh bien, comme vous le voyez, ça a la forme d'un sexe d'homme, ça se met… au même endroit, enfin vous me comprenez, mais c'est électrique. Vous le branchez et vous éprouvez les mêmes sensations qu'avec un homme…

Le lendemain, la jeune femme revient dans le magasin, furieuse.

— Ah, bravo pour les mêmes sensations ! C'est une belle saleté, votre appareil ! Regardez, dit-elle en ouvrant la bouche, tous mes plombages ont sauté !

826

Une dame visite le zoo avec toute sa progéniture. Arrivée à la cage des singes, elle voit un couple de chimpanzés en train de forniquer vigoureusement devant tout le monde. Alors elle va chercher le gardien et lui dit :

— Écoutez, il y a plein d'enfants ici ! Faites quelque chose pour arrêter ces deux singes ! Je ne sais pas, moi, donnez-leur un biscuit…

Et le gardien lui répond :

— Vous arrêteriez, vous madame, pour un biscuit ?

827

En plein hiver, par une température glaciale, un jeune homme qui roule en voiture avec sa fiancée crève un pneu.

Il stoppe sur le bas-côté et commence à changer sa roue. Mais bientôt il a les doigts complètement engourdis et il remonte dans la voiture en disant à sa passagère :

— J'ai les mains gelées ! Tu permets que je les réchauffe ?

Et il les place entre les cuisses de la jeune fille. Trois minutes plus tard il peut terminer le travail, après quoi il range son cric et se réinstalle au volant. Alors sa fiancée lui dit :

— Tu n'as pas froid aux oreilles ?

Ne pouvant avoir d'enfant, une femme prend rendez-vous dans une clinique d'insémination artificielle. Le jour dit, elle s'y rend et se retrouve en présence de deux médecins qui n'ont ni pantalon ni slip.

— Nous sommes désolés, madame, dit l'un d'eux, mais nous n'avons plus de bouteilles. On sert à la pression...

La mère supérieure d'un couvent convoque le jardinier.

— L'année dernière, je vous avais demandé de nous planter un champ d'asperges. On vous a fourni les outils, les graines, le sable. Nous sommes en pleine saison des asperges, et rien. Si la semaine prochaine il n'y en a toujours pas, vous êtes licencié !

Paniqué, le jardinier va trouver le menuisier du village.

— Écoute, Mathieu, toi qui es monté comme un âne, il faut que tu me rendes un service. Je vais t'enterrer dans le champ d'asperges avec un tuyau pour respirer, tu laisseras dépasser ton sexe, et je dirai aux bonnes sœurs que ça a poussé cette nuit...

Le lendemain matin, il installe son copain comme prévu et court chercher la supérieure.

— Ma mère, venez vite ! Nous avons déjà une asperge ! Venez, mes sœurs, c'est un miracle !

Toutes les nonnes rappliquent et s'extasient. L'une demande :

— On peut la toucher ?

— Bien sûr, mais ne l'abîmez pas.

Alors, une par une, elles la palpent, la caressent.

— Comme elle est belle !... Comme elle est douce sous les doigts !... Comme elle est dure !...

Quand arrive le tour de la quinzième sœur elle s'écrie :

— Oh ! regardez, ma mère ! Encore un miracle ! Nous avons aussi la béchamel !

Pourquoi certains animaux lèchent-ils leur sexe ?
Parce qu'ils peuvent.

Jeune marié, un Savoyard est appelé sous les drapeaux et fait son service militaire dans les chasseurs alpins. Après six mois de classes, il obtient sa première permission. À son retour, son copain de chambrée lui demande :

— Alors, c'était bien ?

— Formidable, mon vieux ! Je suis arrivé à skis jusqu'à mon chalet, je me suis précipité sur ma femme, je l'ai renversée sur le lit et je lui ai fait l'amour comme une bête !

— Et après ?

— Après, j'ai recommencé !

— Ben dis donc ! Et après ?

— Après, j'ai ôté mes skis...

Un homme d'affaires français se rend à Tokyo. Le premier soir, son interlocuteur japonais l'emmène dans une maison de thé, et il finit la soirée dans les bras d'une ravissante geisha. Quand il la prend, elle lui murmure :

— Kasamiko...

Et au fur et à mesure qu'il accélère le mouvement, elle lui répète de plus en plus fort :

— Kasamiko... Kasamiko... Kasamiko...

— Tu as raison, dit le Français qui comprend qu'elle s'extasie sur sa technique, c'est bon !

Le lendemain, son hôte l'emmène faire un golf. En cours de partie, le Japonais réussit un drive de cent mètres qui va directement dans le trou. Alors le Français, pour lui témoigner son admiration, s'écrie :

— Kasamiko !

— Pas du tout ! proteste le Japonais. C'est le bon trou !

À l'école, les services de l'orientation scolaire font passer des tests aux enfants. Le psychologue étale un mouchoir blanc, et le laisse tomber lentement au sol.

— Ça vous fait penser à quoi ? demande-t-il à un élève.

— Je vois un parachute qui descend. Les bérets rouges ont sauté au milieu des lignes ennemies ! Ça tire de partout…

« Esprit de conquête. Agressivité. Courage. Respect de la force… », note le praticien. Puis il passe à l'élève suivant.

— Moi, dit celui-ci, je vois un goéland, tout blanc, qui plane au-dessus de la mer, avec ses grandes ailes déployées…

« Sens poétique », écrit sur sa fiche le psychologue. Il se tourne alors vers un troisième enfant.

— Moi, je vois une belle gonzesse à poil avec des gros seins…

— Tu n'as sans doute pas bien suivi, regarde bien mon geste…

Et il lâche à nouveau le mouchoir qui descend doucement.

— À quoi ça te fait penser ?

— À une belle gonzesse à poil avec des gros seins !

— Je ne comprends pas… Tu as bien vu mon geste ?

— Vous pouvez faire le geste que vous voulez, je m'en fous ! Je pense qu'à ça !

Lord Burburough remplit son devoir conjugal avec Lady Burburough. Soudain il lui demande :

— Darling ! Je vous ai fait mal ?

— No, dear, répond-elle. Mais pourquoi cette question ?

— Je croyais vous avoir fait mal, darling. Vous avez bougé…

Un jeune comédien vient d'obtenir un rôle dans une pièce, mais c'est un tout petit rôle. En fait, il ne reste que très peu de temps en scène, et il n'a qu'une phrase à dire : «Votre main, comtesse, il faut que je la baise...»

Conscient que c'est la chance de sa vie, il cherche le moyen d'attirer, avec cette simple réplique, l'attention sur lui.

Et le soir de la première, devant le Tout-Paris et la critique au grand complet, il entre en scène, va vers la dame, et lui dit :

— Votre main, comtesse...

Puis il se tourne vers la salle et ajoute en aparté :

— Il faut que je la baise !

Connaissez-vous la roulette congolaise ? Pour les amateurs d'émotions fortes, c'est encore mieux que la roulette russe.

On amène à un homme six superbes Noires. Il choisit celle qu'il veut pour se faire faire une pipe.

Et parmi les six, il y a une anthropophage.

Adolf Hitler inspecte ses troupes. Il demande à un soldat :

— Tu es prêt à m'obéir en toutes circonstances ?

— Ja, mein Führer !

— Tu ferais n'importe quoi pour moi ?

— Ja, mein Führer !

— Alors baisse ton pantalon et ton caleçon.

L'autre s'exécute. Hitler passe derrière lui, sort son sexe et le sodomise.

Et le soldat crie

— Aïe, Hitler !

Une femme dit à une de ses amies :
— C'est incroyable ce que mon mari est distrait ! Figure-toi qu'hier soir, nous étions en train de faire l'amour, on a sonné à la porte, eh bien, il est allé ouvrir !
— Et il t'a laissée en plan ?
— Non, justement ! Il m'a emportée avec lui…

839

Le vendredi, au bureau, trois copines discutent de leur week-end.
— Quand vous sortez le samedi, les filles, comment vous faites pour décider si vous avez passé une bonne soirée ou non ? demande la première. Moi, j'ai un truc complètement personnel, une sorte de jeu. En rentrant chez moi, je retire ma veste et je la lance sur le portemanteau. Si elle reste accrochée, c'est que j'ai passé une bonne soirée…
— C'est drôle, dit la deuxième, moi, je fais un peu la même chose. En arrivant à la maison, je retire mes chaussures et je les jette sur la moquette. Si elles tombent dans le même sens, c'est que j'ai passé une bonne soirée…
— Moi aussi, je fais comme vous, dit la troisième. En rentrant, j'enlève ma culotte, je la lance au plafond, et si elle reste collée, c'est que j'ai passé une bonne soirée…

840

Comment appelle-t-on une fille qui collectionne les pin's ?
Une salop's.

841

Une fille dit à une amie :
— Je suis allée chez le gynéco. Il m'a fait un toucher vaginal…

— Ça se passe comment ? demande sa copine.

— Eh bien, il m'a fait appuyer les coudes sur la table, il a posé sa main gauche sur mon épaule et il a enfoncé l'index de sa main droite... Non... Il a posé sa main droite sur mon épaule et il a enfoncé l'index de sa main gauche... Non, c'est pas ça non plus ! Il a posé ses deux mains sur mes épaules...

842

Au mois de décembre, une jeune femme reçoit d'un de ses bons amis un paquet-cadeau contenant une ravissante petite culotte de soie.

Sur la fesse gauche, il y a écrit : *Joyeux Noël !*, sur la fesse droite : *Bonne Année !* Et l'expéditeur a joint la carte suivante : « Je passerai t'embrasser entre les fêtes. »

843

Un homme est atteint depuis plusieurs années d'une impuissance incurable. Il a vu tous les médecins, essayé tous les traitements, rien n'y fait. Un jour son épouse apprend qu'aux Indes les gourous ont des potions miraculeuses pour ce genre de problème, et elle emmène son mari là-bas. Mais après plusieurs semaines de séjour, il leur faut déchanter : les potions des gourous n'ont pas plus d'effet que les remèdes des médecins.

Et voilà qu'en se promenant dans la rue, la femme aperçoit un attroupement, s'approche, et voit un charmeur de serpent qui joue de la flûte tandis que le serpent sort lentement d'un panier d'osier et se dresse tout droit. Brusquement c'est l'illumination.

« Voilà ce qu'il me faut ! » se dit-elle.

Elle sort une poignée de dollars de son sac et achète la flûte.

Le soir, dans la chambre d'hôtel, alors que son mari est déjà couché, elle se déshabille, sort sa flûte, et commence à jouer. Au bout de deux minutes, le drap frémit légèrement.

Bientôt il se soulève de cinq centimètres, puis dix... La femme joue plus fort : quinze centimètres... vingt... Elle s'époumone. Vingt-cinq centimètres !

Alors folle de joie, elle arrache le drap d'une main fébrile. Son mari avait le ver solitaire.

844

Une adepte du spiritisme se glisse entre les draps complètement nue, se love dans les bras de son petit ami, et lui dit :

— Chéri, je veux savoir si tu m'aimes vraiment. Un coup pour non, deux coups pour oui...

845

Dans une maison close, un client monte avec une de ces dames. Arrivé à l'étage, il aperçoit par une porte restée entrouverte un immense Noir allongé sur un lit, complètement nu, en train de lire le journal. Et assise sur lui, une fille qui fait du tricot.

Une demi-heure plus tard, sa petite affaire terminée, il repasse devant la chambre et constate que les deux autres n'ont pas bougé. Intrigué, il demande à la sous-maîtresse :

— Dites-moi, qu'est-ce que c'est que cette fille à poil qui tricote assise sur un Noir qui lit le journal ?

— C'est la nouvelle pensionnaire ! Elle est arrivée hier. Alors, avant de la proposer à la clientèle, on l'a mise sur la forme...

846

Qu'est-ce qu'une lesbienne ?
Une souris qui mange le chat.

Meeting international d'athlétisme. Dans les vestiaires du stade, un Allemand, un Russe et un Français discutent.

— Moi, dit l'Allemand, avec ma perche de quatre mètres, je saute une barre de plus de cinq mètres…

— Moi, dit le Russe, avec ma perche de cinq mètres, je saute une barre de plus de six mètres…

— Moi, fait le Français, avec ma perche de dix-sept centimètres, je saute une nana d'un mètre soixante-dix…

Une femme se plaint auprès d'une amie du manque de flamme de son mari.

— J'ai la solution à ton problème, fait l'autre : les chaussettes magiques !

— Les quoi ?

— Les chaussettes magiques que vend le médecin chinois chez qui je vais t'envoyer ! Je les ai offertes à mon Marcel qui ne me touchait plus depuis des mois. Il les a mises. Le soir il est rentré du bureau, il a jeté ses vêtements dans l'entrée, il m'a attrapée par les cheveux, traînée dans la chambre, et il m'a prise trois fois de suite. Crois-moi, va voir ce Chinois !

Quinze jours plus tard elles se revoient.

— Alors, les chaussettes magiques ? Tu as essayé ?

— Une catastrophe ! J'en ai acheté une paire, mon mari les a passées et il est parti au travail. Le soir je l'attendais, toute pomponnée, parfumée… Il est arrivé, il a jeté ses vêtements dans l'entrée, il est passé devant moi sans me voir, il a foncé dans la cuisine et ouvert le réfrigérateur. Il a pris un concombre entier, et il se l'est enfoncé dans le derrière !

— Ne cherche pas ! s'écrie son amie. Il a mis ses chaussettes à l'envers !

Onze heures du soir. Deux petits enfants en pyjama sont derrière la porte de la chambre des parents. L'aîné regarde par le trou de la serrure.

— Qu'est-ce qu'ils font ? demande sa petite sœur.

— Je sais pas, j'y comprends rien ! C'est maman qui suce, et c'est papa qui dit que c'est bon…

850

Le petit lapineau ayant grandi, son papa décide qu'il est temps de l'initier aux joies de l'amour et l'amène voir les dames lapines. Il les fait toutes aligner sur un rang et dit à son fils :

— Regarde bien. Je vais te montrer comment on procède. Ensuite tu feras pareil.

Et il s'approche de la rangée de lapines, en commençant par la première.

— Bonjour madame ! merci madame ! Bonjour madame ! merci madame ! Bonjour… madame ! merci… madame ! Bon… jour… ma… dame… ! mer… ci… ma… da… me… !

Et il s'écroule épuisé.

— J'ai compris ! dit le lapineau.

Et il se met en position.

— Bonjour madame ! merci madame ! Bonjour madame ! merci madame ! Bonjour madame ! merci madame ! Bonjour madame ! merci madame ! Bonjour papa ! merci papa ! Bonjour madame ! merci madame !…

851

Un couple reçoit quelques amis et montre les photos de leur voyage de noces au Mexique. Sur l'une d'entre elles, on les voit dans un tramway bondé. La femme est debout et lui est sur la banquette.

— Eh ben, dis donc ! lance un de ses copains, pour un jeune marié, tu n'étais pas tellement galant…

— Non, pas du tout ! Mais moi, je ne tenais plus debout, et elle, elle ne pouvait plus s'asseoir…

852

Un jeune homme arrive, un bouquet de fleurs à la main, chez une jeune fille dont il a fait la connaissance récemment. Épinglée sur le bouquet, il y a une carte sur laquelle il a écrit les vers suivants :

> *Que ces quelques fleurs des champs*
> *Vous disent mon vœu le plus ardent :*
> *Ô ma jolie Denise*
> *Il faut que je vous bise !*

Et la demoiselle murmure tout bas :

— Quel dommage que je m'appelle pas Thérèse !

Le garçon qui a entendu lui dit :

— Rassurez-vous ! Je m'appelle Hercule…

853

Un client entre dans un magasin de prêt-à-porter et ne voit personne. Entendant un bruit qui semble provenir d'une cabine d'essayage, il s'en approche, entrouvre le rideau, et voit un vendeur en train de faire l'amour avec une vendeuse. Choqué, il revient vers le comptoir vide, entend des chuchotements qui montent d'en dessous, se penche, et aperçoit un autre vendeur qui besogne la caissière.

Scandalisé et bien décidé à se plaindre, il ouvre la porte marquée *Direction* et tombe sur le patron en train de prendre sa secrétaire sur le bureau.

Il quitte les lieux, outré, et voit sur le trottoir deux chiens en train de copuler. Alors il les prend dans ses bras, rentre à nouveau dans le magasin, et crie :

— Ne vous dérangez pas ! Je vous rapporte votre enseigne qui s'est décrochée !

Assise sur un banc, une petite fille sanglote. Un vieux monsieur qui passait s'approche et lui demande :

— Pourquoi pleures-tu, mon enfant ?

— Parce que je voudrais avoir un gros bâton tout dur entre les jambes, comme mon grand frère...

Alors le vieux s'assied sur le banc et pleure avec elle.

Un ingénieur français vient de passer une douzaine d'années en Afrique, dans une exploitation perdue en pleine brousse, sans jamais voir une seule femme.

Il rentre enfin en France et se précipite, dès son arrivée à Paris, rue Saint-Denis. Là, il demande à une prostituée :

— Tu prends combien pour une pipe jusqu'au bout ?

— Deux cents francs.

— D'accord !

Ils montent ensemble, et elle lui fait une savante fellation. Dès qu'il a joui, il lui dit :

— Penche la tête à gauche et remue-la doucement... C'est bien ! Maintenant, penche la tête à droite, et fais pareil... Parfait ! À présent, penche-la en arrière et ferme les yeux... Maintenant, avale !

Après s'être exécutée, la fille lui demande :

— Pourquoi tu m'as fait faire tout ça ?

— Ma petite, du douze ans d'âge, ça se déguste !

Un homme se rend chez le médecin :

— Docteur, ma femme me traite d'impuissant...

— Ne vous inquiétez pas, je suis persuadé que non. Elle vous a dit ça parce qu'elle était énervée ! Montrez-moi vos organes génitaux...

Et l'autre lui tire la langue.

Au cours d'un de ces raids d'aventure qui sont désormais très à la mode, un équipage composé de trois concurrents — deux baroudeurs plus un jeune homme très efféminé mais excellent navigateur — est fait prisonnier, au cœur de l'Amazonie, par une tribu particulièrement sauvage.

On les attache tous les trois à un poteau, et le chef leur dit :

— Je vous laisse une chance de sauver votre vie : si en additionnant la longueur de vos trois sexes, vous réussissez à dépasser celle du mien, vous êtes libres !

Là-dessus il éclate de rire, soulève son pagne, et exhibe un pénis de cinquante centimètres. On mesure celui du premier équipier : vingt-trois centimètres. Le chef rit moins. Celui du deuxième : vingt-quatre centimètres. Le chef se dit que c'est perdu. C'est alors que le blondinet efféminé sort un sexe minuscule. On le mesure très soigneusement : quatre centimètres. Mais 23 + 24 + 4 = 51. Le chef de la tribu tient parole et libère ses prisonniers.

À peine sont-ils repartis que le jeune éphèbe dit à ses deux compagnons :

— Eh bien, les hommes, vous pouvez me remercier ! Si le grand brun tout peinturluré ne m'avait pas autant excité, à cette heure-ci vous seriez morts...

Deux dactylos se font leurs confidences.

— Qu'est-ce que tu préfères ? demande la première. Faire l'amour le soir ou le matin ? Moi, j'aime mieux le soir, parce que j'ai tout mon temps...

— Moi, je préfère le matin. Parce que j'aime bien avoir quelque chose de chaud dans le ventre avant d'aller au travail...

Un homme va consulter un médecin.

— Docteur, je ne sais pas ce que j'ai, je me sens constamment fatigué, fatigué…

Le médecin l'ausculte longuement, prend sa tension, et lui dit :

— Je ne vois rien de particulier. Vous me paraissez en excellente santé. Sur le plan sexuel, ça se passe comment ?

— Ça va. Avec ma femme on fait l'amour tous les soirs.

— Tous les soirs ?

— Oui… deux ou trois fois chaque soir. Le midi c'est réservé à ma maîtresse…

— Ah bon ! Et c'est tout ?

— Non, il y a aussi ma secrétaire. Sur le coup de six heures, je ferme le bureau à clé et on fait des heures supplémentaires… Et puis à la maison, il y a la bonne. Si je ne montais pas dans sa chambre trois ou quatre fois par semaine, elle nous quitterait ! Quant à la femme du jardinier, dès qu'il tond la pelouse, je fonce chez elle parce que c'est une sacrée affaire… Je ne vous parle pas des petits extras par-ci par-là, au hasard des bonnes fortunes…

— Mais monsieur, fait le médecin abasourdi, ne cherchez pas la cause de votre fatigue : vous baisez beaucoup trop !

— Ah ! vous me rassurez, docteur ! J'avais peur que ça vienne de la masturbation…

Une jeune fille entre dans une pharmacie.

— Je voudrais une douzaine de préservatifs, s'il vous plaît.

— Quelle taille ? demande le pharmacien.

— Faites-moi un assortiment, c'est pour aller à une surboum…

Dans un bar de New York, un consommateur engage la conversation avec une fille au type slave prononcé.

— Vous êtes originaire d'Europe centrale ?

— De Pologne, monsieur. Je suis ici depuis trois ans, mais mes parents sont restés là-bas et je n'ai aucune nouvelle d'eux.

— Vous ne leur téléphonez jamais ?

— Jamais, monsieur. Je suis trop pauvre.

— Mais mon petit, nous allons arranger ça. Venez chez moi, vous allez les appeler.

Folle de joie, la fille accepte. Elle suit l'homme, lequel arrivé chez lui l'emmène directement dans sa chambre où se trouve le téléphone.

— Mademoiselle, dit-il, si vous voulez parler à vos parents, il faut d'abord prendre ceci…

Il ouvre son pantalon et sort son sexe. La fille s'en saisit, l'approche de sa bouche, et crie :

— Allô ? C'est toi, maman ?

Dans la chambre conjugale, un homme dit à sa femme :

— Chérie, j'ai trouvé une nouvelle façon de faire l'amour ! On va se mettre tout nus et on va s'allonger sur le lit en se tournant le dos…

— Mais on n'y arrivera jamais comme ça !

— T'inquiète pas ! Pierre et Gisèle seront là dans dix minutes…

Un petit garçon rentre de l'école et demande à ses parents :

— Dites, quand vous faites l'amour, papa il rentre son sexe tout entier dans maman ?

— Petit dégoûtant ! fait le père en lui retournant une gifle. Monte immédiatement dans ta chambre, tu seras privé de dîner et de télé !

Le gosse part en pleurnichant et lance :

— Je cherchais à m'instruire, c'est tout ! Cet après-midi, on a eu cours d'éducation sexuelle, et j'ai pas tout compris…

Du coup, les parents sont très ennuyés. Et au bout d'un quart d'heure, la femme dit à son mari :

— Va le voir, explique-lui qu'on ne savait pas, et ramène-le…

Le père monte, ouvre la porte de la chambre de son fils, et le voit sur son lit en train de se masturber. Alors il referme doucement, redescend, et dit à son épouse :

— Je n'ai pas voulu le déranger. Il fait ses devoirs…

864

Au cinéma, un couple assiste à la projection de *Neuf semaines et demie*, avec Kim Bassinger.

Au moment où la star se met nue pour une scène d'amour torride, le mari se penche vers sa femme et lui murmure à l'oreille :

— Je la baiserais bien…

Et elle lui répond :

— Dis plutôt : volontiers…

865

Un routier au volant de son trente-cinq tonnes quitte la route nationale et va s'arrêter, pour se dégourdir les jambes, sur un chemin en bordure d'un petit bois.

Soudain il entend des gémissements et des appels au secours qui semblent venir du bois. Il y pénètre et voit un jeune homme, complètement nu, ligoté contre un arbre, face au tronc :

— Qu'est-ce qui vous est arrivé ? lui demande-t-il.

— Je m'étais arrêté une minute, gémit l'autre. J'ai été attaqué par une bande de loubards. Ils m'ont pris mon portefeuille, tous mes vêtements, et après m'avoir attaché, ils sont partis avec ma voiture…

— Eh bien, mon vieux, on peut dire que c'est pas votre jour de chance ! fait le routier en commençant à déboutonner son pantalon…

866

Comment appelle-t-on une femme qui est à la fois clitoridienne et vaginale ?

Une TAC-O-TAC. Parce que, avec elle, on gagne au grattage et on gagne au tirage.

867

Un couple habite un pavillon très isolé. Un soir, le mari dit à son épouse :

— Écoute, chérie, avec tous ces crimes et ces viols qu'on lit dans le journal, je ne suis pas rassuré de te savoir seule toute la journée dans la maison. Je veux que tu achètes un bon chien de garde.

Le lendemain la femme va dans un chenil et explique ce qu'elle recherche.

— J'ai ce qu'il vous faut, dit l'éleveur.

Et deux minutes plus tard, il revient avec un chien minuscule.

— Vous ne m'avez pas comprise, fait la dame. C'est un chien de garde que je veux.

— Mais c'est un chien de garde, madame ! Un chien japonais, le meilleur : il fait du karaté ! Vous allez voir…

Il se penche vers le chien et lance :

— Karaté planche !

Le chien se précipite vers une planche posée contre le mur, se met sur les pattes de derrière, et avec ses pattes de devant il la frappe à une vitesse folle jusqu'à ce qu'elle ne forme plus qu'un tas d'allumettes.

— Karaté mur ! crie l'éleveur.

Et le chien, toujours debout sur ses pattes arrière, martèle le petit mur de briques avec une telle violence qu'une minute plus tard il ne reste plus qu'un tas de graviers.

Bien que l'animal coûte cinq mille francs, la femme n'hésite pas. Le soir, son mari rentre du bureau et demande :

— Alors, chérie, tu as pensé à aller acheter un chien?

— Oui, mon amour, il est là.

— Où ça, là? Je ne vois rien…

— Là, sur le fauteuil.

— Quoi, cette petite chose? Mais c'est un gag! Combien tu as payé ça?

— Cinq mille francs.

— Hein? mais on s'est foutu de toi…

— Pas du tout, mon chéri. C'est un chien japonais…

— Et alors?

— Alors il fait du karaté.

L'homme pousse un soupir, lève les yeux au ciel, et s'écrie en regardant le chien :

— Karaté, mes couilles…!

868

Rouge… noir… rouge… noir… rouge… noir… rouge… noir… rouge… noir… rouge… noir… blanc! Qu'est-ce que c'est?

Un Noir qui se masturbe.

869

Dans une discothèque, un homme très élégant fait la conquête d'une jeune fille. À la fin de la soirée, il lui propose de la raccompagner, et elle se retrouve assise dans le cuir profond d'une Jaguar, écoutant les paupières mi-closes un slow superbe sur la stéréo. À la fin de la cassette, elle ouvre les yeux et s'aperçoit que la voiture a quitté la ville.

— Mais monsieur, dit-elle, ce n'est pas le chemin pour aller chez moi…

L'homme ne répond pas et accélère.

— Vous entendez? Ce n'est pas le chemin…

L'autre reste impassible, appuie un peu plus sur l'accélérateur, et bientôt il prend une petite route qui s'enfonce dans un bois. La jeune fille se recroqueville sur son siège. Un long quart d'heure s'écoule, et finalement la voiture stoppe devant une grille, derrière laquelle hurlent deux énormes dobermans, la bave aux lèvres. Surgit une sorte de gnome qui, après les avoir fait coucher, ouvre la grille. La voiture pénètre dans le parc, s'immobilise au pied du perron d'un château sinistre, et l'homme, sans un regard pour la malheureuse qui tremble comme une feuille, escalade les marches et disparaît. Arrive un majordome au regard inquiétant qui attrape la pauvre fille par le bras, l'entraîne à l'intérieur, et la pousse dans une grande pièce dont il ferme la porte à double tour.

Alors elle découvre sur les murs des fouets, des cravaches de toutes les tailles. Au milieu de la salle, un poteau avec des chaînes. Terrorisée, la jeune fille sent son sang se glacer. À ce moment-là, une tenture se soulève, l'homme apparaît, vêtu d'une robe de chambre de soie, et s'avance lentement vers elle. Arrivé tout près, il lui dit :

— Mademoiselle, je vais vous enc… !

Et elle s'écrie :

— Oh oui ! Oh oui !

870

Une jeune femme divorcée vit seule avec sa petite fille. Un soir la gamine entend du bruit venant de la chambre de sa mère, regarde par le trou de la serrure, et voit sa maman, nue sur le lit, qui se caresse frénétiquement en murmurant :

— Je veux un homme… Je veux un homme…

Le lendemain soir, mêmes bruits. La fillette regarde à nouveau par le trou de la serrure, et revoit sa mère complètement nue en train de se caresser tout en murmurant :

— Je veux un homme… Je veux un homme…

Le surlendemain, ce sont des râles, des soupirs que l'on entend à travers la porte. La petite regarde par le trou de la serrure et voit sa mère complètement nue dans les bras d'un homme, murmurant :

— Ah ! Que c'est bon un homme… ! Que c'est bon…

Alors la petite fille va dans sa chambre, se déshabille, s'allonge sur son lit, et commence à se caresser en disant :

— Je veux un vélo… Je veux un vélo…

Seul dans sa petite chambre de bonne, un homme aux vêtements élimés pose une nappe en papier sur une caisse de bois, met le couvert, allume une bougie, ouvre une boîte de sardines, et débouche une bouteille de Perrier.

Puis il s'assied sur l'unique chaise, mange une à une ses sardines tout en buvant à petites gorgées son Perrier, et quand il a fini il se masturbe.

Après quoi il pousse un soupir satisfait en s'écriant :

— Le champagne, le caviar et les femmes, il n'y a que ça de vrai !

Un jeune éphèbe arrive chez le médecin.

— Bonzour, docteur ! Ze ne sais pas ce qui m'arrive, ze suis fatigué, fatigué, fatigué…

— Déshabillez-vous, fait le médecin, je vais vous ausculter.

L'autre s'exécute. Le docteur lui met le stéthoscope sur le dos et lui demande :

— Dites 33…

L'autre susurre :

— 33… 33… 33…

Le docteur colle le stéthoscope sur la poitrine.

— Dites 33…

L'autre répète :

— 33… 33… 33…

— Par sécurité, je vais vous faire un toucher rectal.

Il enfile un doigtier et enfonce son index dans le postérieur de son patient.

— Dites 33…

Et l'autre commence :

— 1… 2… 3… 4… 5… 6… 7… 8… 9…

Le fils du Cyclope demande à son père :
— Papa ! Pourquoi on n'a qu'un œil ?
— Laisse-moi tranquille… J'ai du travail…
— Papa ! Pourquoi on n'a qu'un œil ?
— Je n'en sais rien… Laisse-moi travailler…
— Papa ! Pourquoi on n'a qu'un œil ?
— Arrête ! Tu me casses la couille !

Dans le lit conjugal un homme dit à son épouse :
— Chérie, je voudrais faire l'amour par-derrière…
— Non !
— Chérie, je t'en supplie, essaie…
— Je te l'ai déjà dit : je ne veux pas !
Alors ils font l'amour normalement, dans la position du missionnaire. Et voilà qu'à la suite d'une contraction de la jeune femme, ils se retrouvent bloqués. Impossible de se séparer. L'homme réussit à atteindre le téléphone sur la table de nuit, une ambulance vient les chercher, on les roule dans une couverture et direction l'hôpital où on les décoince.
La semaine suivante, toujours dans le lit conjugal, le mari dit :
— Chérie, je voudrais faire l'amour par-derrière…
— Non, non et non ! N'insiste pas !
— Écoute, chérie, s'emporte le mari, l'autre jour si tu avais accepté, on aurait pu aller à pied à l'hôpital !

Deux collègues de bureau se retrouvent au retour des vacances.
— C'était formidable ! dit le premier. Je suis d'abord allé en Grèce, et ensuite en Suisse. Alors en Grèce, la chaleur, la plage, la mer… génial ! Et puis les hellènes, ce n'était pas mal non plus…

— Les hellènes ?

— Oui, c'est comme ça qu'on appelle les femmes grecques. Ensuite je suis donc allé m'oxygéner en Suisse. Alors là longues promenades, balades en montagne, petits casse-croûtes avec un coup de fondant... Quant aux helvètes, je ne te dis pas...

— Les helvètes ?

— Si tu préfères, les femmes suisses ! Tu ne savais pas qu'on les appelle les helvètes ? Et toi, comment ça s'est passé ?

— Très très bien aussi. Je suis allé visiter l'Égypte.

— Alors les Pyramides, qu'est-ce que tu en penses ?

— Toutes des salopes !

876

Un satyre téléphone en pleine nuit à une femme dont il a pris le numéro dans l'annuaire et lui dit d'une voix haletante :

— Devinez ce que je tiens en ce moment dans ma main droite ? La dame répond d'une voix glaciale :

— Si vous pouvez la tenir d'une seule main, ça ne m'intéresse pas !

Et elle raccroche.

877

Deux gentlemen anglais, rescapés d'un naufrage, se retrouvent sur une île déserte. Au fil des jours, ils bâtissent une hutte pour s'abriter, cueillent des noix de coco, bricolent des lignes pour pêcher du poisson, et peu à peu leur vie s'organise.

Au bout d'un mois, l'un des gentlemen dit à l'autre :

— Cher Archibald, je crois que nous avons réussi, en unissant nos efforts, à régler pratiquement tous les problèmes. Sauf un : le sexe. Alors je vous fais une proposition. Je vais vous poser une devinette, et si vous trouvez la réponse, vous ferez la femme.

— D'accord !

— Écoutez bien : quel est l'animal qui a quatre pattes, une queue, des moustaches, et qui monte la nuit sur les toits en faisant «Miaou»?

— Le crocodile ! répond l'autre.

— Bravo ! Vous avez gagné !

878

Une femme va consulter un gynécologue. Il commence à l'examiner et s'écrie :

— En vingt ans de carrière, je n'ai jamais vu ça ! Quel trou… ! Quel trou… ! Quel trou… !

— J'ai entendu, fait la dame agacée, inutile de le répéter trois fois !

— Mais je ne l'ai dit qu'une fois, madame. C'est l'écho…

879

Un type visiblement ivre arrive dans une maison close et dit à la tenancière :

— Je voudrais une belle fille. Je paierai le prix qu'il faut…

— Mais certainement, monsieur, fait la matrone, si vous voulez patienter un instant…

Elle court trouver la sous-maîtresse et lui dit :

— J'ai un client complètement bourré, pas question qu'il csquinte une de mes filles ! Tu vas aller au 23 mettre une poupée gonflable dans le lit et tamiser les lumières. Dans l'état où il est, il ne s'apercevra de rien…

Quelques minutes après, on conduit l'homme à la chambre 23. Un quart d'heure plus tard, il redescend et va trouver la tenancière.

— Il vient de m'arriver un truc insensé ! bredouille-t-il. Je suis rentré dans la chambre, la fille était déjà au lit dans l'obscurité. Je me suis glissé près d'elle et j'ai commencé à l'entreprendre… Une belle fille, bien roulée, ça c'est vrai ! Mais elle n'était pas tellement active, c'est le moins qu'on puisse dire. Si bien que, pour l'émoustiller un peu, j'ai pris mon épingle de cravate et je lui ai piqué les fesses. Alors là, vous n'allez pas me croire, madame : elle a bondi du lit en sifflant et elle a foutu le camp par la fenêtre !

880

Un homme entre dans une pharmacie pour acheter des préservatifs. Mais elle est tenue par une femme et, un peu gêné, il lui demande :

— Je voudrais une boîte de... de petits manteaux. Vous voyez ce que je veux dire ? Enfin, petits, c'est une façon de parler... Donnez-moi une grande taille... la plus grande taille !

La pharmacienne va chercher la boîte et la lui tend en disant :

— Si vous avez besoin d'un col en fourrure pour votre manteau, je ferme à sept heures...

881

Dans une soirée, un invité dit à son copain :

— Regarde la blonde là-bas, avec la robe rouge... Je suis sûr qu'elle porte un jupon en dessous...

— Avec une robe aussi bouffante, moi je te dis qu'elle en porte deux l'un sur l'autre...

— N'exagère pas !

Je te parie un gueuleton qu'elle a deux jupons !

— Pari tenu ! Mais comment va-t-on savoir qui a raison ?

— On va lui demander !

Ils s'approchent de la jeune fille.

— Mademoiselle, mon ami et moi nous avons fait un pari. Il prétend que vous avez un jupon, et moi je dis deux. Accepteriez-vous de nous dire lequel de nous a gagné ?

— Vous avez perdu tous les deux. Je ne porte pas de jupon.

— Mais... Comment votre robe peut-elle bouffer à ce point ?

— Je me crêpe...

Après de brillantes études de médecine en France, un jeune Algérien rentre au pays et ouvre un cabinet dans sa petite ville natale. Il met sur sa porte une belle plaque : *Gynécologie de 14 à 19 heures.*

Très vite c'est le succès, et son voisin Mohamed voit chaque après-midi rentrer de jolies jeunes femmes qui ressortent une demi-heure ou une heure plus tard. Alors il met à son tour sur sa porte l'écriteau suivant : *J'y nique au gourbi toute la journée.*

882

883

Après avoir, en vain, fait le tour des boîtes spécialisées, un homosexuel rentre chez lui sans avoir trouvé de compagnon. Et voilà que sous une porte cochère non loin de chez lui, il voit un clochard, plutôt jeune, qui ronfle comme un bienheureux avec un litre vide à côté de lui. N'en pouvant plus, il baisse le pantalon du vagabond et le sodomise. Après quoi, pris de pitié, il glisse un billet de cent francs sous son balluchon.

Le lendemain l'autre se réveille, voit les cent francs, et sans chercher à comprendre, il fonce chez l'épicier du coin en lançant :

— J'ai des sous ! Donne-moi six bouteilles de Kiravi rouge !

Le soir, l'homosexuel repasse devant la porte cochère, voit le clochard qui dort, ivre mort, baisse à nouveau son pantalon, lui fait son affaire et laisse cent francs comme la veille.

À son réveil, le clochard se précipite chez l'épicier et reprend six bouteilles de Kiravi. Et le soir ça recommence, cent francs sous le balluchon, le lendemain les six bouteilles chez l'épicier, etc.

Le cinquième jour, quand le clochard entre dans la boutique, l'épicier lui dit :

— Six bouteilles de Kiravi, comme d'habitude ?

— Non, je crois que je vais changer de marque. Parce que je me suis aperçu que le Kiravi, ça se boit facilement, mais ça fait mal au cul…

884

Une dame appelle le plombier. Une demi-heure plus tard, arrive un petit barbu, sa sacoche sur l'épaule. Elle le guide jusqu'à la salle de bains et lui dit :

— C'est pour le bidet. Il y a un problème avec le clapet de vidange.

Le plombier se penche sur le bidet. À ce moment-là, le clapet se referme avec un claquement sec, lui coince la barbe, et il pousse un petit cri de douleur.

— Eh bien voilà ! fait la dame. Moi, c'est pareil…

885

Extasiée, une petite fille contemple la vitrine d'une confiserie. Un monsieur très élégant, aux cheveux argentés, s'approche et se penche vers elle :

— Alors, mademoiselle, on aime les bonbons ?

— Oh oui, monsieur !…

— Et que préfère-t-on comme bonbons ?

— Les caramels, monsieur…

— Attendez-moi là, mon petit.

Il entre dans le magasin et en ressort quelques instants plus tard avec un kilo de caramels qu'il tend à la petite fille.

— C'est pour vous, mademoiselle. Mais nous allons les déguster chez moi. Mon hôtel particulier est tout près d'ici…

— Bien, monsieur. Je peux quand même en goûter un tout de suite ?

— Oui, mais un seul…

Peu après, tandis qu'elle suce son caramel, ils arrivent chez lui. Après lui avoir montré les pièces de réception, il la fait monter au premier, ouvre une porte et dit d'un ton égrillard :

— Et voilà ma chambre…

Alors la petite fille demande d'une voix douce :

— Qu'est-ce que vous voulez que je retire, monsieur ? Ma culotte ou mon caramel ?

886

À la cantine de l'hôpital, une infirmière, style sergent-major, grosse et moustachue, dit à une petite jeune, moulée dans sa blouse blanche :

— Tu as vu le type du 34 qui est arrivé hier ? Il est plutôt beau gosse, mais c'est bizarre : sur son sexe, il a fait tatouer S.O.S.

— Pas du tout ! répond sa jeune et jolie collègue. Il y a écrit : *Souvenir d'un beau voyage aux Galapagos*.

887

— Devine, dit une starlette à une autre, avec qui j'ai dîné hier soir ? Kaganopoulos !

— Le producteur ?

— Lui-même, ma chérie. Il voulait me voir pour m'engager dans son prochain film. Tu sais, cette superproduction dont tout le monde parle. Ça ne m'a pas tellement surprise, parce que l'héroïne du roman, c'est tout à fait moi ! Alors nous sommes allés dans un grand restaurant, on a bavardé de choses et d'autres, et puis après il m'a emmenée chez lui pour discuter de mon contrat. Et finalement, tu sais ce qu'il m'a proposé ? Le rôle de la bonne ! Une apparition de trente secondes pour dire en tout et pour tout « Madame est servie » ! Alors, là, ça a été plus fort que moi : je lui ai ri aux couilles...

888

Une cliente entre dans une parfumerie :

— Je voudrais du savon à la chlorophylle.

— Désolée, fait la vendeuse, je n'en ai plus. Mais j'ai un excellent savon à la glycérine...

— Non, non, je tiens à la chlorophylle. Pour ma toilette intime, je n'utilise que du savon à la chlorophylle et rien d'autre !

— J'attends une livraison. J'en aurai demain matin…

— Mettez m'en trois de côté, je vous les règle tout de suite. Je ne pourrai pas venir moi-même, mais mon mari passera les prendre.

— Et je le reconnaîtrai comment ?

— C'est un grand brun, mince, avec des moustaches vertes…

889

Deux femmes se font leurs confidences.

— Ma pauvre dame, dit la première, si vous saviez ce que j'endure ! Mon mari me fait cocue !

— Moi, dit l'autre, c'est encore pire, il me le fait des deux côtés !

890

Pour fêter leurs quarante ans de mariage, deux vieux époux décident de repartir sur les traces de leur voyage de noces. Ils descendent dans le même hôtel, obtiennent la même chambre, dînent à la même table au restaurant. Et l'épouse dit à son mari :

— Tu te souviens, nous étions allés prendre un verre, après-dîner, dans ce cabaret où un type faisait un numéro incroyable ! Rappelle-toi, il entrait en scène, posait trois noix sur une table, après quoi il sortait son sexe et il cassait les trois noix avec…

Ils retrouvent le cabaret qui n'a pas changé, s'installent à la même table qu'il y a quarante ans, et bientôt le spectacle commence. Et voilà que le type aux noix, qui a désormais des cheveux blancs, entre en scène. Il pose trois noix de coco sur une table, puis il sort son sexe et les casse toutes les trois avec, sous un tonnerre d'applaudissements.

Un peu plus tard, il vient dans la salle et le couple l'invite à leur table :

— Nous sommes venus ici pendant notre voyage de noces, et nous vous avions vu à l'époque casser trois noix avec votre sexe. Vous êtes extraordinaire ! Quarante ans après, vous cassez des noix de coco !

— Eh oui ! dit l'autre d'un ton navré. Ma vue baisse...

891

Dans quel bois fait-on les meilleures pipes ?
Dans le bois de Boulogne.

892

Grand repas de noces. Au dessert, le père de la mariée chante un air d'opéra, le tonton fait des imitations, et la petite sœur récite un poème. Et voilà qu'un convive demande à la grand-mère, qui fut dans sa jeunesse danseuse au Moulin-Rouge, de danser le french-cancan.

On va chercher le disque, on le met sur l'électrophone, et la mémé commence à sautiller, puis s'enhardit à lever la jambe de plus en plus haut. À la fin, emportée par l'enthousiasme, elle saute en l'air et retombe en faisant le grand écart.

Les bravos, les hourras éclatent. On lui fait un triple ban. Le calme revenu, elle reste toujours dans la même position. Alors son gendre lui dit :

— C'est fini. Relevez-vous, grand-mère...

Et la vieille, toute rouge, murmure d'une voix gênée :

— Je crois que j'ai fait ventouse...

893

Le roi Dagobert se marie. Tous les grands du royaume sont invités, les agapes durent une journée entière, et le soir le couple royal se retire dans ses appartements.

Un quart d'heure plus tard, on entend, venant de la chambre nuptiale, un hurlement épouvantable. Saint Éloi se précipite et demande à travers la porte :

— Tout va bien, Majesté ?

— Très bien, lui dit le roi. Je vais la remettre à l'endroit…

894

Un Parisien, habitué des boîtes de nuit, emmène dans une discothèque un cousin de la campagne venu visiter la capitale.

— Tu devrais faire danser la blonde là-bas, lui dit-il. Elle n'attend que ça…

L'autre invite la fille et les voilà sur la piste. Mais moins d'une minute après, elle lui flanque une gifle retentissante et retourne s'asseoir.

— Qu'est-ce qui s'est passé ? demande le Parisien quand son cousin revient.

— Je sais pas… J'ai pas compris. On a commencé à danser, et puis je lui ai dit : « On baise ? » Et elle m'en a retourné une…

— Mais tu es fou ! Ce n'est pas comme ça qu'on drague ! Il faut la séduire, faire des travaux d'approche, parler d'un sujet qui te met en valeur. Tiens ! la prochaine, demande-lui si elle connaît la Beauce. Elle va te répondre oui, et toi, tu lui parleras des champs de blé qui ondulent, du ciel, des couleurs de l'automne, des soirées devant un feu de bois…

L'autre invite une fille à danser, et au bout de trente secondes il lui demande :

— Vous connaissez la Beauce ?

— Non, pas du tout.

— Alors on baise ?

895

En plein mois de juillet, un aveugle arrive sur une plage, tâtonne avec sa canne blanche pour trouver une place, s'installe, et sort de son sac une poupée gonflable qu'il commence tranquillement à gonfler. Un père de famille s'approche et lui demande :

— Vous comptez vous servir de cet engin ici ?

— Absolument.

— Mais vous n'y pensez pas ! Cette plage est remplie d'enfants...

— Et alors ?

— Alors, vous n'allez quand même pas utiliser une poupée gonflable devant eux !

— Mon Dieu ! s'écrie l'aveugle. Mais alors, ça fait six mois que je me tape mon Zodiac !

896

Les jeunes filles d'un collège passent, en petite culotte, la visite médicale. La première qui se présente devant le docteur a un grand À inscrit au-dessus du nombril.

— Qu'est-ce que c'est que ça ? demande le médecin.

— Eh bien, fait la jeune fille en rougissant, mon petit ami se prénomme André. Il s'était fait tatouer son initiale sur le ventre, et l'encre a déteint...

La deuxième a un grand M.

— Mon petit ami, dit-elle, s'appelle Michel, et lui aussi était allé chez le même tatoueur.

La troisième a aussi un grand M.

— Alors le vôtre, fait le docteur, son prénom c'est Michel, Marcel ou Maurice ?

— Non. Il s'appelle William...

897

Un jeune homme particulièrement pieux se marie. Le soir, dans la chambre nuptiale, il va dans la salle de bains, et quand il en ressort, il trouve sa jeune épouse allongée nue entre les draps.

Alors il lui dit :

— Ma chérie, je pensais te trouver à genoux au pied du lit...

Et elle lui répond :

— Si ça te fait vraiment plaisir je le ferai, mais ça me donne le hoquet…

898

Un homme entre dans une pharmacie et s'approche de la dame en blouse blanche qui est derrière le comptoir :

— S'il vous plaît, pourrais-je parler au pharmacien ?

— Il n'y a pas de pharmacien, répond la charmante dame, mais deux pharmaciennes. Je tiens cette officine avec ma sœur depuis vingt ans. C'est vous dire que vous pouvez sans hésiter me parler très librement…

— Eh bien voilà, fait l'autre, j'ai un problème de puissance sexuelle…

— Et vous voudriez un stimulant ?

— Non, c'est le contraire, je suis trop puissant. Je suis constamment, jour et nuit, en état d'érection. Même si je fais l'amour trois ou quatre fois de suite, ça continue…

La pharmacienne réfléchit longuement et demande :

— Vous permettez que j'aille consulter ma sœur ?

Elle disparaît dans l'arrière-boutique et revient deux minutes plus tard en disant :

— Huit mille francs par mois, logé, nourri, ça vous conviendrait ?

899

Sur une plage, un adolescent se change. Une petite fille aperçoit son zizi et demande à sa mère :

— Qu'est-ce que c'est ça, maman ?

— C'est un sifflet…, répond la mère gênée.

Une demi-heure plus tard, la petite fille revient vers sa mère :

— Maman, tu m'as raconté des histoires ! Ça siffle pas…

Sur une petite route corse, un touriste au volant de sa voiture est stoppé net à la sortie d'un virage par un homme qui lui barre la route, un fusil à la main.

— Descends! dit-il avec un bel accent local, et maintenant pas un mot. Branle-toi!

— Mais vous êtes fou...

— J'ai dit pas un mot! Branle-toi!

Devant le fusil menaçant, l'autre s'exécute. Quand c'est terminé le Corse lui lance :

— Recommence!

— Mais...

— J'ai dit : recommence!

L'automobiliste s'exécute à nouveau.

— Encore une fois!

— Mais je ne peux plus...

— J'ai dit : encore une fois! fait le Corse en pointant son fusil.

Aiguillonné par la peur, le malheureux trouve les ressources nécessaires et y parvient. Dès qu'il a terminé, le Corse se retourne vers les buissons et crie :

— Maria-Luisa! Tu peux venir! Monsieur va se faire un plaisir de t'emmener à Bastia...

Le soir, dans la chambre, un homme, nu devant la glace, contemple son zizi, et dit fièrement à sa femme :

— J'en aurais trois centimètres de plus, je serais le roi! Et elle lui répond :

— T'en aurais trois de moins, tu serais la reine...

Pendant la guerre du Golfe, un soldat français se retrouve avec son unité dans un campement au milieu des sables d'Arabie Saoudite. Au bout de trois semaines, il va trouver son chef de section et lui dit :

— Mon lieutenant, je suis un garçon qui a de gros besoins sexuels, et là je n'en peux plus, ça me monte à la gorge !

— Dans ce cas, fait l'officier, vous faites comme certains de vos copains : vous prenez le chameau…

L'autre se dit : « Non, quand même pas ça ! » Il résiste encore une semaine, et puis un soir, n'y tenant plus, il se dirige vers le piquet où est attaché le chameau, soulève la queue de l'animal, et commence à le trombiner. Soudain le lieutenant surgit en hurlant :

— Vous n'avez pas honte ! C'est dégueulasse ce que vous faites !

— Mais mon lieutenant… C'est vous qui m'avez dit de faire comme les copains et de prendre le chameau…

— Mais, imbécile, vos copains ils prennent le chameau pour aller au bordel militaire, à dix kilomètres d'ici !

903

L'institutrice a donné une heure aux enfants pour apprendre par cœur *Le corbeau et le renard*. Tandis qu'ils sont penchés sur leurs livres, elle remarque le manège de l'un d'entre eux qui, toutes les trente secondes, crache dans ses mains et étale la salive sur son front. Alors elle lui demande :

— Qu'est-ce que tu fabriques à te mettre sans arrêt de la salive sur le front ?

— C'est pour la fable, madame.

— Quoi ?

— Pour m'en souvenir, madame. Souvent à la maison, le soir, j'ai entendu maman dire à papa : « Mouille la tête, ça entrera mieux… »

904

Dans une maternité, une femme vient de mettre au monde un bébé aux cheveux d'un roux flamboyant. Le mari, qui fait plutôt une drôle de tête, va trouver l'accoucheur :

— Docteur, les cheveux roux, c'est héréditaire ?

— En principe, oui…

— Parce que je suis brun et ma femme est brune comme vous le savez. Ni ses parents ni les miens ne sont roux, et aucun de nos grands-parents ou arrière-grands-parents ne l'était ! Alors ?

— Alors, fait le médecin, il doit y avoir une explication. Vous faites l'amour combien de fois par semaine ? Deux ? trois ? quatre fois ?

— Oh ! non, docteur…

— Une fois ?

— Oh ! non…

— Une fois par mois…

— Non, fait l'autre gêné.

— Mais enfin, tous les combien ?

— Une fois par an, docteur…

— Eh bien, ne cherchez plus, mon vieux ! C'est la rouille !

905

Six heures du soir dans le métro. Debout dans un wagon bondé, une jeune femme sent une main qui se pose carrément sur son postérieur. Elle se retourne vers l'homme qui est derrière elle et lui dit :

— Vous ne pourriez pas mettre votre main ailleurs ?

— Je n'osais pas, fait le type. Mais puisque vous me le demandez…

906

Une jeune fille de la bonne bourgeoisie présente à ses parents l'homme qu'elle veut épouser, un superbe Noir. Celui-ci dit au père :

— Monsieur, j'ai présentement l'honneur de vous demander la main de mademoiselle votre fille…

Le père, qui veut absolument empêcher ce projet de mariage, répond :

— J'accepte à la condition que vous donniez à ma fille, en cadeau de mariage, une Rolls, et une villa sur la Côte d'Azur.

— D'accord ! Quand Wagadou aime, Wagadou offre !

— Je voudrais aussi qu'elle dispose de cent mille francs d'argent de poche par mois.

— D'accord ! Quand Wagadou aime, Wagadou paie !

En désespoir de cause, le père ajoute :

— L'argent n'est pas tout, je veux que ma fille soit heureuse en amour. J'exige pour elle un mari qui en ait une de trente centimètres !

— D'accord ! Quand Wagadou aime, Wagadou coupe !

907

Dans un bar de Pigalle, deux entraîneuses, juchées sur leur tabouret, bavardent.

— Avec quoi tu te laves quand tu viens de monter avec un type ?

— Au savon de Marseille, ma chère. Il n'y a rien de mieux ! C'est pur, ça n'irrite pas… Et toi ?

— Au gros sel.

— Hein ? Ça ne te brûle pas ?

— Un petit peu. Mais par contre, ça fait boire le client…

908

Au Texas, un couple de touristes français, elle grande et plantureuse, lui maigrichon et tout petit, assiste à un rodéo. Arrive un mustang intenable qui désarçonne tous les concurrents d'entrée. Aucun cow-boy n'arrive à tenir plus de trois ou quatre secondes. Le speaker lance dans le micro :

— Une prime de 5 000 dollars à celui qui réussira à rester trente secondes sur ce cheval !

Alors le petit Français lève la main et crie :

— Moi !

— Tu es cinglé ? fait sa femme.

Sans l'écouter, il descend sur la piste et enfourche l'animal qui se met immédiatement à ruer des quatre fers et à se cabrer dans tous les sens. Cinq secondes, dix secondes, le petit homme est toujours en selle. Le cheval est déchaîné.

Vingt, vingt-cinq, trente secondes : le Français a réussi. Mieux, il continue pour la gloire et ne met pied à terre qu'au bout de trois minutes. Une formidable ovation s'élève des tribunes.

Quand il rejoint son imposante épouse, son chèque de 5 000 dollars à la main, elle lui dit tout éberluée :

— C'est incroyable ! Comment as-tu fait ?

— C'est facile, Germaine. Souviens-toi quand on faisait l'amour à l'époque où tu as eu la coqueluche...

909

Sur une route nationale, un jeune éphèbe au volant de sa deux-chevaux tombe en panne. Il a beau faire des signes désespérés aux automobilistes, personne ne s'arrête. Et voilà qu'enfin un vingt-tonnes stoppe dans un crissement de freins. Le jeune homme court vers la cabine et dit au chauffeur :

— Bonjour, monsieur le camionneur. Merci de vous être arrêté, c'est vraiment aimable à vous. Figurez-vous que ma petite voiture est en panne, et je ne sais pas quoi faire...

— Ah ! fait l'autre, un colosse en tricot de corps, t'as de la veine, mon petit gars. Je suis en avance sur mon horaire, et comme t'as une bonne gueule, je vais te la pousser ta merde !

— Oh ! ça c'est vraiment gentil ! monsieur le routier. Mais qui est-ce qui va s'occuper de ma voiture ?

910

De passage à Hong-Kong, une jeune et jolie touriste, à qui on a vanté les étonnantes capacités amoureuses des Chinois, décide de vérifier si cette réputation est justifiée, et se laisse draguer par l'un d'eux.

Le Chinois la ramène chez lui et lui fait l'amour. À peine a-t-il terminé qu'il bondit sur le sol, pousse un cri guttural, se précipite sous le lit, ressort de l'autre côté, remonte sur le lit et lui refait l'amour. Après quoi il bondit à terre, pousse un cri guttural, se précipite sous le lit, ressort de l'autre côté, et refait l'amour.

Le manège continue une quatrième, une cinquième, une sixième fois... À la dixième, la jeune femme, qui voudrait comprendre le pouvoir magique de cette pratique, plaque d'une main le Chinois sur le matelas, saute à terre, pousse un cri guttural, et se précipite sous le lit. Où elle découvre neuf Chinois...

911

Ayant réussi à obtenir une audition, une jeune femme se présente devant un impresario.

— Je ne vous prendrai pas beaucoup de temps, dit-elle, mais j'ai un numéro de music-hall comme vous n'en avez jamais vu...

Elle sort un harmonica de son sac, relève sa jupe, ôte sa culotte, coince l'harmonica entre ses cuisses, et se met à jouer *Le vol du bourdon* avec une virtuosité étourdissante.

À la dernière note, l'impresario, époustouflé, appelle le patron d'un grand cabaret parisien et lui dit :

— J'ai un numéro extraordinaire pour vous. Unique au monde ! Écoutez...

Il tend l'appareil vers les jambes de la jeune femme et lui fait signe de recommencer. Alors elle remet l'harmonica entre ses cuisses et s'exécute. Quand elle a terminé, l'impresario reprend l'appareil.

— Qu'est-ce que vous en dites ?

— Bof ! fait l'autre. Encore un con qui joue de l'harmonica...

912

Grâce à la bonne fée, Cendrillon va pouvoir aller au grand bal donné en l'honneur du fils du roi. D'un coup de baguette magique, la fée a transformé ses haillons en une superbe robe, et une citrouille en carrosse. Mais elle prévient Cendrillon :

— Si à minuit tu n'as pas quitté le bal, ta robe redeviendra haillons, ton carrosse sera changé en citrouille, et pire, ta foufounette en melon !

Cendrillon arrive au bal, le prince ne voit qu'elle, et ils dansent toute la soirée ensemble. Vers minuit moins le quart, ils se restaurent au buffet, qui est somptueux. Le prince est en train de déguster une grosse tranche de melon qu'il tient à deux mains. Tout en continuant d'y plonger goulûment sa bouche, il demande à Cendrillon :

— À quelle heure devez-vous rentrer ?

Et en le regardant dévorer son melon, elle répond :

— Oh... vers quatre ou cinq heures du matin...

913

Au Moyen-Orient, trois touristes français, complètement éméchés, escaladent dans l'obscurité le mur d'un harem et s'offrent une extraordinaire nuit d'orgie. Après quoi, épuisés, ils s'endorment et le lendemain les eunuques les cueillent et les traînent tous les trois devant l'émir.

— L'offense que vous m'avez faite est impardonnable ! Vous serez punis par où vous avez péché ! Quel est ton métier ? demande-t-il au premier.

— Bûcheron...

— Qu'on la lui coupe à la hache ! Et toi, quel est ton métier ? lance-t-il au deuxième.

— Cuisinier...

— Qu'on la lui grille ! Et toi ?

— Marchand de sucettes ! crie l'autre, marchand de sucettes !

914

Un homme retrouve son meilleur copain effondré, l'œil triste, la mine défaite.

— Qu'est-ce que tu as, mon pauvre vieux ?

— Je suis au bord du suicide. Il m'est arrivé une histoire incroyable ! Tu sais que je suis amateur de chasse au gros gibier. Alors le mois dernier, j'étais en Afrique, et voilà qu'en pleine brousse j'aperçois à cinquante mètres devant moi un énorme orang-outang. J'épaule, je tire, je le manque. Pendant qu'il me charge je vise soigneusement, je tire ma seconde balle, je le manque encore ! Il arrive sur moi et il me serre dans ses bras. Tu sais la force d'un orang-outang ? Je n'ai rien pu faire, il m'a violé. Depuis je n'ai plus goût à rien, j'ai envie de mourir...

— Dis moi, à qui d'autre as-tu raconté ton histoire ?

— À personne à part toi, qui es mon meilleur ami. Tu ne crois quand même pas que je vais le crier sur tous les toits ?

— Dans ce cas tout va bien ! Comme moi je ne dirai rien, ça ne se saura jamais ! Alors oublie tout ça ! C'est le printemps, la nature est belle, les femmes sont jolies. L'important c'est que tu sois vivant. Parce que la vie c'est quelque chose d'unique !

— Je sais, soupire l'autre, mais que veux-tu ? c'est plus fort que moi : lui là-bas, moi ici...

915

Dans une soirée, un garçon dit à un de ses copains :

— Tu vois la blonde en robe rouge près du buffet ? Eh bien, elle ne porte pas de culotte...

— Comment le sais-tu ?

— C'est mon petit doigt qui me l'a dit.

916

Un homme va chez le pharmacien et lui glisse discrètement à l'oreille :

— J'ai un problème un peu délicat. Ce soir, j'ai deux Suédoises chez moi, deux créatures de rêve. Alors vous comprenez, j'aimerais assurer. Vous n'auriez pas quelque chose d'efficace, enfin vous voyez ce que je veux dire...

— J'ai ce qu'il vous faut, dit le pharmacien. Des pilules aphrodisiaques que je reçois directement d'Extrême-Orient, je vais vous en donner une boîte. Mais attention ! elles sont très puissantes. Vous en prenez une deux heures avant. Une seule !

L'autre rentre chez lui, avale sa pilule, et puis compte tenu du fait qu'il attend non pas une mais deux Suédoises, il en prend une seconde. Dix minutes plus tard, il se dit que, réflexion faite, étant donné le tempérament volcanique des Suédoises, il vaudrait mieux augmenter la dose, et il reprend deux pilules de plus.

Le lendemain matin, il arrive dans la pharmacie visiblement sur les genoux, le visage défait, l'air épuisé, et il demande :

— Vous n'auriez pas une pommade anti-inflammatoire ?

— Bien sûr, dit le pharmacien avec un sourire complice. Mais attention de ne pas en mettre sur les zones particulièrement sensibles !

— C'est pour les mains, fait le type.

Et il montre ses paumes, couvertes de cloques.

— Qu'est-ce qui vous est arrivé ? s'exclame le pharmacien stupéfait.

Et l'autre répond :

— Elles ne sont pas venues…

917

Une jeune adolescente rentre du lycée et dit à sa mère :

— Maman, dans le métro, il y a un type qui s'est collé contre moi et qui a commencé à se frotter. Ensuite il a pris ma main et m'a forcée à la poser, à travers le pantalon, sur son sexe. Et puis il a passé son autre main sous ma jupe, il a commencé à remonter lentement le long de mes cuisses, et quand il est arrivé en haut, il a glissé un doigt dans ma culotte. Alors…

— Arrête ! fait la mère. Tu m'excites…

918

Une voiture de concurrents du Paris-Dakar stoppe en plein désert du Ténéré pour permettre au copilote de soulager un besoin pressant. Il est en train de le faire contre un cactus lorsqu'il pousse un hurlement et revient en courant vers son équipier.

— J'ai été mordu par un serpent ! Il m'a mordu le zizi ! J'ai mal… j'ai mal…

— Pas de panique ! dit le pilote, j'appelle l'assistance médicale par radio.

Il coiffe les écouteurs, établit le contact, et explique ce qui vient de se passer.

— Il était comment ce serpent ? Vous pouvez le décrire ? interroge le médecin en ligne.

— Tu peux décrire le serpent ? demande le pilote à son copain.

— Il mesurait environ soixante centimètres, avec un corps marron et un triangle blanc sur la tête…

— Soixante centimètres, corps marron, tête avec un triangle blanc…, fait le pilote dans le micro.

— Je vois, dit son interlocuteur. C'est un crotale des sables. Sa morsure est mortelle. Vous avez du sérum ?

— Non.

— Écoutez, il reste trois minutes avant que le venin agisse. Même avec l'hélicoptère, nous n'arriverons jamais à temps. Alors il n'y a qu'une solution : vous allez sucer longuement la plaie et aspirer…

— Qu'est-ce qu'il dit ? demande le copilote.

— Il dit que tu vas mourir…

919

Profitant d'un soleil magnifique, Superman survole New York. Soudain, il aperçoit sur la terrasse d'un gratte-ciel Superwoman étendue sur le dos, complètement nue.

Au comble de l'excitation, il arrache son masque, sa cape, sa combinaison. Alors, complètement nu lui aussi, il fonce en piqué sur ce corps offert.

Et il se tape l'homme invisible…

Un couple arrive dans une auberge réputée. Le maître d'hôtel leur donne la grande carte et vient quelques instants plus tard prendre la commande.

— Je crois que je vais me laisser tenter par votre foie gras maison, dit la femme.

— Eh bien, moi aussi ! fait le mari.

— Pas question ! Pour monsieur, vous donnerez des carottes râpées, sans huile. Ensuite voyons… je prendrai une poularde aux morilles.

— Et moi un gratin de homard, dit le mari.

— Non ! Monsieur prendra une assiette de crudités, toujours sans huile. Et pour terminer, vous me mettrez une charlotte aux framboises.

— Et le gâteau au chocolat amer pour moi, ajoute le mari.

— Ne l'écoutez pas ! Une salade verte, sans assaisonnement.

— Monsieur a un régime très strict…, fait remarquer le maître d'hôtel.

— Aucun régime, répond la femme, il se porte comme un charme. Mais il baise comme un lapin, il mangera comme un lapin !

Aux assises, le président dit à l'accusé :

— Vous rendez-vous compte de ce que vous avez fait ? C'est abominable ! Violer une morte, mais c'est ignoble…

— Monsieur le président, je vous jure que je ne savais pas qu'elle était morte ! Je croyais que c'était une Anglaise…

Le seigneur d'un château part en croisade. Et comme il est très bricoleur, il a confectionné pour sa gente dame une ceinture de chasteté diabolique. Elle est munie de lames acérées montées sur des ressorts qui se détendent dès que l'on essaie de forcer le passage. Après l'avoir soigneusement mise en place, il monte sur son cheval et part délivrer Jérusalem.

Deux ans plus tard il est de retour, et il réunit dans la grande cour tous les hommes, pages, soldats ou serviteurs, restés au château. Il leur ordonne de baisser le bas de leur vêtement et commence l'inspection des organes génitaux.

Le premier n'a plus qu'un moignon. Le deuxième n'a plus qu'un moignon. Idem pour le troisième, et ainsi de suite. Et voilà que, tout à coup, il en voit enfin un qui est absolument intact.

— Tu es un féal serviteur ! dit-il, le seul qui soit resté loyal à son seigneur. Tu mérites d'être récompensé. Demande-moi ce que tu veux…

L'autre ne répond pas.

— Ne sois pas timide. Je te l'ai dit, demande-moi ce que tu veux. Parle…

Silence. Alors son voisin intervient :

— Il ne peut pas, monsieur le comte, il a la langue coupée…

923

Un paysan fait visiter son domaine à un de ses cousins.

— Tiens, Mathieu, regarde ce pré ! C'est là qu'il y a trente ans je me suis fait dépuceler ! Cré nom, je m'en souviens ! Sa mère était à cinq mètres !

— Et elle a rien dit ?

— Si. Elle a fait : bêe… bêe…

924

Un garçon de treize ans rentre ponctuellement du lycée tous les jours à cinq heures. Et voilà qu'un soir, il est en retard. Six heures, sept heures, huit heures, personne. À neuf heures, alors que ses parents s'apprêtent à prévenir la police, le gosse arrive.

— D'où viens-tu ? hurle son père.

— J'ai été faire l'amour.

— Quoi ? À ton âge ? File dans ta chambre, tu es privé de dîner !

Les jours suivants, l'adolescent n'en reparle plus et rentre régulièrement à cinq heures. Au bout de trois semaines, la mère dit à son mari :

— Tu sais, chéri, j'ai peur qu'on l'ait traumatisé. Ça peut avoir des conséquences plus tard. Tu devrais lui en reparler en douceur.

Alors le père va dans la chambre de son fils et lui dit d'un ton détaché :

— Ça va ? Au fait, tu n'es pas retourné faire l'amour depuis l'autre fois ?

— Non.

— Et tu as l'intention de recommencer prochainement ?

— Non.

— Ça ne t'a pas plu ?

— Si.

— Alors pourquoi tu ne veux plus le faire ?

— Parce que ça fait trop mal au cul…

925

Trois naufragés, deux hommes et une femme, échouent sur une île déserte.

Au bout d'un mois, la femme est tellement dégoûtée de ce qu'elle fait qu'elle se suicide.

Un mois plus tard, les deux hommes sont tellement dégoûtés de ce qu'ils font qu'ils l'enterrent.

Et un mois après, il sont tellement dégoûtés de ce qu'ils font qu'ils la déterrent.

926

Un client entre dans une pharmacie.

— Je voudrais un préservatif, dit-il.

— Monsieur, dit le pharmacien, nous ne les vendons pas à l'unité, mais uniquement par boîtes de douze.

— Et c'est combien ?

— Vingt francs.

L'autre sort vingt francs, prend la boîte, l'ouvre, en sort un préservatif et repose la boîte sur le comptoir.

— Mais monsieur, dit le pharmacien, elle est à vous, vous l'avez payée, emportez-la !

— Écoutez, fait l'autre, je vous en prie, aidez-moi au lieu de me tenter ! J'essaie d'arrêter…

927

Deux militaires homosexuels sont dans une chambre de la caserne. Le premier fait une gâterie à l'autre. Quels sont leurs grades respectifs ?

Le premier est aspirant et l'autre est juteux.

928

Tandis que leurs possesseurs sont côte à côte dans un urinoir, deux zizis discutent :

— Moi, dit le premier, j'appartiens à un cinéphile acharné. Il ne manque aucun film important, et j'ai la chance d'aller au cinéma deux ou trois fois par semaine…

— Moi, répond l'autre, j'y vais aussi deux ou trois fois par semaine, mais ce n'est pas une chance. Parce que, comme mon propriétaire n'aime que les pornos, je suis debout pendant tout le film…

929

Un couple fait l'amour. Et la femme, en pleine extase, murmure :

— Chéri…, dis-moi que tu m'aimes…

Son partenaire ne répond pas.

— Chéri…, dis-moi que tu m'aimes…

Toujours pas de réponse.

— Chéri, je t'en supplie…, dis-moi que tu m'aimes…
Alors l'homme s'écrie :
— Tu vois bien que je suis occupé !

930

La veille de son mariage, une jeune fille reçoit les derniers conseils de sa mère :

— Tu verras, ma chérie, l'amour c'est quelque chose à la fois de très pur et de très charnel. Ne t'offusque donc pas des exigences de ton mari. Mais il y a une chose que tu ne devras jamais accepter, c'est de le laisser te pénétrer de l'autre côté. C'est anormal, tu dois refuser !

Le mariage a lieu, le couple part en voyage de noces, ils rentrent, et voilà que deux mois plus tard, dans le lit conjugal, le mari dit à sa jeune épouse :

— Chérie, retourne-toi, je voudrais te prendre de l'autre côté…

— Non !

— Chérie, j'en ai envie, laisse-moi te prendre de l'autre côté…

— N'insiste pas ! Je n'accepterai jamais. Tu entends ? Jamais !

— Mais chérie, si tu ne me laisses pas te faire l'amour de l'autre côté, nous ne pourrons pas avoir d'enfant…

931

Accusé du viol d'une jeune femme, un prévenu passe aux assises. Un témoin de l'agression arrive à la barre. Le président lui demande :

— Vous avez vu qu'il l'a violée ?

— Non, monsieur le président. Il l'a plutôt rougeâtre…

Le fils d'un riche paysan va épouser la fille d'un paysan encore plus riche. À quelques semaines du mariage, son père lui demande :

— Dis-moi, mon gars, est-ce que tu sais y faire avec les femmes ?

— Non, papa, je n'en ai jamais connu…

— Ah ! cré nom de bon sang de bonsoir ! Si t'es pas à la hauteur avec ta Françoise, c'est trois cents hectares qui risquent de nous filer sous le nez ! Et maintenant que t'es fiancé, tu ne peux même plus aller voir les filles, ça jaserait ! Alors, écoute-moi bien : dans le fond du verger, les vieux pommiers ont les troncs pleins de trous. Tu vas me faire le plaisir d'aller t'entraîner une heure tous les matins sur les pommiers. Compris ?

Et pendant trois semaines, le fils s'entraîne quotidiennement sur les pommiers. Arrive le jour du mariage. Le soir, dans la chambre nuptiale, la jeune épouse se déshabille et se glisse dans les draps.

Alors le marié sort de dessous le lit un grand bâton, le place entre les cuisses de sa femme, et se met à fourrager l'intimité de la malheureuse qui pousse des hurlements :

— Arrête, arrête ! Tu es fou !

— Oh non, justement, je ne suis pas fou ! Maintenant j'ai compris : je me méfie des guêpes…

À la fin d'un repas de communion, les convives commencent à raconter des histoires drôles. Toutes convenables, bien entendu. Et voilà que le tonton, qui a pas mal bu, dit :

— Savez-vous quelle différence il y a entre une véranda et une paire de couilles ?

Consternation générale. Et dans le silence, on entend la petite voix de la communiante qui demande :

— Qu'est-ce que c'est une véranda ?

La veille de Pâques, le curé confesse les enfants du catéchisme. Il commence par les garçons.

— Mon père, dit le premier, je m'accuse d'avoir commis le péché de chair avec Lulu.

— Tu n'as pas honte ? murmure le curé. Pour ta pénitence, tu diras trois Pater et deux Ave.

Le suivant entre dans le confessionnal :

— Mon père, je m'accuse d'avoir commis le péché de chair avec Lulu…

Même tarif. Et tous, les uns derrière les autres, confessent la même faute avec Lulu. Quand arrive le quinzième, le curé ne lui laisse même pas ouvrir la bouche :

— Je suppose que toi aussi tu as commis le péché de chair avec Lulu ?

— Non, mon père.

— Enfin un petit garçon pur et droit ! soupire le curé. Comment t'appelles-tu ?

— Lulu…

Tout au bout de la plage, là où il n'y a personne, un homme s'est endormi sur le sable avec en tout et pour tout, pour se protéger du soleil, un immense chapeau de paille qui lui couvre entièrement le visage. Et il doit faire un rêve bien agréable car il est dans un état d'excitation évident.

Passent trois jeunes filles qui s'approchent en chuchotant :

— Qui est-ce ? Qui est-ce ?

La première regarde le sexe de l'homme et dit :

— Ce n'est pas mon fiancé. Ni le plagiste…

— Ce n'est pas quelqu'un de l'hôtel…, fait la deuxième.

La troisième se penche à son tour et ajoute :

— Il n'est pas du pays…

Très amoureux de sa femme, un jeune marié le lui a quotidiennement prouvé au cours de leur voyage de noces, et il rentre avec un sexe très douloureux. Inquiet, il va consulter un médecin qui lui dit :

— Ce n'est rien. C'est une simple irritation due à des rapports très fréquents avec votre épouse qui sans doute est encore étroite. Pour calmer cela, vous allez chaque matin tremper votre sexe dans un verre de lait pendant une dizaine de minutes. En quelques jours tout rentrera dans l'ordre.

Chaque matin donc, dans la salle de bains, l'homme trempe scrupuleusement son zizi dans un verre de lait. Et voilà que le quatrième jour, sa jeune femme entre brusquement dans la salle de bains, voit le spectacle, et s'écrie tout étonnée :

— Oh chéri ! Tu ne m'avais pas dit que ça se remplissait comme un stylo…

Une jeune fille arrive chez le médecin.

— Docteur, dit-elle, je suis terriblement inquiète. Depuis quelque temps, j'ai deux traînées noires à l'intérieur des cuisses, une de chaque côté. Qu'est-ce que ça peut être ?

Le praticien l'examine attentivement et lui demande :

— Vous avez un petit ami ?

— Oui, docteur.

— De quelle origine ?

— Il est gitan, docteur.

— Eh bien, mademoiselle, je puis vous dire que ses anneaux ne sont pas en or…

Dans un grand hôtel, une femme complètement nue entrouvre la porte de sa chambre et, constatant que le couloir est vide, elle s'avance pour y déposer les chaussures de son mari. À ce moment-là, un courant d'air referme la porte, et la malheureuse se retrouve en tenue d'Eve sur le palier.

Elle a beau tambouriner, son époux qui est sous la douche ne l'entend pas. Et comble de malchance, voilà qu'un groom survient. Alors, dans un ultime réflexe de pudeur, la dame prend les chaussures de son mari et les met devant son pubis.

Arrivé à sa hauteur, le garçon s'arrête net, bouche bée :

— Ça alors ! Oh là là ! Oh, ça alors !

— Vous n'avez jamais vu une femme nue ? dit-elle agacée.

— Si, madame. Mais je n'ai jamais vu un type pénétrer aussi profondément !

939

Deux Esquimaux visitent Paris. Tour Eiffel, Notre-Dame, le Louvre, les Invalides, tout y passe. Et voilà que l'un dit :

— Il faut qu'on aille au cinéma…

— Pourquoi ? fait l'autre, alors que nous avons tant de merveilles à voir…

— Parce qu'il paraît qu'ici, dans les cinémas, on nous suce à l'entracte…

940

Une superbe jeune femme blonde vient d'accoucher.

À son réveil, le médecin lui dit :

— Vous avez un garçon, madame. Il a de magnifiques cheveux roux…

— J'étais effectivement l'an dernier en vacances en Irlande…, dit-elle.

— Mais ce qui est curieux, ajoute le praticien, c'est qu'il est noir !

— J'avais aussi fait un séjour en Afrique, docteur…

— Il y a encore plus curieux, dit-il. C'est la première fois que je vois un enfant noir avec des yeux bridés.

— J'ai oublié de vous le dire. J'ai également fait un voyage en Thaïlande…

À ce moment-là, le bébé dans le berceau se met à crier.

— Ouf! fait la jeune femme, je suis rassurée! J'avais peur qu'il aboie…

941

En faisant le lit de la chambre de ses patrons, la nouvelle bonne trouve au fond des draps un préservatif usagé. Elle le regarde avec stupéfaction, le prend entre le pouce et l'index, et se précipite dans la salle de bains où se trouve sa maîtresse.

— Regardez, madame, s'écrie-t-elle bouleversée, ce que j'ai trouvé dans le lit!

— Et alors? dit la jeune femme. N'en faites pas un drame, jetez-le tout simplement. Vous ne faites jamais l'amour?

— Si, madame. Mais je vous jure sur ce que j'ai de plus cher que j'ai jamais arraché la peau d'un homme…

942

Deux jeunes bonnes sœurs vont chez un marchand de voitures d'occasion acheter une fourgonnette pour la congrégation. Le marchand réussit à leur en vendre une, il leur montre rapidement le fonctionnement des vitesses et du tableau de bord, elles font le chèque, et il leur remet les papiers.

Cinq minutes plus tard, quand il ressort de son bureau, elles sont toujours là.

— Il y a un problème, mes sœurs? demande-t-il. Il vous manque un renseignement, ou un papier?

— Non, non, nous avons tout, dit d'une voix douce une des deux nonnettes. Mais on nous a dit qu'en nous adressant à un marchand de voitures d'occasion, on allait se faire baiser. Alors on attend…

943

Un client se fait faire un costume sur mesure.

— Pour la braguette, demande le tailleur, je mets des boutons ou une fermeture Eclair ?

— Plutôt des boutons. Ça fait moins de bruit au cinéma...

944

Atteint d'une calvitie de plus en plus prononcée, un homme va consulter son médecin qui lui affirme :

— Toutes les lotions qui, soi-disant, stoppent la chute des cheveux et les font repousser, c'est du bidon ! Le seul produit réellement efficace, c'est le sperme, parce qu'il contient des hormones mâles à haute dose. Il faudrait que vous en mettiez, quotidiennement si possible, sur votre crâne.

Et chaque jour, dans sa salle de bains, le type, après s'être consciencieusement masturbé, étale soigneusement le sperme sur le dessus de sa tête.

Un soir, sa femme entre en coup de vent dans la salle de bains et voit son mari en train de se faire une branlette.

— Ah, je comprends pourquoi tu me délaisses depuis quelque temps !

— Mais non, ma chérie, c'est le docteur qui m'a conseillé de mettre du sperme sur mon crâne pour faire repousser mes cheveux...

— Comment peux-tu croire de pareilles sottises ! Si c'était vrai, il y a longtemps que j'aurais des moustaches !

945

À la sortie de l'école, un petit garçon raccompagne une petite fille et lui dit :

— Nathalie, je suis amoureux de toi ! Tu es la première fille avec qui j'ai envie de faire l'amour...

Et la petite fille soupire :

— Décidément, je n'ai pas de chance ! Je tombe toujours sur des puceaux !

Retour de voyage de noces, un homme va consulter son médecin.

— Docteur, j'ai peur d'avoir quelque chose de grave. Depuis quelques jours, chaque fois que j'ai un rapport sexuel avec ma jeune épouse, il y a un point rouge lumineux qui apparaît au fond de mes yeux. C'est elle qui l'a remarqué.

— Vous êtes allé où en voyage de noces ?

— Quinze jours en Égypte.

— Et vous avez beaucoup fait l'amour ?

— Oui, bien sûr. Trois ou quatre fois par jour, quelquefois cinq…

— Eh bien, cher monsieur, ne cherchez plus la raison de ce point rouge qui s'allume : vous marchez sur la réserve…

Dans un bar, un client est assis à côté d'un homme à qui il manque la main droite.

— C'est une blessure de guerre ?

— Non, fait l'autre.

— Un accident de travail ?

— Non plus.

— C'est de naissance ?

— Non. Ça m'est arrivé en flirtant avec une fille…

— Pas possible ?

— Si. Elle avait une culotte bouffante…

Un célèbre sexologue donne une conférence devant une salle archicomble. À la fin de son exposé, il dit à l'assistance :

— Avant de nous séparer, j'aimerais que vous m'aidiez à affiner mes statistiques sur la fréquence des rapports amoureux. Je vais indiquer successivement différents rythmes, et je vous demanderai de vous lever lorsque je citerai la catégorie à laquelle vous appartenez. Je commence : que ceux qui font l'amour plusieurs fois par jour se lèvent…

Six personnes quittent leur fauteuil sous les applaudissements de la salle.

— En moyenne une fois par jour…

Une vingtaine de personnes se lèvent.

— Trois fois par semaine…

Un groupe plus important se manifeste.

— Deux fois par semaine…

Une grande partie des spectateurs se lève.

— Une fois par semaine…

Il ne reste plus que cinq personnes assises.

— Tous les quinze jours…

Cette fois, seul un petit vieux en costume gris, avec des bottines à boutons, reste enfoncé dans un fauteuil.

— Toutes les six semaines ? Tous les deux mois ? Monsieur, vous m'entendez ?

— Parfaitement, parfaitement !

— Tous les trois mois ? Quatre ? Cinq ? Tous les combien, monsieur ?

— Tous les ans ! tous les ans !

— Étonnant, fait le sexologue. Voulez-vous venir sur scène nous expliquer cela…

Le petit vieux se lève d'un bond, saute par-dessus son fauteuil, fonce dans l'allée, monte l'escalier de la scène quatre à quatre, et arrive en courant :

— Quel dynamisme ! s'extasie le conférencier. Alors, cher monsieur, vous faites l'amour tous les ans ?

— Absolument ! fait le petit vieux en bondissant sur place.

— Mais vous êtes déchaîné…

— Eh, eh… Je veux ! C'est ce soir…

949

L'avantage des poupées gonflables, c'est qu'on ne risque pas d'attraper le Sida. Par contre, on risque d'attraper de l'aérophagie.

Polytechnicien et puceau, un jeune homme qui ignore vraiment tout des femmes se marie. Le soir, dans la chambre nuptiale, la jeune épouse, après avoir éteint la lumière, se déshabille entièrement et vient le rejoindre au creux du lit.

Et dans le noir, on entend notre puceau qui dit :

— Ça ce sont tes cheveux... et voilà le nez... la bouche... et puis le menton. Oh ! qu'est-ce que c'est ces deux renflements ?

— Les seins, mon chéri.

— C'est bizarre, c'est tout moelleux, et au bout c'est tout dur. Bon, je continue : voilà l'estomac... le nombril... et là c'est... eh bien, ça alors ! qu'est-ce que ça peut être ? c'est quoi ce machin ?

— C'est un..., lui murmure-t-elle à l'oreille.

— Comme c'est drôle ! On m'appelait comme ça à l'école Polytechnique !

— Mes sœurs, dit la supérieure du couvent, ce soir au réfectoire, nous aurons des carottes...

— Ah ! font les sœurs ravies.

— ... râpées, ajoute la supérieure.

— Oh ! font les sœurs déçues.

Une jeune femme dit à un homme qui l'a courtisée toute la soirée :

— Vous perdez votre temps. Je vais vous faire un aveu : je suis complètement frigide...

— Allons donc ! répond l'autre, vous êtes tombée sur des partenaires maladroits, c'est tout. Il n'y a pas de mauvais violons, seulement de mauvais violonistes ! Je suis certain que je saurai vous révéler le plaisir...

Et il l'emmène à l'hôtel. Elle se déshabille, lui aussi, il met un préservatif et entreprend de faire l'amour.

Immobile la jeune femme contemple le plafond. Il accélère le rythme, elle ne bouge toujours pas. Il accélère encore, aucune réaction. Alors il se déchaîne, et va et vient à une vitesse folle. Au bout de quelques minutes, n'en pouvant plus, il demande à sa partenaire :

— Vous ne sentez rien ?

— Si… le caoutchouc brûlé…

953

Dans les urinoirs d'une grande brasserie, un type parle à sa quéquette :

— Non, non, et non ! N'insiste pas, c'est non !

Et devant l'étonnement de son voisin, il lui dit :

— Elle n'a pas voulu bander hier, elle ne pissera pas aujourd'hui !

954

Dans un bar fréquenté par une clientèle « gay », trois jeunes gens très efféminés discutent de la réincarnation.

— Moi, dit le premier, je voudrais me réincarner en cheval de courses. Tous les matins, un mignon petit lad viendra me bichonner et me frotter la croupe avec une grosse brosse métallique. Et je hennirai comme une folle…

— Moi, fait le deuxième, j'aimerais être une guêpe. J'aurai une taille toute petite, je tournerai autour des beaux garçons en faisant « Bzz… bzz… », et je leur enfoncerai mon dard !

— Moi, intervint le troisième, je voudrais être une ambulance…

— Pourquoi une ambulance ? demandent en chœur les deux autres.

— Parce que tous les jours, et même plusieurs fois par jour, on m'ouvrira mon derrière, on glissera un homme tout entier à l'intérieur, et je partirai en faisant : « Pouet… pouet… pouet… »

Trois frères, âgés de huit, six et quatre ans, marchent dans un petit chemin de campagne quand ils entendent, venant de l'autre côté de la haie, des soupirs et des gémissements. L'aîné jette un œil par-dessus la haie et dit :

— C'est un monsieur et une dame. Je sais pas ce qu'ils font…

Celui de six ans écarte la haie et répond :

— L'amour…

Le tout-petit de quatre ans regarde sous la haie et ajoute :

— Oui, mais mal…

Une jeune oie blanche se marie. Sa mère lui donne un certain nombre de conseils, lui explique que l'amour c'est aussi quelque chose de charnel et qu'elle doit répondre au désir de son époux en accomplissant le devoir conjugal.

Quinze jours plus tard, la jeune mariée arrive chez sa mère en larmes :

— Maman, mon mari est un monstre pervers ! Il veut qu'on fasse l'amour comme les chiens, c'est épouvantable !

— Mais non, ma petite fille. Rappelle-toi ce que je t'ai dit sur le caractère charnel de l'amour. Crois-en mon expérience, tu dois accepter…

Le soir, lorsque le jeune couple se retrouve dans le lit conjugal, le mari dit :

— Alors, chérie, tu as réfléchi à ce que je t'ai demandé ? Tu veux bien que nous fassions l'amour comme les chiens ?

— Je veux bien, murmure-t-elle, mais à une condition : que nous fassions ça dans une rue où on ne connaît personne…

Une jeune fille couche avec son frère. Et elle lui murmure :
— Sans vouloir te flatter, tu fais mieux l'amour que papa…
— Je sais. Maman me l'a déjà dit.

958

Le Père Noël fait sa tournée. Il descend dans sa énième cheminée, et se retrouve dans une chambre où dort une fille de toute beauté. Elle a rejeté ses draps, et elle est étalée dans une pose lascive, complètement nue.

Fasciné, le Père Noël ne peut détacher son regard de ce corps superbe. Et très vite, il se retrouve dans un état qui ne laisse aucun doute sur ses pensées.

— Je suis seul avec cette fille, se dit-il, personne ne me voit. Je ne peux pas résister. J'ai trop envie d'elle…

Il s'approche du lit et au dernier moment il s'arrête pile.

— J'allais oublier que je suis le Père Noël ! Ce serait indigne de moi de faire ça, surtout cette nuit…

Il réfléchit un instant :

— D'un autre côté, si je ne le fais pas, je ne pourrai jamais repartir par la cheminée…

959

Sortant d'un dîner en ville, le ministre des Finances remonte la contre-allée de l'avenue Foch.

Une prostituée qui l'a reconnu lui lance :

— Tu viens, chéri ? On va faire un 82…

— Pardon ? demande notre grand argentier interloqué. Qu'est-ce que c'est un 82 ?

— Ben voyons, trésor ! Un 69 plus la T.V.A…

Deux vieux amis, qui ne se sont pas vus depuis un certain temps, se rencontrent par hasard dans la rue.

— Tu n'as pas l'air dans ton assiette, dit le premier. Qu'est-ce qui t'arrive ?

— Je ne sais pas… Je déprime, je broie du noir. Plus rien ne m'intéresse dans la vie…

— Ne dis pas ça ! Tiens, si tu es libre à midi, je t'invite au restaurant. On va se faire un petit gueuleton.

— Bah ! Manger, toujours manger…

— Bon. Alors, viens prendre un verre !

— Bah ! Boire, toujours boire…

— Fais un effort, réagis ! Cette semaine, viens un soir à la maison, ma femme sera ravie !

— Bah ! Baiser, toujours baiser…

Une étudiante qui rentre d'un voyage en Califomie raconte à sa famille :

— Là-bas, tout a une autre dimension ! Tenez, les fruits par exemple : ils ont des pamplemousses gros comme ça… des bananes longues comme ça…

Alors la grand-mère, qui est complètement sourde, dit :

— C'est bien joli tout ça ! Mais ce jeune homme a-t-il une bonne situation ?

Deux très jeunes comédiennes bavardent :

— Ma chérie, il faut que je te raconte ! Figure-toi qu'hier soir, Kolmanski, le vieux producteur, m'a emmenée chez lui ! Je sais, il n'est ni beau ni de première jeunesse, mais que veux-tu, ma carrière avant tout ! Alors ça n'a pas loupé : après m'avoir offert une coupe de champagne, il a voulu me

montrer sa chambre et puis il m'a dit : « Prends mon
pénis… »

— Qu'est-ce que c'est un pénis ? demande l'autre.

— Eh bien, c'est comme une bite, mais c'est tout mou…

963

À bord d'une voiture de sport roulant à grande vitesse, un
couple flirte outrageusement. Et ce qui devait arriver se produit : le conducteur perd le contrôle de son véhicule, qui
quitte la route et se retrouve après trois ou quatre tonneaux
dans un champ en contrebas.

La passagère a été éjectée. Le fermier qui travaillait dans
son champ se précipite d'abord vers elle, puis court jusqu'à
la voiture où l'homme est affalé sur son siège, hébété.

— Je vous rassure tout de suite, monsieur, fait le paysan,
la jeune dame n'a rien, rien du tout ! Un vrai miracle ! D'autant que vous aussi vous êtes intact…

— Intact moi ? Alors vous n'avez pas vu ce qu'elle tient
dans la main…

964

Portant dans ses bras celle qui est désormais sa femme, un
jeune marié s'apprête à franchir le seuil de leur nouveau
domicile conjugal. Mais empêtré, il n'arrive pas à mettre la
clé dans la serrure.

— Je ne trouve pas le trou ! grommelle-t-il.

— Ça commence bien ! soupire la jeune épouse.

965

Un touriste français qui visite New York va un soir dans
un bordel qu'on lui a recommandé. Après avoir versé cent
dollars, il se retrouve dans une immense pièce, face à une
superbe fille en patins à roulettes, complètement nue. Elle le
fait déshabiller à son tour et lui tend une paire de patins.

— Mais je ne sais pas en faire…, dit-il.

— Justement, darling ! Tu vas connaître des sensations nouvelles…

Et effectivement, il patine comme il peut, s'écroule sur la fille, la prend, ils se relèvent, elle tombe sur lui, il la reprend, etc. Il est au septième ciel.

Le lendemain soir, il est de nouveau là.

— Je voudrais la fille en patins…

— Désolée, fait la tenancière, elle n'est pas libre. Les autres sont également occupées, mais si vous voulez, nous avons un célèbre show vidéo pour vingt dollars.

Il se laisse tenter, et se retrouve dans une salle de projection avec une vingtaine de types. La lumière s'éteint. Sur l'écran apparaît un énorme Noir qui s'introduit dans la chambre d'une Blanche, et qui la viole, tandis que peu à peu elle devient consentante. Vers la fin le Français se tourne vers son voisin :

— C'est ça, le fameux show vidéo ? Je suis déçu…

— Oui, fait l'autre, aujourd'hui c'est pas terrible. Mais si vous étiez venu hier soir, il y avait un connard qui faisait l'amour en patins à roulettes, c'était à hurler de rire !

966

Un type entre, furieux, dans une pharmacie.

— Hier, je vous ai acheté une boîte de douze préservatifs, et il en manquait un !

— Écoutez, monsieur, fait le pharmacien, ce n'est pas grave, je vais vous rembourser…

— Oui, mais le mal est fait : vous m'avez gâché ma soirée !

967

Un petit garçon va trouver sa grand-mère :

— Mémé ! Les filles, elles naissent bien dans les roses ?

— Oui, mon chéri, dans les roses.

— Les garçons, ils naissent bien dans les choux ?

— Oui, mon chéri, dans les choux.

— Et qu'est-ce qui naît dans les oignons ?

— Personne, mon chéri, personne.

Alors il retourne dans sa chambre et dit à sa petite cousine :

— T'inquiète pas ! Dans l'oignon, on risque rien…

968

Dans un compartiment de chemin de fer, un voyageur et une jeune bonne sœur, qui lisent le même magazine, font les mêmes mots croisés.

Tout à coup, l'homme dit à son copain assis en face de lui :

— Il y a un mot que je n'arrive pas à trouver. Sept lettres, et il ne me manque que la première. Ça se termine par ouille. Définition : *se vide quand on tire un coup.*

— Douille…, fait l'autre.

Alors la bonne sœur lève la tête de son journal et demande d'une voix douce :

— Personne n'aurait une gomme ?

969

Une petite fille part en vacances avec sa marraine. Dans la chambre d'hôtel, le soir, elles se déshabillent, et brusquement la fillette s'écrie :

— Oh, marraine ! Qu'est-ce que c'est la petite laine que tu as entre les jambes ?

— C'est mon système pileux, fait la jeune femme gênée. Toutes les grandes personnes en ont…

— Ah bon ! Et ça te gêne pas pour baiser ?

970

Après lui avoir fait la cour toute la soirée, un garçon tente de ramener une jeune femme chez lui.

— Ne m'en veuillez pas si je refuse, dit-elle. Vous me

plaisez beaucoup, mais je ne peux pas avoir de rapports avec un homme. Je suis trop étroite…

— C'est merveilleux, répond l'autre. J'ai un sexe comme un bébé…

Alors la jeune femme cède. Arrivée chez lui, elle se déshabille dans le noir et se glisse dans le lit.

Deux minutes plus tard, elle pousse un hurlement :

— Arrêtez, arrêtez ! Vous me faites mal ! vous m'aviez dit que vous aviez un sexe comme un bébé…

— Parfaitement ! fait le garçon. Comme un bébé : trente-cinq centimètres, trois kilos…

971

Un type arrive chez le médecin en disant :

— Docteur, j'ai une écharde dans le zizi…

— Quoi ? Mais comment est-ce arrivé ?

— Eh bien, figurez-vous, docteur, qu'hier soir, j'ai dragué une fille dans une boîte. On a énormément bu, et quand je l'ai ramenée chez moi, on était dans un état pas possible. Ce matin, au réveil, elle m'a fait une gâterie. Et elle avait la gueule de bois…

972

Un inspecteur d'académie visite une classe de CE 1. Et l'instituteur lui explique qu'il a mis au point une méthode particulièrement originale pour apprendre à lire aux enfants :

— J'écris un mot au tableau, et ensuite je le mime en leur demandant de le trouver. Ils ont l'impression de faire un jeu, mais en même temps ils mémorisent l'orthographe du mot. Je vais vous montrer, monsieur l'inspecteur…

Il prend la craie et écrit : *le chien*. Puis il se met à quatre pattes et aboie. Et toute la classe en chœur scande :

— le - chi - en…

Il efface et écrit : *l'avion*. Après quoi il étend les deux bras à l'horizontale en faisant : « brrr… », et toute la classe répond :

— l'a - vi - on…

— Très intéressant ! fait l'inspecteur. Je peux essayer ?

— Mais certainement, répond l'instituteur.

Alors l'inspecteur prend la craie, et il inscrit sur le tableau : *l'horloge*. Puis il laisse pendre son bras droit en le balançant lentement, et toute la classe s'écrie d'une seule voix :

— la - pi - ne - du - che - val…

973

Deux amies bavardent.

— Moi, dit la première, j'aime bien les hommes qui portent des lunettes. Je trouve que ça fait intellectuel…

— Moi je n'aime pas du tout, dit l'autre. Ça fait froid au ventre…

974

Trois gamins jouent chez l'un d'entre eux et s'amusent à imiter des cris d'animaux :

— Si mon père était là, dit l'un, vous verriez ça : il hennit comme un vrai cheval !

— Moi, le mien, réplique l'autre, quand il fait le coq à la campagne, les autres coqs répondent…

— Le cheval, le coq, c'est facile, dit le troisième. Moi, ma grand-mère elle fait le loup.

— C'est pas vrai ? s'exclament les deux autres.

— Si ! Vous allez voir…

Et il appelle sa grand-mère qui arrive en trottinant.

— Mémé ! Il y a combien de temps que tu as fait l'amour ?

Et la vieille lève les bras au ciel en faisant :

— Ooouuuhhh… Ooouuuhhh…

Dans une réception, une jeune femme fait la connaissance d'un garçon qui ne la quitte pas de la soirée. Il la raccompagne, elle accepte de lui offrir un dernier verre, et cède à ses avances.

Le lendemain matin, au moment de partir, il lui demande :

— On se revoit quand ?

— Jamais ! Je ne voudrais pas être désagréable, mais je te le dis franchement : tu fais l'amour comme un lapin !

— Garde-toi des jugements hâtifs ! Ce n'est pas sur trente secondes qu'on peut juger un homme !

976

Un petit garçon et une petite fille jouent au papa et à la maman.

— J'ai mis mon doigt sur ton nez…, chantonne le petit garçon.

— J'ai mis mon doigt sur ta bouche…, chantonne la petite fille.

— J'ai mis mon doigt dans ton nombril…, chantonne le petit garçon.

— La la la…, c'est pas mon nombril ! chantonne la petite fille.

— La la la…, c'est pas mon doigt ! fait le petit garçon.

977

Un automobiliste prend une jeune bonne sœur en autostop. Après quelques kilomètres, il la regarde et constate qu'elle est plutôt jolie. Un quart d'heure plus tard, nouveau coup d'œil, et il la trouve superbe. Cinq minutes s'écoulent, et il se dit qu'elle est non seulement superbe, mais terriblement désirable. Alors, ne se maîtrisant plus, il quitte la route nationale, s'enfonce dans la forêt, et après avoir stoppé dans un endroit tranquille, il culbute la nonne.

Ensuite, comme dégrisé, il se rajuste et reprend la route

sans un mot, pas très fier de lui. Au bout d'un certain temps la religieuse rompt le silence :

— Pourriez-vous me déposer devant une église ? J'ai deux gros péchés à confesser…

— C'est plutôt moi le fautif, répond l'homme. Mais au fait, pourquoi deux péchés ?

Alors la jeune bonne sœur dit d'une voix douce :

— On ne va tout de même pas se quitter comme ça…

978

Quelle différence y a-t-il entre les Allemands et les Français ?
Eh bien, les Allemands ont du fer à ne pas savoir qu'en foutre. Et les Français c'est le contraire.

979

Sur un sentier de campagne, une petite fille de six ans traîne au bout d'une corde une vache. Elle croise le curé du village qui lui demande :

— Où vas-tu comme ça, mon enfant ?

— Je mène la vache au taureau pour qu'il la monte.

— C'est incroyable une chose pareille ! s'écrie le curé outré. Ton père ne pourrait pas s'en charger lui-même ?

— Oh non, monsieur le curé ! fait la fillette. Il a une trop petite queue…

980

Au temps de la prohibition, Al Capone et ses lieutenants sont en train de festoyer dans un cabaret de Chicago. Un policier en civil qui est dans la salle vient s'asseoir à côté d'une entraîneuse et commence à l'entreprendre. Bientôt il glisse la main sous sa robe et remonte doucement. Alors elle griffonne un mot sur un bout de papier qu'elle lui glisse sous les yeux. Et il lit : « Quand tu arriveras aux couilles, ne dis rien. Signé : Elliot Ness. »

Connaissez-vous l'histoire de la surprise-partie des eunuques?

Eh bien, la surprise, c'est qu'il n'y avait pas de parties.

982

Fraîchement débarqué dans une petite paroisse, un jeune abbé a vite fait de repérer l'accorte bonne du curé. Au bout de quelques jours, il réussit à la coincer dans la cuisine du presbytère, la tient fermement d'une main, et remonte sa jupe de l'autre. Mais pour soulever sa soutane, il est obligé de lâcher la jupe qui retombe. Alors pour relever la jupe, il abandonne la soutane qui retombe à son tour. Alors il abandonne la soutane pour relever la jupe, mais c'est la soutane qui retombe. Et au moment où il lâche à nouveau la jupe, le vieux curé entrouvre la porte et lui souffle :

— La soutane! Avec les dents...

983

On sonne à la porte d'une maison close. La sous-maîtresse va ouvrir et se trouve en présence d'un petit garçon qui lui dit :

— Bonjour, madame. Je voudrais faire l'amour...

— Mais mon bonhomme, répond-elle en éclatant de rire, tu es trop petit pour faire l'amour!

— Moi, trop petit? Avec quoi croyez-vous que j'ai sonné?

984

Après s'être discrètement échappés du restaurant où la noce festoie, deux jeunes mariés gagnent la chambre nuptiale, se retrouvent très vite au lit et éteignent la lumière.

Mais le nouvel époux, qui a beaucoup trinqué avec les uns

et les autres, est passablement éméché. Et bientôt la mariée lui murmure :

— Plus bas, chéri, c'est plus bas... Non, plus haut maintenant... Pas autant ! Plus bas, un peu plus bas... Un peu seulement ! Remonte... Mais non, pas si haut...

— J'en ai marre ! s'écrie le jeune marié. Je fais un trou où je suis !

985

Au bal du samedi soir, un type danse toute la soirée avec une jeune fille. Vers deux heures du matin, il lui propose de finir la nuit chez lui.

— J'aimerais bien, fait la fille, parce que vous me plaisez beaucoup. Mais ce soir je ne peux pas : j'ai mon cycle...

— Ça tombe bien, s'écrie l'autre, j'ai ma mobylette ! Vous n'aurez qu'à me suivre...

986

Un homme a acheté fort cher un magnifique perroquet. Mais très vite il s'aperçoit que l'oiseau est prodigieusement mal élevé, ne dit que des gros mots, et lance notamment chaque fois qu'une femme entre dans l'appartement :

— Viens ici, salope ! Je vais te défoncer !

Désespéré, le malheureux demande conseil au curé de sa paroisse, lequel possède une perruche d'une parfaite éducation qui toute la journée chante des cantiques et récite des prières.

— Confiez-moi votre perroquet quelque temps, lui dit le curé. Je vais le mettre avec ma perruche, et elle lui apprendra les bonnes manières.

L'autre amène au presbytère son volatile que l'on colle dans la cage de la perruche. Et dès qu'ils sont seuls, le perroquet lance :

— Viens ici, salope ! Je vais te défoncer !

Alors la perruche se met à chanter :

— Que votre volonté soit faite... Amen !

Par un bel après-midi d'été, une jeune fille s'allonge au soleil dans un pré et s'endort. Une vache s'approche et vient se mettre carrément au-dessus d'elle.

Réveillée par un frôlement, la fille ouvre un œil, voit les cinq pis de l'animal juste au-dessus de son visage et dit :

— Je vous en prie, messieurs… Pas tous à la fois !

Deux vieilles filles vont au marché et demandent à un marchand de fruits :

— Nous voudrions deux bananes…

— Je les vends au kilo, répond le marchand. À la rigueur à la livre.

— Et il y en a combien dans une livre ?

— Trois.

Elles se consultent du regard, et l'une des deux dit :

— Ce n'est pas grave. La troisième, on la mangera…

— Les temps ont bien changé ! dit en soupirant une vieille comtesse à une de ses amies. Quand je pense que lorsque j'étais jeune, Gaëtan de La Mouchardière a été amoureux de moi pendant des années sans même que je le susse !

Une jolie paysanne marche sur la route qui mène à la ville. Un jeune homme en vélo arrive à sa hauteur et lui propose aimablement de l'y emmener. Elle monte donc sur son cadre, se cale bien, et un quart d'heure plus tard, elle est rendue à destination.

C'est à ce moment-là seulement qu'elle s'aperçoit qu'il a un vélo de femme.

— Maman, demande une petite fille, qu'est-ce que c'est une bite ?

— Eh bien, répond la mère un peu gênée, c'est une sorte de tuyau que les messieurs ont entre les jambes.

— Et pourquoi moi je n'en ai pas ?

— Parce que tu es une petite fille. Mais quand tu seras grande, si tu es sage, tu en auras une pour t'amuser avec.

— Et si je ne suis pas sage ?

— Tu en auras plusieurs…

Quel est l'animal qui peut changer de sexe en une seconde ?

Le morpion.

À New York, une jeune femme, en se penchant trop à la rambarde de la terrasse, tombe du deux cent cinquantième étage d'un gratte-ciel. Mais miracle : dix étages plus bas, un homme qui était sur son balcon réussit à la rattraper au vol.

— Tu baises ? lui demande-t-il.

— Non, monsieur…, dit-elle en tremblant.

Alors il la relâche. Et voilà qu'à la hauteur du cent vingtième, un autre homme arrive à l'agripper.

— Tu suces ?

— Non, monsieur…

Il la relâche. Mais peu après, troisième miracle : au quarante-cinquième étage un type la saisit par sa robe.

— Tu fais l'amour par-derrière ?

— Oh non, monsieur !

Lui aussi la relâche. La malheureuse voit le sol monter vers elle à une vitesse vertigineuse, lorsqu'au dixième étage, un homme l'attrape. Alors précipitamment elle lui dit :

— Je baise… je suce… je fais l'amour par-derrière…
— Salope ! fait l'autre écœuré.
Et il la relâche.

994

À la caserne, le colonel passe en revue les jeunes recrues.
— À quoi sert un fusil ? demande-t-il à un bidasse.
— À fusiller, mon colonel !
— À quoi sert un canon ? dit-il à son voisin.
— À canonner, mon colonel !
— À quoi sert un tank ? lance-t-il à un troisième.
— À tankuler, mon colonel !

995

Un mendiant arrête une passante :
— Madame, s'il vous plaît, j'aimerais pouvoir boire un café. Vous n'auriez pas deux cent cinq francs ?
— Mais un café ça vaut cinq francs ! s'écrie la dame. Pourquoi voulez-vous que je vous donne deux cents francs de plus ?
— Pour me payer une pute, parce que le café, ça m'excite !

996

Un muet a consulté toutes les sommités de la médecine pour tenter de soigner son infirmité. En vain. Et voilà qu'un jour, au moment où il commence à désespérer, quelqu'un lui donne l'adresse d'un spécialiste qui obtient, paraît-il, des résultats miraculeux.
Alors il s'y rend, et quand il entre dans le cabinet, le médecin lui dit :
— Ôtez votre pantalon, baissez votre slip, et appuyez-vous sur le bord de la table…
Ensuite, le docteur passe derrière lui, sort son sexe et le sodomise. L'autre hurle :

— Aaaaaaaaaaah…

— Parfait, dit le médecin en se rajustant. Demain, nous attaquerons le « B ».

997

Quelle différence y a-t-il entre la gélatine et une Anglaise ?

La gélatine remue quand on la bouffe.

998

L'insémination artificielle a fait des progrès considérables. Désormais, les femmes peuvent choisir le sexe de leur futur enfant, et même ses caractéristiques physiques.

Dans un centre d'insémination, une jeune femme dit au médecin :

— Docteur, je suis prête à payer n'importe quel prix, mais je voudrais un garçon qui ressemble à Robert Redford…

— Pas de problème, chère madame.

Et effectivement, neuf mois plus tard, elle met au monde un beau bébé blond aux yeux bleus dont la ressemblance avec Robert Redford devient, de semaine en semaine, de plus en plus stupéfiante.

Un jour, la dame revient à la clinique et demande au médecin :

— Docteur, je voudrais rencontrer le père pour le remercier.

— D'habitude, madame, nous n'accédons pas à ce genre de requête. Mais il se trouve que l'homme qui a donné son sperme est là, et exceptionnellement je vais le faire appeler…

Deux minutes plus tard, arrive un brun aux yeux marrons, tout frisé, avec un nez épaté et des oreilles décollées.

— C'est vous le père ? fait la dame sidérée. Mais vous ne ressemblez pas du tout à Robert Redford, alors que vous m'avez fait un enfant qui est son sosie. Comment est-ce possible ?

— Je vais vous expliquer, madame. Je suis marié et j'ai deux filles. L'aînée est folle de Robert Redford, elle collectionne ses photos et ses posters, il y en a partout sur les murs à la maison. La cadette ne fait rien au lycée. Elle passe son temps à découper et à relire tous les articles sur Robert Redford. Ma femme, elle aussi, est cinglée de Redford. Elle a vu tous ses films trois ou quatre fois, et quand elle est dans mes bras, c'est à lui qu'elle pense. Alors je vais vous dire : Robert Redford, j'en ai plein les couilles !

999

Un petit garçon entend des bruits bizarres, des soupirs, des gémissements, qui viennent de la chambre de ses parents. Alors il se lève, regarde par le trou de la serrure, et dit :
— Quand je pense que moi, si je mets mes doigts dans mon nez, on me colle une baffe !

1000

Dans un saloon, un cow-boy drague une fille et l'emmène au premier étage. En arrivant dans la chambre, elle lui demande :
— Comment t'appelles-tu ?
Et lui répond :
— Ici au Far-West, on tire d'abord, on pose des questions ensuite !

1001

La comtesse de La Panouille invite à l'un de ses thés le vieux baron Adhemar de la Huchapain. Et voilà qu'il dit aux dames présentes :
— Je vais vous poser une devinette ! Qu'est-ce qui est fendu, humide, avec du poil autour ?
Aucune d'entre elles ne répond. Alors il s'écrie :

— C'est un con !

Dans un silence glacial, la comtesse sonne son valet de chambre.

— Baptiste ! La canne, les gants et le chapeau de monsieur le baron !

Pendant deux ans, il n'est plus convié au château. Mais à l'occasion du mariage de sa fille, la comtesse décide de passer l'éponge et l'invite. Au beau milieu de la réception, elle s'approche de lui et demande :

— Eh bien, cher baron, que pensez-vous de mon gendre ?

Et l'autre dit :

— Baptiste ! Ma canne, mes gants, mon chapeau !

VOUS CONNAISSEZ LES DERNIÈRES ?

1002

Seul sur les Champs-Élysées, un vieux monsieur pleure. Un agent dit à son collègue :

— Tu as vu ce pauvre vieux !

— Pas si pauvre que ça, fait l'autre. Regarde ses chaussures, son costume…

— N'empêche qu'il a un problème.

Ils s'approchent de lui.

— Quelque chose qui ne va pas ?

— J'ai 83 ans, dit le vieil homme en sanglotant. Je vis avec une jeunesse de 26 ans. Le matin elle se lève tôt pour aller me chercher des croissants chauds, elle me sert mon petit déjeuner au lit, elle me fait plein de bisous, et puis elle part travailler. Parce qu'elle est top-model. Elle gagne des fortunes… À midi elle revient me faire le déjeuner, après j'ai droit à une petite gâterie, et puis elle repart faire des photos à dix mille francs de l'heure. Le soir, elle mitonne un dîner délicieux — parce que c'est un cordon bleu. Et puis on se couche et elle me fait un gros câlin.

— Mais alors, s'écrie un des agents, tout va bien ! Vous n'avez pas de problème !

— Si, fait le vieux en redoublant ses sanglots. J'ai oublié où j'habite…

Un garçon invite une fille à dîner au restaurant. Au dessert, il lui dit :

— Viens chez moi, je te ferai un tour de magie…

— Ah bon ? fait la fille, intéressée. Et c'est quoi ton tour de magie ?

— Eh bien, tu viens chez moi, je te saute, et après tu disparais !

Au Sénégal, un groupe de touristes remonte le fleuve en pirogue. Le guide leur explique :

— Nous pénétrons maintenant dans la forêt tropicale…

Le piroguier se dit que s'il n'ouvre pas la bouche, c'est l'autre qui recevra tous les pourboires. Alors il répète avec son bel accent :

— Nous pénétrons présentement dans la forêt tropicale…

— À votre gauche, fait le guide, vous pouvez admirer un baobab géant…

— À vot' gauche, redit le piroguier, vous pouvez admirer un baobab géant…

— Sur la rive droite, un village de cases tout à fait typique…

— Sur la rive droite, enchaîne le piroguier, un village de cases tout à fait typique…

À ce moment-là, le guide aperçoit, près des cases, un Noir qui trombine allégrement une superbe Sénégalaise. Il est plutôt gêné, mais il se dit qu'ils sont trop loin pour que les touristes distinguent les détails, et il lance :

— Près des cases, vous pouvez voir un villageois qui fait du vélo…

Et le piroguier répète :

— Près des cases, vous pouvez voir un villageois qui fait du vélo… Merde ! C'est mon vélo !

Jésus marche sur l'eau. Saint Paul s'approche de lui en nageant, lève la tête, et lui crie :
— Tu as tort ! Elle est vachement bonne !

1006

Un homme téléphone à un de ses amis. Au bout du fil, une toute petite voix répond :
— Allô…
— Bonjour, fait l'homme. Tu peux me passer ton papa ?
— Papa est occupé…, dit le petit garçon.
— Alors passe-moi ta maman !
— Maman est occupée…
— Il n'y a personne d'autre dans la maison ?
— Si, la police…
— Ah bon ? Alors, passe-moi un policier !
— Ils sont tous occupés… Il y a aussi les pompiers…
— Les pompiers ? Eh bien, passe-moi un pompier !
— Ils sont tous occupés…
— Qu'est-ce que ça veut dire ? Ton père est occupé, ta mère est occupée, la police, les pompiers sont là, ils sont tous occupés ! Mais qu'est-ce qu'ils font ?
Et le petit garçon murmure tout doucement :
— Ils me cherchent…

1007

« *Le médecin informa la jeune fille qu'il craignait qu'elle ne fût enceinte.* » *Quel est le temps du verbe ?*
L'imparfait du préservatif.

Dans un bar un homme demande :

— Barman ! Servez-moi un whisky avant que ça commence…

Après l'avoir bu, il claque des doigts.

— Barman ! Servez-moi un autre whisky avant que ça commence…

Trois minutes plus tard il remet ça.

— Barman ! Servez-moi encore un whisky avant que ça commence…

— Excusez-moi, monsieur. Avant que quoi commence ?

À ce moment-là, la femme du type se met à hurler :

— Tu vas arrêter ? Tu viens d'en siffler deux en cinq minutes ! Ça suffit ! J'en ai marre de te ramener à la maison complètement bourré ! Poivrot !

Et le type dit au barman :

— Ça y est ! Ça commence…

Dans un square de Bruxelles, une dame s'assied à côté d'un couple qui pouponne un bébé.

— C'est un garçon ou une fille ? demande-t-elle.

— Une fille, allez ! fait le père.

— Comme elle est jolie avec ses cheveux blonds tout bouclés et ses grands yeux bleus ! Comment s'appelle-t-elle ?

— Ça, on ne sait pas, hein ! On ne comprend pas encore ce qu'elle dit…

Le rédacteur en chef d'un magazine décide de monter un grand reportage sur la vie amoureuse des Français et il charge un jeune journaliste d'enquêter sur la fréquence de leurs rapports sexuels suivant les tranches d'âge.

Le reporter interroge d'abord un garçon de 20 ans qui lui dit : « M.M.S. » Puis un homme de 40 ans qui dit aussi :

«M.M.S.» Vient le tour d'un sexagénaire qui dit également «M.M.S.», tout comme la dernière personne interrogée, un vieillard de 80 ans.

Alors le jeune journaliste fait son rapport à son rédacteur en chef.

— Patron, en ce qui concerne la fréquence des rapports sexuels, il n'y a aucune différence, quelle que soit la tranche d'âge. Ils m'ont tous répondu : «M.M.S.»

— Ah bon? fait le rédacteur en chef. Et ça veut dire quoi «M.M.S.»?

— Heu… Je n'ai pas pensé à leur demander…

— Petit crétin! Retourne!

Et le jeune journaliste repart demander à chacun de ses interlocuteurs ce que signifient les trois initiales M.M.S.

Le garçon de 20 ans répond : «Matin, Midi et Soir.»

L'homme de 40 ans répond : «Mardi, Mercredi et Samedi.»

L'homme de 60 ans répond : «Mars, Mai et Septembre.»

Et le vieillard de 80 ans répond : «Mes Meilleurs Souvenirs.»

1011

À Moscou, après de longues années d'économies, un homme réussit enfin à s'acheter une petite voiture. Quand il a fini de signer tous les papiers, le vendeur lui dit :

— C'est parfait. On vous la livrera le 18 septembre 2012…

— Le matin ou l'après-midi? interroge le client. Je vous demande ça, parce que le matin on vient me réparer mon lave-linge…

1012

Une femme vient de mettre au monde un bébé qui n'a qu'une oreille. Et tous ceux qui viennent le voir à la maternité disent :

— Oh! Il n'a qu'une oreille! Il est sourd?

— Non, répond le père, il n'est pas sourd.

Et à chaque fois, c'est la même réflexion :

— Oh ! Il n'a qu'une oreille ! Il est sourd ?

— Non, répond le père de plus en plus excédé, il n'est pas sourd !

Arrive un ami de la famille qui dit :

— Vous êtes sûrs qu'il n'a pas de problèmes de vue ?

— Des problèmes de vue ? fait le père décontenancé. Pourquoi des problèmes de vue ?

— Parce que s'il en a, ça va être coton pour lui mettre des lunettes !

1013

Après dix ans de mariage, une femme dit à son mari :

— Chéri, pardonne-moi, je n'avais jamais osé t'en parler, mais il faut que je t'avoue une chose : je suis daltonienne…

Et le mari répond :

— Moi aussi j'ai un aveu à te faire. Je suis sénégalais…

1014

Au-dessus de l'Atlantique, le pilote d'un Boeing prend le micro et dit aux passagers :

— Mesdames, messieurs, ici votre commandant de bord. Après trente ans de carrière, j'effectue aujourd'hui mon dernier vol avant la retraite. Or, j'ai toujours rêvé de faire un looping avec un 747, et pour mon dernier jour, je vous demande la permission de réaliser mon rêve. Je précise que vous ne risquez absolument rien. Il vous suffira d'attacher vos ceintures, et nous vivrons ensemble une expérience inoubliable !

Les passagers donnent leur accord et bouclent leur ceinture. Le commandant de bord met pleins gaz, tire à fond sur le manche, exécute un looping impeccable et reprend sa ligne de vol.

Et tandis que les passagers applaudissent à tout rompre, il leur lance :

— Vous êtes contents ?

Tout le monde crie :

— Oui ! Oui !

À ce moment-là, la porte des toilettes s'ouvre, et un type en sort en disant :

— Moi, je ne suis pas content du tout…

1015

Un homme se rend chez un psychiatre.

— Docteur, dit-il, c'est épouvantable, ma femme se prend pour moi !

— Amenez-la-moi, fait le médecin.

— Mais je suis là, docteur…

1016

À Cannes, une touriste américaine sort du Carlton. Un dragueur, avec le physique de l'emploi, qui arpentait la Croisette, se met à la suivre et l'aborde :

— Tu sais que t'es belle comme un camion, toi ? C'est ton jour de chance aujourd'hui. Tu viens de rencontrer l'homme qui va te faire passer la plus belle nuit de ta vie, ma parole ! Pour commencer on dîne ensemble, je passe te prendre à ton hôtel.

Furieuse, l'Américaine lui lance :

— Never !

— D'accord ! Neuf heures, neuf heures et quart, pas de problème !

1017

Un homme est engagé chez Peugeot pour aller présenter aux concessionnaires et à leurs vendeurs le nouveau modèle.

Le premier jour, il arrive dans une concession et dit devant toute l'équipe de vente réunie :

— Messieurs, je viens vous parler de la nouvelle Pageot qui sortira au Salon de l'Auto. Elle viendra compléter la gamme des Pageot…

Et tous les jours, partout, c'est la même chose. Outrés de voir que cet envoyé du siège ne sait même pas prononcer correctement le nom de la firme, les concessionnaires téléphonent tous pour se plaindre, et au bout d'une semaine, le type est licencié.

Il rentre chez lui et dit à sa femme :

— Ils m'ont foutu à la porte.

— Pour quel motif ?

— Je sais pas. Ça recommence, comme chez Fiotte...

1018

Deux vieilles dames se rencontrent chez le boulanger.

— Bonjour, Amélie, fait l'une. As-tu vu le film hier à la télé ?

— Non, ma chère. Sitôt le dîner fini, Gaston et moi nous nous sommes déshabillés et on s'est glissés tout nus dans le lit.

— Pas possible ? À votre âge ?

— Mais oui ! On le fait presque tous les soirs...

— Non ?

— Je t'assure. Gaston s'allonge sur le dos, je lui prends son zizi, je le tiens bien droit, et tout à coup je le lâche. S'il tombe à gauche, c'est lui qui fait la vaisselle...

1019

Après s'être fait faire les analyses que lui a demandées le docteur, un type retourne le voir.

— Monsieur, dit le médecin, vous êtes un homme, vous avez, je pense, suffisamment de force de caractère pour affronter la vérité en face. Je n'irai donc pas par quatre chemins : il vous reste deux mois à vivre.

— Bon ! fait l'autre. Je prends juillet, août...

Sur le port de La Rochelle, une jeune fille, les larmes aux yeux, regarde les navires à quai.

— Vous aimez les bateaux à ce point-là ? lui demande un marin.

— Non, je n'y connais rien. Je rêve seulement de m'embarquer pour l'Amérique, mais je n'ai pas d'argent…

— Écoutez, fait le marin, ça pourrait s'arranger. Mon bateau appareille ce soir pour New York. Si vous voulez, je vous cache dans une chaloupe, et je vous apporte à manger toutes les nuits. Seulement il faudra être gentille et me faire des gros câlins…

La pauvre fille a tellement envie de connaître l'Amérique qu'elle accepte. Le marin la cache au fond d'une chaloupe, lui apporte chaque nuit de la nourriture, et chaque nuit elle le paie en nature.

Le cinquième jour, le commandant, en se promenant sur le pont, entend un bruit qui provient d'une chaloupe. Il soulève la bâche et découvre la passagère clandestine.

— Je vous en supplie, dit-elle, ne me dénoncez pas aux autorités américaines, laissez-moi débarquer à New York…

— Qu'est-ce que c'est que cette histoire de New York ? fait le commandant. Vous êtes sur le bac de l'île de Ré…

Ceux qui ont inventé le communisme, les Karl Marx, Engels, Lenine, étaient-ils des scientifiques ou des littéraires ?

Des littéraires. Parce que s'ils avaient été scientifiques, ils l'auraient d'abord testé sur des animaux.

Rue Saint-Denis, une prostituée pleure à chaudes larmes. Apitoyé, un monsieur s'approche et lui demande :

— Qu'est-ce qui vous arrive, mademoiselle ?

— C'est épouvantable ! fait la fille en sanglotant. Je suis

belge, et je suis arrivée à Paris il y a dix ans. Ça fait dix ans que tous les jours j'arpente ce trottoir. Et ce matin, j'ai appris que les autres, elles se font payer !

1023

Deux associés font faillite, et complètement ruinés, ils se retrouvent clochards. Mais voilà que quelques mois plus tard, le fisc les retrouve, et ils sont convoqués chez le percepteur. Morts de rire, puisqu'ils n'ont plus un sou, ils s'y rendent joyeusement.

Le premier entre dans le bureau du percepteur. Dix minutes plus tard, il ressort complètement nu en expliquant à son copain :

— Il m'a signifié la saisie de tous mes biens. Et quand je lui ai répondu que je ne possédais plus rien, il m'a dit : « Très bien. Je saisis ce que vous avez sur vous… »

— Moi, il ne m'aura pas, fait l'autre.

Et il se déshabille entièrement avant d'entrer dans le bureau. Dix minutes après, son acolyte, éberlué, le voit ressortir avec le zizi noué et un bouchon dans le derrière.

— Qu'est-ce qui t'arrive ?

— Ben, comme il ne pouvait rien me saisir, il m'a coupé l'eau et le gaz…

1024

Au sommet d'une falaise, un touriste s'approche précautionneusement du bord. Deux hommes contemplent eux aussi le panorama. Au bout de quelques instants, l'un dit :

— Je vais faire un tour…

Il écarte ses bras, se lance dans le vide, et se met à planer. Après avoir effectué deux grands tours dans le ciel, il revient se poser.

— J'ai des hallucinations, dit le touriste éberlué. Je rêve…

— Pas du tout, répond l'homme, tout cela est bien réel. Je vais vous expliquer : quand le vent vient du sud, comme aujourd'hui, c'est un vent chaud qui arrive d'Afrique. Lorsqu'il se heurte à la falaise, il monte. Vous avez alors un courant d'air chaud ascendant qui vous porte littéralement.

— Je n'arrive pas à le croire…

— C'est pourtant vrai, intervient le deuxième homme. D'ailleurs je vais vous le prouver…

Il écarte les bras, s'élance, et se met à planer à son tour. Trois minutes après, il se pose en douceur.

— C'est stupéfiant ! s'écrie le touriste. Même moi, je pourrais le faire ?

— Bien entendu ! Du moment que le vent vient du sud, n'importe qui peut le faire. Allez-y, vous verrez…

Le touriste écarte les bras, se lance dans le vide, et s'écrase deux cents mètres plus bas sur les rochers.

Alors l'un des deux types lance à l'autre :

— Tu veux que je te dise ? Pour des anges, on est vraiment des dégueulasses…

1025

Deux femmes portant un grand voile noir se retrouvent face à face dans un compartiment de chemin de fer. La première dit à l'autre :

— Vous aussi, madame, vous êtes veuve ?

— Non, moi je suis moche…

1026

— Mon histoire est, je l'avoue, difficile à croire. Je ne suis qu'un modeste curé de campagne. Pendant des années, j'ai consacré tout mon temps à mes ouailles, assurant ponctuellement les messes, les mariages, les baptêmes et les enterrements. Un jour, alors que je traversais la route séparant la cure de l'église, j'aperçus au milieu de la chaussée une pauvre petite grenouille égarée qui risquait de se faire écraser. Je la pris délicatement dans ma main, et je la ramenai à la cure où je lui donnai de l'eau et quelques feuilles de salade. C'est alors, ô miracle, que la petite grenouille se mit à parler. « J'ai été victime d'un maléfice, dit-elle. En te penchant sur mon sort, tu as commencé à rompre l'enchantement et tu m'as déjà rendu la parole. Si maintenant tu me mets dans un bon lit bien chaud, je redeviendrai un joli petit garçon. »

« Et c'est ainsi, messieurs les jurés, que tout a commencé… »

1027

Dans la tour de contrôle de Roissy, on entend brusquement une voix qui crie :

— Ici, Charlie Papa Bravo. Donnez-moi la piste !

— Désolé, répond un contrôleur aérien, il y a de l'attente. Mettez-vous en stand-by à trois mille pieds…

— Je veux la piste tout de suite ! hurle le pilote.

— Désolé, Charlie Papa Bravo. Je répète : il y a de l'attente.

— Je m'en fous ! éructe l'autre. Je veux me poser !

— Je ne suis pas sourd, dit le contrôleur aérien. Arrêtez de crier dans votre radio…

Et la voix hurle :

— Mais je n'ai plus de radio !

1028

Un Arabe entre à l'A.N.P.E. et s'approche du guichet.

— Bonjour, m'dame. J'y m'présente : Ahmed Belkacem. J'y viens voir si vous auriez pas un petit travail sympathique pour moi…

— Vous tombez bien, dit la préposée, j'ai justement une offre. Il s'agit d'un poste de directeur général d'une multinationale. Deux cent mille francs de salaire mensuel, plus les frais de représentation. Voiture de fonction, villa de fonction. Ça vous convient ?

— Là, m'dame, t'es pas gentille, ti t'moques de moi.

— Ah ! fait la préposée, ce n'est pas moi qui ai commencé…

1029

Quelle différence y a-t-il entre les seins d'une femme et un train électrique ?

Aucune. Les deux sont destinés aux enfants, mais c'est toujours papa qui joue avec.

1030

Un homme va consulter le médecin. Après l'avoir longuement examiné, le praticien reste silencieux.

— Qu'est-ce que j'ai, docteur ? s'inquiète le patient.

— C'est difficile à dire…

— Docteur, je suis un homme courageux, je suis prêt à affronter la vérité. Qu'est-ce que j'ai ?

— C'est que… C'est vraiment difficile à dire…

— Docteur, j'ai besoin de savoir. Je vous écoute…

— Eh bien, monsieur, vous avez… Ah, c'est difficile à dire… Vous avez un trichopi… un trichoethe… un… trichoépitheliome ! Ce n'est pas grave du tout, mais c'est difficile à dire !

1031

Un gros industriel vit avec une ravissante jeune femme qu'il couvre de cadeaux et de bijoux. Un soir il lui dit :

— Mon amour, si un jour je fais faillite, si je n'ai plus un sou, est-ce que tu m'aimeras toujours ?

— Quelle question ! Bien sûr, mon chéri, je t'aimerai toujours. Mais tu me manqueras beaucoup…

1032

À la maternité, une femme est en train d'accoucher. Le médecin sort l'enfant et coupe le cordon. Après quoi, comme on le fait toujours, il prend le bébé par les pieds, lui donne quelques tapes pour activer la circulation, et le confie ensuite à l'infirmière.

Mais la mère a toujours des contractions. L'accoucheur constate qu'il y a un second bébé. Il le sort, coupe le cordon, le prend par les pieds et lui donne quelques petites tapes. Puis, après l'avoir confié à l'infirmière, il file, appelé en urgence pour un autre accouchement.

Dix minutes s'écoulent, et voilà que la tête d'un troisième bébé apparaît. Il regarde autour de lui et dit à l'infirmière :

— Il est parti le bonhomme qui donne des claques ?

1033

Dieu a dit :

« Je partage tout en deux. Les riches auront la nourriture, les pauvres l'appétit. »

1034

Un bègue se rend chez un spécialiste des problèmes d'élocution. Après l'avoir examiné, le médecin lui dit :

— Cher monsieur, savez-vous que quand on chante, on ne bégaie jamais ? Alors quand vous n'arrivez pas à dire une phrase, n'hésitez pas : chantez-la.

— Mer… merci do… do… con… con… combien je vous do… dou…

— Chantez-le !

— Merci, docteur, fredonne l'autre, combien je vous dois ?

— Bravo ! Vous voyez…

Le type rentre chez lui, et en plein milieu de la nuit, réveillé par des crépitements et une odeur de fumée, il s'aperçoit que sa maison est en feu. Il se précipite sur le téléphone et appelle les pompiers.

— Al… lô… lô… yalef… yalef… yal'enf…

— Allô ? fait le pompier au standard, je ne comprends rien à ce que vous dites !

Le bègue se souvient alors de ce que lui a dit le docteur, et il chante :

— «Au feu les pompiers, la maison qui brûle... Au feu les pompiers...»

Et à l'autre bout du fil, le pompier se met à chanter :

— «C'est la mère Michel qui a perdu son chat...»

1035

Pourquoi tous les coiffeurs belges veulent-ils s'installer en France?

Parce que la France frise les trois millions de chômeurs.

1036

Trois heures du matin dans un bar. Un client qui vient de terminer son douzième whisky commence à tanguer sur son tabouret, oscille de plus en plus, et finit par tomber. Il traverse toute la salle à quatre pattes, sort dans la rue et regagne, toujours à quatre pattes, son domicile. Il gravit ses trois étages en rampant dans l'escalier, ouvre à tâtons sa porte d'entrée en brandissant sa clé au-dessus de sa tête, se traîne jusqu'à sa chambre, se hisse sur son lit à la force du poignet, et s'endort comme une masse.

Quand il se réveille, vers midi, sa femme lui lance :

— Tu es rentré à une heure impossible cette nuit ! Tu es encore allé te saouler !

— Oh non..., fait le mari. Je t'assure que non...

— Ne me raconte pas d'histoires ! Le patron du bar a téléphoné : tu as oublié ton fauteuil roulant...

1037

Sa journée de travail finie, un homme rentre chez lui et trouve sa femme au lit avec un clochard. Sidéré, il hurle :

— C'est pas possible, dis-moi que je rêve ! Non seulement tu me trompes, mais en plus avec un clodo !

— Je vais t'expliquer, fait son épouse. Figure-toi que ce pauvre a sonné à la porte cet après-midi, et il m'a dit : «Madame, j'ai faim…» Alors j'ai eu pitié de lui et je lui ai préparé un casse-croûte. Et quand il a eu fini de le manger, il m'a demandé : «Madame, vous n'auriez pas quelque chose dont votre mari se sert plus ?»…

1038

Un Noir entre dans le cabinet d'un médecin avec sur la tête un énorme crapaud vivant soudé à sa boîte crânienne.
Éberlué, le docteur dit :
— De ma vie, je n'ai jamais vu une chose pareille ! Il y a longtemps que vous avez ça ?
Et le crapaud répond :
— Deux ans. Ça a commencé par un bouton noir au derrière, et puis ça a grandi… grandi…

1039

Deux homosexuels croisent un bossu.
Et le premier dit à l'autre :
— Oh, chéri… regarde ! Quelle belle poitrine !

1040

Alors qu'ils s'apprêtent à fêter leurs noces d'argent, un fabricant du Sentier dit à sa femme :
— Tu sais, Rachel, c'est une date importante. Alors je voudrais t'offrir un beau cadeau. Qu'est-ce qui te ferait plaisir ? Un manteau de vison ? Un collier en or ? Une bague avec un saphir ou un diamant ?
— Je vais te dire, Moshe. Ce qui me ferait vraiment plaisir, c'est de l'argent. De l'argent bien à moi, pour en faire ce que je veux. Cinquante mille francs en liquide.
— Tu es folle ou quoi ? Où veux-tu que je trouve cinquante mille francs au prix de gros ?

1041

Un patient s'assied dans le fauteuil du dentiste.

— Docteur, mes dents sont toutes jaunes. Qu'est-ce qu'il faudrait que je fasse?

Et le dentiste, après l'avoir regardé, lui dit :

— Mettez une cravate marron...

1042

Deux heures du matin. Le téléphone sonne à la réception d'un grand hôtel. Le veilleur de nuit décroche.

— Allô? fait une voix pâteuse au bout du fil. À quelle heure ouvre le bar?

— Dix heures, monsieur.

Une heure plus tard, nouvel appel. Le type bredouille :

— Allô? À quelle heure il ouvre le bar?

— Dix heures, monsieur.

Une heure après le même client, de plus en plus éméché, redemande :

— Allô... allô? À quelle... heu... à quelle heure qu'il ouvre votre bar?

— Je vous l'ai déjà dit, à dix heures, monsieur. Toutefois, dans l'état où vous êtes, ça m'étonnerait qu'on vous laisse entrer.

— Mais je veux pas y entrer... je veux en sortir !

1043

Une prostituée va voir le médecin et lui explique qu'elle souffre d'anxiété, d'insomnies. Le praticien lui prescrit un sédatif.

— Vous en prendrez deux comprimés avant de vous coucher. Et la fille lui dit :

— Excusez-moi, docteur... Vous êtes sûr que soixante comprimés par jour, c'est pas trop?

Un Belge est transporté à l'hôpital avec les deux oreilles sérieusement brûlées.

— Comment est-ce arrivé ? lui demande le médecin.

— Figurez-vous que j'étais en train de repasser une chemisc, une fois ! Et voilà que le téléphone a sonné. Alors, machinalement, j'ai porté le fer à mon oreille et j'ai fait : « Allô ? »

— D'accord pour l'oreille droite, je comprends. Mais l'autre ?

— L'autre, c'est quand j'ai voulu appeler l'ambulance...

Un homme entre dans un magasin de chaussures.

— Je voudrais celles-là, dit-il en désignant une paire dans la vitrine.

— Quelle pointure ? demande la vendeuse.

— Je ne sais plus. Ça fait tellement longtemps que je n'en ai pas acheté !

— Si vous voulez bien vous déchausser, que je puisse mesurer...

L'homme retire ses vieux souliers, et immédiatement une odeur épouvantable se répand. Au bord de l'évanouissement, la jeune fille va chercher la chef-vendeuse.

— Madame, je ne peux pas m'occuper de ce client, ses pieds sentent trop mauvais.

L'autre prend le relais, s'agenouille devant le type pour mesurer sa pointure, mais quelques instants plus tard elle se relève, livide, et va trouver le patron.

— La petite a déjà renoncé à servir ce monsieur, je ne peux pas non plus. L'odeur est insoutenable...

— Allons, mesdames, ne faites pas les mijaurées ! Nous sommes dans un magasin de chaussures... Je vais m'en occuper moi-même.

Il s'approche du client, manque à son tour de défaillir, mais comme il a beaucoup pratiqué la plongée sous-marine, il réussit à bloquer sa respiration, le temps de mesurer la pointure. Après quoi il va chercher les chaussures et les donne à l'homme.

— Combien je vous dois ? fait l'autre.

— Rien. Je vous les offre à condition que vous partiez tout de suite et que vous ne reveniez jamais acheter de chaussures chez nous. Une odeur pareille, monsieur, ce n'est pas supportable !

Le type s'en va, et trente secondes plus tard il rouvre la porte du magasin en disant :

— Excusez-moi… Si je fais un petit pet, est-ce que je pourrai avoir une boîte de cigares ?

1046

Un Noir pleure, assis sur un sac de pommes de terre. Quel est son prénom ?

Jean. Parce que Jean negro sur la patate.

1047

Assise devant la porte de sa maison, une petite fille pleure à chaudes larmes. Apitoyée, une passante lui demande :

— Qu'est-ce qui se passe, ma chérie ? C'est quoi ce gros chagrin ?

— Notre chatte a eu six petits chatons et papa les a tous tués !

— Oh, pauvre trésor ! Tu voulais en garder un ?

— Non, répond la petite fille en redoublant ses sanglots. Je voulais les tuer moi-même !

1048

À Berlin, deux chiens, l'un venu de l'Ouest, l'autre de l'Est, marchent côte à côte. Tout à coup le premier lève la patte et se met à uriner sur son compagnon.

— Oh ! fait le chien de l'Est. T'es fou ! Pourquoi tu me pisses dessus ?

L'autre s'arrête, stupéfait.

— Je te demande pardon... Il y avait pas un mur ici, avant ?

1049

Dans une société, un cadre dont la réputation de dragueur est bien connue, propose en fin de journée à une secrétaire de venir prendre un doigt de porto chez lui. La jeune fille refuse poliment.

— Ne me dites pas que vous avez peur..., fait l'homme.

— Du porto, non ! Mais du doigt, oui...

1050

Une Nord-Africaine, qui purge une peine de prison, est enceinte, et l'échographie révèle qu'elle attend des jumeaux.

Quand surviennent les premières douleurs, on l'extrait de sa cellule et on la transporte d'urgence à l'hôpital, où elle entre en salle d'accouchement sous la surveillance de deux agents de police.

Une heure plus tard, la tête du premier jumeau apparaît. Il aperçoit les deux agents, et aussitôt il rentre à l'intérieur en disant à son frère :

— Ahmed ! Les flics sont là ! On sort par-derrière...

1051

Deux copains prennent l'apéritif au café. Au bout d'un moment, le premier se penche vers l'autre et lui dit :

— On ne s'est jamais rien caché. Alors, entre nous, je voudrais te demander : ta femme... c'est un bon coup ?

— Difficile à dire ! Il y en a qui prétendent que oui, d'autres que non...

Jack Lang vient de faire installer des distributeurs de préservatifs dans les lycées. À la récréation, un élève de cinquième dit à un autre :

— T'as vu ? Il y a un distributeur de chewing-gum dans les toilettes !

— C'est pas du chewing-gum, fait l'autre, c'est des préservatifs !

— Je me disais aussi… C'est la première fois que j'arrive à faire des bulles !

1053

Un jeune Corse vient de passer l'oral du bac. Dès qu'il rentre à la maison, son père, qui l'attend anxieusement, lui demande :

— Alors, ça s'est bien passé ?

— Très bien, papa ! Tu peux être fier de ton fils ! Ils m'ont interrogé pendant deux heures, je n'ai rien dit !

1054

Un garçon très strict, très à cheval sur les principes, se marie. Et le soir, dans la chambre nuptiale, il découvre, à sa grande déception, que sa jeune épouse a déjà perdu sa virginité. Et il lui dit d'un ton pincé :

— Tu n'aurais pas aimé te marier vierge ?

— Oh si ! Mais tu sais, c'est difficile de trouver un pays où on peut se marier à huit ans…

1055

Un évêque fait la tournée de son diocèse et arrive dans un petit village. Après lui avoir fait visiter l'église et le presbytère, le curé l'invite à partager le repas qu'a mitonné sa fidèle bonne.

Tout en terminant sa quenelle de brochet, le prélat demande :

— Monsieur le curé, si je ne m'abuse, il m'a semblé que vous n'avez qu'une seule chambre avec un grand lit. Où loge votre servante ?

— Monseigneur, répond le curé en rougissant, il n'y a effectivement ici qu'un lit, et j'ai pensé que la charité chrétienne m'interdisait de faire dormir cette femme par terre…

— Et en partageant votre lit avec elle, vous n'avez jamais succombé à la tentation ? Dites-moi la vérité…

— Hélas, monseigneur, il m'est arrivé quelquefois de céder au démon. Mais le lendemain, en guise de pénitence, j'ai mis dix francs dans le tronc de la Sainte Vierge.

— Dix francs, ce n'est pas beaucoup…, fait remarquer l'évêque.

À ce moment-là, la bonne qui entrait avec le rôti s'écrie :

— Pas beaucoup ? Le mois dernier on s'en est pris pour huit cents francs !

1056

Il n'est pas toujours facile de reconnaître le sexe d'un matou. Voici une méthode rapide et infaillible.

Vous posez par terre un bol de lait. S'il vient le boire, c'est un chat. Si elle vient le boire, c'est une chatte.

1057

Terrible accident sur une route de campagne. Après avoir fait trois tonneaux, une voiture vient s'écraser contre un platane. Un cycliste, unique témoin du drame, se précipite et découvre le conducteur coincé dans les tôles enchevêtrées.

— Vous êtes vivant ? demande-t-il.

— Oui…, fait l'autre d'une voix faible.

— Vous êtes assuré tous risques ?

— Oui…

— Conducteur et passagers ?

— Oui…

— Dans ce cas, vous permettez que je m'assoie à côté de vous ?

1058

Une femme n'a pratiquement pas de seins : deux œufs sur le plat. Un jour son mari lui dit :

— Pourquoi mets-tu un soutien-gorge ?

Et elle lui répond :

— Tu mets bien un slip…

1059

Un automobiliste tombe en panne à l'entrée d'un village. Il cherche un garage mais on lui explique qu'il n'y en a aucun à quinze kilomètres à la ronde, et on l'envoie chez le mécanicien agricole. Le bonhomme va jusqu'à la voiture et la répare sans problème.

— Bravo ! fait l'automobiliste. Vous êtes formidable ! Comment vous appelez-vous ?

— Émile Zola…

— Dites donc, vous avez un nom connu !

— Je comprends… ça fait trente ans que je suis mécanicien agricole dans ce pays !

1060

Lors de sa visite officielle au Vietnam, François Mitterrand demande à brûle-pourpoint au Premier ministre vietnamien :

— Il y a combien de temps que vous avez eu une élection ?

— Ce matin à sept heules en me léveillant, monsieur le Plésident…

Dans un train, un rabbin et un curé sont dans le même compartiment. À l'heure du déjeuner, le prêtre sort un énorme sandwich au pâté. Et il se penche vers le rabbin :

— Permettez-moi de vous en offrir la moitié…

— Vous savez bien que je n'ai pas le droit de manger du porc, répond l'autre d'un ton pincé.

— Vous avez tort, dit le curé avec un petit sourire. C'est bon. C'est vraiment très bon…

Quelques heures plus tard, le train arrive à destination. Le rabbin se lève et dit au prêtre :

— Au revoir, monsieur l'abbé. Mes salutations à votre épouse.

— Vous savez bien que j'ai fait vœu de chasteté, fait le curé.

— Vous avez tort. C'est bon. C'est vraiment très bon…

1062

Dans l'incendie du château de Windsor, la bibliothèque du prince Charles a entièrement brûlé.

Le prince a été très affecté par la perte de ses deux livres. D'autant qu'il n'avait pas fini de colorier le deuxième.

1063

Une femme arrive chez le médecin.

— Docteur, dit-elle, j'ai un problème. Dès qu'on me touche les seins, ils se dressent vers le haut, les pointes en l'air. Je vous assure que c'est vrai, vérifiez vous-même…

Elle ôte son soutien-gorge, le médecin commence à lui palper les seins, et effectivement ils se dressent vers le haut.

— Vous voyez, docteur, je ne vous ai pas menti. Qu'est-ce que ça peut être ?

— Je ne sais pas encore, madame, mais je peux déjà vous dire que c'est contagieux…

Conformément aux nouvelles instructions du ministère de l'Éducation nationale, un instituteur annonce à ses élèves :

— Mes enfants, ce matin, vous allez avoir votre premier cours d'éducation sexuelle.

Alors, dans le fond de la classe, un petit garçon lève la main.

— M'sieur ! Ceux qui ont déjà baisé, ils peuvent aller jouer dans la cour ?

Deux Arabes qui ne se sont pas vus depuis longtemps se rencontrent. Le premier, vêtu comme un lord, descend d'une superbe limousine. L'autre, à l'allure misérable, dit à son copain :

— Eh bien dis donc, tu as réussi ! Tu fais quoi ?

— Je mendie dans le métro.

— Hein ? Ça rapporte tant que ça ?

— Bien sûr. Essaie. Tu t'installes avec une pancarte, tu vas voir…

Deux jours plus tard, l'autre revoit son compatriote.

— Hé Ahmed, tu t'es foutu de moi ! En deux jours, j'ai ramassé trois francs ! Pourtant sur ma pancarte j'avais écrit : « Ma femme est malade, ma fille est à l'hôpital, mon bébé n'a plus de lait. » Le métro, ça ne vaut rien !

— Dis pas de bêtises, fait Ahmed, regarde ce que j'ai ramassé en deux jours.

Et il ouvre une énorme sacoche remplie jusqu'en haut de billets de cent francs.

— C'est pas vrai ! fait l'autre éberlué. Mais qu'est-ce que t'avais mis sur ta pancarte ?

— J'avais écrit : « Il me manque cent francs pour rentrer en Algérie. »

Pour être heureuse, une femme a besoin de quatre animaux :
Un jaguar dans le garage.
Un vison sur les épaules.
Un lion au lit.
Et un âne pour payer les factures.

1067

Venu inaugurer un bâtiment en province, un ministre regagne à pied son hôtel lorsqu'il est abordé par une fille superbe qui lui dit :

— Viens chez moi, chéri. Pour cent cinquante francs tu passeras une nuit inoubliable…

Le ministre la suit et au petit matin, après lui avoir donné cent cinquante francs, il ne peut s'empêcher de lui demander :

— Comment fais-tu ? Quand on connaît le coût de la vie, c'est incroyable ! Avec cent cinquante francs par nuit, tu arrives à t'en sortir ?

— Oui, fait la fille. Mais j'arrondis mes fins de mois en faisant du chantage…

1068

— Maman, dit une petite fille en rentrant de l'école, tu connais la dernière ?

— Non, fait sa mère.

— Eh bien, c'est moi !

1069

Un Suisse rentre chez lui, après son travail, et sa femme lui dit :

— Tu ne devineras jamais ce qui m'est arrivé cet après-midi. Figure-toi qu'on a sonné, j'ai ouvert et je me suis trouvée en face d'un type qui ne disait pas un mot. Il est entré, et il a refermé la porte, toujours sans un mot.

— Pas possible…

— Si ! Il m'a poussée dans la chambre, toujours sans rien dire, et il m'a jetée sur le lit.

— Pas possible…

— Je t'assure. Et puis, sans un mot, il a arraché ma robe, ma culotte, et il m'a violée.

— Pas possible…

— Je te jure. Après il s'est rajusté et il est reparti sans dire un mot.

— Ah ! fait le mari. Alors on ne saura jamais pourquoi il est venu…

1070

Une petite fille qui fait ses devoirs demande à son père :

— Papa… quelle différence il y a entre exciter et énerver ?

— Eh bien, je vais te prendre un exemple. Il y a quinze ans ta mère m'excitait, aujourd'hui elle m'énerve.

1071

Un vieux Corse se meurt dans son lit, au premier étage de la maison, pendant que ses trois fils attendent, en silence, dans la grande pièce du rez-de-chaussée. Sentant que sa fin approche, il décide de régler les problèmes d'héritage et crie :

— Dominique ! Monte !

Le fils aîné grimpe quatre à quatre au chevet de son père, qui lui dit :

— Écoute, petit, je ne suis pas bien riche. Je n'ai que la maison, les garrigues, et mes quelques chèvres. On ne peut pas couper ça en trois ! Alors, j'ai décidé de tout donner à celui d'entre vous qui symbolisera le mieux l'esprit corse, au plus paresseux des trois. Je vais faire un test. Suppose, petit, que tu sois sur la place du village. Tu n'as rien mangé depuis deux jours, et le marché est à cinquante mètres. Qu'est-ce que tu fais ?

— Papa, j'attends qu'on m'apporte à manger. Sinon, je meurs de faim!

— C'est bien, petit. Tu peux redescendre.

Il appelle son second fils :

— Antoine! Monte!

L'autre rapplique dare-dare.

Après lui avoir expliqué qu'il léguera tout ce qu'il possède au plus paresseux de ses trois fils, il ajoute :

— Petit, je vais te faire un test, comme à ton frère. Tu es sur la place du village. Tu n'as pas bu depuis deux jours, et la fontaine, avec de l'eau bien fraîche, est à vingt mètres. Qu'est-ce que tu fais?

— Papa, j'attends qu'on m'apporte à boire. Sinon, je meurs de soif…

— C'est bien, petit. Tu peux descendre.

Et là, il sent que ses dernières forces l'abandonnent. Alors, dans un effort surhumain, il réussit à appeler son troisième fils.

— Doumé! Monte!

Et d'en bas l'autre crie :

— Non, papa… Toi, descends!

1072

Un facteur vient déposer un avis de recommandé dans un pavillon. Après avoir sonné en vain, il s'apprête à ouvrir la grille, quand il voit sur la porte un écriteau : ATTENTION PERROQUET MÉCHANT. «Bof! se dit-il, un perroquet ça n'est pas bien dangereux!» Et il entre dans le jardin. À ce moment-là, le perroquet, du haut de son perchoir, crie :

— Allez, Rex! Attaque!

1073

L'archevêché doit engager un nouveau jardinier. Le bedeau aimerait bien donner la place à son copain Ahmed, qui est au chômage, mais il sait que l'archevêque est très strict sur un point : tout le personnel doit être catholique. Alors le bedeau a une idée.

— Ahmed, on va dire que tu t'es converti il y a plusieurs années à la religion catholique.

— Ti gentil, mais ci pas possible ! Moi, ji connais rien à ta religion catholique…

— Ne t'inquiète pas, Ahmed. Pour vérifier qu'un employé est un bon chrétien, Monseigneur pose toujours les mêmes questions. Il va te demander qui était la mère de Jésus, tu répondras : Marie. Qui était le père de Jésus, tu répondras : Joseph. Comment est mort Jésus, tu répondras : sur la croix.

— Arrête, ji m'rappellerai jamais tout ça !

— Je te le répète, ne t'inquiète pas, j'ai pensé à tout. Je marquerai les réponses sur ta tondeuse à gazon, tu n'auras qu'à les lire.

Ahmed est engagé. Et le premier jour, alors qu'il tond la pelouse, l'archevêque s'approche de lui :

— Ah ! Vous êtes le nouveau jardinier. Comment vous appelez-vous ?

— Ahmed, m'sieur Monseigneur.

— Mais… vous n'êtes pas catholique ?

— Si, m'sieur Monseigneur. J'i m'suis converti.

— Comme c'est beau ! Voyons si vous êtes un bon chrétien. Savez-vous comment s'appelait la mère de Jésus ?

Ahmed se penche sur sa tondeuse.

— Marie.

— Et le père de Jésus ?

Ahmed se repenche sur sa tondeuse.

— Joseph.

— Très bien. Et comment Jésus est-il mort ?

Nouveau coup d'œil sur l'engin.

— Sur la croix.

— Parfait !

L'archevêque s'éloigne, satisfait. Et puis, pour être vraiment certain que ce musulman est devenu un bon chrétien, il revient sur ses pas.

— Pourriez-vous également me dire les noms des deux larrons qui étaient de chaque côté de Jésus sur la croix ?

Ahmed se penche sur sa tondeuse et relève la tête avec un grand sourire.

— Black et Decker !

1074

Dans le Périgord, un touriste belge admire un champ de fraises et dit au paysan :

— Elles sont vraiment belles vos fraises ! Qu'est-ce que vous mettez dessus ?

— Bah ! Juste un peu de fumier...

— Ah, c'est pas comme chez nous ! Nous, en Belgique, on met du sucre...

1075

Ça se passe en l'an 2000, et les compagnies aériennes utilisent des avions de plus en plus géants. Au bar d'un aéroport, trois pilotes boivent un verre.

— Moi, dit le premier, j'ai un avion tellement grand que je peux emmener en déplacement une équipe de football avec près de mille supporters.

— Moi, fait le deuxième, non seulement je peux emmener une équipe de foot avec mille supporters, mais en plus, dans mon appareil, il y a un terrain où les joueurs peuvent s'entraîner.

— Bof ! lance le troisième, hier je faisais Paris-New York. À un moment je dis à mon copilote : « J'ai l'impression qu'il y a un bruit bizarre à l'arrière. Prends la moto, et va jeter un coup d'œil... » Il enfourche l'engin et file. Un quart d'heure après il était de retour : « Dis donc, t'as de l'oreille ! Tu avais raison. Il y a un imbécile qui a laissé la fenêtre des toilettes ouverte ! On a un Boeing 747 qui tourne autour du plafonnier... »

1076

Un homme entre dans une crémerie :

— C'est combien la demi-livre de beurre ?

— C'est 7 francs, répond la crémière.

— Et si je vous prends la motte ?

— Là, c'est ma main sur la figure !

Un passant croise dans la rue un enterrement étrange. Seul derrière le corbillard, marche un type en noir qui tient en laisse deux gigantesques dobermans avec des crocs énormes. Et un peu plus loin, suit une longue cohorte d'au moins trois cents hommes.

Intrigué, il s'approche du type en noir et l'interroge :

— Ce sont les chiens de la personne défunte ?

— Ne m'en parlez pas, c'est affreux, répond l'autre en sanglotant. Je les ai achetés avant-hier. Je suis parti au travail, comme tous les jours, et quand je suis rentré le soir, ils avaient dévoré ma femme et ma belle-mère ! Des fauves ! Je n'ai retrouvé que des os, un dentier, un chignon… alors avec les croque-morts on a mis leurs pauvres restes dans des cercueils, et je les accompagne à leur dernière demeure.

Le passant continue de marcher à côté du type en noir, et au bout de quelques instants, il lui demande :

— Est-ce que vous accepteriez de me louer vos dobermans ?

L'autre se retourne et dit en montrant les centaines d'hommes du cortège :

— Prenez la queue comme tout le monde !

Pourquoi les préservatifs de couleur noire se vendent-ils très mal ?

Parce que le noir amincit.

Trois loubards sur de grosses motos s'arrêtent devant un relais de routiers et entrent dans le restaurant. À une table, ils avisent un chauffeur, pas bien épais celui-là, qui vient de finir de déjeuner et fume tranquillement une cigarette. Ils s'approchent de lui en roulant les épaules, et le premier lui arrache sa cigarette des lèvres pour l'écraser dans son café. Le routier ne bronche pas.

Le second prend sa bière et la lui verse sur la tête. Le routier ne bronche toujours pas, paie et se lève. Alors le troisième lui fait un croche-pied, et le malheureux s'étale de tout son long. Il se relève sans un mot et sort.

Les trois loubards ricanent, et le premier dit au patron :

— Vous avez vu ce minable ? Il sait pas éteindre sa clope !

— Ni boire sa mousse, ajoute le second.

— Il sait même pas marcher, fait le troisième, il tombe.

— Et il ne sait pas conduire non plus, dit le patron. Je viens de le voir partir avec son trente-tonnes, en faisant sa marche arrière, il a écrasé trois grosses motos…

1080

Un client entre dans une pâtisserie :

— Je voudrais un mouskoglossavitzkasefkaski à la fraise.

Et la vendeuse lui dit :

— Un mouskoglossavitzkasefkaski… à la quoi ?

1081

À l'occasion d'une réunion de chefs d'Etat à Washington, ceux-ci visitent le siège d'I.B.M. En leur présentant sa dernière merveille, l'ordinateur le plus puissant du monde, le président de la société leur dit :

— N'hésitez pas à l'interroger. Il sait tout, et il parle.

Bill Clinton s'approche :

— Pourriez-vous me dire quand une fusée américaine emportera un astronaute américain sur la planète Mars ?

— Dans cinquante ans très exactement, répond l'ordinateur.

Alors Clinton se met à pleurer.

— Pourquoi pleurez-vous ? demande un journaliste.

— Parce que je ne verrai pas ce grand moment. Dans cinquante ans, je serai mort.

Boris Elstine s'approche à son tour.

— Pourriez-vous me dire quand une fusée russe emportera un cosmonaute russe sur la planète Mars ?

— Dans cinquante et un ans très exactement.

Et Elstine se met à pleurer.

— Moi non plus, je ne verrai pas ce moment historique. Je serai mort…

À son tour, un chef d'État africain s'avance vers la machine :

— Pourriez-vous, monsieur l'ordinateur, me dire présentement quand une fusée africaine emportera un Africain sur la planète Mars ?

Alors l'ordinateur se met à pleurer.

1082

Deux eunuques jouent aux dames.

— On fait la belle ? dit le premier.

— C'est impossible, répond l'autre. J'en ai déjà perdu deux…

1083

Un évêque décide de faire restaurer le dôme de sa cathédrale dont le temps a totalement effacé les fresques. Il fait venir un artiste qu'on lui a recommandé et lui demande de peindre sur toute la surface du dôme la Cène, le dernier repas du Christ avec ses apôtres.

Le peintre installe ses échafaudages, ses bâches, et trois mois plus tard, on prévient l'évêque que l'œuvre est terminée. Celui-ci se rend dans la cathédrale, on retire les bâches, et là le malheureux prélat pousse un cri d'horreur en découvrant, peinte au plafond, une gigantesque partouze.

— Qu'est-ce que c'est que ça ? s'étrangle-t-il.

— Je ne sais pas, répond le peintre. Quand je suis parti hier soir, ils étaient encore à table…

C'est un Belge qui raconte à tout le monde qu'il est bisexuel. Parce qu'il fait l'amour deux fois par mois.

1085

Un client entre dans une brasserie avec un immense zinc, s'accoude au milieu et commande un café.

— Je vous dois combien ?

— 3 francs, fait le garçon.

Le type sort trois pièces de 1 franc, pose la première devant lui, va tout au bout à gauche poser la seconde, puis tout au bout à droite poser la troisième. Sans broncher, le garçon fait tout le zinc pour récupérer ses 3 francs. Le lendemain, même manège : une pièce au milieu, une au bout à gauche, une au bout à droite. Et le barman fait tout le zinc pour récupérer ses 3 francs. Chaque jour, c'est la même chose. Mais voilà qu'un matin, le type paie avec une pièce de 5 francs. Alors le garçon sort deux pièces de 1 franc de la caisse pour la monnaie, et avec un sourire triomphant, il va en poser une à un bout du zinc, et la seconde à l'autre bout.

Et quand il revient au milieu, le type sort 1 franc de sa poche, et dit en le posant devant lui :

— Réflexion faite, remettez-moi ça...

1086

Une dame envoie à son médecin une caisse de champagne accompagnée d'une carte sur laquelle elle a écrit : « Merci pour mon mari. »

Le médecin l'appelle aussitôt, et lui dit :

— Chère madame, il ne fallait pas, mais je suis ravi et en plus très heureux d'avoir guéri votre mari.

— Allons, allons, docteur, soyons sérieux. Si vous l'aviez guéri, il n'y aurait pas de champagne...

1087

Pourquoi les Noirs préfèrent-ils le chocolat blanc ?
Pour ne pas se mordre les doigts.

1088

Le directeur commercial d'une grande marque d'apéritif convoque un de ses représentants.

— Bertin, je ne vous cacherai pas que je suis très mécontent. Non seulement vous n'avez pas atteint cette année les objectifs qui vous étaient demandés, mais en plus vos ventes, qui étaient déjà médiocres l'an dernier, ont chuté de plus de cinquante pour cent. Vous voulez que je vous dise ? Vous êtes un spermatozoïde avec un attaché-case…

— Pardon, fait l'autre. Je suis un spermatozoïde avec un attaché-case ? Qu'est-ce que ça veut dire ?

— Ça veut dire, explose le directeur, que vous êtes un représentant de mes couilles ! ! !

1089

En Afrique, une colonie de fourmis, qui en a assez de voir l'éléphant écraser régulièrement sa fourmilière, décide de l'attaquer.

Des milliers de fourmis montent à l'assaut du pachyderme et commencent à le piquer. L'éléphant qui sent comme des petits chatouillements, se secoue brusquement, et toutes les fourmis tombent au sol, sauf une qui reste accrochée à son cou.

Alors les milliers de fourmis font cercle autour de l'éléphant et crient à leur copine :

— Vas-y ! Étrangle-le !

Un vieux Bosniaque tout ridé, édenté, vraiment laid, voit sur la route une grenouille épuisée qui risque de se faire écraser. Il la ramasse délicatement et la dépose au bord d'une mare. Soudain, la grenouille se transforme en une superbe jeune femme.

— Je suis une fée, dit-elle, et tu viens d'annuler le sort qu'un génie malfaisant m'avait jeté. Tu as droit à un vœu, je l'exaucerai.

— Je voudrais que mon pays, la Bosnie, retrouve la paix et des frontières sûres.

— Montre-moi une carte de la région.

Le vieillard la lui tend. La fée, perplexe, l'examine pendant dix minutes, et finit par la lui rendre avec un soupir de découragement.

— Je préférerais que tu fasses un autre vœu.

— Bon, fait le vieux Bosniaque affreux. J'aimerais bien que vous me fassiez une gâterie…

La fée le dévisage longuement et lui dit :

— Redonne-moi la carte !

Le médecin-chef du service cardiologie de l'hôpital entre en courant dans la morgue et crie à l'employé :

— Maurice ! Ressortez le 3 de son tiroir ! C'est pas son pouls qui s'était arrêté, c'est ma montre…

Une petite fille prend pour la première fois sa douche avec sa maman. Et en voyant l'entrejambe de sa mère, elle s'écrie :

— Oh, maman, qu'est-ce que c'est que ça ?

— Ça, ma chérie, c'est la porte du paradis…

Huit jours plus tard, elle prend sa douche avec son père. Et en découvrant le service trois pièces paternel, elle s'écrie :

— Oh, papa, qu'est-ce que c'est que ça ?

— Ça, c'est la clé du paradis…

— Et il n'y a que toi qui peux ouvrir la porte ?

— Oui, que moi…

Alors la petite fille fait signe à son père de se pencher et lui dit à l'oreille :

— Papa… le voisin du dessus, il a un passe.

1093

Un matin d'hiver, alors qu'il fait un froid terrible, un paysan aperçoit son voisin en train d'étaler du fumier sur le lac gelé qui se trouve près de sa ferme.

— Cré nom, Mathieu ! Qu'est-ce qui te prend ?

— Au lieu de poser des questions, tu ferais mieux de m'aider à finir ! J'ai un Parisien qui vient à trois heures pour acheter le terrain…

1094

Un commandant de la Légion, particulièrement sadique, inspecte les nouvelles recrues. Après avoir fait mettre les hommes complètement nus, il passe dans les rangs, et s'arrête devant un grand gaillard au torse velu.

— Qu'est-ce que c'est que cette toison sur la poitrine ? Ça fait désordre !

Et à coups de cravache, il arrache tous les poils et la peau avec.

— Ça vous fait mal ?

— Non, mon commandant !

— Pourquoi ça ne vous fait pas mal ?

— Parce que je suis un légionnaire, mon commandant !

Un peu plus loin, il s'arrête devant un barbu :

— Qu'est-ce que c'est que cette barbe de Père Noël ? Je n'en veux pas !

Et il entreprend de raser le malheureux à coups de cravache. Quand c'est terminé, l'autre a la figure en sang.

— Ça vous fait mal ?

— Non, mon commandant !

— Pourquoi ça ne vous fait pas mal ?

— Parce que je suis un légionnaire, mon commandant !

L'officier repart, et s'arrête devant un homme qui arbore une immense zigounette.

— Qu'est-ce que c'est que ce truc qui pendouille ? Je vais vous raccourcir ça, mon gaillard !

Et à coups de cravache, il taille la zigounette jusqu'à ce qu'il n'en reste plus qu'un petit bout sanguinolent.

— Ça vous fait mal ?

— Non, mon commandant !

— Pourquoi ça ne vous fait pas mal ?

— Parce qu'elle n'est pas à moi. C'est celle du type qui est derrière, mon commandant !

1095

Contrairement à ce qu'on croit, les waters à la turque n'ont pas été inventés par les Turcs mais par les Belges.

Ce n'est que deux siècles plus tard que les Turcs ont rajouté le trou.

1096

À la prison de Nice, on amène un nouveau détenu dans une cellule. Celui qui l'occupait déjà lui tend la main.

— Riton la gâchette ! J'ai pris vingt ans pour le casse du Crédit Lyonnais. Et toi ?

— Moi aussi, vingt ans, fait l'autre tristement. Pour le carnaval…

— Quoi ? Pour le carnaval ?

— Oui. Tout le monde jetait des fleurs du haut des balcons. Et il se trouve que ma femme s'appelait Marguerite…

En faction au bord d'une nationale, les gendarmes voient arriver au bout de la ligne droite une voiture qui zigzague dangereusement. Ils la stoppent, et s'approchent du conducteur qui leur dit d'une voix pâteuse :

— Excusez-moi, messieurs les gendarmes, mais je rentre du mariage de mon neveu… Hic ! Quand je suis arrivé ce matin, mon beau-frère m'a dit : « Albert, pour te remettre des fatigues du voyage, tu vas prendre un bon café avec une petite goutte… » On en a même pris deux. Plus tard, entre la mairie et l'église, on est allé tuer le temps au bistrot. Chacun sa tournée, normal… Après l'église, y a eu le repas de noces. Magnifique ! Champagne à volonté pour l'apéritif, un sauternes avec le foie gras, avec le poisson du sancerre, pour le gigot un… pauillac, au fromage le beau-frère est allé chercher du chambertin, et avec la pièce montée, re-champagne… Hic ! Heureusement qu'au milieu on avait fait le trou normand au calva ! Après le café, le beauf' a sorti un armagnac… une merveille, messieurs les gendarmes ! Et au moment de rentrer, il m'a dit : « Albert, tu vas pas partir comme ça ! Tu vas prendre une petite goutte pour la route… »

Le brigadier lui dit d'un ton sévère :

— Descendez ! Vous allez souffler dans le ballon !

Et l'autre, consterné, répond :

— Pourquoi ? Vous me croyez pas ?

Un singe dit à un perroquet :

— Je suis l'animal le plus intelligent. Je ressemble à l'homme, je l'imite, je sais faire une foule de choses comme lui, je marche sur deux pattes comme lui, je me sers de mes doigts comme lui…

— Oui, mais moi je parle, fait le perroquet.

— Et moi ? dit le singe, qu'est-ce que je suis en train de faire ?

Un type pénètre dans un bar en titubant, s'affale sur le comptoir, et balbutie d'une voix pâteuse :

— Garçon ! Donnez-moi un double cognac !

— Monsieur, dit le barman, vous êtes complètement ivre. Je refuse de vous servir dans un état pareil.

— Quoi ? Moi bourré ? Jamais de la vie ! Hic ! Tenez, le chien qui entre, là, je lui vois deux yeux… Si j'étais ivre, comme vous dites, je lui en verrais quatre…

— Il n'entre pas, fait le barman. Il sort…

1100

Un paysan va traire sa vache. Il place le seau sous les pis, s'assied sur le tabouret, et commence la traite. Soudain, la vache lui envoie un grand coup de queue en pleine figure. Il ronchonne et continue. Quelques instants plus tard, deuxième coup de queue, puis un troisième. Furieux, le paysan décide de bloquer la queue de l'animal. Il va chercher une cordelette, l'attache à la queue de la vache, et monte sur le tabouret pour lancer la corde par-dessus la poutre de l'étable. Mais en faisant ce geste trop brusquement, ses bretelles lâchent, et il se retrouve debout sur le tabouret, derrière la vache, le pantalon aux chevilles.

Juste à ce moment-là, sa femme, la Marie, rentre dans l'étable. Et elle n'a jamais cru ses explications.

1101

Un chef d'État africain prend l'avion pour se rendre à l'O.N.U. Une heure après le décollage, l'hôtesse lui demande :

— Désirez-vous boire quelque chose ?

— Certainement. Un whisky…

— Un whisky comment ?

— Un whisky, s'il vous plaît, mademoiselle.

Une dame a acheté une armoire en kit pour sa chambre. Très gentiment, le livreur la lui monte, et à peine lui a-t-elle donné son pourboire que l'armoire s'écroule. Il s'excuse, ressort son tournevis, sa clé anglaise, et remonte l'armoire. Qui, trente secondes plus tard, s'écroule à nouveau.

— C'est drôle, fait le livreur, les deux fois l'autobus venait juste de passer. Ça doit créer une vibration qui fait sauter une des attaches, et le reste suit. Je vais rentrer dans l'armoire, et de l'intérieur, je verrai bien ce qui se produit au passage du bus…

Et il s'enferme dans l'armoire. À ce moment-là, le mari rentre, aperçoit la casquette du type sur une chaise, la sacoche posée par terre, et rugit :

— Qu'est-ce que c'est que ça ? Il y a un homme ici ?

— Je vais t'expliquer, chéri…, dit sa femme.

Sans l'écouter, le mari se précipite dans la chambre, regarde sous le lit, puis ouvre l'armoire et voit le livreur.

— Qu'est-ce que vous foutez là ? hurle-t-il.

Et l'autre répond :

— J'attends l'autobus…

Très énervé, un homme tape à coups redoublés sur la porte vitrée d'une cabine téléphonique dans laquelle une dame âgée est en communication. Un passant s'arrête et lui dit :

— Calmez-vous ! Laissez-la téléphoner en paix, cette pauvre vieille.

— Vieille ? Vieille ? hurle le type. Quand elle est entrée, elle était encore jeune…

Un acteur américain rencontre dans une avenue de Beverly Hills un autre acteur d'Hollywood, célèbre pour sa musculature, appuyé sur deux béquilles, avec un bras et une jambe dans le plâtre.

— Qu'est-ce qui t'arrive?

— Ne m'en parle pas! Tu sais que j'ai repris le rôle de Tarzan. Le tournage en Afrique s'était bien passé, et le dernier jour je devais passer d'un arbre à l'autre, accroché à une liane à quinze mètres du sol. Et à la fin de la scène, cet imbécile de metteur en scène, tu sais ce qu'il a fait? Il a crié: «Coupez!»

1105

Un paroissien se confesse au curé du village:

— Mon père, jusqu'à présent j'étais un bon chrétien. Mais depuis quelque temps, chaque fois que j'accomplis le devoir conjugal avec ma pieuse et fidèle épouse, je pense à Claudia Schiffer.

— Je sais, fait le curé, ça aide...

1106

Dans un compartiment de chemin de fer, il y a un prêtre et deux appelés qui viennent d'être libérés du service militaire.

— Moi, dit le premier, en arrivant chez moi, je vais fêter la «quille» avec tous mes potes. Crois-moi, pendant un sacré bout de temps, je serai bourré tous les soirs! Je vais me prendre des cuites d'enfer!

— Moi, fait l'autre, je vais me taper des filles! Plein de gonzesses, une par jour, peut-être plusieurs! Je vais baiser, baiser, baiser...

Une demi-heure passe, et un des deux bidasses, qui s'est mis à lire le journal, demande à son copain:

— C'est quoi un lumbago?

— Je sais pas.

— Et vous, monsieur le curé, vous savez ce que c'est?

Le prêtre, qui avait entendu, outré, la conversation précédente, répond d'un ton sec:

— C'est une affection extrêmement douloureuse qui frappe

les alcooliques invétérés et les obsédés qui se livrent à des orgies sexuelles. Au fait, pourquoi vous me demandez ça ?

— Oh, pour rien ! C'est parce que dans le journal, ils disent que Jean-Paul II souffre d'un lumbago…

1107

Comment reconnaît-on un miroir belge ?
C'est celui qui ne réfléchit pas.

1108

Affolée, une riche comtesse appelle la police :

— C'est épouvantable ! On m'a volé tous mes bijoux ! Je soupçonne très fortement mon jardinier arabe, Mohamed, j'ai de bonnes raisons de penser que c'est lui.

Les policiers arrivent chez elle un quart d'heure plus tard et embarquent le jardinier. En fin de journée la comtesse appelle le commissaire :

— Allô, commissaire ? Je suis absolument confuse, et je m'en veux de mon étourderie ! Figurez-vous que je viens de retrouver mes bijoux dans un tiroir ! Vous pouvez libérer Mohamed…

— Trop tard, madame la comtesse. Il vient d'avouer…

1109

Une jeune femme dit à son médecin :

— Docteur, je n'ai jamais osé vous en parler, mais je n'en peux plus. Mon mari ne pense qu'à sa mère, parle d'elle sans arrêt, compare tout ce que je fais à ce qu'elle fait, en mieux bien sûr. Je cuisine une blanquette ? « Celle de maman est plus légère… » J'achète une robe ? « Maman ne mettrait jamais une couleur aussi criarde… » Je lui offre une cravate ? « Quand j'étais célibataire, maman avait un goût très sûr pour les choisir… » Et maman ceci, et maman cela !

— Écoutez, fait le docteur, il y a un domaine où il ne peut

pas faire de comparaisons, c'est le sexe. Alors, vous allez acheter des sous-vêtements très affriolants, et quand ce soir votre mari rentrera du travail, vous l'attendrez étendue sur le canapé, uniquement vêtue de dessous très sexy. Là, chère madame, plus question de la belle-mère !

La jeune femme va dans une boutique de lingerie, et quand le soir son mari rentre, il la trouve allongée sur le canapé, vêtue seulement d'un slip et d'un soutien-gorge de dentelle noire, d'un porte-jarretelles noir, et de bas noirs. Et il s'écrie :

— Mon Dieu ! Il est arrivé un malheur à maman ?

1110

Dans un café sordide, crasseux, deux représentants de commerce de passage prennent le pastis. À un moment donné, l'un demande à son collègue :

— Les olives noires, ça a des pattes ?

Bien sûr que non ! fait l'autre.

— Alors, j'ai mangé un cafard…

1111

À force de prêcher en plein air, Jésus a attrapé mal à la gorge. Alors l'apôtre Pierre lui dit :

— Il faut te soigner. Sinon, ça va s'aggraver, et tu ne pourras plus parler du tout. Pour les angines, le mal de gorge, ce qu'il y a de plus efficace, ce sont les suppositoires.

— C'est hors de question ! s'écrie Jésus.

— Crois-moi, mets des suppositoires !

— Pierre, fait Jésus, ne dis pas de bêtises. Tu sais bien que les voies du Seigneur sont impénétrables…

1112

Depuis des années, un homme est totalement fâché avec sa belle-mère. Et quand elle meurt, il n'assiste même pas à son enterrement. Mais le lendemain des obsèques, il se rend au cimetière. Le surlendemain, il y retourne. Et ainsi de suite, tous les jours, à la stupéfaction de sa famille et de ses amis.

Le quinzième jour, un de ses copains, intrigué, décide de le suivre. Et au cimetière, il voit l'autre devant la tombe de sa belle-mère, en train de chanter à tue-tête :

— Allez, les vers !… Allez les vers !…

1113

Une petite fille demande à son arrière-grand-mère :

— Mamie, quel âge tu as ?

— Ooh !… fait l'aïeule, ma pauvre chérie, je ne m'en souviens plus !

— Eh bien, regarde ta culotte…

— Comment ?

— Oui, c'est marqué. Moi, sur l'étiquette de la mienne, il y a écrit : 5 ANS.

1114

Un Belge arrive chez un copain qui est en train de regarder le match Bruges-Anderlecht à la télé.

— Ils en sont où ? demande-t-il.

— Ça se termine dans trois minutes. Le score est de 0-0.

— Et à la mi-temps, ça faisait combien ?

1115

Un homme rencontre un copain, bègue, qu'il n'a pas vu depuis plusieurs mois :

— Alors, mon pauvre, toujours au chômage ?

— Non… J'ai trou… trou… trouvé… du boubou… du boulot !

— Je suis content pour toi. Où ça ?

— Aux tété… aux tété… aux télécoco… aux téléco-mumu… aux Télécommunications !

— Et c'est quoi ton travail ?

— Je suis aux ren-ren… aux renseignements tété… aux renseignements télépho-pho… téléphoniques !

— Excuse-moi, mais ton petit handicap n'est pas gênant pour ce genre de poste ?

— Non. Quand tous les autres sont occu… occucu… occupés… c'est moi qui fais « Bip… bip… bip… bip… bip… »

1116

Un type entre dans une charcuterie :

— Je voudrais du jambon.

— Combien de tranches ? demande la patronne.

— Je vous arrêterai…

Pendant cinq bonnes minutes, la charcutière tourne sans interruption la manivelle. Et à la soixante-cinquième tranche, le client fait :

— Stop ! C'est celle-là que je veux.

1117

Une dame vient consulter le médecin :

— Docteur, c'est terrible ! Chaque fois que nous nous apprêtons à faire l'amour, mon mari fait la chèvre.

— Quoi ?

— Oui, docteur, il fait la chèvre.

— C'est incroyable, je n'ai jamais entendu une chose pareille, dit le médecin. Si vous permettez, je vais vous examiner. Déshabillez-vous…

La dame se met nue, et le médecin, avec une grimace dégoûtée, fait :

— Bêêêh…

1118

Un couple de touristes se fait bronzer sur une plage africaine. Soudain le mari murmure à sa femme :

— Est-ce que tu connais un animal qui fait environ vingt

centimètres, qui a un corps vert couvert de poils, plein de petites pattes violacées, des yeux rouges et une vilaine tête noire ?

— Chéri, fait la femme, tu sais bien que je déteste les devinettes !

— Ce n'est pas une devinette. C'est la bête que tu as sur le dos…

1119

Un touriste belge vient en vacances dans une petite station balnéaire du Finistère. Arrivé sur le port, il demande à un pêcheur :

— Dites-moi, une fois… Il n'y avait pas une jetée l'année dernière ici ?

— Si, fait le pêcheur, mais elle a été entièrement détruite par un raz de marée.

— Pas possible ! Jamais je n'aurais cru qu'un petit rongeur comme ça puisse faire autant de dégâts !

1120

Un jeune couple rentre de voyage de noces. Le mari a l'air complètement épuisé et en le voyant sa belle-mère s'écrie :

— Mon Dieu, mon gendre ! Quelle mauvaise mine vous avez !

— Oh, belle-maman, la mine c'est rien. Si vous voyez le crayon !

1121

Une dame va consulter une voyante. Celle-ci, après s'être longuement concentrée sur sa boule de cristal, relève la tête, bouleversée.

— Madame, j'hésite à vous le dire… votre mari court un

grave danger… il est en danger de mort… je crains même que…

La dame se penche vers elle.

— Est-ce que vous voyez si je serai acquittée ?

1122

Un client entre chez un oiseleur pour acheter un perroquet. Il en voit un superbe.

— Combien celui-ci ?

— Mille francs.

— Vous ne pourriez pas me faire un petit prix ? C'est la fin du mois, et il ne me reste que mille vingt francs. Je n'ai pas mangé et j'habite en grande banlieue. Avec vingt francs, ou je prends mon train et je ne mange rien, ou j'achète un sandwich et je fais quinze kilomètres à pied. Faites-moi juste une petite réduction…

— Désolé, répond le marchand, je n'aurai aucun problème pour vendre ce perroquet mille francs, c'est mon dernier prix.

Le client hésite, mais comme il a terriblement envie de cet oiseau, il se dit qu'en achetant une demi-baguette et une petite tranche de jambon, il lui restera peut-être dix francs pour faire une partie du trajet en train. Alors, il donne les mille francs et part avec le perroquet.

Et au moment où il sort sur le trottoir, le perroquet crie :

— Taxi !

LE DERNIER CARRÉ… BLANC

1123

La Marie ne va pas bien du tout. Alors Mathieu finit par se décider à appeler le médecin. Celui-ci, après avoir examiné la malade, prend le paysan à part et lui dit à voix basse :

— Je ne vous cacherai pas que l'état de votre épouse m'inquiète. Elle est dans un état comateux…

— Ah, cré nom !

Une fois le médecin parti, la Marie demande d'une voix exsangue à son mari :

— Mathieu… Qu'est-ce qu'il a dit le docteur ?

— Il a dit comme ça que t'étais dans un état comme ma queue.

— Hein ?

— Ouais ! Le docteur, il a dit que t'étais dans un état comme ma queue…

— Oh, alors là, je suis pas prête de me relever !

1124

Deux spermatozoïdes discutent. Au bout de cinq minutes, le premier dit :

— Tu ne trouves pas qu'on est mal assis ?

— C'est normal ! fait l'autre. On est sur une molaire…

1125

Un homme raconte à un de ses amis :

— Figure-toi que l'autre jour, il m'est arrivé une aventure pas banale. Je revenais de Nice par le train bleu, et au wagon-restaurant, je me retrouve en face d'une jeune femme ravissante. Nous faisons connaissance, on bavarde pendant tout le repas, bien entendu je l'invite, et en regagnant le wagon-lit, nous constatons que nos cabines sont voisines. Alors je lui offre une coupe de champagne dans la mienne pour continuer la conversation, et puis ce qui devait arriver arrive : nous faisons l'amour. Et aussitôt après, elle fond en larmes, en m'expliquant qu'elle aime son mari, qu'elle ne l'a jamais trompé auparavant, qu'elle a honte de son comportement… Elle avait l'air tellement sincère, tellement malheureuse, que ça m'a bouleversé, et que je me suis mis à pleurer avec elle.

— Et après ? demande son copain.

— Après, jusqu'à Paris, on a baisé, pleuré… baisé, pleuré… baisé, pleuré…

1126

Quelle différence y a-t-il entre une femme et un ascenseur ?

Aucune. Dans les deux cas, tu mets ton doigt où t'habites.

1127

Assis sur un banc, un petit vieux dit à un autre :

— Quand j'avais vingt ans, cré nom, je bandais sans arrêt ! Ça me gênait même pour marcher ! Mais j'avais beau prendre mon sexe à deux mains, de toutes mes forces, impossible de le plier !

« À cinquante ans, je ne bandais plus en permanence, mais disons que ça m'arrivait encore souvent. Et là, quand j'agrippais mon engin, je réussissais à le tordre un petit peu.

« Aujourd'hui j'ai quatre-vingt-trois ans. Si par hasard j'ai une érection, j'attrape ma zigounette et je la plie comme du caoutchouc.

« Tu veux que je te dise, Émile ? Plus je vieillis, plus j'ai de force dans les bras ! »

1128

Jean-François, sais-tu combien il y a de sortes d'orgasmes féminins ?

Il y en a quatre : l'orgasme positif, l'orgasme négatif, l'orgasme religieux, et l'orgasme simulé.

L'orgasme positif, c'est : « Ah oui ! ah oui ! oui… oui… oui »

L'orgasme négatif, c'est : « Ah non ! ah non ! non… non… non… »

L'orgasme religieux, c'est : « Ah mon Dieu ! ah mon Dieu ! mon Dieu… »

Et l'orgasme simulé, c'est : « Ah Jean-François ! Ah Jean-François ! Ah Jean-François »

1129

Un jeune homosexuel va chez le médecin.

— Bonjour, gentil docteur ! J'ai mal, j'ai mal, j'ai mal à ma petite gorge…

Après l'avoir examiné, le médecin lui dit :

— Vous avez une grosse angine. Mais on va passer ça en quelques jours. Je vais vous donner des suppositoires.

— Oh non, gentil docteur ! Je déteste les suppositoires ! Chaque fois que j'ai essayé d'en mettre, comme je ne voyais pas ce que je faisais, je les ai mis à côté. Alors ça s'écrase, c'est tout huileux sur la peau, beurk !

— Écoutez, fait le médecin, vous n'avez qu'à poser un miroir par terre et à vous mettre au-dessus. Comme ça vous verrez ce que vous faites.

— Oh, je n'y avais pas pensé ! Merci, gentil docteur…

L'éphèbe va acheter ses suppositoires chez le pharmacien, rentre chez lui, pose une glace par terre dans le salon, et après avoir baissé son pantalon, il s'accroupit, son suppositoire à la main, en visant soigneusement le trou de balle qu'il voit dans le miroir.

À ce moment-là, sa quéquette commence à se dresser. Alors il la regarde et il lui dit :

— Arrête, idiote ! C'est papa…

1130

Une petite fille qui se promène avec son père voit un chien en train de monter la chienne de l'épicière. Et elle demande :

— Papa ! Qu'est-ce qu'il lui fait le chien à la petite chienne ?

— Euh…, fait le père, un peu gêné, elle a dû se perdre, et gentiment il la ramène chez elle.

— Eh ben ! L'autre jour, maman, heureusement qu'elle tenait le lavabo ! Sans ça, le facteur la ramenait à la poste…

1131

Un type entre dans une pharmacie et dit à la pharmacienne :

— Je voudrais des préservatifs.

— Quelle taille ?

L'homme se penche vers elle et murmure :

— Je ne sais pas… Vous ne pourriez pas mesurer ?

La pharmacienne, qui en a vu d'autres, le fait passer derrière le comptoir et lui fait ouvrir son pantalon.

Quelques instants plus tard, elle crie au préparateur qui est dans la réserve :

— Jacques ! Apportez-moi des préservatifs ! Du 2… non, du 3… non, du 4… finalement, apportez-moi du 5… Jacques ! Amenez aussi la serpillière !

Un type demande à un copain :
— Tu sais ce que dit une femme quand elle voit une grosse quéquette ?
— Non, fait l'autre.
— Eh bien, moi, je le sais...

Un couple va consulter un sexologue en lui expliquant que leur désir s'émousse.
— Quelle est la fréquence de vos rapports amoureux ? demande le médecin.
— Une fois par semaine, le dimanche soir après dîner, à 20 heures 45.
— Toujours le dimanche à 20 heures 45 ?
— Toujours ?
— Et quelles positions pratiquez-vous ?
— La levrette, docteur.
— Et encore ?
— Uniquement la levrette ! Comme ça, on peut voir tous les deux le film à la télé...

INDEX

Les entrées de l'index renvoient aux numéros des histoires

Table

Composition réalisée par INTERLIGNE

Imprimé en France sur Presse Offset par

BRODARD & TAUPIN

GROUPE CPI

La Flèche (Sarthe).
N° d'imprimeur : 4388 – Dépôt légal Édit. 6973-10/2000
LIBRAIRIE GÉNÉRALE FRANÇAISE - 43, quai de Grenelle - 75015 Paris.

ISBN : 2 - 253 - 13776 - 6 ✦ 31/3776/7